별의 계승자

가니메데의 친절한 거인

THE GENTLE GIANTS OF GANYMEDE

THE GENTLE
GIANTS
OF GANYMEDE

별의 계승자

가니메데의 친절한 거인

제임스 P. 호건 지음 **최세진** 옮김

아작

일러두기

모든 주석은 옮긴이의 것입니다.

푸른 잔디는 들판의 어느 쪽에 자리를 잡든
언제나 자라날 수 있다는 사실을 내게 보여준
나의 아내 린에게

차례

프롤로그

이스카리스 제3행성 적도 부근에 있는 관측기지 소장 레이엘 토레스는 읽고 있던 보고서의 마지막 장을 닫고, 기분 좋은 한숨을 뱉으며 의자에 앉은 채로 허리를 쭉 폈다. 토레스 소장은 새로운 자세에 맞춰 자동으로 조정되는 의자에 앉아 느긋한 기분을 한동안 즐기다가, 자리에서 일어나 책상 뒤 작은 탁자에 놓인 쟁반 위의 음료수를 따라 마셨다. 시원하고 상쾌한 음료수 덕분에, 쉬지 않고 두 시간 이상 집중하느라 쌓였던 피로가 금세 풀어졌다. '이제 머지않아 끝날 거야.' 그가 생각했다. 두 달만 더 보내면, 이 바싹 마른 바위 덩어리의 황량한 행성과는 영원히 안녕이다. 그리고 무한히 많은 별이 점점이 박힌 맑고 깨끗한 암흑을 건너 고향으로 돌아간다.

토레스 소장은 돔과 관측소, 통신 안테나가 복잡하게 얽힌 기지 안에서 지난 2년 동안 집이 되어 주었던 개인 숙소의 서재 내부를 둘러봤다. 그는 매달 끝도 없이 반복되는 똑같은 일상이 지겨웠다. 이 프로젝트가 흥미진진하고 활기를 주는 건 사실이었다. 하지만 이 정도 했으면 됐다. 토레스 소장에게 고향으로 돌아가는 일은 빠르면 빠를수록 좋았다.

토레스 소장은 거실 한쪽으로 천천히 걸어가 눈앞에 있는 텅 빈 벽을 잠시 응시했다. 그는 고개를 돌리지 않고 큰 소리로 말했다.

"화면 패널, 투과 모드로 보여줘."

벽은 즉시 단방향으로 투명해지며 이스카리스 제3행성의 지표면을 담은 영상을 선명하게 비추었다. 건물과 기계가 복잡하게 얽힌 기지 가장자리에서 메마르고 울퉁불퉁한 적갈색의 바위와 돌멩이들이 사방으로 균일하게 뻗어 나가다가, 별들이 수 놓인 검은색 벨벳 커튼의 아래에서 갑자기 뚝 끊어지며 선명한 곡선으로 지평선을 그렸다. 하늘 높이 불타는 천체 이스카리스가 인정사정없이 이글거렸다. 화면 패널로 투영된 이스카리스의 빛이 따스한 주황색과 붉은색으로 서재를 가득 채웠다. 토레스 소장은 황무지를 바라보다가 그동안 잊고 지냈던, 자유롭게 불어오는 활기찬 바람 속에서 숨 쉬며 푸른 하늘 아래에서 걷는 소박한 즐거움에 대한 그리움이 가슴 깊은 곳에서 갑자기 솟아올랐다. 그래, 확실히 출발은 빠르면 빠를수록 좋다.

서재 안 어딘지 모를 곳에서 튀어나온 목소리가 그의 사색을 중단시켰다.

"소장님, 마르빌 카리소가 연결을 요청했습니다. 몹시 급한 일이랍니다."

"연결해." 토레스 소장이 대답했다. 그리고 반대편 벽의 대부분을 차지하고 있는 커다란 모니터를 보기 위해 고개를 돌렸다. 모니터가 즉시 켜지며 카리소의 모습이 보였다. 선임 물리학자인 카리소는 관측소에 있는 장비 연구실에서 연락한 모양이었다. 그의 얼굴에서 불안감이 비쳤다.

"소장님." 카리소가 단도직입적으로 말했다. "지금 바로 여기로 내려올 수 있으십니까? 문제가 생겼습니다. 아주 심각한 문제입니다." 카리소의 말투만으로도 상황을 충분히 짐작할 수 있었다.

카리소가 저렇게 걱정할 정도의 문제라면 틀림없이 안 좋은 상황이었다.

"지금 바로 갈게." 토레스 소장은 벌써 문을 향해 움직이며 말했다.

5분 후 토레스 소장은 연구실에 도착해 물리학자와 인사를 나눴다. 카리소는 조금 전보다 훨씬 더 걱정스러운 얼굴이었다. 카리소는 줄지은 전자 장비들 앞에 놓인 모니터로 토레스 소장을 데리고 갔다. 다른 과학자 갈데른 브렌조르가 어두운 얼굴로 컴퓨터 모니터에 뜬 그래프와 데이터 분석 자료를 쳐다보고 있었다. 그들이 다가가자 브렌조르가 고개를 들더니 심각한 표정으로 고개를 끄떡여 인사했다.

"지표면의 광구(光球)에서 강한 방출선이 나오고 있고, 흡수선이 보라색 쪽으로 빠르게 이동하고 있습니다. 의심할 여지 없이 중심핵에서 대규모 불안정이 발생해서 폭주하고 있는 겁니다."

토레스 소장이 카리소를 돌아봤다.

"이스카리스가 신성(nova)으로 변하고 있다는 말입니다." 카리소가 설명했다. "계획에 뭔가 문제가 있어서 항성 전체가 폭발하기 시작한 거예요. 광구가 우주로 터져 나올 겁니다. 미리 계산해둔 결과에 따르면, 20시간 이내에 여기도 신성의 폭발에 휩쓸릴 겁니다. 대피해야 합니다."

깜짝 놀란 토레스 소장이 못 믿겠다는 눈으로 카리소를 응시했다. "그건 불가능해."

과학자가 양팔을 펼치며 말했다. "그럴지도 모르지만, 이건 사실입니다. 나중에 얼마든지 시간을 내서 우리가 어디에서 잘못했는지 알아낼 수 있어요. 하지만 지금 당장 여기서 벗어나야 합니다…. 빨리요!"

토레스 소장은 어두운 얼굴의 두 사람을 바라보면서, 마음속에서는 방금 들은 이야기를 본능적으로 거부하려 했다. 그는 두 사람 뒤쪽의 1천6백만 킬로미터 떨어진 우주에서 전송된 영상이 투영된 벽의 커다란 스크린을 쳐다봤다. 스크린에는 거대한 G광선 투사기가 비치고 있었다. 이스카리스에서 5천만 킬로미터 떨어진 궤도에 건설된 투사기 세 대는 각각 길이 3킬로미터, 지름 5백 미터의 원기둥으로, 그 축이 이스카리스의 중앙을 정확하게 조준하고 있었다. 투사기의 실루엣 너머로 보이는 이스카리스의 이글거리는 구체는 겉보기에 평소와 다르지 않은 것 같았다. 그렇지만 그 모습을 보고 있는 바로 그 순간에, 토레스 소장은 원반의 팽창이 거의 눈에 띄지 않아도 위협적으로 외부를 향해 부풀어 오르는 게 보이는 것 같았다.

잠시 토레스 소장의 머릿속은 감정에 휩싸였다. 그들 앞에 갑자기 닥친 임무의 엄청난 결과, 불가능한 시간의 압박을 받으며 이성적으로 생각해야 한다는 절망감, 물거품이 된 2년 동안의 헛된 노력까지. 하지만 그 감정은 다가왔을 때처럼 빠르게 사라지고, 그의 머릿속에 있던 관측기지 소장이 다시 자기 목소리를 냈다.

"조락." 토레스 소장이 약간 상기된 목소리로 불렀다.

"네, 소장님." 토레스 소장이 서재에서 들었던 목소리가 대답했다.

"당장 샤피에론 호에 있는 원정대장에게 연락해서 중대한 응급 상황이 발생했으며, 협의를 위해 즉시 원정대의 모든 지휘관을 소집해야 한다고 보고해. 그리고 지금부터 15분 안에 지휘관들이 연결될 수 있도록 비상 연락을 통해서 호출해달라고 요구해. 또, 기지 전체에 비상경보를 발령하고, 모든 대원에게 다음 지시를 기다리라고 해. 나는 주 관측돔 14번 방에서 다중모니터 단말기로 회의에 연결하겠다. 이상."

＊

정확히 15분 후, 토레스 소장과 두 과학자는 모니터들이 일렬로 배열되어 다른 회의 참가자들의 영상이 비치는 벽을 바라보고 섰다. 원정대장 가루스는 이스카리스 제3행성의 3천 킬로미터 상공에 떠 있는 모선 샤피에론 호의 심장부에서 두 보좌관을 대동하고 앉아 있었다. 가루스 대장은 중간에 말을 끊지 않고 상황 설명을 끝까지 들었다.

우주선의 다른 곳에 있는 수석 과학자가 몇 분 전에 샤피에론 호의 감지기에서도 이스카리스 제3행성의 지표면에 있는 계기에 기록된 내용과 유사한 데이터가 나타났으며, 컴퓨터가 동일한 분석 결과를 출력했다고 확인시켜 주었다. G광선 투사기가 이스카리스 내부의 균형 상태에 예상하지 못했던 파국적인 변화를 일으키는 바람

13

에, 그 항성이 신성으로 변해가는 중이었다. 탈출 외에 다른 대안을 생각할 시간적 여유가 없었다.

"이스카리스 제3행성의 지표면에 있는 모든 대원을 출발시켜야 한다." 가루스 대장이 말했다. "토레스 소장, 지금 그 아래에 어떤 비행선이 있는지, 그리고 얼마나 많은 대원을 데려올 수 있는지 먼저 보고해주게. 수송 정원 초과 인원수가 확인되자마자 여분의 왕복선을 내려 보내주겠다. 몬카르…." 원정대장이 다른 화면에 떠 있는 부관에게 말했다. "전속력으로 귀환했을 때 15시간 이상 걸리는 비행선이 있나?"

"없습니다, 대장님. 가장 멀리 있는 비행선은 2호 투사기 근처에 있는데, 10시간 정도면 귀환할 수 있습니다."

"좋다. 즉시 불러들이도록. 1급 비상이다. 우리가 조금 전에 들은 상황이 맞다면, 우리가 여기서 벗어나기 위해서는 샤피에론 호의 주동력을 이용하는 방법밖에 없다. 각 비행선의 예상 도착시각 일정을 짜서 이들을 수용할 준비를 확실히 마치도록 하라."

"네, 알겠습니다."

"토레스 소장." 가루스 대장이 돌린 눈길이 관측돔 14번 방의 화면을 보고 있는 사람들을 똑바로 쳐다봤다. "즉시 모든 가능한 우주선을 비행 대기시키고, 철수 계획을 짜게. 지금부터 한 시간 내로 상황을 보고하고. 개인 소유물은 한 사람당 가방 하나다."

"대장님, 문제가 한 가지 있습니다." 샤피에론 호의 동력부에서 수석 공학자 로그다르 자실라네가 말했다.

"로그다르, 뭔가?" 가루스 대장의 얼굴이 다른 모니터로 돌아갔다.

"주동력 토로이드(toroid)*의 1차 감속 장치에 아직도 문제가 있습니다. 그래서 주동력에 시동을 한 번 걸면, 다시 자연적으로 감속되어서 멈출 때까지 기다리는 수밖에 없습니다. 제동 장치 전체를 분해한 상태입니다. 20시간 내로는 고장 지점을 찾아 수리하는 건 고사하고, 다시 조립할 수도 없습니다."

가루스 대장이 잠깐 생각하고 말했다. "그래도 출발시킬 수는 있는 건가?"

"네. 가능합니다." 로그다르가 확인해줬다. "하지만 토로이드* 안에서 블랙홀이 회전하기 시작하면 각운동량(角運動量)이 엄청나서, 블랙홀의 속력을 늦출 수 있는 감속 장치가 없는 상태에서는, 주동력을 정지시킬 수 있는 속력까지 떨어지려면 몇 년이 걸릴 겁니다. 그동안 멈출 방법이 없는 주동력에 끌려가게 됩니다." 로그다르가 난처한 몸짓을 했다. "우리가 어디에서 멈출지 모릅니다."

"하지만 다른 선택지가 없어." 가루스 대장이 지적했다. "우주선을 띄우거나 튀겨지거나 둘 중 하나다. 고향으로 경로를 맞추고 속력이 충분히 낮아질 때까지 태양계를 돌면 된다. 그 외에 다른 방법이 있나?"

"로그다르가 뭘 걱정하는지 알겠습니다." 수석 과학자가 끼어들었다. "이건 그렇게 간단한 문제가 아닙니다. 몇 년 동안 주동력을 유지한 상태로 날아갈 경우 도달하게 될 속력에서는, 이스카리스나 태양의 속력으로 움직이는 기준계에 비해 상대성 이론에 따른 거대한 시간 팽창이 일어나게 됩니다. 샤피에론 호는 계속 가속하기 때문에, 우주선에서보다 고향에서 훨씬 많은 시간이 흘러갈 겁니다.

---

* 자기장 형성을 위해 도넛처럼 생긴 원통에 전선을 감아놓은 장치

우리가 어디에서 여행을 마치게 될지는 확실히 압니다…. 하지만 언제 마치게 될지는 확신할 수 없습니다."

"사실 그보다 더 안 좋을 수도 있습니다." 로그다르가 덧붙였다. "주동력은 국지적인 시공간 왜곡을 생성해서, 우주선이 끊임없이 그 속으로 '추락'하는 방식으로 작동됩니다. 이 방식도 자체적으로 시간 팽창 효과를 일으킵니다. 그래서 두 가지의 팽창 효과가 복합적으로 일어나게 됩니다. 감속되지 않는 주동력을 수년 동안 가동할 경우 어떻게 될지는 저도 알 수 없습니다. 아마 지금껏 그런 일은 한 번도 일어난 적이 없었을 겁니다."

"물론 아직 정확하게 계산해보지는 못했습니다만," 수석 과학자가 말했다. "어림잡아 대략 수백만 배의 복합 팽창이 일어날 거라고 말씀드릴 수 있습니다."

"수백만 배?" 가루스 대장이 깜짝 놀란 표정이었다.

"네." 수석 과학자가 냉정한 눈으로 사람들을 쳐다보며 말했다. "우리가 신성에서 탈출하는 데 필요한 속도에서 감속하느라 허비하는 1년마다 고향에서는 백만 년씩 흘러갈지도 모릅니다."

다들 오랫동안 말이 없었다. 마침내 가루스 대장이 묵직하고 엄숙한 목소리로 말했다. "그렇다고 할지라도, 살아남기 위해서는 다른 선택지가 없다. 내 명령은 떨어졌다. 수석 공학자 로그다르는 심우주 여행에 대비해 주동력을 대기상태로 준비하라."

20시간 후 샤피에론 호가 전속력으로 항성간 우주공간을 향해 돌진할 때, 처음으로 분출한 신성의 전면부가 샤피에론 호 선체의 표면을 그슬렸고, 한때 이스카리스 제3행성으로 불렸던 숯덩이를 증발시켰다.

1부

1

우주의 삶에서 한 번의 심장박동보다 짧은 시간 동안, 인간이라는 놀라운 동물이 나무에서 떨어지더니, 불을 발견하고, 바퀴를 발명하고, 하늘을 나는 방법을 배우고, 행성들을 탐험하러 떠났다.

인간 등장 이후의 역사는 활동과 모험과 끊임없는 발견으로 소란스러웠다. 그 이전 영겁의 시간 동안 진행된 차분한 진화와 느리게 전개된 사건들과는 완전히 달랐다.

혹은, 오랜 시간 동안 그렇게 생각되었다.

그러나 마침내 인간이 목성의 가장 큰 위성 가니메데에 도착했을 때, 인간의 탐욕스러운 호기심에도 불구하고 수 세기 동안 살아남았던 몇 안 되는 믿음 중 하나를 완전히 부숴버리는 발견을 하게 된다. 요컨대, 인간은 유일무이한 존재가 아니었다. 인간이 지금까지 달성했던 모든 것을 능가하는 다른 종족이 2천5백만 년 전에 존재했다.

2030년대 초반 목성 4차 파견대는 외행성들에 대한 집중적인 탐사를 시작하면서 목성의 위성에 최초로 영구 기지를 건설하는 쾌거를 이룩했다. 가니메데 상공의 궤도를 돌던 관측기구가 이 위성 표면의 얼음층 아래에서 거대한 금속 덩어리를 감지했고, 이 특이한 현상을 조사하기 위해 설치한 기지에서 수직 갱도를 파 내려갔다.

얼어붙은 거대한 우주선이 불변의 얼음 무덤 안에서 발견됐다. 지구의 과학자들은 우주선 안에서 발견된 유골로 신장 2.5미터 거인 종족의 모습을 복원했다. 그 우주선을 제작하고, 지구보다 한 세기 이상 앞선 것으로 추정되는 기술 수준을 가진 거인들이었다. 과학자들은 발견된 장소를 기념해서 그 거인들을 '가니메데인'이라고 명명했다.

가니메데인은 화성과 목성 사이에 자리를 잡고 있다가 파괴된 행성인 미네르바 태생이었다. 미네르바 질량의 대부분은 급격하게 궤도를 벗어나 태양계 끝까지 날아가서 명왕성이 되었고, 남은 잔해들은 목성의 기조력의 영향으로 흩어져서 화성과 목성 궤도 사이에 있는 소행성대가 되었다. 소행성대에서 가져온 물질 표본에 대해 우주선(宇宙線) 노출 검사를 포함한 다양한 과학적 조사를 한 결과, 약 5만 년 전에 미네르바가 파괴되었다는 사실이 밝혀졌다. 가니메데인이 태양계를 누비고 다니던 시기보다 아주 긴 시간이 지난 뒤였다.

2천5백만 년 전에 기술적으로 앞서 있던 종족을 발견한 일은 몹시 흥미로운 사건이었다. 그보다 더 흥미롭지만, 그리 놀랍지 않은 일은 가니메데인이 지구를 방문했었다는 사실이었다. 가니메데에서 발견된 우주선의 화물칸에는 인류가 한 번도 보지 못했던 식물과 동물의 표본들이 잔뜩 실려 있었다. 올리고세 후기에서 마이오세 초기 사이 지구에 살았던 대표적인 생물들이었다. 표본 일부는 금속용기 속에 잘 보존되어 있었는데, 다른 표본들은 우주선이 불운한 재난을 당한 시점에 축사와 새장 안에 살아있던 게 확실했다.

　이런 발견이 진행되는 동안, 목성 5차 파견대를 이룰 비행선 일곱 대가 달의 궤도에서 제작되었다. 파견대가 출발할 때, 너무도 매력적인 가니메데인의 사연을 좀 더 깊이 탐구할 수 있기를 바라는 과학자팀이 함께 떠났다.

✳

　가니메데 3천 킬로미터 상공의 궤도를 돌고 있는, 2킬로미터 길이의 목성 5차 파견대 사령선의 컴퓨터 복합체에서 데이터 처리 프로그램이 계산 결과를 메시지 처리 장치로 전송했다. 그 정보는 레이저로 가니메데 지표면에 있는 중앙기지의 송수신기로 전송된 후 일련의 중계소를 거쳐 북쪽으로 전달되었다. 백만분의 몇 초가 지난 뒤 천백 킬로미터 떨어진 갱구기지의 컴퓨터가 메시지의 목적지를 해독해서 생물학연구소 구역의 작은 회의실 벽면에 있는 스크린으로 신호를 전달했다. 유전학자들이 염색체 내부 구조를 표시할 때 사용하는 복잡한 패턴의 기호가 스크린에 나타났다. 비좁은 방의 탁자에 다섯 명이 둘러앉아 그 화면을 골똘히 쳐다보고 있었다.

　"자, 여러분이 그걸 더 자세히 보고 싶다면 이런 모습입니다." 발언자는 하얀 연구실 가운을 입고 구식 금테 안경을 쓴 키가 크고 마른 대머리 남성이었다. 그는 스크린 한쪽 앞에 서서, 한 손은 스크린을 가리키고 다른 손은 자신의 옷깃을 가볍게 잡고 있었다. UN 우주군(UN Space Arm, UNSA) 생명과학부 소속으로 휴스턴에 있는 웨스트우드 생물학연구소의 크리스천 단체커 교수는, 가니메데 우주선 안에서 발견된 초기 지구의 동물들을 연구하기 위해 목성 5차 파견대와 함께 가니메데로 온 생물학팀을 이끌었다. 단체커 앞에 앉아 있는 과학자들이 스크린에 뜬 화면을 응시했다. 잠시 후 단체커는 앞서 몇 시간 동안 논쟁했던 문제를 다시 한 번 정리했다.

"우리가 보고 있는 반응식이 효소 구조의 분자 배열 특징을 나타내고 있다는 사실은 여러분이 대체로 아실 거라 믿습니다. 목성 4차 파견대의 연구실에서 지금까지 검사한 많은 종에서 추출한 조직 표본에서 이와 동일한 계통의 효소가 확인됐습니다. 다시 말씀드리겠습니다. 많은 종, 각기 다른 많은 종에서 확인됐습니다…." 단체커가 양손으로 자신의 옷깃을 잡고 반응을 기대하는 눈길로 소규모의 청중을 바라봤다. 그의 목소리가 거의 속삭이는 수준으로 낮아졌다. "그런데 현재 지구에 존재하는 동물의 종에서는 어떤 식으로든 이 효소와 관련되거나 유사한 사례가 발견되지 않았습니다. 여러분, 우리가 직면한 문제는 이 이상한 사실을 해명하는 겁니다."

금발의 동안이자 가장 젊은 참가자인 폴 카펜터가 탁자에 기대고 있던 몸을 일으키고 미심쩍은 눈으로 좌우를 살펴보더니 양손을 동시에 들었다. "저는 뭐가 문제인지 잘 모르겠어요." 폴이 솔직하게 고백했다. "이 효소는 2천5백만 년 전의 동물에 있던 거 아닌가요, 맞죠?"

"그렇죠." 탁자 건너편에 있던 샌디 홈즈가 살짝 고갯짓하며 그 말을 확인시켜줬다.

"그렇다면 2천5백만 년 동안 효소가 알아보기 힘들 정도로 돌연 변이를 일으켰을 겁니다. 시간이 흘러가면 모든 게 바뀌잖아요. 효소라고 다를 리가 있나요. 이 계통의 후손이 아직 존재하겠지만, 동일한 모습은 아니겠⋯." 폴이 단체커의 얼굴에 나타난 표정을 읽었다. "아닌가요⋯? 뭐가 문제죠?"

단체커 교수가 무한한 인내심을 모아 한숨을 뱉었다. "폴, 우리도 다 확인해봤어요. 적어도, 나는 우리가 다 확인해봤다고 확신합니다. 여러분을 위해 잠시 요약해보자면, 최근 수십 년 동안 효소학이 대단히 발전했습니다. 거의 모든 유형의 효소가 분류되고 목록에 수록되었죠. 하지만 그중 이와 유사한 효소는 전혀 없었습니다. 우리가 지금껏 봤던 효소와 완전히 다른 종류예요."

"제가 말싸움을 하려는 건 아닌데요, 그게 정말 사실일까요?" 폴이 따졌다. "그러니까, 제 말은⋯ 최근 1, 2년 사이에도 새로운 효소가 목록에 추가되는 걸 보아왔습니다. 그렇지 않은가요? 상파울루의 슈나이더와 그로스먼이 P273B 계열과 파생된 효소들을 발견했고, 영국의 브래독은⋯."

"아, 중요한 점을 놓치고 있군요." 단체커가 끼어들었다. "그건 새로운 계열입니다. 맞아요. 하지만 그것들은 이미 잘 알려진 표준 분류군에 깔끔하게 집어넣을 수 있습니다. 그 효소들은 이미 알려진 관련 집단 안에 배치할 수 있는 특질을 명확하고 분명하게 나타내고 있어요." 단체커가 다시 스크린을 가리켰다. "그런데 저 효소는 그렇지 않습니다. 전적으로 새로운 종류죠. 저로서는 이 효소가 자체적으로 완전히 새로운 부류가 아닌가 싶습니다. 유일하게 하나만 속하는 부류겠죠. 우리가 지금까지 확인했던 어떤 생물의 신진 대사에서도 발견되지 않았으니까요." 단체커는 작은 원을 이루고 있는 얼굴들을 눈으로 훑었다. "우리가 아는 모든 동물의 종은 알려진 계통군에 포함되어 있어서, 관련된 종이 있고 우리가 확인할 수 있는 선조가 있습니다. 미시적인 수준에서도 같은 방식이 적용됩니다. 기존의 경험에 따르면, 설령 이 효소가 2천5백만 년 전에 존재했다고 할지라도, 그 효소의 계통적인 특성을 식별하고, 현재 존재하는 알려진 효소 계통과 관련시킬 수 있어야 합니다. 하지만 우리는 그렇게 할 수 없었습니다. 나로서는 아주 이례적인 경우라고 판단합니다."

단체커 생물학팀의 선임 생물학자 중 한 명인 볼프강 피히터가 턱을 문지르며 미심쩍은 눈으로 스크린을 응시했다. "거의 일어나기 힘든 일이라는 점에는 동의합니다. 하지만 불가능하다고 그렇게 확신할 수 있을까요? 어찌 됐든, 2천5백만 년이나 흘렀는데요? 환경적 요인이 바뀌면 효소가 식별할 수 없는 형태로 돌연변이를 일으킬 수도 있잖아요. 잘은 모르겠지만, 음식물이 뭔가 바뀌었을 수도 있고…. 뭐, 그런 변화가 있었겠죠."

단체커가 단호하게 고개를 저었다. "아뇨. 불가능합니다." 그가 손을 들고 손가락으로 숫자를 세기 시작했다. "첫째, 설령 효소가 돌연변이를 일으켰다고 하더라도, 우리가 어떤 척추동물을 보든 그 근본적인 특성을 식별할 수 있는 것과 마찬가지로, 이 효소의 기본적인 계통군의 구조를 식별할 수 있어야 합니다. 하지만 그럴 수 없었습니다.

둘째, 올리고세 동물 중 한 종에서만 이 효소가 발견되었다면,

24

나는 우리가 여기서 보고 있는 저 효소가 돌연변이를 일으켜 현재 세계에서 발견되는 많은 계통이 생겨났을 수도 있다고 인정할 마음의 준비가 되었을 겁니다. 다시 말해서, 이 효소가 현재 효소 계통군 전체의 조상 형태 중 하나를 대표하는 거죠. 만일 그런 경우라면, 아마 나로서도 아주 심각한 변이가 발생해서 조상 계통과 그 후손 사이의 연관성이 불분명하게 나타날 수 있다고 동의했을 겁니다. 하지만 이건 그런 경우가 아닙니다. 이 동일한 효소가 제각각 다르고 관련 없는 여러 종의 올리고세 동물에서 발견되었습니다. 여러분의 의견을 적용해보면, 거의 일어나기 힘든 일들이 여러 번 반복해서, 각각 독립적으로, 모두 동시에 일어나야 합니다. 그래서 내가 불가능하다고 한 겁니다."

"그렇지만…." 폴이 입을 열었지만, 단체커가 계속 말했다.

"셋째, 오늘날에는 미량 화학적인 차원에서 그런 효소를 가지고 있는 동물이 전혀 없는데, 그 효소가 없이도 완벽하게 잘 살고 있습니다. 현재의 동물 중에는 가니메데의 우주선에서 발견된 올리고세 동물들의 직계 자손인 경우도 많아요. 현재 이 동물들의 후손 중 일부는 급격한 돌연변이를 겪고 바뀐 음식과 환경에 적응했지만, 그렇지 않은 동물도 있습니다. 몇 가지 사례에서는 올리고세의 선조로부터 현재의 형태까지 진화가 아주 느리게 진행되어 변화도 작은 폭으로만 일어났습니다. 우리는 우주선에서 발견한 원형적인 올리고세 조상들과 현재 존재하는 이 조상들의 후손 동물과 관련해서 알려진 자료를 상세히 비교했습니다. 그 결과는 우리의 예상과 거의 일치했습니다. 큰 변화는 없었고 조상과 후손 사이의 친족 관련성이 명확히 드러났지요. 미량 화학의 수준에서 조상 동물의 모든 기능은, 이따금 조금 변경되긴 했어도, 자손에게서 쉽게 알아볼 수 있었습니다." 단체커가 볼프강을 쏘아보며 말을 이었다. "2천5백만 년은 진화의 시간 규모에서는 그리 긴 시간이 아닙니다."

아무도 반박할 준비가 안 된 듯하자 단체커가 빠르게 치고 나갔다. "그런데 모든 경우에 하나의 예외가 있었습니다. 바로 이 효소였죠. 만일 조상들에게 이 효소가 존재한다면, 그 자손들에게서도 그 효소나 아주 흡사한 뭔가가 쉽사리 눈에 띄어야 합니다. 그렇지만 모든 사례에서 그런 결과는 나타나지 않았습니다. 그런 일은 일어날 수 없습니다. 그런데 일어났습니다."

과학자들이 단체커의 말을 소화하는 동안 잠시 침묵이 흘렀다.

한참 후에 샌디가 추론을 시도했다. "그래도 다른 식으로 뭔가 급격한 돌연변이가 일어날 수 있지 않을까요?"

단체커가 샌디를 바라보며 눈살을 찌푸렸다.

"다른 식이라니 무슨 뜻이죠?" 폴 카펜터의 옆에 앉아 있던 다른 선임 생물학자 앙리 루송이 물었다.

"글쎄요, 우주선에 있는 모든 동물은 미네르바에 있던 동물이었습니다. 그렇죠? 아마도 그 동물들은 가니메데인이 지구에서 데려갔던 조상 동물들로부터 미네르바에서 태어났을 거예요. 미네르바의 환경에 있는 뭔가가 돌연변이를 일으켜 이런 효소를 발생시키지 않았을까요? 그런 경우라면 적어도 현재 지구의 동물들에 그 효소가 없는 이유는 설명됩니다. 지구 동물들은 미네르바에 간 적이 없고, 현재의 동물들을 낳은 조상들도 간 적이 없을 테니까요."

"같은 문제예요." 볼프강이 고개를 저으며 중얼거렸다.

"무슨 문제요?" 샌디가 물었다.

"동일한 효소가 제각각 다르고 관련 없는 여러 종의 올리고세 동물들에서 발견되었다는 사실 말이에요." 단체커가 말했다. "네, 미네르바의 환경이 달라서 지구에서 데려간 일부 효소의 계통이 이렇게 변이될 수 있다는 점은 나도 인정하겠습니다." 단체커가 스크린을 다시 가리켰다. "하지만 지구에서 많은 종을 데려갔습니다. 서로 다른 종들은 각각 독특한 신진대사가 있어서 고유한 효소 계통의 집단을 가지고 있어요. 자, 미네르바의 환경이 각기 다른 효소들을 변이시켰다고 가정해보죠. 그 효소들이 제각기 독립적으로 돌연변이를 일으켜서 전부 같은 효소가 될 수 있을까요? 진심으로 그렇게 생각하십니까?" 단체커가 잠깐 멈췄다가 계속 말했다. "그게 바로 우리가 직면한 상황입니다. 가니메데 우주선에는 여러 종의 표본들이 많이 보존되어 있었습니다. 그런데 모든 종의 동물이 정확히 같은 효소를 가지고 있습니다. 자, 이제 그 의견을 재고하시겠습니까?"

샌디가 잠시 당황한 눈으로 탁자를 내려다보다가 포기하는 손짓을 했다. "알았어요…. 그렇게 말씀하시니, 말이 안 되는 것 같네요."

"고맙습니다." 단체커가 무표정하게 감사를 표했다.

앙리가 몸을 기대며 탁자의 중앙에 있는 주전자에서 물을 한 컵 따랐다. 그가 물을 천천히 마시는 동안 다른 과학자들은 생각에 잠겨 벽이나 천장을 바라봤다.

"잠시 기본으로 돌아가서 생각을 좀 더 진척시킬 수 있을지 한번 보죠. 우리는 가니메데인이 미네르바에서 진화했다는 사실을 알고 있습니다. 그렇죠?" 앙리가 말하자, 그의 주변에 있는 과학자들이 동의하며 고개를 끄덕였다. "또한 우리는 가니메데인이 지구를 틀림없이 방문했으리라는 사실도 알고 있습니다. 그렇지 않다면 그들의 우주선에 지구 동물들을 싣고 있을 리가 없으니까요. 우리가 또 다른 외계인이 존재한다는 가설을 만들어내지 않는다면 말이죠. 저는 근거가 없기 때문에 그런 가설을 세우지 않을 거라고 확신합니다. 또한 가니메데에서 발견된 우주선이 지구에서 곧장 온 게 아니라 미네르바에서 왔다는 사실을 알고 있습니다. 우주선이 미네르바에서 왔다면, 지구 동물들도 당연히 미네르바에서 왔겠죠. 그런 사실은 가니메데인이 어떤 이유 때문에 온갖 종류의 생물을 지구에서 미네르바로 운송했을 거라는 우리의 추측을 뒷받침합니다."

폴 카펜터가 손을 들었다. "잠깐만요. 그 우주선이 미네르바에서 여기로 왔다는 사실은 어떻게 알아낸 거죠?"

"식물 덕분이죠." 볼프강이 폴에게 상기시켜줬다.

"아, 네. 식물이요. 제가 깜빡…." 폴의 목소리가 기어들어갔다.

가니메데인의 우주선에 있는 새장과 축사에는 먹이와 바닥을 덮는 소재로 쓰인 식물들이 있었는데, 우주선의 대기가 얼어붙고 습기가 응결될 때 얼음으로 덮이면서 완벽하게 보존되었다. 단체커가 거기에서 회수한 씨앗들을 이용해서 살아있는 식물로 기르는 데에 성공했는데, 지구에서 자란 어떤 식물과도 달라서 미네르바의 토종 식물로 추측되었다.

잎의 색이 거의 검은색에 가까울 정도로 매우 진해서, 가시광선 스펙트럼의 전 범위에 걸쳐 가능한 햇빛을 모조리 흡수했다. 이건 태양으로부터 아주 멀리 떨어져 있는 미네르바에서 독자적으로 획득했을 만한 특성이었다.

앙리가 물었다. "가니메데인이 그 동물들을 수송한 이유에 대해서는 우리가 얼마나 알아냈나요?" 그가 양팔을 펼치며 말했다. "분명히 이유가 있을 겁니다. 그 문제에 대해 얼마나 밝혀진 상태인가요? 잘은 모르겠지만, 효소가 그 문제와 관련이 있을 수도 있어요."

"아주 좋습니다. 그 주제에 대해 우리가 이미 알고 있다고 생각되는 것들을 요약해보죠." 단체커가 제안했다. 그는 스크린에서 벗어나 탁자의 모서리에 걸터앉았다. "폴, 앙리가 질문한 내용에 관해 이야기해줄래요?" 폴이 뒤통수를 긁적이며 얼굴을 찌푸렸다.

"글쎄요…." 폴이 설명을 시작했다. "먼저 물고기가 있었습니다. 그 물고기가 미네르바의 토종 생물로 입증되면서, 미네르바와 가니메데인 사이의 연결 고리를 제공해줬습니다."

"좋아요." 단체커가 고개를 끄덕였다. 조금 전까지의 까다로운 분위기에서 약간 부드러워진 듯했다. "계속하세요."

폴은 깡통에 들어있어서 잘 보존된 물고기의 형태에 대해 설명했다. 미네르바의 바다에서 기원한 게 확실한 물고기였다. 단체커가 갱구지기 아래 깊은 얼음 속에 놓여있는 우주선에서 찾은 가니메데인의 유골과 물고기의 골격이 전반적인 배열에서 상관관계가 있다는 사실을 밝힌 바 있었다. 이 상관관계는 인간과 매머드의 구조 사이에 존재하는 관계와 마찬가지로, 가니메데인과 물고기가 동일한 진화적 계통을 거쳤다는 사실을 증명한다. 따라서 물고기가 미네르바 태생이라면, 가니메데인도 미네르바 태생이다.

"단체커 교수님이 컴퓨터로 분석한 물고기 세포의 기본적인 화학적 성질에 따르면," 폴이 계속 말했다. "이산화탄소를 포함한 일련의 독소에 대한 내성이 약한 것으로 보입니다. 또한 교수님은 이런 기본적인 화학적 성질이 미네르바 역사의 아주 초기 때부터 물고기의 조상에게서 물려받았을 거라고 추정했습니다."

"그랬죠." 단체커가 인정했다. "다른 건 뭐가 있나요?"

폴이 망설이다가 말했다. "그러므로 미네르바의 육상동물들도 이산화탄소에 대한 내성이 약했을 겁니다."

"꼭 그런 건 아닙니다." 단체커가 대답했다. "그 결론까지 이어지는 연결 고리를 빠트렸어요. 혹시 다른 분…?" 단체커가 독일인 과학자를 쳐다봤다. "볼프강?"

"이산화탄소에 대한 내성이 약한 특성이 아주 먼 조상, 즉 미네르바에 육상동물이 나타나기 이전에 존재했던 동물로부터 내려왔다고 가정할 필요가 있습니다." 볼프강 피히터가 잠시 멈칫하더니, 다시 말을 이었다. "그래야 이 오래된 생물이 나중에 육상동물과 그 물고기 같은 해양 후손의 공통 조상이 된다고 가정할 수 있습니다. 그리고 그 가설이 바탕에 깔려있어야, 그 특성이 나중에 등장한 모든 육상동물에게 유전되었다고 볼 수 있습니다."

"그 가설들을 잊지 마세요." 단체커가 강조했다. "과학의 역사에서 많은 문제가 간단한 실수에서 비롯됩니다. 그리고 하나 더 기억해두세요. 만일 이산화탄소에 내성이 약한 특성이 미네르바 생물들의 진화 과정에서 아주 이른 시기에 발생해서 그 물고기가 살던 시기까지 남았다면, 아주 안정적인 특성이라고 가정할 수 있습니다. 지구에서 일어난 진화에 관한 지식을 바탕으로 판단한다면 말이죠. 이건 육상동물이 진화하고 분화하는 동안 근본적인 변화 없이 오랜 세월을 거치면서 유전되고, 이 특성이 널리 퍼져서 공통적인 특성이 되었을 거라는 가설의 가능성을 더 높여주죠. 척추동물의 기본적인 얼개가 수억 년 동안 피상적으로 외형과 크기, 형태는 달라졌어도 변화하지 않고 남아 있는 상황과 아주 흡사합니다." 단체커는 안경을 벗어 손수건으로 렌즈를 닦기 시작했다.

"아주 좋아요." 단체커가 말했다. "그 가정을 유지하면, 2천5백만 년 전 가니메데인이 진화했을 당시, 미네르바의 지표면에는 자체적인 토종 동물들이 많이 서식하고 있었을 텐데, 그 각각의 동물들은 이산화탄소에 대한 내성이 낮은 특성이 있었으리라는 결론에 이르게 됩니다. 우리가 그 당시 미네르바에 무슨 일이 일어났는지 파악하는 데에 도움이 될 만한 다른 단서는 어떤 게 있나요?"

"우리는 가니메데인이 그 행성을 버리고 어딘가로 이주하려 했었다는 사실을 압니다." 샌디가 말을 이었다. "아마도 다른 항성계로 짐작됩니다."

"오, 정말요?" 단체커가 씩 웃고는, 안경 렌즈에 다시 입김을 불었다. "그걸 어떻게 알았죠?"

샌디가 대답했다. "음, 우선, 얼음 아래에 있는 우주선에 실린 화물의 종류나 양으로 볼 때 편도여행을 하려던 이민선인 게 확실해 보입니다. 하지만 그렇다면, 대체 그 많은 곳 중에서 하필 가니메데에서 모습을 드러낸 걸까요? 그 우주선이 내행성 사이를 여행했을 가능성은 없지 않나요?"

"하지만 태양계에서 미네르바의 궤도 밖 외행성에는 이주할 곳이 없습니다." 폴이 끼어들었다. "다른 항성으로 가지 않는다면요."

"바로 그렇습니다." 단체커가 샌디를 바라보며 차분하게 말했다. "'이민선'으로 짐작된다고 했죠? 그게 현재 우리가 가지고 있는 증거들로 도달한 추론이라는 점을 잊지 마세요. 아직은 추론일 뿐입니다. 아무것도 증명하지 못해요. 기지 주변에 있는 많은 사람은 이렇게 말하죠, 우리가 아직 확인하지 못한 어떤 이유 때문에 미네르바 대기에 이산화탄소의 농도가 상승하면서 가니메데인이 태양계를 버리고 새로운 어딘가로 새로운 집을 찾아 떠났다는 사실을 우리가 알고 있다고 말이에요. 우리가 방금까지 이야기를 나눈 내용이 사실이라면, 그 추론이 맞을 겁니다. 가니메데인은 미네르바의 육상동물과 마찬가지로 내성이 낮은 특성이 있을 것이기 때문에, 대기 중에 이산화탄소 농도가 상승했다면 심각한 문제를 낳았을 것입니다. 하지만 방금 확인했듯이, 우리는 그에 대해 전혀 모릅니다. 우리는 그저 그런 해석에 적합한 추론들을 한두 개 살펴봤을 뿐입니다." 단체커 교수는 폴 카펜터가 뭔가 말하려는 모습을 보고 말을 멈췄다.

"하지만 그보다는 뭔가 더 있을 겁니다. 그렇지 않나요?" 폴이 의문을 제기했다. "우리는 미네르바의 육상동물이 2천5백만 년 전쯤 아주 짧은 기간에 모두 죽었을 거라고 상당히 확신하고 있습니다…. 아마 가니메데인들은 예외였겠지요. 만일 이산화탄소의 농도가 상승하고 모든 동물이 그 상황을 감당할 수 없었던 것이라면, 우리가 예측했던 결과와 일치하는 것처럼 보입니다. 그 가설을 아주 잘 뒷받침해주는 것 같아요."

"제 생각에는 폴이 핵심을 찌른 것 같아요." 샌디가 끼어들었다. "모든 게 이치에 맞아요. 그리고 가니메데인이 그 모든 동물을 미네르바로 싣고 갔었던 이유에 대한 우리의 생각과도 잘 맞습니다." 그리고 샌디는 그 이야기를 마무리하라는 듯 폴을 돌아봤다.

늘 그렇듯, 폴은 그다지 격려하지 않아도 곧 이야기를 시작했다. "가니메데인이 실제로 하려던 일은, 이산화탄소를 흡수하고 산소를 내뱉는 지구의 녹색 식물로 그 행성을 덮어서 이산화탄소의 불균형을 제거하려던 것이었습니다. 그 동물들은 식물이 살아남을 수 있도록 균형적인 생태 환경을 제공해주기 위해 함께 데려간 거죠. 샌디가 말했듯이, 모두 이치에 맞습니다."

"폴은 입증되길 바라는 해답에 증거를 맞추려 하고 있어요." 단체커가 경고했다. "가설과 단순한 의견을, 증거로 확인된 사실과 다시 분리합시다." 그 토론은 단체커가 논리적인 분석 기법과 과학적 추론 원칙에 따른 검토를 이끌며 계속 진행되었다. 토론이 진행되는 내내 스크린에서 가장 멀리 떨어진 탁자 끝자리에 앉아 느긋하게 담배를 피우며 말없이 그 과정을 쭉 지켜보는 사람이 있었다.

빅터 헌트 박사도 가니메데인 우주선을 연구하기 위해 목성 5차 파견대와 함께 와서 3개월 전부터 과학자팀에 합류했다.

그 뒤로 지금까지 대단한 볼거리가 나오지는 않았지만, 외계인 우주선의 구조와 설계, 내용물에 대한 자료는 엄청나게 쌓였다. 새로 분해한 부품과 기계들은 가니메데 지표면의 기지들에 있는 연구실과 목성 4차, 5차 파견대의 사령선들에서 매일 조사를 진행했다. 이 조사를 통해 알아낸 사실들은 아직 파편적이었지만, 가니메데인의 문명에 대한 유의미한 서술과 2천5백만 년 전에 일어났던 의문의 사건을 밝힐 수 있는 단서가 되었다.

그게 헌트의 일이었다. 본래 수리(數理) 원자력 공학을 전공한 이론물리학자였던 헌트는 영국에서 UN 우주군으로 와서 과학자들의 작은 그룹을 이끌었다. 그룹 L로 불렸던 모임의 업무는 가니메데 주변과 지구에서 진행되는 프로젝트에서 일하는 전문가들이 알아낸 사실들을 연결하는 일이었다. 전문가들이 퍼즐 조각들에 색을 입히면, 헌트가 이끄는 과학자들이 그 조각들을 하나로 맞췄다. 이런 일 처리 방식은 헌트의 직속상관이자, 휴스턴에 있는 UN 우주군 항해통신본부의 본부장 그렉 콜드웰이 계획했다.

그 계획은 잘 작동되어서 과학자들이 미네르바의 존재와 운명의 수수께끼를 성공적으로 밝혀낼 수 있었고, 앞으로도 이 계획이 다시 잘 작동하리라는 믿음을 주었다.

헌트는 생물학자들의 논쟁이 한 바퀴를 돌아서 출발점이었던 낯선 효소로 다시 초점을 맞출 때까지 쭉 듣고 있었다.

"아뇨, 유감이지만 그렇지 않습니다." 단체커가 앙리의 질문에 대답했다. "우리는 현재 그 효소의 용도가 무엇이었는지 모릅니다. 반응식으로 볼 때, 이 효소는 어떤 종류의 단백질 분자를 변형하거나 분해하는 데에 일조하는 것 같은데, 정확히 어떤 분자인지, 그 용도가 무엇인지는 아직 모릅니다." 단체커는 설명을 덧붙일 사람이 있는지 보기 위해 회의실을 둘러봤지만, 아무도 말이 없었다.

회의실이 침묵에 잠겼다. 가까운 곳에 있는 발전기가 부드럽게 윙윙거리는 소리가 처음으로 들려왔다. 마침내 헌트가 담배를 비벼 끄고, 의자 등받이에 기대앉아 팔꿈치로 손잡이를 짚으며 말했다. "거기가 문제인 것처럼 들리는군요. 효소는 제 전공분야가 아니니, 이 문제는 여러분에게 완전히 맡겨두고 이만 가봐야 할 것 같습니다."

"지금까지 함께 자리를 지켜줘서 고마워, 헌트 박사." 단체커가 멀리 있는 탁자 끝을 보려고 눈썹을 치켜들며 말했다. "왜 토론이 시작된 뒤로 한마디도 안 했지?"

"들으면서 배웠지." 헌트가 씩 웃었다. "해줄 수 있는 말이 별로 없어서."

"인생에 대한 철학적 말씀 같네요." 볼프강이 자기 앞에 있는 서류를 훑어보면서 말했다. "박사님은 인생 철학에 대해 많이 읽지 않으셨던가요? 19세기 중국 귀족의 고매한 말씀이 가득한 작은 빨간 책 같은…."

"유감스럽지만 그렇지는 않아요. 뭐에 대한 것이든 철학이 너무 많으면 안 되죠. 항상 끝에는 마음에 없는 소리를 하는군요. 그러면 신뢰감이 떨어지잖아요."

볼프강이 미소를 지으며 말했다. "박사님은 이 빌어먹을 효소와 관련된 문제를 밝히는 데에 도움이 되는 말씀을 전혀 안 해주셨잖아요."

헌트는 바로 대답하지 않고, 자신이 알고 있는 사실을 밝히는 게 바람직할지 모르겠다는 듯한 태도로 입술을 오므리고는 고개를 한쪽으로 갸웃거렸다. "글쎄요." 마침내 박사가 입을 열었다. "여러분은 그 효소에 대해 지금도 고민거리가 차고 넘치지 않나요?" 그의 말투는 살짝 장난스러우면서도 지극히 도발적이었다. 회의실 안의 모든 얼굴이 동시에 헌트 박사 쪽으로 돌아갔다.

"박사님, 저희한테 말하지 않은 사실이 있는 거죠?" 샌디가 말했다. "말씀해주세요."

단체커는 흥미로운 눈빛으로 말없이 헌트를 뚫어져라 쳐다봤다. 헌트가 고개를 끄덕이더니, 한 손을 내려서 자신의 의자 앞 탁자의 모퉁이에 오목하게 들어가 있는 키보드에 뭔가를 입력했다. 가니메데의 반대편 상공에 떠 있는 목성 5차 파견대 사령선의 컴퓨터가 그의 요구에 응했다. 회의실 벽의 스크린에 뜬 화면이 바뀌며 숫자들이 빽빽하게 떴다.

헌트는 다른 사람들이 화면을 살펴볼 시간을 줬다. "이건 최근 목성 5차 파견대 연구실에서 실시한 정량적 분석 검사들의 결과입니다. 이 검사에는 여러분들이 방금 토론하던, 우주선에서 가져온 동물들의 선별한 장기에서 추출한 세포의 화학적 구성에 대한 반복적인 측정도 포함되죠." 그는 잠시 말을 멈췄다가 사무적인 말투로 계속 이어갔다. "이 숫자들은 특정한 원소 화합물이 반복해서 나타난다는 사실을 보여주는데, 항상 일정한 비율로 나타납니다. 그 비율은 잘 알려진 방사성 붕괴 과정의 생성물이라는 사실을 강력히 시사합니다. 효소가 만들어질 때 방사성 동위원소를 선택하는 것처럼 보입니다."

그의 말을 들은 과학자 한두 명이 의아한 표정을 지으며 인상을 찌푸렸다. 단체커가 가장 먼저 반응했다. "자네 말은 그 효소가 방사성 동위원소를 자신의 구조 안에… 선택적으로 집어넣었다는 의미야?"

"바로 그거야."

"말도 안 돼." 단체커 교수가 단호하게 주장했다. 반론의 여지를 전혀 주지 않는 말투였다.

헌트가 어깨를 으쓱하며 말했다. "그렇게 나타났어. 저 숫자들을 봐."

"하지만 그런 과정이 일어날 가능성은 전혀 없어." 단체커가 주장했다.

"나도 알아. 그런데 그런 일이 일어났어."

"순수한 화학적 과정으로는 방사성 동위원소와 비방사성 동위원소를 구별할 수 없어." 단체커가 성마르게 지적했다. "효소는 화학적 과정을 통해 만들어지는데, 그런 처리 과정으로는 방사성 동위원소를 선택적으로 사용해서 효소를 구성할 수 없어." 헌트는 자신이 의견을 말할 경우, 단체커가 즉시 단호한 반응을 보이며 전면적으로 거부할 거라고 반쯤 예상하고 있었다. 단체커와 2년 넘게 가까이 지내며 일을 했더니, 자신의 신념에 어긋나는 낯선 의견이 고개를 들면, 단체커가 그 즉시 본능적으로 정통적인 견해로 맹공을 퍼붓는 경향이 있다는 사실에 익숙해졌다. 그렇지만 단체커에게 숙고할 시간을 주면, 이 회의실에 앉아 있는 젊은 과학자들 못지않게 독창적인 생각을 해낼 수 있는 사람이라는 사실도 헌트는 알고 있었다. 그래서 헌트는 잠시 아무 말 없이 무심하게 음조가 맞지 않는 휘파람을 불며 탁자를 손가락으로 두들겼다.

대답을 기다리던 단체커는 시간이 갈수록 눈에 띄게 화난 얼굴이 되었다. "화학적인 처리로는 방사성 동위원소를 구분할 수 없어." 마침내 단체커가 그 말을 반복했다. "그러므로 어떤 효소도 자네가 말하는 방식으로 만들어질 수 없어. 설령 가능하다고 할지라도, 그런 기능은 아무런 소용이 없어. 방사성 동위원소를 가지고 있든 말든 효소는 화학적으로 동일하게 작용할 거야. 자네 말은 하나도 앞뒤가 맞지 않아!"

헌트가 한숨을 뱉고, 피곤한 표정을 지으며 손가락으로 스크린을 가리켰다.

"단체커, 내가 말한 게 아니야." 헌트가 단체커에게 상기시켰다. "숫자가 말했지. 저게 사실이야. 직접 확인해봐." 헌트는 앞으로 몸을 숙이면서 고개를 한쪽으로 기울이더니, 갑자기 뭔가 떠오른 듯 얼굴을 찌푸렸다. "몇 분 전에 자네가 사람들에게 뭐라고 했더라…, 이미 마음속으로 결정한 해답에 증거를 맞추려 한다고 말하지 않으셨던가?" 헌트가 물었다.

2

빅터 헌트는 11살 때 런던 이스트엔드에 있던 정신 사나운 집에서 나와 우스터에 있는 삼촌과 숙모네 집으로 가서 함께 살았다. 헌트의 가족들에게서 이상한 사람으로 취급받던 삼촌은 인근에 있는 유명한 컴퓨터 제조업체 연구실에서 일하는 설계기사였다. 소년은 삼촌에게서 지속적인 지도를 받으며 전자공학이라는 세계의 즐거움과 신비에 처음으로 눈을 떴다.

얼마 후 어린 헌트는 형식 논리학 법칙과 논리 회로 설계 기술에 대해 새롭게 흥미를 느껴 그것들을 첫 번째 실험에 적용시켰다. 헌트는 특별한 목적에 쓰기 위해 기능이 고정된 프로세서를 설계하고 제작했는데, 이 프로세서는 그레고리력으로 1582년 이후의 아무 날짜나 입력하면 그 날짜의 요일을 1에서 7까지 숫자로 표시하게 되어 있었다. 하지만 헌트가 기대에 들떠 숨을 죽이고 처음으로 스위치를 켰을 때 시스템이 죽어버렸다. 축전기를 잘못 연결해서 전원이 합선된 것이었다.

이 실험으로 헌트는 두 가지를 배웠다. 대부분의 문제는 상황을 올바른 방식으로 보기만 해도 간단하게 풀 수 있으며, 마지막에 얻는 승리의 기쁨이 그때까지 쏟아부은 모든 노력을 보람 있게 만들어 준다는 사실이었다. 또한 좋은 발상처럼 보이는 뭔가를 증명하거나 반증하고 싶을 때 유일하게 확실한 방법은 그 생각을 실험할 방법을 찾는 것이라는 그의 통찰이 더 강해졌다. 그 후 헌트가 전자공학에서 수리 물리학, 그리고 원자력 공학으로 이어지는 경력을 쌓는 동안, 이 원칙은 그의 탄탄한 정신 구조를 떠받치는 토대가 되었다. 거의 30년 동안 헌트는 중요한 실험을 준비하고 진실에 다가갈 때 긴장감이 쌓이는 마지막 순간의 중독성을 절대 잊지 않았다.

헌트는 지금 빈센트 카리잔이 전력 증폭기의 설정을 마지막으로 조율하는 모습을 보면서 똑같은 느낌을 받았다. 오늘 아침 갱구기지 전자공학 연구실에서는 가니메데인 우주선에서 회수한 장비가 사람들의 눈길을 끌었다. 대략 석유 드럼통 크기의 원통이었는데, 간단한 기능만 있는 모양인지 입력과 출력 연결 부위만 몇 개 있었다. 뭔가 크고 구성이 복잡한 시스템의 부품이라기보다 다소 독립적인 장치인 게 틀림없었다.

하지만 그 장치의 기능은 거의 알 수 없었다. 갱구기지의 공학자들은 연결 부위가 전력 소켓인 것 같다고 결론을 내렸다. 사용된 절연 물질, 전압을 고정하고 보호하는 회로, 교류를 직류로 바꿀 때 사용하는 평활 회로, 주파수 여과 장치를 분석하고, 공학자들은 연결 부위가 일종의 전원 공급 장치라고 추론했다. 공학자들은 이에 맞춰서 적당한 변압기와 주파수 변환기를 준비할 수 있었다. 오늘은 그 장치에 전원을 넣으면 무슨 일이 일어날지 살펴보는 날이었다.

연구실에는 헌트와 카리잔, 그리고 이 실험을 위해 모아놓은 계측기들을 관리하기 위해 참석한 공학자 두 명이 있었다. 카리잔이 만족스럽게 고개를 끄덕이며 증폭기에서 뒤로 물러나자, 이 모습을 지켜보던 프랭크 타워스가 물었다. "과전류 확인 준비는 다 됐죠?"

"네." 카리잔이 대답했다. "전기 충격을 줘봐요." 프랭크가 다른 패널에 있는 스위치를 켰다. 즉시 패널 뒤에 있는 장비함에서 회로 차단기가 떨어지며 날카로운 탁 소리가 들렸다.

방 한쪽의 계기판 옆에 서 있던 샘 멀린이 판독용 모니터를 힐끗 쳐다보고 말했다. "과전류 차단 기능은 이상 없습니다."

"연결하고 몇 볼트 던져봅시다." 카리잔이 프랭크에게 말하자, 그는 제어판의 설정을 몇 개 바꾸고 스위치를 다시 올린 후 멀린을 바라봤다.

"50볼트 제한, 확인했나요?" 멀린이 말했다.

"확인했습니다." 프랭크가 대답했다.

카리잔이 헌트를 바라봤다. "준비됐습니다, 헌트 박사님. 회로의 전류를 제한한 상태로 1차 시도를 하겠지만, 무슨 일이 일어나든 우리 장비들은 보호될 겁니다. 이제 판돈을 다른 곳에 걸 수 있는 마지막 기회예요. 장부 닫습니다."

"난 아직도 저기서 음악이 나올 것 같은데요." 헌트가 씩 웃으며 말했다. "저건 일종의 전자 오르간일 겁니다. 전기를 조금 넣어보죠."

"컴퓨터는?" 카리잔이 멀린에게 눈짓을 했다.

"작동 중입니다. 모든 데이터 입출력 정상입니다."

"좋았어. 그럼." 카리잔이 양손을 비볐다. "이제 오늘의 스타가 나오십니다. 이번엔 진짜로 갑니다. 프랭크, 1단계 실시."

긴장한 침묵이 흐르는 동안 프랭크가 제어판을 재설정하고 주 스위치를 다시 켰다. 그의 패널에 있는 번호판들의 눈금이 즉시 바뀌었다.

"들어갑니다." 프랭크가 확인했다. "동력을 받아들이고 있어요. 전류는 한계치까지 올라갔습니다. 좀 더 원하는 모양인데요." 모든 눈이 멀린을 향했다. 그는 컴퓨터의 출력 모니터들을 골똘히 쳐다보고 있었다. 멀린이 사람들을 돌아보지 않은 채 고개를 저었다.

"반응이 없어요. 이건 뭐 도도새가 불새처럼 보일 지경이에요."

진동을 흡수하는 고무판 위에 강철 고정틀을 놓고, 그 안에 가니메데인의 장치를 볼트로 채워서 세워놓았는데, 장치 외부에 붙인 가속도계에서 내부의 기계적인 움직임이 전혀 감지되지 않았다. 외부에 부착된 고감도 마이크에도 가청 주파수나 초음파의 소리가 잡히지 않았다. 열감지기와 방사능 검출기, 전자기파 탐지기, 자력계(磁力計), 섬광 계수기, 그 외 다양한 안테나들에도 아무것도 감지되지 않았다.

프랭크가 공급 주파수를 실험 범위 너머로 이리저리 움직여봤지만, 변화가 전혀 없다는 사실이 곧 명백해졌다. 헌트는 멀린 옆으로 걸어가 컴퓨터 모니터를 살펴보고 아무 말도 하지 않았다.

"심지에 좀 더 불을 붙여야겠군." 카리잔이 말했다. "프랭크, 2단계 실시." 프랭크가 입력 전압을 한 단계 올렸다. 멀린의 모니터에 일련의 숫자들이 나타났다.

"7번 채널에 뭔가 나왔습니다." 멀린이 사람들에게 말했다. "음향 신호네요." 그는 제어판에 있는 키보드에 짧은 명령어를 입력하고 보조 모니터에 뜬 파형을 응시했다. "심한 고조파(高調波) 왜곡이 있는 주기적 파동입니다. 진폭이 낮고… 기본 진동수는 72헤르츠 정도입니다."

"그건 공급 전원의 주파수예요…." 헌트가 낮게 말했다. "어딘가에서 공명이 되나 본데…, 별로 중요한 건 아닙니다. 다른 건 없습니까?"

"없습니다."

"프랭크, 더 올려요." 카리잔이 말했다.

실험이 진행될수록 더 조심스러워져서 단계마다 점점 더 다양한 주파수를 시도했다. 마침내 전원 입력장치에서 가니메데인의 장치가 포화상태에 도달했다는 신호가 나왔다. 그 장치의 설계 수위까지 도달한 모양이었다. 이때까지 그 장치에 상당한 양의 동력이 흘러들어 갔지만, 꾸준히 표시되는 부드러운 공명 소리와 장치 외피의 일부분에 약간 온도가 올라간 것 외에는 모든 계측기가 완고하게 침묵을 유지했다. 한 시간이 지나가자, 헌트와 UN 우주군 공학자 세 명은 그 장치를 더 오래, 더 세밀하게 검사할 수밖에 없겠다는 생각이 들었다. 세밀한 검사에는 그 장치의 분해도 당연히 포함될 것이다. 그들은 나폴레옹과 마찬가지로, 행운은 기다리지 않고 도전하는 사람에게 찾아온다는 관점을 가지고 있었다. 이건 시도해볼 만한 일이었다.

하지만, 가니메데인의 장치가 일으킨 교란은 그들의 장비로 탐지할 수 있는 성질이 아니었다. 강력하지만 지극히 국지적인 시공간 왜곡의 구면파가 갱구기지에서 빛의 속도로 퍼져나가 태양계를 가로지르며 전파되었다.

남쪽으로 천백 킬로미터 떨어진 가니메데 중앙기지의 지진계가 격렬하게 요동쳤지만, 기록하는 컴퓨터 안에 내장된 자료검증 프로그램이 작동을 중단시키고 시스템 고장 신호를 보냈다.

지표면에서 3천 킬로미터 상공에 떠 있는 목성 5차 파견대 사령선의 감지기들은 비정상적인 눈금 표시의 출처가 갱구기지라고 정확히 지적하고 감독관에게 경고했다.

30분이 지난 후에도 갱구기지의 연구실에서는 그 장치에 최대 전력을 공급하고 있었다. 마침내 프랭크가 전력을 끊고 의자에 앉으며 한숨을 뱉자, 헌트가 담배를 비벼 껐다.

"이게 다예요." 프랭크가 말했다. "이런 식으로는 아무것도 안 됩니다. 아무래도 저걸 열어봐야 할 것 같습니다."

"10달러 줘요." 카리잔이 선언했다. "이것 봐요, 헌트 박사. 음악 소리는 안 났잖아요."

"다른 소리도 없었잖아요." 헌트가 대꾸했다. "내기는 무효가 됐군요."

계기판에 있던 멀린은 얼마 모이지 않은 빈약한 데이터를 파일로 저장한 뒤 컴퓨터를 끄고 다른 사람들과 어울렸다.

"전기가 다 어디로 가버렸는지 모르겠어요." 멀린이 인상을 찌푸리며 말했다. "발생한 열도 들어간 전력량에 비하면 턱없이 부족한데, 그 외에는 아무런 기미가 없습니다. 이건 말도 안 돼요."

"저 안에 블랙홀이 있는 게 틀림없어요." 카리잔이 말했다. "맞아, 그거예요… 쓰레기통. 궁극의 쓰레기통인 거죠."

44

"거기에 내가 10달러 걸죠." 헌트가 흔쾌히 카리잔에게 말했다.

✳

가니메데에서 5억5천 킬로미터 떨어진 소행성대에 있는 UN 우주군 로봇 탐지기가 빠르게 연이어 발생한 일시적인 중력 이상을 감지했다. 탐지기의 중앙 컴퓨터는 모든 시스템 프로그램을 중지시키고 시스템 진단과 오류 점검 루틴을 시작했다.

✳

"농담하지 마세요. 완전히 월트 디즈니에서 튀어나온 것처럼 생겼잖아요." 헌트가 갱구기지 공동 식당의 한쪽 구석에 있는 식탁 건너편에 있는 사람들에게 말했다. "가니메데인 우주선의 그 방 벽에 그려진 동물들 같은 건 한 번도 본 적이 없어요."

"말도 안 돼요." 헌트의 건너편에 앉아 있는 샘 멀린이 말했다.

"그럼, 그게 뭐라고 생각하세요? 미네르바인? 아니면 뭐?"

"지구 동물들은 아니죠, 그건 확실합니다." 헌트가 대답했다. "그런데 어쩌면 아니… 진짜가 아닐 수도 있어요. 단체커 교수도 그 동물 그림이 진짜일 리 없다고 확신하니까."

"진짜라니, 무슨 뜻이에요?" 카리잔이 물었다.

"글쎄, 진짜 동물처럼 생기지 않았잖아요." 헌트가 대답했다. 헌트는 인상을 찌푸리더니 손을 흔들며 허공에 작은 원들을 그렸다. "그 동물들은 전부 다 밝은 색깔에… 흉측하고… 꼴사나워요. 그런

45

게 진짜 생물의 진화 체계에서 발전했다고 상상하긴 힘들 겁니다."

"자연선택 과정을 통해 살아남은 동물 같지 않다는 거죠?" 카리 잔이 물었다.

헌트가 재빨리 고개를 끄덕거리며 말했다. "그래, 바로 그거예요. 생존에 적합하지 않아요…. 위장을 하거나 도망칠 능력 같은 게 전혀 보이지 않잖아요."

"음…." 카리잔은 흥미가 돋긴 했어도 어리둥절한 표정은 아니었다. "진짜 동물이 아니면 뭘까요? 혹시 괜찮은 생각 있어요?"

"글쎄, 실은 떠오르는 게 있긴 해요." 헌트가 말했다. "우리는 그 방이 가니메데인의 육아실 같은 곳이라고 확신하고 있잖아요. 그걸로 설명이 되지 않을까요. 그 동물들이 진짜가 아니라면, 가니메데인의 만화 주인공일 겁니다." 헌트가 말을 잠깐 멈추더니 혼자 키득거렸다. "단체커 교수는 혹시 그 동물 중에 넵튠(Neptune)*이라는 이름이 붙은 게 있을지 궁금해해요." 다른 두 명이 의아한 눈으로 그를 쳐다봤다. "교수의 생각에, 당시는 아직 명왕성이 없었으니까 가니메데인들이 플루토(Pluto)**라는 이름을 붙이지는 않았을 거라는 거죠." 헌트가 설명했다. "대신 넵튠이라는 이름이 붙은 만화 주인공이 생겼겠죠."

"넵튠이라니!" 카리잔이 껄껄 웃으며 식탁을 손으로 내리쳤다. "그거 재밌네요…. 단체커 교수가 그런 농담을 할 거라곤 생각도 못했어요."

---

* 고대 로마의 바다의 신. 해왕성을 의미하기도 한다.
** 디즈니 애니메이션에 나오는 개의 이름. 명왕성을 의미하기도 한다.

"놀란 모양이군요." 헌트가 말했다. "단체커 교수는 한 번 친해지고 나면 정말 재미있는 사람이라는 사실을 알 수 있을 거예요. 첫인상은 조금 딱딱하지만, 그게 전부예요…. 아무튼 박사도 그 동물들을 봐야 합니다. 내가 프린트를 몇 장 가져올게요. 그중 하나는 밝은 파란색에 양옆으로 핑크색 선이 그어져 있고… 몸뚱이는 살찐 돼지인데 코끼리 코도 달렸다니까요!"

멀린이 얼굴을 찡그리더니 눈을 감으며 말했다. "이런…. 생각만 해도 술이 당기네요." 멀린이 고개를 돌려 서빙 카운터를 쳐다봤다. "대체 프랭크는 어디 간 거죠?" 마치 이 질문에 대답이라도 하듯, 프랭크가 커피 네 잔이 담긴 쟁반을 들고 멀린의 뒤쪽에서 나타났다. 프랭크는 쟁반을 내려놓고 의자에 앉으며 커피를 돌렸다.

"우유 첨가 두 잔, 우유 없이 한 잔, 그리고 블랙 한 잔, 맞죠?" 프랭크가 의자에 기대 앉으며 헌트에게서 담배를 받았다. "건배. 카운터에 있는 사람한테 이야길 들어보니까 잠시 떠나신다는 소문이 있던데, 맞나요?"

헌트가 고개를 끄덕였다. "겨우 닷새인걸요. 목성 5차 파견대에 잠깐 다녀올 예정입니다. 모레 중앙기지로 가서 거기서 올라갈 거예요."

"혼자서요?" 멀린이 물었다.

"아니, 대여섯 명이 갑니다. 단체커 교수도 같이 가고요. 혼자 쉬게 되어서 미안하다고 말해야 될 정도는 아니죠."

"부디 날씨가 좋길 바랍니다." 프랭크가 장난스럽게 빈정댔다. "휴가철을 놓치시면 너무 안타까우실 것 같아요. 여기에 지내다 보니 대체 마이애미 해변이 뭐가 그렇게 매력적이라고들 하는 건지 이해가 안 가요."

"거기선 스카치에 얼음이 함께 나오거든요." 카리잔이 말했다.

식탁에 그림자가 드리워졌다. 다들 고개를 들어 체크무늬 셔츠와 청바지를 입고 무성한 턱수염을 뽐내는 큰 덩치의 남자를 반갑게 맞았다. 그는 헌트와 단체커가 포함된 팀과 함께 가니메데에 온 구조 공학자 피트 커밍스였다. 피트는 의자 하나를 뒤로 돌려 걸터앉으며 카리잔을 쳐다봤다.

"어떻게 됐어요?" 피트가 물었다. 카리잔은 얼굴을 찡그리며 고개를 저었다.

"별거 없었어요. 약간의 열과 약간 웅웅거리는 소리… 외에 크게 이야기할 만한 일은 없었어요. 그 실험에선 아무것도 못 얻었죠."

"그것참 애석한 일이네요." 피트가 적절한 위로의 말을 했다. "그러면 여러분이 그 온갖 야단법석의 원인은 아니었겠군요."

"무슨 야단법석?"

"못 들었어요?" 피트가 놀란 얼굴이었다. "조금 전에 5차 파견대에서 메시지가 왔어요. 지표면에서 날아온 이상한 파동을 잡았다는데… 그 발신지가 여기 어디쯤인 것 같습니다. 그래서 파견대장이 누가 그 파동을 만들었는지, 왜 그런 일이 일어났는지 알아내려고 온 기지를 다 호출했어요. 위의 송신탑들이 닭장에 여우라도 들어간 것처럼 아주 난리도 아니었다니까요."

"우리가 연구실을 막 떠날 때 왔던 그 호출인가 보네요." 멀린이 말했다. "제가 중요한 호출일 거라고 했잖아요."

"사람에겐 커피가 필요한 때가 있는 법이죠." 카리잔이 대답했다.

"아무튼, 우리는 아니에요." 카리잔이 피트를 쳐다보며 말했다.

"미안해요, 피트. 다음에 다시 물어봐 줘요. 오늘 우리는 막 허탕을 치고 오는 길이라서 말이죠."

"글쎄, 아주 이상한 일이었어요." 피트가 수염을 만지작거리며 말했다. "그 사람들이 다른 데는 전부 확인했거든요."

헌트가 눈살을 찌푸리더니, 생각에 잠겨 담배를 쭉 빨아 당겼다. 그리고 연기구름을 내뿜으며 피트를 쳐다봤다.

"피트, 그게 몇 시에 일어났는지 알아요?" 헌트가 물었다.

피트가 얼굴을 찌푸리며 말했다. "언제더라…. 음, 한 시간이 안 됐는데…." 피트가 고개를 돌려 다른 식탁에 앉아 있는 세 남자에게 소리쳤다. "어이, 제드. 5차 파견대에서 이상한 파동을 잡은 게 언제였지? 혹시 알아?"

"현지 시각 10시 47분이요." 제드가 소리쳤다.

"현지 시각 10시 47분이라네요." 피트가 사람들을 쳐다보며 반복했다.

헌트 주변에 앉아 있는 사람들 사이에 갑자기 심상치 않은 침묵이 흘렀다.

"어떻게들 생각하세요?" 마침내 프랭크가 의견을 물었다. 사무적인 말투였지만, 놀란 속내를 감추긴 힘들었다.

"우연일 수도 있어요." 멀린이 자신이 없는 말투로 작게 말했다.

헌트는 사람들의 얼굴을 살펴보고 다들 같은 생각을 하고 있다는 사실을 알아차렸다. 모두 같은 결론에 도달했다. 잠시 후 헌트가 그들을 위해 입을 열었다.

"난 우연을 믿지 않습니다."

＊

　가니메데에서 8억 킬로미터 떨어진 달 뒷면의 전파광학 천문대에서 오토 슈나이더가 조수의 연락을 받고 컴퓨터 그래픽실로 갔다. 은하계 중심에서 발산하는 우주 중력파를 측정하는 계기에 표시된 특이한 기록을 조수가 가리켰다. 이 신호들은 명확하게 식별할 수 있었지만, 은하계 중심 방향에서 온 게 아니었다. 그 중력파는 목성에서 가까운 어딘가에서 만들어졌다.

＊

　가니메데에서 또 한 시간이 지나갔다. 헌트와 공학자들은 피트 커밍스에게 들었던 이야기를 바탕으로 실험을 재검토하기 위해 연구실로 돌아갔다. 그들은 기지 소장에게 연락해서 상황을 보고하고, 가니메데인의 장치에 대한 더 강도 높은 검사를 실시할 수 있도록 준비하기로 했다. 프랭크와 멀린이 앞서 수집된 데이터를 재검토하는 동안, 헌트와 카리잔은 실험 장비에 추가하기 위해 지진계를 사정해서 빌리거나, 안 되면 훔치려고 기지를 돌아다녔다. 마침내 창고에 적당한 지진계가 있다는 사실을 알아냈다. 기지에서 5킬로미터 떨어져 있는 지진 관측소에서 여분으로 보관하고 있던 지진계였다. 그래서 팀은 오후 실험 계획을 짜기 시작했다. 이쯤 되자 공학자들의 흥분이 빠르게 쌓여갔지만, 그보다 호기심이 더 컸다. 아무튼, 그 장치가 중력파를 쏘았다고 하더라도, 대체 그 목적이 뭘까?

　가니메데에서 24억 킬로미터 떨어진, 천왕성의 평균 궤도에서 그리 멀리 않은 곳에서 통신용 보조 프로세서가 관리 컴퓨터의 연산에 끼어들었다. 컴퓨터는 부호 변환 루틴을 활성화해서 주 시스템 모니터에 최우선으로 처리해야 할 메시지를 보냈다.

　표준모델 17마크 3B 조난 신호기에서 송신된 구조요청이었다.

3

수송선은 갱구기지를 항상 둘러싸고 있는 메탄-암모니아 안개의 베일 위로 부드럽게 올라가 그 고도를 그대로 유지하며 남쪽으로 향했다. 수송선은 거의 두 시간 동안 음침한 안개의 바다에 반쯤 잠겨, 폭풍우 치는 바다의 형태로 얼어붙은 불변의 황무지 위를 스치듯 날아갔다. 가끔 그 황량한 풍경 사이로 점점이 지표면 위로 노출된 바위들이 눈에 띄었는데, 고요하게 빛나는 목성의 거대한 무지갯빛 원반이 뿜어내는 희미한 빛에도 바위들의 검은색이 두드러졌다. 그때 앞쪽의 지평선 너머에서 하늘을 향해 솟아오른 대여섯 개의 은색 첨탑들이 오밀조밀하게 모여 있는 모습이 객실의 모니터로 보였다. 가니메데 중앙기지 위에 보초처럼 서 있는 거대한 베가 핵융합 왕복선들이었다.

헌트 일행은 중앙기지에서 휴식을 가진 뒤, 목성 5차 파견대로 가는 다른 일행들과 함께 베가 왕복선에 올랐다. 얼마 지나지 않아 왕복선이 우주를 향해 쏜살같이 올라가자 뒤쪽의 가니메데가 매끄럽고 단조로운 눈덩이로 순식간에 바뀌었다. 앞쪽의 바늘구멍 같던 불빛이 서서히 길어지고 커지더니 2킬로미터 길이의 장엄하고 당당한 목성 5차 파견대 사령선으로 변했다. 사령선은 허공에 혼자 떠 있었다. 4차 파견대는 지난주에 목성의 제4위성 칼리스토로 떠났다. 앞으로 거기서 정지 궤도를 잡을 예정이었다. 컴퓨터와 도킹용 레이더가 베가 왕복선들을 동굴처럼 생긴 착륙장으로 부드럽게 이끌어서 착륙시켰다. 몇 분 후 왕복선에서 내린 사람들이 강철로 만든 거대한 도시로 걸어 들어갔다.

단체커는 내리자마자 5차 파견대 과학자들과 갱구기지의 지구 동물 표본에 대한 최근의 세부적인 연구에 관해 논의하기 위해 사라졌다. 헌트는 부끄러움이나 양심의 가책 없이 24시간 동안 아무것도 하지 않고 유쾌하게 푹 쉬었다. 그는 지구에서 떠나올 때 오랜 시간 동안 친해졌던 목성 5차 파견대 승무원들을 만나 연거푸 술을 마시며 끝도 없이 수다를 떨었다. 그리고 엄청나게 넓어 보이는 사령선의 복도와 널찍한 갑판을 목적지도 없이 그저 어슬렁거리고 돌아다니며 거의 잊고 지냈던 자유의 무한한 즐거움을 다시 깨달았다. 헌트는 넘쳐흐르는 행복감에 도취했다. 5차 파견대 사령선에 다시 돌아온 것만으로도 익숙하던 생활과 지구에 더욱 가깝게 다가간 느낌이 들었다. 어느 정도는 고향에 돌아온 기분이었다. 인간이 만든 이 작은 세계, 무한한 진공의 바다를 떠도는 빛과 생명과 온기의 섬은 더 이상 그가 1년 전 달에서 올라탔을 때처럼 차갑거나 낯선 선체가 아니었다. 이제는 지구 그 자체의 일부분처럼 느껴졌다.

이튿날 헌트는 5차 파견대의 과학자 중 일부와 사교적인 만남을 가지고, 사령선의 사치스러운 체육관에서 운동한 뒤 수영으로 몸을 식혔다. 잠시 후 헌트는 힘든 하루에 대한 보상으로 바에서 맥주를 마시며 저녁에 뭘 할지 고민하다가, 근무를 마치자마자 술을 한 잔하러 달려온 의사와 이야기를 나누게 됐다. 그녀의 이름은 셜리였다. 셜리가 영국의 케임브리지에서 공부했으며, 헌트가 학생 시절을 보냈던 하숙집에서 2분 거리도 안 되는 아파트를 임대해서 지냈다는 사실을 알고는 둘 다 놀랐다. 난데없이 불쑥 솟아난 이 즉석 우정은 금세 꽃봉오리를 활짝 피웠다. 둘은 함께 저녁 식사를 한 뒤 저녁 내내 이야기하고, 웃고 마시고 또 마시고 웃고 이야기하며 보냈다. 자정이 가까워지자, 이러다 갑자기 헤어지지 않을 게 분명해졌다. 건강하지 못하게 오랜 시간을 보내왔다고 스스로 확신했던 헌트였지만, 다음 날 아침엔 훨씬 나아진 기분이 들었다. 헌트는 의사가 사람들을 기분 좋게 만들어주는 게 틀림없는 모양이라고 혼잣말을 했다.

그날 이후로 헌트는 단체커와 함께 다녔다. 2년 동안 헌트와 단체커가 선두에서 이끌어왔던 연구 성과는 지금까지 세계적으로 찬사를 받았고, 그 결과로 두 과학자의 이름은 사람들의 이목을 끌게 되었다. 15년 전 세계가 비무장화되기 이전에는 공군 대령이었던 목성 5차 파견대장 조셉 B. 섀넌이, 사령선에 두 과학자가 올라왔다는 소식을 듣고 그들을 점심에 초대했다. 그래서 그들은 파견대장의 식탁에 앉아 마지막 코스 요리가 물러간 뒤 담배와 브랜디를 즐기며 달콤한 행복감을 맛보고, 그에 대한 답례로 섀넌 대장에게 지난 2년 동안 과학계를 뒤흔들었던 놀라운 발견들에 대한 개인적인 이야기를 해주며 한나절을 보냈다. 찰리를 비롯한 월인(月人)의 발견은 가니메데인의 발견과 함께 세상에 충격을 던져줬었다.

가니메데인이 발견된 건 나중으로, 갱구기지 아래의 얼음 속으로 파 내려가서 가니메데 우주선까지 수직갱도가 뚫렸을 때의 일이다. 그 발견이 있기 얼마 전에 진행되었던 달의 지표면 탐사에서, 인간의 문명보다 오래전에 기술적으로 훨씬 앞선 다른 문명이 태양계에 존재했다는 흔적이 나왔다. 이 종족에게는 처음 발견된 장소를 기념해서 '월인'이라는 이름이 붙었는데, 홍적세 빙하기의 마지막 한랭기였던 5만 년 전 즈음에 정상에 도달했던 종족으로 알려져 있다. 우주복을 입은 사체로 '찰리'가 가장 먼저 발견되었는데, 코페르니쿠스 크레이터에서 멀지 않은 지역의 잡석과 파편들 아래에서 잘 보존된 상태였다. 찰리의 발견이 연구를 시작할 수 있는 단서를 제공해주었고, 마침내 월인의 사연을 재구성할 수 있게 되었다.

월인은 모든 세부 사항에서 인간이라고 확실히 입증되었다. 일단 이 사실이 밝혀지자, 월인이 어디서 왔는지에 대해 해명해야 하는 문제가 발생했다. 월인은 현대 인류가 존재하기 전에 등장했지만, 당시까지 전혀 생각지도 못했던 지구의 문명에서 왔거나 다른 어딘가에서 왔어야 했다. 그 외에 고려할 만한 다른 가능성은 없었다.

그러나 오랜 시간 동안 그 두 가지 가능성은 제외된 것처럼 보였다. 언젠가 지구에 발달한 사회가 번성했다면, 수백 년 동안 고고학 발굴 과정에서 그에 대한 증거가 풍부하게 나왔어야 했다. 반면에 월인이 다른 곳에서 왔다고 가정할 경우에는 평행진화 과정이 필요해진다. 이는 무작위적인 돌연변이와 자연선택 과정에 관한 진화 원리에 어긋난다. 그렇다면 지구에서 온 것도 아니고, 다른 곳에서 온 것도 아닌 월인은 존재할 수 없다. 그러나 그들은 존재했다. 해결할 수 없을 것 같은 이 수수께끼를 푸는 일이 헌트와 단체커를 하나로 모으고 그 두 사람을 바쁘게 만들었다. 그리고 2년이 넘는 시간 동안 세계 대부분의 주요 과학기관에서 온 수백 명의 전문가가 그들과 함께했다.

"단체커 교수는 처음부터 찰리와 나머지 월인들이 모두 다 우리와 동일한 선조의 자손일 가능성이 있다고 주장했어요." 헌트가 자욱한 담배 연기 사이로 말을 뱉는 동안 파견대장 섀넌이 열심히 귀를 기울였다. "저는 그 관점에 대해 교수와 논쟁하고 싶지 않았지만, 그 관점에 의해 도달할 결론에는 동의할 수 없었습니다. 즉, 월인이 지구에서 기원한 게 틀림없다는 결론 말이에요. 그렇다면 지구에 그들의 흔적이 남아 있어야 했지만, 그런 흔적은 없었습니다."

단체커가 씁쓸한 표정으로 술잔을 홀짝이며 말했다. "네. 정말로 그랬어요. 제 기억에, 초기의 저희 회의는…, 음 뭐랄까, 어느 정도 직접적이고 신랄한 말을 주고받았다고 묘사할 수 있겠죠."

섀넌 대장은 눈을 반짝이며, 단체커가 조심스럽고 완곡하게 선택한 어휘로 묘사한 그 상황을 열띤 논쟁과 반론으로 점철된 몇 달간을 의미하는 것으로 이해했다.

"그 당시 있었던 일에 대해 읽었던 게 기억나네요." 섀넌 대장이 고개를 끄덕이며 말했다. "하지만 기사가 너무 많이 돌아다녔고, 너무 많은 기자가 이야기를 혼란스럽게 만들어서, 그 이면에 대체 무슨 일이 일어나고 있는 건지 정확히 알 수가 없었어요. 월인이 미네르바에서 왔다고 처음으로 확신했던 건 언젠가요?"

"그건 이야기가 길어요." 헌트가 대답했다. "한동안은 모든 상황이 믿기 힘들 정도로 엉망이었죠. 우리가 더 많이 알아낼수록, 모든 게 더 모순되게 보였어요. 지금 되돌아보면…." 헌트는 이야기를 잠시 멈추고 턱을 문질렀다. "찰리 이후 발견되기 시작한 월인의 유골과 유적을 온갖 곳들에서 실험해서 단편적인 정보들을 만들어냈습니다. 찰리 그 자체, 우주복과 배낭, 그리고 관련된 이런저런 물건들도 조사됐죠. 그런 뒤 티코 크레이터 근처에서 나온 다른 잡동사니들을 조사했어요. 마침내 단서들이 서로 맞물리기 시작하면서, 우리는 그 단서들로부터 점차 미네르바의 모습을 놀랍도록 완벽하게 쌓아 올리고, 미네르바가 정확히 어디에 있었는지 꽤 정확하게 계산해낼 수 있었습니다."

"헌트 박사께서 항해통신본부에 참여할 때 저는 갤버스턴에 있는 UN 우주군에 있었어요." 섀넌 대장이 헌트에게 말했다. "그 부분에 관한 이야기는 언론에 엄청 많이 소개됐죠. 〈타임〉지는 헌트 박사님을 '휴스턴의 셜록 홈즈'라고 부르더군요. 그런데 이 부분을 이야기해주세요. 조금 전에 이야기해주신 것으로는 문제가 깔끔하게 해결되지 않은 것 같아서요. 미네르바까지 추적했다고 하더라도, 그게 어떻게 평행진화 문제를 해결하는 답이 될 수 있나요? 죄송하지만, 전 아직도 이해가 안 됩니다."

"맞습니다." 헌트가 그 의문에 동의했다. "증명된 건 어떤 행성이 존재했다는 사실뿐이었죠. 그것으로는 월인이 그 행성에서 진화했다는 증거가 되지 못합니다. 대장님이 말씀하셨듯이, 여전히 평행진화의 문제가 남아요." 헌트는 재떨이에 담배를 털고, 한숨을 뱉으며 고개를 저었다. "온갖 설이 돌았죠. 어떤 사람들은 미네르바를 식민화시켰다가 알 수 없는 이유로 고향과 단절되었던 먼 과

거의 문명에 관해 이야기하고, 다른 사람들은 월인이 정확히 이해할 수 없는 일종의 수렴 과정을 통해 처음부터 미네르바에서 진화했다고 주장했어요⋯. 생명이란 게 원래 기묘하다는 이야기였죠."

"그런데 바로 그때 우리는 엄청난 행운을 만났죠." 단체커가 끼어들었다. "목성 4차 파견대에 있던 여러분의 동료가 가니메데인의 우주선을 발견한 겁니다. 여기 가니메데에서요. 화물칸에서 2천 5백만 년 전의 지구 동물들이 확인되자, 전체적인 상황을 적절하게 해명할 수 있는 설명이 제시되었습니다. 그 결론은 믿기 힘들 정도로 놀라웠지만, 꼭 알맞은 설명이었죠."

이 대답이 예전에 의심했던 내용을 확인해주는 듯 섀넌 대장이 열심히 고개를 주억거렸다. "그래요. 그 동물들이 중요한 역할을 했겠네요. 제 생각도 그랬어요. 월인의 선조들이 가니메데인에 의해 지구에서 미네르바로 수송되었다는 사실을 확인하기 전까지는 여러분도 월인과 미네르바를 연결시킬 수 없었겠네요, 그렇죠?"

"거의 그렇긴 한데, 꼭 그렇진 않았습니다." 헌트가 대답했다. "우리는 그 전부터 월인과 미네르바를 연결시키고 있었어요. 다시 말해서, 우리는 월인이 그 행성 소속일 거라는 사실은 그럭저럭 알고 있었습니다. 하지만 어떻게 월인이 거기서 진화할 수 있었던 건지 설명할 방법이 없었던 거죠. 오래전에 가니메데인이 동물들을 미네르바로 싣고 갔다는 사실이 최종적으로 그 의문을 풀어줬을 거라는 대장님의 말씀은 맞습니다. 하지만 우리는 먼저 가니메데인을 미네르바와 연결시켜야 했어요. 아시다시피, 처음에 우리가 아는 거라 곤 그들의 우주선이 가니메데에 처박혔다는 사실뿐이었으니까요. 그게 어디에서 왔는지는 몰랐죠."

"당연히 그랬겠네요. 가니메데인이 미네르바와 관련되어 있다는 사실을 보여주는 게 아무것도 없었나요? 그러면 어떻게 올바른 방향으로 갈 수 있었던 거죠?"

"또 다른 행운이 있었다는 사실을 고백해야 할 것 같습니다." 단체커가 말했다. "달의 무너진 월인 기지 잔해에 있던 식량 저장품에서 거의 완벽하게 보존된 물고기가 발견됐어요. 우리는 그 물고기가 미네르바 토종이고, 월인이 달로 가져갔다고 증명하는 데에 성공했습니다. 더 나아가서, 그 물고기가 해부학적으로 가니메데인의 유골과 관련 있다는 사실이 드러났죠. 물론 이건 가니메데인이 물고기와 동일한 진화 계통을 거쳐 진화했다는 의미입니다. 그 물고기가 미네르바에서 왔으니, 가니메데인도 미네르바에서 왔다고 볼 수밖에 없었죠."

"그러므로 그 우주선도 미네르바에서 온 게 틀림없었습니다." 헌트가 지적했다.

"그리고 그 동물들도 미네르바에서 온 게 틀림없었죠." 단체커가 덧붙였다.

"그리고 그 동물들이 미네르바에 가게 된 유일한 이유는 가니메데인이 거기로 데려갔기 때문이겠죠." 헌트가 마무리했다.

섀넌 대장이 잠시 이 주장들을 곰곰이 되씹었다. "네…, 알겠습니다." 마침내 그가 다시 입을 열었다. "전부 이해가 되네요. 나머지는 다들 잘 압니다. 지구의 동물이 두 개의 고립된 집단으로 나뉘게 된 거죠. 하나는 계속 지구에 있던 집단이고, 다른 하나는 가니메데인이 미네르바에 정착시킨 집단인데, 거기엔 영장류 선조들도 포함되어 있던 거고요. 그 뒤 미네르바에서 2천5백만 년 동안 그 영장류로부터 진화한 월인은 인간의 외형을 갖게 됐죠." 섀넌 대장이 담배를 끄고, 식탁을 양손으로 짚더니 두 과학자를 쳐다봤다. "그런데 가니메데인은," 파견대장이 말했다. "그들에게 무슨 일이 일어난 건가요? 그들은 2천5백만 년 전에 완전히 사라졌잖아요. 아직 그에 대한 해답은 접근하지 못한 건가요? 조금만 정보를 먼저 좀 흘려주세요. 제가 관심이 많아요."

단체커가 빈손을 내보였다.

"제 말을 믿어주세요. 먼저 드릴 정보가 있다면, 저도 어떤 일보다 기쁘겠습니다. 하지만 솔직히 말해서, 아직 그쪽으로는 그다지 큰 성과를 만들어내지 못했습니다. 대장님의 말씀이 맞아요. 그 시기쯤 상대적으로 아주 짧은 시간에 가니메데인뿐만 아니라 미네르바 토종 육상동물이 모두 죽거나 사라졌습니다. 그래서 수송된 지구 종들이 그들의 행성에서 번영했고, 마침내 월인이 등장했죠." 교수가 다시 손바닥을 들어 보였다. "가니메데인에게 무슨 일이 일어났고, 왜 그런 일이 일어났을까요? 그건 아직 수수께끼로 남아 있습니다. 아…, 다양한 설들은 있어요. 그중 한 가지를 설명해드리자면, 대기 중에 독성물질, 특히 이산화탄소가 증가했다는 설이 가장 인기를 얻고 있는 것 같아요. 이산화탄소는 토종 생물들에는 치명적이었지만 귀화생물들에는 그렇지 않은 것으로 입증됐습니다. 하지만 솔직히 말해서, 그 증거가 결정적이라고 하기엔 많이 부족해요. 어제 여기 5차 파견대에 있는 분자 생물학자들과 이야기를 나눴는데, 최근에 그 과학자들이 진행한 연구들을 보고 나서 두세 달 전보다 그 이론에 대해 더 자신이 없어졌습니다."

섀넌 대장은 살짝 실망한 듯했지만, 그 상황을 담담하게 받아들였다. 그가 뭔가 더 의견을 말하기 전에 흰 재킷을 입은 승무원이 식탁으로 다가와 빈 커피잔을 거두고, 담뱃재와 빵가루를 닦아내기 시작했다. 그들이 공간을 만들어주기 위해 의자에 물러앉자, 섀넌 대장이 고개를 들어 승무원을 바라봤다.

"안녕, 헨리." 파견대장이 격식을 차리지 않고 말했다. "오늘 자넬 귀찮게 하는 일은 없었나?"

"아, 불평할 만한 일은 없었습니다. 저는 예전에 UN 우주군보다 훨씬 열악한 회사에서 일했었거든요." 헨리가 쾌활하게 대답했다. 헌트는 헨리의 런던 동부 억양에 흥미가 일었다. "대장님께서 변화는 항상 좋은 거라고 말씀하셨잖아요."

"헨리, 그 전에 무슨 일을 했는데요?" 헌트가 물었다.

"비행기 승무원이었습니다."

헨리가 근처의 식탁을 정리하러 갔다. 그를 쳐다보는 두 과학자의 눈을 보고, 섀넌 대장이 고갯짓으로 승무원을 가리키며 말했다.

"헨리는 아주 놀라운 친구예요." 파견대장이 살짝 목소리를 낮춰서 말했다. "지구에서 떠나올 때 저 친구를 만난 적이 있으신가요?" 두 과학자가 고개를 저었다. "목성 5차 파견대의 체스 챔피언이에요."

"어이쿠." 헌트가 다시 흥미로운 눈으로 섀넌 대장을 눈길을 따라 승무원을 바라봤다. "정말요?"

"일곱 살 때 체스를 배웠답니다." 섀넌 대장이 그들에게 말했다. "체스에 재능이 있는 친구예요. 헨리가 체스 게임을 진지하게 생각했다면 아마 엄청난 돈을 벌었을 거예요. 그렇지만 그냥 취미로 유지하는 게 더 좋다고 하더군요. 일등 항해사가 헨리에게서 챔피언

자리를 뺏겠다고 밤낮으로 공부하고 있어요. 우리끼리 얘기지만, 그러려면 아주 많은 행운이 따라줘야 할 텐데, 운을 기대하기 힘든 게임이 될 거라고 생각합니다. 그렇죠?"

"그렇고말고요." 단체커가 단언했다. "대단하네요."

파견대장이 식당 벽에 걸린 시계를 슬쩍 쳐다보더니, 마무리할 때가 되었다는 듯 양팔을 펼쳐 식탁의 양쪽 끝을 잡았다.

"자, 여러분. 마침내 두 분을 만나 뵙게 되어 기뻤습니다. 흥미진진한 이야기에 감사드립니다. 이제 종종 뵐 수 있으면 좋겠네요. 저는 곧 약속이 있어서 가봐야 하지만, 여러분께 사령실을 보여드리겠다던 약속은 잊지 않았습니다. 자, 준비되셨으면 지금 가시죠. 헤이터 함장을 소개해드리겠습니다. 함장이 여러분을 안내해드릴 거예요. 그런 뒤에, 죄송하지만 저는 실례해야 할 것 같습니다."

15분 후 그들은 캡슐에 올라타고 사령선의 교통 튜브를 통해 다른 구역으로 가서 함교로 들어갔다. 계기판과 제어기, 모니터가 3면의 벽에 어지럽게 줄지어 있고, 아래에는 목성 5차 파견대 사령실의 반짝거리는 불빛이 펼쳐져 있었다. 번쩍거리는 계기가 늘어서 있고 단말기와 제어판이 층층으로 쌓인 운영시스템은 궁극적으로 파견대의 모든 활동과 비행선의 모든 기능이 통제되는 신경의 중추였다. 지구와의 통신을 처리하기 위해 상시 연결된 레이저, 지표면의 다양한 시설과 목성계 여기저기를 들쑤시고 다니는 UN 우주군 함대들을 이어주는 데이터 통신, 항법 장치, 추진력과 비행 조종 장치, 난방과 냉방, 조명, 생명유지시스템, 보조컴퓨터와 기계, 그리고 천여 가지의 처리 과정. 그 모든 것들이 기술과 기량이 방대하게 집결된 여기에서 관리되고 통합되었다.

로널드 헤이터 함장은 두 과학자 뒤에 서서 그들이 함교 아래의 광경을 구경하는 동안 기다렸다. 파견대는 우주군 민간부서의 총괄적인 지휘 아래 운영이 진행되고 지휘 체계가 구축되어서, 총괄적인 권력은 섀넌 파견대장에게 있었다. 하지만 비행선에 승무원을 고용하고, 낯선 외계 환경에서 활동을 효과적이고 안전하게 지휘하는 일과 같은 UN 우주군 운영에서 많은 핵심 기능들은 군대 유형의 지휘 구조와 조직에나 어울리는 수준의 훈련과 규율이 필요했다. 우주군의 제복을 입은 부서는 이런 필요 때문에 구성되었다. 또한 대규모의 정규군이라는 개념이 과거에 속한다는 사실을 까맣게 잊어버린 많은 젊은 세대의 모험에 대한 갈망을 평화롭게 만족시켜주는 데에 크게 도움이 됐다. 군복을 입은 모든 계급을 지휘하는 헤이터 함장은 5차 파견대 사령선에 머물며 섀넌 대장의 지시를 직접 받았다.

　"지금은 평소에 비해 조용한 편입니다." 헤이터 함장이 마침내 두 과학자 사이로 한 발짝 나서며 이야기를 시작했다. "보시다시피 아래에 있는 많은 구역에 사람이 없습니다. 저희가 궤도에 머무는 동안에는 폐쇄되거나 자동 관리되는 구역이 많기 때문입니다. 여기도 최소한의 승무원만 남아 있는 상태입니다."

　"저기는 뭔가 하고 있는 모양이네요." 헌트가 말했다. 그는 기사들이 콘솔 앞에서 바쁘게 모니터를 바라보며 가끔 키보드에 두드리거나 마이크에 말하거나 서로 대화를 주고받고 있는 모습을 가리켰다. "무슨 일인가요?"

　헤이터 함장은 헌트의 손가락이 가리키는 곳을 보더니 고개를 끄덕이며 말했다. "지금 저희는 오랫동안 이오(Io)의 궤도를 돌고 있는 순항선 때문에 바쁩니다. 그동안 목성의 저고도 궤도에 탐지기들을 설치했는데, 다음 단계는 지면 착륙이 필요합니다. 이오에 띄울 탐지기들이 막 준비가 되어서, 거기에 있는 수송선에서 제어를 하게 될 겁니다. 박사님이 보고 계신 기사들은 그 준비과정을 감독하고 있는 겁니다." 함장이 더 오른쪽에 있는 구역을 가리키며 말했다. "저기는 항공 관제소인데…, 여러 위성의 주변에서 이동하거나 오가는 모든 비행선을 기록해서 관리하고 있습니다. 항상 바쁜 부서죠."

단체커는 조용히 사령실을 둘러봤다. 마침내 그는 얼굴에 가득한 경이감을 숨기지 않은 채 헤이터 함장을 향해 고개를 돌렸다. "정말 인상적이라는 말을 하지 않을 수 없네요. 매우 인상적입니다. 지구에서 여기로 항해할 때 저는 여러 차례 이 비행선을 지긋지긋한 기계 덩어리라고 부르곤 했는데, 부끄럽지만 이제라도 제 말을 취소할 수밖에 없겠군요."

"교수님께서 부르고 싶으신 대로 부르십시오." 헤이터 함장이 씩 웃으며 대답했다. "하지만 이건 지금까지 건조된 어떤 비행선보다 안전한 기계 덩어리일 겁니다. 여기에서 제어되는 핵심적인 기능들은 모두 이 함선의 다른 장소에 있는 비상 사령실에 완벽하게 복제되어 있습니다. 혹시 이 장소가 파괴되더라도 집으로 돌아가는 건 문제가 없습니다. 양쪽이 모두 박살 날 정도로 큰일이 일어난다면, 글쎄요…." 함장이 어깨를 으쓱했다. "아무튼 그때는 집으로 돌아갈 부분이 그다지 많이 남아 있지도 않을 겁니다."

"놀랍네요." 단체커가 생각에 잠겨 말했다. "그런데 어떻게…."

"실례합니다." 그들의 뒤에 몇 미터 떨어져 있는 계기판에 있던 당직 장교가 끼어들었다. 헤이터 함장이 그를 바라봤다.

"뭔가, 대위?"

"레이더 담당 장교의 연락이 왔습니다. 장거리 감시 장비에 미확인 물체가 감지됐는데, 빠르게 접근하고 있답니다."

"이등 항해사 단말기를 활성화하고 그쪽으로 연결해줘. 거기서 받겠네."

"알겠습니다. 함장님."

"실례하겠습니다." 헤이터 함장이 낮게 말했다. 그리고 한 단말기 앞의 빈자리로 가서 앉더니 중앙 모니터의 스위치를 켰다. 헌트와 단체커도 몇 발자국 다가가서 그의 바로 뒤에 섰다.

그들은 함장의 어깨너머로 사령선의 레이더 장교 모습을 볼 수 있었다.

"함장님, 이상한 일입니다. 미확인 물체가 가니메데로 다가오고 있습니다. 5만 킬로미터까지 다가왔는데, 초당 80킬로미터 속도지만 조금씩 느려지고 있습니다. 태양계 좌표 278과 016방향입니다. 곧장 다가오고 있어서 앞으로 30분 후 여기에 도달할 예정입니다. 레이더에 7등급으로 강하게 잡힙니다. 계기는 점검하고 확인했습니다."

헤이터 함장이 그를 응시했다. "그 구간에 비행 일정이 있는 비행선이 있나?"

"없습니다."

"계획된 비행경로에서 이탈한 비행선은?"

"없습니다. 모든 비행선을 점검하고 소재를 확인했습니다."

"비행궤도 추이는?"

"자료가 불충분합니다. 조사 중입니다."

헤이터 함장이 잠시 생각하더니 말했다. "그 상태를 유지하면서 계속 보고하도록." 그리고 당직 장교를 돌아보며 말했다. "함교 당직 승무원 비상대기 호출해. 파견대장 찾아서 연락드릴 테니 함교에서 기다리시라고 전해."

"네, 알겠습니다."

"레이더." 헤이터 함장이 자기 앞의 모니터로 다시 눈을 돌렸다. "보조 광스캐너를 위치참조시스템으로 돌리고, 미확인비행물체의 위치를 추적하면서 그 내용을 B5의 3번 모니터에 띄워." 헤이터 함장은 잠시 멈췄다가 당직 장교에게 다시 지시를 내렸다. "항공 관제소에 경보를 발령해. 더 자세한 사항을 확인하기 전까지는 모든 출항을 지연시키고, 60분 이내에 5차 파견대 사령선으로 도착 일정이 잡힌 비행선들은 원거리에 머물면서 지시를 기다리도록 해."

"우리가 비켜주는 게 나을까요?" 헌트가 조용히 물었다. 헤이터 함장이 그를 슬쩍 돌아봤다.

"아뇨, 괜찮습니다. 그냥 계세요. 저희 활동을 좀 보실 수 있을 겁니다."

"그게 뭔가요?" 단체커가 물었다.

"모르겠습니다." 헤이터 함장의 표정이 심각했다. "저런 건 처음입니다."

시간이 흐를수록 긴장감이 높아졌다. 당직 승무원들이 한 명씩, 두 명씩 빠르게 나타나서 함교에 있는 단말기와 모니터 앞의 자리에 가서 앉았다. 분위기는 차분했지만, 잘 관리된 기계가 준비되듯이 긴장이 쌓여갔고…, 기다렸다.

66

광스캐너가 분석한 망원 영상은 선명했지만, 그게 뭔지는 알 수 없었다. 전반적으로 원형인 그 비행체에는 십자가 모양으로 네 개의 얇은 돌출부가 있었는데, 한 쌍은 다른 쌍보다 약간 더 길고 살짝 두꺼웠다. 원반이나 원형타원체일 수도 있었고, 반대편에서 보면 다르게 보일 수도 있겠지만, 알아낼 방법이 없었다.

그때 칼리스토의 궤도에 있던 목성 4차 파견대에 연결된 레이저를 통해 첫 번째 영상이 들어왔다. 침입자가 가니메데로 빠르게 다가오는 상황에서 가니메데와 칼리스토의 상대적인 위치 때문에 예상 경로에서 조금 더 가까운 4차 파견대의 망원경에 모호한 영상이 잡힌 것이다.

4차 파견대가 보내온 영상이 모니터에 뜨자, 5차 파견대에서 지켜보던 사람들의 숨이 멎었다. 베가 왕복선은 UN 우주군 비행선 중에 행성의 대기를 뚫고 날아다녀야 하는 유일한 비행선이기 때문에 유선형으로 건조되었지만, 저건 베가가 아닌 게 확실했다. 저 깔끔한 선과 섬세한 곡선, 우아하게 균형 잡힌 날개는 지구의 설계자들이 구상한 비행선과 달랐다.

헤이터 함장이 믿기지 않는다는 듯 모니터를 노려보는 동안 그의 얼굴이 창백해졌다. 그 광경이 무엇을 의미하는지는 그에게 명확했다. 헤이터 함장은 마른침을 삼키고, 주변의 놀란 얼굴들을 돌아봤다.

"사령선의 모든 부서는 자리로 돌아가라." 함장이 속삭이는 듯한 목소리로 지시를 내렸다. "파견대장을 함교로 즉시 호출하도록."

4

　5차 파견대 사령선 함교의 거대한 벽에 설치된 스크린에 그 외계 우주선이 희미한 별들을 배경으로 허공 속에 떠 있었다. 새롭게 도착한 비행체가 사령선의 상대속도에 맞춰 속도를 늦추고 가니메데 상공의 정지 궤도를 돌기 시작한 지 한 시간가량 지났다. 두 비행선은 겨우 8킬로미터 남짓 떨어진 상태라서 이제는 그 우주선의 세세한 부분까지 수월하게 알아볼 수 있었다. 선체와 날개 표면은 걸리적거리는 부분이 거의 없이 매끈했고 식별용 표지나 휘장 같은 건 없었다. 하지만 얼룩이 몇 군데 있었는데, 아마 휘장이 닳거나 그을린 뒤에 남은 잔류물인지도 몰랐다. 사실 우주선의 전체적인 외형은 길고 힘든 여정으로 고생하며 닳고 낡은 느낌을 주었다. 우주선의 외피는 울퉁불퉁 파인 자국들이 있었고, 이 끝에서 저 끝까지 희미한 줄무늬와 얼룩으로 훼손된 상태였다. 언젠가 우주선이 전체적으로 지독한 열기에 노출된 듯한 모습이었다.

5차 파견대 사령선은 처음으로 의미 있는 영상이 들어온 후 내내 광적인 분위기에 휩싸여 있었다. 지금까지 저 우주선에 승무원이 있는지, 혹시 있다면 그 승무원들의 의도가 무엇인지 알 수 있는 어떤 징후도 없었다. 사령선에는 무기나 방어 장비가 실려 있지 않았다. 이건 탐사 계획자들이 진지하게 고려하지 않았던 우발적인 사건이었다.

이제 사령실의 모든 자리가 사람들로 채워졌고, 사령선의 모든 승무원이 비상대기 상태에 들어갔다. 모든 차단벽이 닫혔고, 주동력을 준비 상태로 대기시켰다.

가니메데 지표면에 있는 기지들과 근처에 있는 UN 우주군 비행선들과의 통신이 차단됐다. 그들의 존재와 위치가 노출되는 걸 막기 위해서였다. 일정한 시간 안에 비행 준비가 가능한 목성 5차 파견대 소속 비행선들을 주변의 우주 공간으로 분산시켰다. 그중 몇 대는 사령선에서 원격 조종을 해서, 필요할 경우 외계 우주선의 선체를 들이받는 충각함(衝角艦)으로 사용할 예정이었다. 우주선에 보냈던 신호에 답변이 돌아왔지만, 사령선의 컴퓨터는 그 신호를 이해할 수 있는 형태로 해독하지 못했다. 이제는 기다리는 일 외에는 할 수 있는 게 없었다.

야단법석이 일어난 동안, 헌트와 단체커는 너무 놀라 넋을 놓고 서 있었다. 그들은 현재 함교에서 수행해야 할 임무가 없었기 때문에, 일어나고 있는 모든 일을 특별석에서 즐길 수 있는 특권을 가진 유일한 사람들이었다. 그래서 어쩌면 이들이야말로 벌어지고 있는 사건의 의미를 깊이 통찰할 수 있는 유일한 사람들이었는지도 모른다.

처음 월인이 발견되고, 또 가니메데인이 발견된 후, 인류 외에 더 높은 수준으로 기술이 발달한 다른 종족이 있다는 사실이 확고하게 받아들여졌다. 하지만 이건 달랐다. 8킬로미터 떨어져 있을 뿐인 저들은 다른 시대의 유물도 아니고, 고대의 재난으로 남은 잔해도 아니었다. 다른 세계에서 온 기능하고 작동하는 기계가 저기에 있었다. 바로 지금, 저 기계는 어떤 지적인 존재의 제어와 지시를 받고 있었다. 정확하게 조종되어서 지금 떠 있는 궤도로 주저하지 않고 들어갔으며, 5차 파견대 사령선의 신호에 즉시 응답했다. 그 존재가 저 우주선에 타고 있든 없든, 이 사건은 현대 인류와 지구에 속하지 않은 지적인 존재 사이의 첫 번째 교류가 되었다.

이 순간은 특별했다. 역사가 아무리 길게 전개된다 할지라도 다시는 반복되지 않을 순간이었다.

파견대장 섀넌은 함교 중앙에 서서 주 모니터를 노려보고 서 있었다. 헤이터 함장은 그의 뒤에 서서 주 모니터 아래의 보조 모니터들에 뜬 자료 보고와 영상을 훑었다. 보조 모니터 중에는 파견 부대장 고든 스토럴의 모습도 보였는데, 그는 보좌관들과 함께 비상 사령실에 있었다. 지구로 전송되는 통신은 지금도 작동하며 일어나는 모든 일이 세세하게 전달되었다.

"분석 장비에 새로운 게 감지됐습니다." 함교 한쪽에 있는 통신 장교가 소리쳤다. 그리고 외계 우주선에서 오는 신호의 패턴이 바뀌었다고 보고했다. "지향성 신호인데, K대역 레이더와 비슷합니다. 펄스 반복주파수는 22.24기가헤르츠이고, 비변조 모드입니다."

다시 영원처럼 느껴지는 몇 분이 묵직하게 흘러갔다. 그때 다른 목소리가 들렸다. "레이더에 새로운 신호가 잡혔습니다. 작은 물체가 외계 우주선에서 분리됐습니다. 사령선에 가까워지고 있습니다. 우주선은 그 자리를 유지하고 있습니다."

직접적인 감각이 아니라 마음으로 느껴지는 경보음의 파도가 함교에서 지켜보고 있는 사람들을 휩쓸고 지나갔다. 저 물체가 미사일이라면 이들이 할 수 있는 일은 거의 없었다. 가장 가까운 충각함은 80킬로미터 떨어져 있어서, 저걸 막기 위해 최고 속도로 날아가도 30초는 걸릴 것이다. 헤이터 함장에게는 이리저리 계산기를 굴려보고 있을 시간이 없었다.

"충각함 1호 발사, 교전 돌입." 함장이 날카롭게 말했다.

잠시 후 명령을 복창하는 소리가 들려왔다. "충각함 발사, 목표물 조준."

모니터를 보고 있는 사람들의 얼굴에 땀이 맺히기 시작했다. 주 스크린에는 아직 그 물체의 영상이 나오지 않았다. 하지만 보조 모니터에 거대한 비행체 두 대의 위치와 함께, 작지만 뚜렷한 깜빡임이 이쪽으로 다가오고 있는 모습이 보였다.

"레이더 장교의 보고에 따르면 초속 30미터의 속도로 꾸준히 접근하고 있다고 합니다."

"충각함 접근 중. 25초 후 충돌합니다."

섀넌 대장은 모니터에 뜬 자료들을 훑어보고, 유입되는 보고서를 소화하면서 혀로 마른 입술을 축였다. 헤이터 함장은 옳은 일을 했고, 다른 모든 고려사항보다 사령선의 안전을 가장 우선해서 선택했다. 이제 남은 문제는 오로지 파견대장이 해결해야 할 몫이다.

"50킬로미터. 충돌까지 15초 남았습니다."

"물체는 항로와 속도를 그대로 유지하고 있습니다."

"저건 미사일이 아니야." 섀넌 대장이 단호하고 결론적인 말투로 말했다. "함장, 충각함 철수시켜."

"충각함 1호 중지하라." 헤이터 함장이 명령했다.

"충각함 1호가 항로에서 이탈해 원위치로 돌아갔습니다."

긴 한숨과 갑작스럽게 취한 느긋한 자세들은 그동안 쌓이던 긴장이 풀어지는 신호였다. 심우주에서 곧장 날아온 베가 왕복선은 30킬로 거리에서 살짝 방향을 틀어 끝없는 우주의 배경 속으로 다시 사라졌다.

헌트가 단체커를 향해 고개를 돌리고 낮은 목소리로 말했다. "단체커, 재밌지 않아? 아프리카에 사는 삼촌이 계시는데, 삼촌 말씀으론 낯선 사람에게 창을 휘두르며 비명을 지르고 고함을 쳐서 겁을 주면서 환영하는 풍속이 있는 지역이 있대. 서로의 관계를 설정하기 위해 용인되는 방법이라는 거지."

"아마 그 사람들은 그걸 상식적인 예방조치라고 여기는 거겠지." 단체커가 건조하게 말했다.

마침내 광학 카메라들이 사령선과 외계 우주선 중간쯤에 있는 밝은 점을 구별해냈다. 확대하자 아무런 부속물이 없는 매끈한 은색 원반으로 드러났지만, 그 전과 마찬가지로, 그 영상만으로는 진짜 모습이 어떤지 짐작하기 힘들었다. 그 비행체는 사령선에 8백 미터 앞에 다가올 때까지 서두르는 기색 없이 꾸준히 다가왔다. 그리고 그 지점에서 속도를 늦춘 뒤 회전해서 넓은 면이 보이자 단순하고 꾸밈없는 달걀 모양의 외형이 드러났다. 길이는 10미터 남짓이었고, 전체적으로 금속성 구조물로 보였다. 잠시 후, 그 비행체가 느리게 하얀 빛을 밝게 반짝이기 시작했다.

곧이어 진행된 논쟁은 그 달걀이 사령선에 들어올 수 있도록 허가를 요청하는 거라는 합의에 이르렀다. 지구까지의 통신 시간 지연 때문에 지구의 고위 당국과 즉각적인 협의는 힘들었다. 레이저 연결을 통해 지구를 향해 전체 보고서를 보낸 뒤, 섀넌 대장은 비행선의 요구를 받아들이기로 결정했다고 공표했다.

✳

환영단이 급하게 조직되어 사령선의 착륙장으로 급파되었다. 그 착륙장은 사령선의 다양한 소속 비행선들에 대한 정비작업을 하는 정비장이라서 커다란 외부 관문이 달려 있는데, 평소에는 열어둔 채로 두었다. 하지만 그 구역을 공기로 채워야 하는 상황에는 닫을 수도 있었다. 정비장의 안쪽에 일정한 간격으로 여러 개 있는 작은 보조 에어록을 지나면 사령선의 본체에서 그곳으로 나갈 수 있다. 우주복을 입은 환영단은 정비장으로 가서 널찍한 작업대 위에 자리를 잡고, 달걀이 깜빡이는 불빛의 주파수에 맞춰 깜빡이는 표지등을 설치했다.

5차 파견대 사령선 함교에서는 결과를 기다리는 사람들이 정비장을 비추는 모니터 앞에 반원으로 모여 있었다. 입을 쫙 벌린 외부 관문의 어둠을 가르고 별빛 카펫의 가운데로 은색 달걀이 흘러들어왔다. 달걀이 천천히 내려앉더니 불빛이 꺼졌다. 그리고 조심스럽게 상황을 점검하듯 승강대 위에 약간 뜬 상태로 멈췄다. 카메라를 클로즈업하자 달걀의 표면의 여러 곳에서 원형 덮개가 올라가서 접이식 회전 포탑처럼 천천히 회전하고 있었는데, 아마도 카메라와 다른 장비들을 이용해 정비장의 내부를 조사하는 모양이었다. 그런 뒤 달걀은 다시 하강을 시작해서, 긴장하고 불안한 얼굴로 빼곡하게 한 덩어리로 모여 있는 환영단에서 10여 미터 떨어진 장소에 부드럽게 내려앉았다. 천장에 달린 아크등이 그 비행체를 하얀 빛으로 감쌌다.

"자, 착륙했습니다." 탐사 부대장 고든 스토럴의 목소리가 들렸다. 자원해서 환영단을 이끌고 있던 그가 음향 채널로 말했다. "아래쪽에 착륙 받침대가 세 개 나왔습니다. 그 외 생명의 징후는 없습니다."

"2분만 기다려봐." 섀넌 대장이 마이크에 대고 말했다. "그리고 중간 지점까지 천천히 움직여서 거기서 멈춰."

"알겠습니다, 이상."

60초 후 다른 아크등이 켜지며 지구인이 모여 있는 장소를 비쳤다. 누군가 어스름에 숨어서 어둡게 보이는 환영단의 모습이 사악하게 보일지도 모른다고 지적했기 때문이었다. 그런 행동에도 달걀에서는 아무런 반응이 없었다.

마침내 스토럴이 환영단을 돌아보며 말했다. "자, 시간이 됐습니다. 우리가 다가가죠."

보기 흉한 헬멧을 쓴 사람들이 천천히 앞으로 걸어가는 모습이 스크린에 보였다. 그들의 선두에는 금색 견장을 찬 스토럴이 있었고, 그의 양쪽에는 UN 우주군 선임 장교가 있었다. 그들이 멈췄다. 그때 달걀의 한쪽 문이 부드럽게 옆으로 미끄러지며 높이 2.5미터, 높이의 절반쯤 되는 너비의 출입구가 모습을 드러냈다. 우주복을 입은 사람들이 눈에 띄게 뻣뻣해졌다. 함교에서 지켜보고 있던 사람들도 마음을 다졌다. 하지만 더 이상 아무 일도 일어나지 않았다.

"아마도 저들은 의례 같은 것에 대해 고민하고 있을지도 모릅니다." 스토럴이 말했다. "저들이 우리의 소굴로 들어왔으니, 이제 우리 차례라고 말하고 있는 게 아닐까요."

"그럴 수도 있지." 섀넌 대장이 동의했다. 그가 조용한 목소리로 헤이터 함장에게 물었다. "위에서 다른 보고는 없나?" 함장은 착륙장의 작업대 위쪽 높은 곳에 있는 정비용 통로에 배치된 UN 우주군 하사관 두 명에게 말하기 위해 다른 채널을 열었다.

"통로 나와라. 뭐가 보이는가?"

"저희는 안쪽을 내려다보기 적당한 각도에 있습니다. 안쪽이 어둡긴 하지만, 저희는 증강 장치로 영상을 볼 수 있습니다. 그냥 장비와 부품들이… 아주 꽉 들어차 있는 것처럼 보입니다. 움직임이나 생명의 징후는 없습니다."

"생명의 징후가 보이지 않는다, 스토럴." 섀넌 대장이 착륙장으로 중계해줬다. "이러다가는 자네가 거기에 영원히 있어야 할지도 몰라. 한 번 들여다봐. 행운을 비네. 조금이라도 의심스러운 게 있거든 두 번 생각하지 말고 물러나게."

"당연하죠." 스토럴이 섀넌 대장에게 말했다. "좋습니다. 여러분, 들으셨죠. 앞으로 UN 우주군이 모집 광고에서 선전하던 것보다 별로더라는 이야기는 하지 마세요. 미랄스키와 오베르망은 나를 따라와. 다른 사람들은 그대로 있도록."

세 사람이 움직였다. 그들은 환영단에서 앞으로 나가 달걀의 출입문 아랫부분에서 내려온 작은 경사로 앞에 가서 멈췄다. 함교의 다른 모니터가 활성화되어 UN 우주군 장교가 손에 들고 있는 카메라에 잡힌 영상을 띄웠다. 카메라는 잠시 입을 벌리고 있는 출입문과 경사로 위쪽을 비추다가, 곧 스토럴의 모습이 화면을 꽉 채웠다.

스토럴이 설명하는 목소리가 들려왔다. "저는 지금 경사로 위에 올라왔습니다. 갑판으로 내려가는 30센티미터 정도의 내리막이 있습니다. 입구의 내실 너머에 안쪽 문이 있는데, 열려 있네요. 저 문은 에어록처럼 보입니다." 카메라맨이 스토럴 옆으로 올라가자 모니터에 가까이에서 찍은 영상이 떴다. 영상은 스토럴의 묘사와 위쪽의 통로에서 하사관이 보았던 비좁고 어수선한 환경이라는 전반적인 인상을 확인시켜 주었다. 안쪽 문 너머에서 따스한 노르스름한 불빛이 에어록을 뚫고 나왔다.

"내실 너머의 문 안으로 들어가고 있습니다…." 스토럴이 잠깐 멈췄다가 말했다. "여긴 조종실처럼 보입니다. 의자 두 개가 나란히 앞쪽을 보고 있습니다. 조종사와 부조종사의 자리인 모양인지… 온갖 종류의 제어판과 기구들이 있지만… 누군가 있었다는 징후는 없습니다. 선미 쪽으로 문이 하나 있는데… 잠겼습니다. 의자들이 엄청 큰데, 다른 것들도 전반적으로 크기가 큽니다. 덩치가 큰 사람들인 게 틀림없습니다…. 오베르망, 들어와서 함교에 있는 사람들을 위해 영상을 찍어줘."

화면에 스토럴이 묘사했던 장면이 나왔다. 그리고 천천히 방을 돌며 외계 장비들을 자세히 기록했다. 갑자기 헌트가 모니터를 가리켰다.

"단체커!" 헌트가 단체커 교수의 소매를 잡으며 소리쳤다. "저기 스위치들이 있는 기다란 회색판… 알아챘어? 저것과 똑같은 표시를 전에 본 적이 있어! 저건….”

카메라가 위쪽으로 빠르게 이동하며 비어있는 두 의자의 바로 앞에 있는 모니터를 비추자 헌트가 우뚝 말을 멈췄다. 무슨 일인가 일어났다. 잠시 후 그들은 달걀의 모니터에 비친 세 명의 외계인 영상을 말없이 응시했다. 사령선 함교의 모든 눈이 믿을 수 없는 광경에 깜짝 놀라 휘둥그레졌다.

함교에 있는 사람들은 모두 예전에 그런 모습을 봤었다. 가늘고 긴 두개골에 넓고 길게 돌출된 아래턱…, 거대한 몸통과 엄지손가락이 두 개인 여섯 손가락의 손. 목성 4차 파견대가 발견한 자세한 정보를 보내준 뒤 얼마 지나지 않아 단체커가 그와 동일한 형태의 2.5미터 실물 크기의 모형을 만들었었다.

그런 골격을 가진 생명체는 어떻게 보이는지에 대해 예술가가 상상한 모습을 모두가 봤었다.

그 예술가는 일을 아주 잘했다…, 라는 사실을 이제 모든 사람이 알 수 있었다.

저 외계인들은 가니메데인이었다!

2부

5

 지금까지 모은 증거들을 바탕으로 판단하면, 태양계에서 가니메데인이라는 존재는 2천5백만 년 전에 사라졌다. 그들의 고향 행성도 해왕성 너머에 있는 얼음덩이 명왕성과 소행성대를 이루는 파편들만 남기고 5만 년 동안 존재하지 않았다. 그렇다면 가니메데인이 어떻게 달걀 안에 있는 모니터에 나타난 걸까? 헌트의 머리에 처음으로 떠오른 가능성은, 사람들이 달걀에 들어갈 때 모니터에 켜진 고대의 기록 영상을 보고 있다는 것이었지만, 곧 그 생각을 취소했다. 세 명의 가니메데인 뒤로 커다란 스크린이 보였기 때문이었다. 5차 파견대 사령선의 함교에 있는 주 스크린과 비슷한 그 스크린에는 사령선의 모습이 떠 있었는데, 거대한 외계 우주선이 있는 위치에서 본 각도였다. 지금 가니메데인들이 저기 우주선 안에 있었다…, 겨우 8킬로미터 떨어진 지점에. 그때 달걀 안에서 무슨 일이 일어나기 시작해서 그 모든 일의 의미에 대한 철학적인 사색을 더 진행할 수 있는 시간이 없었다.

외계인 얼굴의 표정 변화가 무슨 뜻인지 아무도 확신할 수 없었다. 하지만 전반적으로 그들도 지구인만큼이나 놀란 것 같다는 느낌이 들었다. 가니메데인이 몸짓을 하기 시작하자, 동시에 스피커에서 의미를 알 수 없는 소리가 나오기 시작했다. 달걀 안에는 소리를 전달할 공기가 없었다. 가니메데인이 환영단의 무전 송신을 탐지해서 지금 똑같은 주파수와 통신 변조를 이용한 게 틀림없었다.

달걀의 모니터에서 가니메데인을 비추는 영상이 세 외계인 중 가운데 외계인에게 초점을 맞췄다. 그러자 외계인 목소리가 다시 나왔는데, 단 두 음절의 소리였다. 그 소리는 마치 "가, 룻"처럼 들렸다. 화면에 나오는 외계인이 고개를 살짝 숙였는데, 의심할 바 없이 지구에서는 거의 보기 힘든 위엄과 공손함이 복합적으로 담긴 자세였다. "가르르루스." 외계인의 목소리가 다시 들렸다. 그리고 다시, "가루스." 비슷한 과정을 통해서 다른 두 명을 소개했는데, 이때 카메라의 화면이 넓어지면서 그 세 명을 모두 볼 수 있도록 해주었다. 그들은 뭔가를 기다리는 듯 카메라를 응시하며 움직이지 않고 그대로 있었다.

이해가 빠른 스토럴이 모니터의 앞으로 바로 가서 섰다. "스토…럴, 스토럴." 그리고 충동적으로 덧붙였다. "안녕하세요? 즐거운 오후입니다." 나중에 스토럴은 그 말이 바보 같았다는 걸 인정했지만, 당시에는 두뇌가 논리적으로 사고할 수 없었다고 주장했다. 달걀 안 모니터의 화면이 즉시 바뀌어서 카메라를 쳐다보는 스토럴을 비췄다.

"스토럴." 외계인의 목소리가 말했다. 발음은 완벽했다. 당시 그 모습을 보고 있던 많은 사람들은 스토럴 본인이 말한 거라고 생각했다.

미랄스키와 오베르망이 차례차례 소개되었는데, 달걀의 조종실이 너무 비좁은 탓에 이리저리 움직이며 힘들게 올라가 인사를 마쳤다.

그리고 사진이 여러 개 연이어 모니터에 뜨자, 스토럴이 각 사진에 대해 영어 명사로 대답했다. 가니메데인, 지구인, 우주선, 별, 팔, 다리, 손, 발. 그게 몇 분간 진행되었다. 가니메데인들은 그 모든 학습의 부담을 받아들이고 있는 게 틀림없었다. 곧 그 이유가 분명해졌다. 말하고 있는 이가 누구인지 몰라도 그 외계인은 놀라운 속도로 정보를 흡수하고 기억하는 능력을 보여줬다.

그 외계인은 단어의 의미를 두 번 묻지 않고도 세세한 부분까지 잊지 않았다. 처음에는 종종 실수를 했지만, 한 번 정정하면 절대로 같은 실수를 반복하지 않았다.

그 목소리는 눈에 보이는 세 가니메데인의 입의 움직임과 일치하지 않았다. 말하고 있는 이는 외계 우주선에서 진행 상황을 지켜보고 있는 다른 외계인인 모양이었다.

달걀의 주 모니터 옆에 있는 작은 모니터에 갑자기 도형이 떴다. 뾰족한 침으로 동그랗게 장식된 조그만 원이 가운데에 있고, 그 주변에 아홉 개의 동심원이 그려져 있었다.

"대체 저게 뭐야?" 스토럴의 목소리가 중얼거렸다.

섀넌 대장이 눈살을 찌푸렸다. 그가 의아한 표정을 지으며 주변에 있는 사람들의 얼굴을 돌아봤다.

"태양계로군요." 헌트가 제안했다. 섀넌 대장이 스토럴에게 그 정보를 전하자, 스토럴이 가니메데인에게 그 말을 했다. 사진이 바뀌어서 화면에 빈 원이 하나만 떴다.

"이것은 누구입니까?" 가니메데인의 목소리가 물었다.

"정정합니다." 스토럴이 이미 서로 합의한 약속에 따라 말했다. "이것은 무엇입니까?"

"'누구'는 어디? '무엇'은 어디?"

"'누구'는 가니메데인들과 지구인들에게 적용합니다."

"가네메데인들과 지구인들… 집단?"

"사람들."

"가니메데인들과 지구인들, 사람들?"

"가니메데인들과 지구인들은 사람들입니다."

"가니메데인들과 지구인들은 사람들입니다."

"맞습니다."

"사람들 아닌 것들은 '무엇'입니까?"

"맞습니다."

"사람들 아닌 것… 일반적으로는?"

"사물들."

"사람들은 '누구', 사물들은 '무엇'입니까?"

"맞습니다."

"이것은 무엇입니까?"

"원(a circle)입니다."

원의 한가운데에 점이 나타났다.

"이것은 무엇입니까?" 목소리가 물었다.

"중심(the center)입니다."

"'the'는 하나, 'a'는 많이 입니까?"

"'the'는 하나만 있을 때, 'a'는 많이 있을 때 사용합니다."

앞에 봤던 태양계의 도형이 다시 나타났는데, 가운데에 있는 작은 원그림이 깜빡거렸다.

"이것은 무엇입니까?"

"태양(the sun)입니다."

"별(a star)입니까?"

"맞습니다."

스토럴은 각 행성을 나타내는 그림이 차례로 깜빡일 때마다 각각 이름을 말해줬다. 대화는 여전히 느리고 어설펐지만, 차츰 나아져 갔다. 대화가 계속 진행되는 사이 지구인은 이미 알고 있던 것이라 그리 놀라운 일은 아니었지만, 화성과 목성 사이에 아무 행성도 없다는 사실에 가니메데인들이 당황했다.

미네르바는 파괴되었으며, 그 행성이 파편과 명왕성으로 남아 있다는 사실을 알려주는 데에는 시간이 오래 걸렸다. 외계인들에게 명왕성에 벌써 이름이 붙어 있다는 사실과 그 이름의 출처가 납득되지 않았던 건 이해할 만했다.

반복되는 질문과 재확인을 거쳐, 자신들이 지구인의 말을 오해한 게 아니라는 사실을 가니메데인이 마침내 받아들인 후 그들의 분위기가 아주 조용하게 착 가라앉았다. 그들의 몸짓이나 표정이 전혀 익숙하지 않았음에도, 그 모습을 지켜보고 있던 지구인들은 외계인의 우주선에서 분명하게 보이는 극심한 좌절과 무한한 슬픔에 압도당했다. 지구인들은 시시각각 침통하고 슬픈 가니메데인의 얼굴에 나타난 괴로움을 느낄 수 있었다. 마치 태초의 탄식이 뼈에 사무쳐오는 느낌이었다.

외계인들이 다시 소통할 수 있는 상태가 되기까지 시간이 걸렸다. 가니메데인의 기대감이 먼 과거의 태양계에 대한 지식을 바탕으로 하고 있다는 사실을 알아챈 지구인들은, 얼마 전부터 추측했듯 그들이 다른 별로 이주해갔던 게 틀림없다고 결론 내렸다. 그 추측이 맞는다면, 저들이 갑작스럽게 다시 나타난 것은 수백만 년 전에 자신들의 종족이 탄생했던 장소로 감상적인 여행을 왔으며, 기억할 수 있는 시간을 넘어 오랜 기간 전해져 내려오며 조심스럽게 보존된 기록 외에는 지금껏 태양계를 아무도 보지 못했다는 의미였다. 하지만 그들이 지금 알게 된 사실에 경악하는 모습은 조금 의아했다.

그런데 지구인들이 가니메데인에게 다른 별에서 여행을 왔을 거라는 생각을 전하고 그 위치가 어디인지 묻자, 그들은 전혀 아니라는 반응을 보였다. 외계인은 자신들이 오래전에 미네르바에서 출발했다는 생각을 전하려는 것 같았는데, 그건 당연히 말도 안 되는 소리였다. 아무튼 이때 스토럴은 절망적인 문법적 혼란 상태에 빠져 있어서, 짧은 시간 동안에 이루어진 의사소통 때문에 일어난 문제의 결과로 여기고 이 주제와 관련된 이야기 전체를 무시하기로 했다. 나중에 언어의 통역 기술이 개선되면 해결될 문제였다.

가니메데인 통역이 '지구'와 '지구인' 사이의 관계를 깨닫고는, 화제를 돌려 자신이 대화를 나누고 있는 존재가 실제로 태양에서 세 번째 행성에서 왔는지 확인하고 싶어 했다. 그 추측이 맞는다는 이야기를 듣더니 몹시 흥분하는 가니메데인들의 모습이 모니터에 보였다. 그리고 소리를 전송하지 않은 상태에서 한참 동안 자기들끼리 대화를 주고받았다. 그 사실을 밝힌 게 왜 저런 반응을 일으켰는지는 설명이 없었다. 그 의문에 대해서는 묻지 않았다.

외계인들은 자신들이 아주 오랫동안 항해를 했으며, 많은 구성원이 질병을 겪었고 사망자도 많다는 이야기로 설명을 마쳤다. 그들은 물품이 부족하고, 장비가 낡고 많이 망가졌으며, 모두 육체적, 정신적, 정서적, 영적으로 완전히 고갈되어 고통을 받고 있었다. 고향으로 돌아간다는 생각만이, 극복하기 힘든 어려움을 무릅쓰고 계속 움직일 수 있는 의지가 되었다고 이야기했다. 하지만 이제 희망은 산산이 부서지고, 오도 가도 못하는 상황이 되었다.

스토럴을 외계인과 계속 이야기하도록 놔두고, 섀넌 대장은 모니터에서 벗어나 과학자 두 명과 다른 이들을 손짓으로 불렀다. 잠깐 즉석 회의를 진행하기 위해서였다.

"사람들을 외계인 우주선으로 보내려고 합니다." 섀넌 대장이 목소리를 낮춰서 말했다. "저들은 도움이 필요한데, 이 근처에서 도움을 줄 수 있는 존재는 우리밖에 없습니다. 스토럴을 불러들여서 사람들을 이끌게 할 겁니다. 스토럴이 그럭저럭 외계인들과 잘 해나가는 것 같아서요." 섀넌 대장이 헤이터 함장을 쳐다봤다. "함장, 즉시 비행할 수 있는 버스를 준비시키게. 스토럴과 함께 움직일 수 있는 부대원을 10명만 배치해. 적어도 세 명은 장교로 해야 돼. 그리고 상황 설명이 필요하니까, 보낼 사람들을 최대한 빨리 떠날 수 있는 버스의 에어록 대기실에 모아주게. 그러니까… 지금부터 30분 후까지. 물론 모든 사람은 장비를 완벽하게 갖추도록."

"즉시 실시하겠습니다." 헤이터 함장이 지시를 받았다.

"누구 다른 의견은 없나요?" 섀넌 대장이 사람들에게 물었다.

"휴대 무기를 지급할까요?" 장교 중 한 명이 물었다.

"아니. 다른 의견은?"

"딱 하나가 있긴 합니다." 말한 사람은 헌트였다. "실은 부탁입니다. 저도 함께 가고 싶습니다."

섀넌 대장이 그를 쳐다보더니 대답을 망설였다. 아마도 그 요청을 듣고 놀란 모양이었다. 헌트가 말을 이었다. "제가 여기로 파견된 건 가니메데인을 조사하기 위해서였습니다. 그게 공식적인 제 임무입니다. 이보다 더 나은 방법이 있을까요?"

"글쎄요, 전 잘 모르겠네요." 섀넌 대장은 얼굴을 찌푸리고 뒤통수를 긁적이며 가능한 반론을 찾았다. "뭐, 박사님이 가지 말아야 할 이유는 없을 것 같네요. 네…, 제 생각엔 괜찮을 것 같습니다." 섀넌 대장이 단체커를 쳐다봤다. "교수님은 어떠세요?"

단체커가 반대한다는 듯 양손을 치켜들었다. "친절하게 제안해 주셔서 고맙습니다만, 저는 사양하겠습니다. 유감스럽지만, 저로서는 이미 하루 치 흥분을 훌쩍 넘겨버린 상태거든요. 게다가 저는 이 사령선 안에서도 안전한 느낌을 받을 때까지 1년이 넘게 걸렸어요. 외계인 우주선이 어떨지는 생각하기도 싫습니다."

헤이터 함장이 씩 웃으며 고개를 절레절레 흔들었지만 아무 말도 하지 않았다.

"그러면 좋습니다." 섀넌 대장이 더 할 말이 있는 사람들에게 기회를 주기 위해 사람들을 한 번 더 둘러봤다. "마치죠. 앞에 나가 있는 사람들에게 돌아갑시다." 그는 모니터로 걸어가서 스토럴에게 연결된 마이크 앞으로 갔다. "스토럴, 거긴 어떻게 되어가나?"

"잘 되고 있습니다. 지금 외계인들에게 숫자를 세는 방법을 가르치고 있습니다."

"좋군. 그런데 다른 사람에게 그 일을 넘겨줄 수 있겠나? 자네를 잠깐 출장을 보낼까 해서 말이야. 곧 헤이터 함장이 자세한 사항을 알려줄 걸세. 자네가 지구의 대사가 되는 거야."

"이런 일에는 특별 수당이라도 받아야 하는 거 아닌가요?"

"기다려봐, 스토럴. 그 문제는 처리 중이야." 섀넌 대장이 미소를 지었다. 그는 너무도 길게 느껴지는 시간을 지난 후 처음으로 긴장이 풀린 기분이었다.

6

위성이나 궤도 비행선 사이를 오가며 승객을 나르는 작은 인력 수송선인 버스가 가니메데인의 우주선에 다가갔다. 객실 한쪽에 줄 지어 있는 벤치에 앉아, 우주복을 입은 덩치 큰 두 사람 사이에 끼 어있던 헌트는 뒤쪽 벽에 설치된 조그만 모니터로 우주선이 가까워 지는 모습을 보고 있었다.

가까이 다가가자 그 우주선이 지나온 세월과 닳아서 해진 모습이 전보다 더욱 분명하게 눈에 들어왔다. 사령선에서는 아무리 확대 해도 보이지 않았던 얼룩무늬가 앞부터 꼬리까지 여기저기를 덮고 있었는데, 이제는 그 모습이 선명하게 보였다. 마치 영화에서 봤던 위장 무늬처럼 보였다. 우주선 외곽은 다양한 크기의 구멍이 여기 저기에 뚫렸다. 아주 큰 구멍은 없었지만, 구멍마다 솟아오른 회색 금속으로 둘러싸여 있어서 달에 있는 크레이터의 축소 모형 같았다. 우주선은 엄청난 속도로 이동하는 동안, 외피를 뚫고 우주선을 에워싸고 있는 물질을 녹이다 소멸될 정도로 작은 입자 수천 개에 폭격이라도 당한 것 같았다. 헌트는 우주선이 엄청난 거리를 항해했거나, 태양계 밖에선 UN 우주군이 아직 경험해보지 못했던 상황이 펼쳐지는 모양이라고 혼잣말을 했다.

샤피에론 호의 측면에 버스가 쉽게 들어갈 수 있을 정도로 큰 직사각형 입구가 열렸다. 이제 지구인들도 가니메데인 우주선의 이름이 샤피에론이라는 사실을 알고 있었다. 안에는 부드러운 주황색 조명이 비치고 있었고, 직사각형 입구의 긴 변 중 하나의 중앙 부위에 하얀 표지등이 깜빡였다.

버스가 부드럽게 회전하며 안으로 들어갈 때 조종사의 목소리가 스피커에서 들려왔다. "의자에 그대로 앉아계시기 바랍니다. 도킹 레이더 없이 착륙하기 때문에 순전히 시각에 의지해서 접근해야 합니다. 착륙을 마친 후에도 헬멧은 선반 위에 그대로 두세요."

제트 엔진 분사를 섬세하게 조종하면서 버스는 조금씩 입구로 들어갔다. 착륙장 안쪽에는 검푸른 광택이 흐르는 동그란 비행선이 내부 차단벽 옆에 보관되어 있었는데, 이용 가능한 공간을 거의 다 차지하고 있었다.

샤피에론 호의 주축에서 수직으로 건설된 커다랗고 견고하게 보이는 승강장 두 개가 남은 공간에 돌출되어 있었다. 한 승강장에는 은색 달걀 한 쌍이 나란히 정류되어 있지만, 다른 승강장에는 착륙을 방해하지 않도록 한쪽에 설치된 표지등 외에는 아무것도 없이 널찍하게 비워두었다. 버스는 자기 자리를 찾아 들어가서 승강장에서 3미터 높이 정도에 떠 있다가 아주 조심스럽게 내려앉았다. 그 즉시 헌트는 뭔가 이상한 느낌이 들었다. 하지만 그게 뭔지 알아채기 전까지는 얼마 걸리지 않았다. 헌트 주변 사람들의 얼굴에도 어리둥절한 표정이 담겨 있었다.

헌트는 의자에 앉아 있는 무게감이 느껴졌다. 거의 정상에 가까운 중력을 느끼고 있었지만, 그런 효과를 낼 수 있는 어떤 장치도 보이지 않았다. 목성 5차 파견대 사령선에는 지속적으로 회전을 해서 원심력으로 정상적인 중력을 흉내 내는 구역들이 있었다. 하지만 비행선 일부는 특별한 목적을 위해 무중력 상태를 유지하도록 할당되었다. 회전하지 않고 고정된 물체 위에서 조작해야 할 장비들이 있기 때문이다. 예를 들어, 지난 몇 시간 동안 샤피에론 호를 촬영했던 카메라는 회전을 보정하기 위해 반대로 회전하는 카메라 받침대 위에 설치되어 있어서, 이론적으로는 지상에 설치된 천체망원경과 유사했다. 하지만 사령선의 모니터에 비쳤던 가니메데인 우주선의 모습은 우주선 그 자체뿐만 아니라 어떤 부분도 회전하는 것 같지 않았다. 게다가 버스가 착륙장으로 들어와 최종적으로 자리를 잡은 후, 들어왔던 입구와 상대적인 위치도 바뀌지 않았고, 배경의 별들도 고정되어 있었다. 이는 조종사가 착륙장에 진입할 때 목표물의 회전에 맞추기 위해 버스를 회전시키지 않아도 되었다는 의미였다. 그렇다면 이 무게감은 가니메데인이 인공적인 중력 효과를 일으키는 획기적인 기술을 사용하고 있다는 의미라고밖에는 해석할 수 없었다. 몹시 흥미로웠다.

조종사의 말은 헌트의 결론을 다시 한 번 확인시켜 주었다.

"음, 오늘 제가 아주 운이 좋은 날이네요. 착륙했습니다." 느릿느릿한 남부 말투가 뜻밖에 듣기 좋았다. "아마도 중력을 알아챈 분들이 계실 겁니다. 이들이 어떻게 이러는지는 저한테 묻지 마세요. 하지만 원심력을 이용해서 만들어낸 중력이 아닌 건 확실합니다. 외부 해치가 닫혔고, 계기판에 따르면 외부에 기압이 올라간 상태입니다. 몇 가지 확인한 뒤 여러분이 헬멧을 써야 할지 말씀드리겠습니다. 오래 걸리지 않을 겁니다. 사령선과도 아직 연락을 유지하고 있습니다. 아마도 이 친구들이 우리의 무선을 낚아채서 중계해주고 있는 모양입니다. 사령선에서는 비상 상황을 해제하고 다른 장소와 통신을 재개했습니다. 목성 4차 파견대에서 온 메시지는 이렇습니다. '외계인들이 지나갈 때 우리가 손을 흔들어줬다고 말해줘.'"

공기는 호흡이 가능했다. 거의 정상이었다. 헌트는 그럴 거라고 예상했었다. 우주선의 공기는 아마도 미네르바의 대기와 흡사할 것이다. 미네르바에서는 지구의 생물들이 번성했었다. 버스 안에 있는 사람들은 겉으로 차분했지만, 여기저기에서 안절부절못하고 장비들을 만지작거리며 치솟는 조바심과 기대감을 감추지 못했다.

외계인 우주선에 처음으로 발을 내딛는 인간이 되는 명예는 스토럴이 차지했다. 그는 객실의 뒤쪽에서 가까운 자리에서 일어나 에어록의 내부문이 옆으로 열릴 때까지 기다리다 에어록 안으로 들어가서 외부문의 투명한 창을 통해 밖을 내다보았다.

잠시 기다리자 스토럴이 다른 사람들에게 자신이 알아낸 사항들을 알려줬다. "승강장 구석의 벽에 있는 문이 열려 있습니다. 그 문의 안쪽에 그들이 서 있는데 키가 커요. 그들이 나오고 있습니다…. 하나, 둘, 셋…, 다섯이네요. 이제 그들이 승강장을 가로질러서 다가오고 있습니다…." 객실 안에 있는 사람들의 머리가 본능적으로 벽의 모니터로 돌아갔지만, 모니터는 다른 부분을 비추고 있었다.

"저들에게 카메라를 맞출 수 없습니다." 조종사가 마치 그들의 생각을 읽은 듯 말했다. "그쪽은 사각지대네요. 지시를 내려주십시오." 스토럴은 계속 창밖을 내다보면서 한동안 아무 말도 하지 않더니, 객실에 있는 사람들을 돌아보며 깊이 숨을 들이쉬었다.

"좋습니다. 시작합시다. 계획은 변경하지 않습니다. 지침대로 진행하겠습니다. 조종사, 문을 열게."

버스의 외부문이 벽감 속으로 들어가고 짧은 철제 계단이 승강장 위로 펼쳐졌다. 스토럴이 앞으로 나가 입구에 잠깐 섰다가 천천히 밖으로 사라졌다. 두 번째로 나갈 UN 우주군 장교는 벌써 내부 문에서 대기하고 있다가 그의 뒤를 따랐다. 객실 안쪽에 깊숙이 있던 헌트도 느리게 앞으로 나아가는 줄에 가서 섰다.

헌트가 밖으로 나갈 때 받은 인상은 공간이 넓다는 점이었다. 그건 버스 안에서는 잘 보이지 않았었다. 마치 부속 예배당에 있다가 갑자기 대회당으로 걸어나간 느낌이었다.

하지만 거대한 공터에 있다는 느낌이 들지는 않았다. 어찌 됐든 여긴 우주선이니까. 하지만 샤피에론 호 소속 비행선의 꼬리날개 위로, 그들의 머리 높이 펼쳐진 압도적이고 기하학적인 금속 조형물의 모습이 이제야 눈에 들어왔다. 착륙장 내부의 원근 투시선이 멀리서 수렴하는 모습은 그들이 지금 서 있는 우주선에 대한 경이감을 한층 더 높였다.

하지만 이런 놀라움은 헌트의 인식 뒤편에서 배경화면처럼 휙 지나가는 감상에 불과했다. 그의 앞에서 지금 역사가 만들어지고 있었다. 처음으로 인류와 지적인 외계 생명체가 얼굴을 마주 보는 장면이 펼쳐지고 있었다.

일행은 일렬로 서 있었는데, 스토럴과 장교 두 명이 약간 앞에 섰다. 스토럴에게서 몇 미터 떨어진 곳에 이쪽을 마주 보며 가니메데인 환영단을 이끄는 인솔자가 서 있었다. 그리고 그 뒤에는 그의 동료 네 명이 있었다.

가니메데인의 피부는 밝은 회색인데, 어쩐지 인간에 비해 거칠어 보였다. 다섯 명 모두 무성한 머릿결이 머리를 덮고 어깨까지 늘어져 있었지만, 얼굴에 수염 같은 털이 자라는 기미는 보이지 않았다. 인솔자를 포함해서 세 명의 머리카락은 새까만 검은 색이고, 다른 한 명은 흰색에 가까운 회색이었다. 나머지 한 명은 아주 진한 구릿빛이었는데, 이 때문에 살짝 불그스름한 색이 도는 그의 피부색이 더 강조되었다.

그들의 의상은 여러 색이 섞였는데, 기본적인 형태 외에는 공통적인 게 전혀 없었다. 단순하고 헐렁한 셔츠 비슷한 상의, 발목 부위에 일종의 끈 같은 것으로 묶은 평범한 바지 형태였다. 제복의 일종이 아닌 게 분명했다. 모두 광택이 흐르고 굽이 높은 부츠를 신었는데, 이 역시 색이 다양했다. 일부는 허리에 화려한 허리띠를 맸다. 또 가니메데인들은 각각 가느다란 금색 머리띠로 치장하고, 손목에는 금속 팔찌 위에 납작한 은색 상자를 차고 있었는데, 멀리서 보기엔 담뱃갑과 비슷했다. 시각적으로는 인솔자가 다른 이들과 구별되는 특징이 전혀 없었다.

한동안 두 집단은 침묵을 유지한 채 서로 바라보고 있었다. 지구인들의 뒤에 있는 출입구에서는 버스의 부조종사가 카메라를 손에 들고 후세를 위해 이 장면을 기록하고 있었다. 그때 가니메데인 인솔자가 한 발 앞으로 와서 앞서 사령선에서 봤듯이 고개를 숙이는 몸짓을 했다. 무심코 불쾌감을 줄 수 있는 모든 일에 주의하며, 스토럴은 힘차게 UN 우주군의 정식 경례를 했다. 지구인들에게는 기쁘게도, 그 즉시 가니메데인 다섯 명이 모두 스토럴을 따라 하긴 했지만, 자세가 어정쩡하고 지독하게 속도가 맞지 않아서 UN 우주군 훈련 담당 하사관들이 봤다면 눈물을 쏟았을 것이다.

가니메데인 인솔자가 천천히 더듬더듬 말했다. "저는 멜두르…, 입니다. 안녕하, 세요. 즐거운, 오, 후, 입니다."

그 짧은 발언은 역사적으로 불멸의 순간 중 하나로 기록될 것이다. 나중에 이 말은 지구인들과 가니메데인들이 똑같이 공유하는 일반적인 농담이 되었다. 그들의 목소리는 깊고 걸걸했다. 앞서 달걀을 통해 들었던 통역자의 목소리와 전혀 달랐다. 통역은 어법뿐 아니라 심지어 억양까지 결점이 없이 완벽했다. 이 가니메데인은 통역이 아닌 게 확실했다. 그가 어렵게 손님의 모국어로 환영 인사를 하는 모습이 더욱 좋은 인상을 주었다.

멜두르가 자신의 언어로 짧은 연설을 하는 동안 방문자들은 공손하게 그 이야기를 들었다. 그리고 스토럴의 차례였다. 그는 사령선에서 오는 내내 이 순간을 생각하고 몹시 두려워하면서도 UN 우주군의 훈련 교본에 이런 상황을 다룰 수 있는 내용이 있으면 좋았을 거라는 생각을 했다. 아무튼, 탐사 계획자들은 발생할 일을 예상해서 계획을 짜는 일로 돈을 받는 사람들이니까, 선견지명이란 걸 최소한이라도 보여줬어야 하는 거 아닌가? 스토럴은 허리를 곧게 펴고 머릿속으로 준비했던 짧은 연설을 하면서, 부디 앞으로 다가올 미래에 역사학자들이 관대하게 평가해주고 상황을 고려해주기를 바랐다.

"친애하는 여행자이자 이웃 여러분, 행성 지구의 사람들이 환영 인사를 전합니다. 저희는 모든 존재에 대한 평화와 우애의 마음으로 여기에 왔습니다. 이 만남을 시작으로 우리 종족 간의 공존이 오래도록 지속하길 바랍니다. 이 만남으로부터 서로에게 도움이 될 상호 이해와 화합이 커지길 바랍니다. 앞으로 가니메데인과 지구인이 함께 공동의 지식 영역을 넓힌다면, 두 종족은 각자의 세상에서 벗어나 대우주에 속하는 보편의 영역으로 나아가게 될 것입니다."

가니메데인은 자신들이 들을 순서가 되자, 스토럴이 연설을 마칠 때까지 꼼짝도 하지 않고 조용히 있는 모습으로 존중을 표했다. 형식적인 의례를 마친 뒤, 인솔자가 지구인들에게 따라오라는 몸짓을 하면서 자신들이 모습을 드러냈던 문을 향해 돌아섰다. 다른 가니메데인 둘은 인솔자를 따라가며 지구인을 안내하고, 다른 둘은 지구인의 뒤를 따라왔다.

그들은 넓고 벽이 하얀 복도를 따라 걸어갔는데, 양쪽으로 많은 문이 열려 있었다. 모든 장소는 동일하게 확산되는 빛으로 눈부시게 밝았다. 천장과 벽 전체에서 빛이 쏟아져 나오는 것 같았다. 바닥은 푹신하고 부드러워서 발소리가 나지 않았다. 공기는 차가웠다.

복도를 걷는 동안 많은 가니메데인들이 옹기종기 모여 행렬을 지켜봤다. 대부분은 버스를 마중 나왔던 사람들처럼 키가 컸지만, 몇몇은 아주 작아서 체격과 피부가 훨씬 연약해 보였다. 그들은 자라고 있는 어린이들이었다. 구경꾼들이 입은 의상은 앞서 만났던 이들보다 훨씬 다양했지만, 한결같이 똑같은 형태로 장식된 머리띠와 손목 장치를 차고 있었다. 헌트는 이게 단순히 장식적인 목적 이상의 기능이 있을 거라 추측하기 시작했다. 낡고 전반적으로 질이 낮은 옷 때문에 모든 곳에서 풍기는 피로감과 의기소침한 분위기가 더욱 진하게 느껴졌다. 벽과 문에는 수도 없이 오간 물건들에 긁힌 흔적들이 남아 있었다. 바닥은 헌트의 생각보다 훨씬 오랜 기간 이리저리 오가는 발길에 의해 닳아서 얇아진 상태였다. 몸이 축 처진 이들도 있었는데, 그중 몇몇은 동료들의 부축을 받고 있었다. 그런 모습들만 봐도 그들의 상황이 이해가 되었다.

짧은 복도를 지나자, 그 복도를 좌우로 가로지르고 약간 더 넓은 두 번째 복도가 나왔다. 이 두 번째 복도는 굽은 형태로 볼 때 우주선 중심부의 외곽을 도는 원형 통로의 일부 같았다. 그들의 바로 앞에, 중심부의 외곽을 형성하는 굽은 벽에 커다란 문이 열려 있었다.

가니메데인이 지구인을 인도해서 들어간 곳은 텅 빈 원형 방이었는데, 지름이 약 6미터 정도 되었다. 문은 조용히 미끄러지며 닫혔다. 출처를 알 수 없는, 보이지 않는 기계 소리가 희미하게 들리고, 문 옆의 벽에는 의미를 알 수 없는 기호가 깜빡였다. 잠시 후 헌트는 우주선의 중심부에서 축을 따라 움직이는 커다란 엘리베이터 안에 들어온 모양이라고 추측했다. 가속도는 전혀 느껴지지 않았다. 아마도 가니메데인의 신비한 중력공학의 또 다른 사례일 것이다.

엘리베이터에서 나가서 또 다른 원형 복도를 지나 도착한 방은 제어실이나 계기실처럼 보였다. 중앙 통로의 양쪽에 있는 벽에 제어판과 계기판, 모니터가 줄지어 있었다. 많은 자리에 가니메데인들이 앉아 있었다. UN 우주군 비행선보다 전반적인 배열이 깔끔하고 덜 혼란스러웠다. 계기와 설비들은 나중에 추가된 게 아니라 붙박이 형태로 융합된 것처럼 보였다. 기능 못지않게 미적인 측면도 상당히 고려한 모양새였다. 섬세하게 균형을 맞춘 노란색과 주황색, 녹색으로 배합된, 단일하고 유기적인 곡선의 디자인이 방의 끝에서 끝까지 흐르는 모습에 감탄하며, 샤피에론 호의 운영부를 감상했다. 여기에 비하면 목성 5차 파견대의 사령실은 훨씬 황량하고 실용적인 것처럼 느껴졌다.

반대편 끝에 있는 문을 지나자 그들의 목적지가 나타났다. 커다란 사다리꼴 형태의 방이었는데, 아마도 우주선의 중심부와 외피 사이에 자리를 잡고 있어서 그런 모양이 되었을 것이다. 여긴 주로 흰색과 회색이었다. 넓은 쪽의 벽은 거대한 스크린이 뒤덮었고, 그 아래에는 승무원의 계기판이 일렬로 있었는데 5차 파견대 사령선에 있는 유사한 장비들에 비해 훨씬 적은 스위치와 버튼이 달려 있었다. 책상 비슷한 작업대와 여러 개의 알 수 없는 장치가 방의 중앙 부위를 차지하고 있었다. 좁은 쪽의 벽에는 단상이 차려져 있고, 그 위에 세 개의 커다란 빈 의자가 있었다. 의자는 중앙 스크린을 향했는데, 뒤에는 기다란 제어판이 있었다. 선장과 부관들이 우주선의 활동을 감독하는 자리인 게 틀림없었다.

그 단상 앞의 넓은 공간에 가니메데인 네 명이 기다리고 있었다. 지구인들은 가까이 다가가 그들과 마주 봤다. 그리고 다시 짧은 연설의 교환이 반복되었다. 의례적인 행사를 마치자마자, 본인의 이름을 가루스라고 밝힌 가니메데인 대표가 물품이 줄지어 놓여있는 탁자로 지구인들을 이끌었다. 거기엔 가니메데인이 다들 차고 있는 것과 동일한 머리띠와 손목 장치, 그리고 몇 가지 조그만 물건들이 지구인 각각을 위해 준비되어 있었다. UN 우주군 장교 한 명이 주저하며 물건에 다가가다가, 격려하는 게 분명한 외계인의 몸짓에 용기를 받아 머리띠를 집어 들고 자세히 살펴봤다. 한 명씩 그

99

장교를 따랐다.

헌트도 하나를 골라서 집어 들었는데, 알 수 있는 건 거의 무게가 느껴지지 않는다는 사실뿐이었다. 멀리서 볼 때 머리띠 가운데에 보석처럼 보였던 것은 25센트짜리 동전만 한 크기로 반짝이는 은색 금속 원반이었다. 그 원반의 중앙에 검은색 유리로 만들어진 듯한 작은 반구형 물체가 부착되어 있었다. 머리띠는 가니메데인의 머리를 감싸기에는 너무 짧았고, 금속을 잘라낸 후 조잡하게 수리한 흔적이 보였다. 장비를 인간의 비율에 맞추기 위해 급하게 처리한 게 확실했다.

손톱이 넓고, 관절에 부드럽고 두툼한 각질이 덮인 커다란 여섯 개의 회색 손가락이 헌트의 시야 안으로 들어와서 그의 머리띠를 붙잡았다. 헌트가 고개를 들자 거인의 눈과 마주쳤다. 그는 헌트의 바로 곁에 서 있었다. 눈은 짙은 파란색으로, 큼직한 원형의 동공이 담겨 있었다. 헌트는 그들이 지금 눈을 반짝이며 사람 좋은 웃음을 짓고 있는 게 틀림없다고 확신했다. 헌트가 마구 솟아나는 생각들을 정리하기 전에, 머리띠가 제자리에 편안하게 자리를 잡았다. 가니메데인이 더 작은 물품을 집었는데, 부드러운 집게가 달린 탄력 있는 원반이었다. 그가 간단한 동작으로 원반을 헌트의 오른쪽 귓불에 붙였다. 원반은 귀 뒤쪽의 돌출된 뼈 위에 가볍게 자리를 잡았는데, 아주 편안하게 맞았다. 우주복의 헬멧을 고정하는 테두리 안으로 살짝 보이는 셔츠 칼라의 목 부위에 비슷한 장치가 하나 더 부착되었다. 그 장치의 원반이 기도(氣度) 부위에 닿았다. 헌트는 외계인들이 마음을 터놓고 허물없이 어울리고 있으며, 그의 동료들도 비슷한 태도로 지구인들을 도와주고 있다는 사실을 깨달았다. 헌트가 더 관찰하기 전에 그와 함께 있는 거인이 마지막 물품을 들었는데, 손목 장치였다. 외계인은 손목 장치의 독특한 조정방법을 몇 차례 보여준 후 헌트의 우주복 팔뚝에 채워줬다. 그 장치의 표면은 소형 모니터처럼 생긴 화면이 거의 차지하고 있었지만, 그 순간에는 아무것도 나오지 않았다. 거인이 화면 아래에 있는 일련의 작은 버튼 중 하나를 가리키면서 머리를 움직이고 표정을 이리저리 바꿨지만, 헌트로서는 무슨 의미인지 알 수 없었다. 그러자 거인은 혼자 방치되어서 귀에 차는 장비로 고생하고 있는 지구인으로 고개를 돌렸다.

헌트가 주변을 돌아봤다. 한가한 가니메데인들이 방의 주변에 모여 차분히 진행 상황을 지켜보고 있었는데, 아마도 무슨 일이 일어나기를 기다리는 모양이었다. 그들 위로 중앙 스크린에 펼쳐진 영상은 여전히 8킬로미터 떨어져 있는 목성 5차 파견대 사령선의 모습이었다. 이 낯선 환경에서 갑자기 익숙하고 안심이 되는 뭔가가 눈에 들어오자, 서서히 그를 엄습해오던 멍한 마비상태가 일시에 사라졌다. 헌트는 고개를 숙여 손목 장치를 다시 내려다봤다. 그리고 어깨를 으쓱하고는, 거인이 가리켰던 버튼을 건드렸다.

"저는 조락입니다. 즐거운 오후입니다."

헌트는 다시 고개를 들어서 누가 말하고 있는지 찾았지만, 아무도 그를 쳐다보고 있지 않았다. 헌트가 곤혹스러운 표정을 지으며 얼굴을 찌푸렸다.

"당신은 누구입니까?" 같은 목소리가 다시 들렸다. 몹시 당황한 헌트가 갈피를 못 잡고 좌우와 뒤쪽을 다시 돌아봤다. 헌트는 다른 지구인 한두 명이 그와 비슷하게 이상한 태도로 움직이고 있다는 사실을 알아챘다. 다른 두 지구인은 중얼거리기 시작했는데, 자기 혼자 중얼거리는 게 확실했다. 그때 귀에 붙었던 장치에서 목소리가 들려온 거라는 사실을 깨달았다. 그건 목성 5차 파견대 사령선에서 처음 들었던 가니메데인 통역의 목소리였다. 그리고 거의 동시에 목에 댄 장치가 마이크일 거라는 생각이 떠올랐다.

헌트는 잠시 혼잣말을 하는 동료들처럼 우스꽝스럽게 보일까 봐 쑥스러운 느낌이 살짝 들었지만 대답했다. "저는 헌트입니다."

"지구인은 저에게 이야기합니다. 저는 가니메데인에게 이야기합니다. 저는 통역합니다."

헌트는 깜짝 놀랐다. 그는 스스로 관찰자라고 생각했기 때문에, 무슨 일이 일어나든 그렇게 적극적인 역할을 맡게 되리라고는 예상하지 않았었는데, 이제 그는 초대를 받아 대화에 직접 참여한 상황이 되었다. 그런데 자신을 통역자라고 직접 말을 거는 지적인 존재가 없어서, 잠시 헌트는 어리둥절했다.

그래서 무례하게 비치지 않기를 바라며 헌트가 물었다. "당신은 어디에 있나요?"

"샤피에론 호의 다른 장소에 있는 다른 부분에 있습니다. 저는 가니메데인이 아닙니다. 저는 기계입니다. 지구인의 단어로는 컴퓨터라고…." 잠시 멈췄다가 이어졌다. "네. 제가 맞았습니다. 저는 컴퓨터입니다."

"어떻게 그렇게 빨리 확인할 수 있었지?" 헌트가 물었다.

"죄송합니다. 그 질문은 아직 이해하지 못하겠습니다. 좀 더 간단히 말해주시겠습니까?"

헌트가 잠깐 생각했다.

"넌 처음에 컴퓨터라는 단어를 이해하지 못했잖아. 그런데 금세 이해했어. 어떻게 알 수 있었지?"

"목성 5차 파견대 사령선에 있는 달걀 안에서 저와 이야기를 나누고 있는 지구인에게 물었습니다."

헌트는 조락이 단순한 컴퓨터가 아니라 슈퍼컴퓨터라는 사실을 깨닫고 감탄했다. 조락은 독립적으로 여러 대화를 동시에 하면서 행동하고 배울 수 있었다. 이는 영어를 배울 때 경이적인 발달 속도를 보여줬던 사실에 대한 충분한 설명이 되었고, 반복하지 않고도 모든 정보의 세부적인 부분까지 기억하는 능력도 이해됐다. 헌트는 지구에서 가장 발전된 언어 번역 기계들을 몇 차례 본 적이 있었는데, 그 기계들에 비하면 조락은 깜짝 놀랄 충격 그 자체였다.

그 후 몇 분간, 가니메데인들은 자신들이 소통할 때 이용하거나 직접 대화를 나누는 조락과 장비들에 지구인들이 익숙해지는 동안 조용히 구경꾼으로 남아 있었다. 머리띠는 소형 TV 카메라로서 착용자가 보고 있는 장면을 컴퓨터로 직접 전송할 수 있었다. 손목의 모니터에는 우주선의 컴퓨터 복합체에서 전송 가능하고 영상으로 표현할 수 있는 모든 정보를 표시할 수 있었기 때문에, 머리띠에서 찍은 영상도 띄울 수 있었다. 이 컴퓨터 복합체 전체를 가리키는 이름이 조락이었다. 조락은 각각의 개인이 우주선의 많은 설비에 접근하고 상호작용할 수 있도록 해주는 다기능 장치이면서, 동시에 개인들이 서로 소통할 수 있게 해주는 지극히 고성능의 통신 수단이기도 했다. 그런데 이 모든 일은 조락에게 그저 '부업'일 뿐이었다. 조락의 주요 기능은 샤피에론 호의 모든 것을 감독하고 제어하는 일이었다. 그래서 전반적으로 계기판들이 그렇게 단순하고 간단했던 것이다. 대부분의 운영은 조락에게 음성으로 명령을 내려 실행되었다.

일단 조락이 모든 신참자에게 자신을 소개하고 나자, 오늘 해야할 일들이 다시 진행되었다. 스토럴은 가니메데인 원정대장 가루스와 풍부한 대화를 더 나눴다. 그리고 샤피에론 호가 실제로 오래전에 뭔가 복잡한 과학적인 임무를 실행할 목적으로 다른 항성계로 갔다가 돌아왔다는 사실을 대화를 통해 알게 됐다. 원정대는 어떤 재난이 일어나 긴 항해를 준비할 틈도 없이 급하게 그 항성계에서 출발했다. 상황은 우주선과 관련된 기술적인 문제 때문에 더 악화되었다. 하지만 정확하게 어떤 문제인지는 여전히 확실하게 이해되지 않았다. 항해가 오래 지속하면서 많은 어려움에 시달리다 결국 거인들은 곤경에 빠져들었다. 그 어려움은 이미 지구인들에게 이야기했던 내용이었다. 가루스 대장은 자신들이 육체적, 정신적으로 힘든 상황이라는 사실과, 이 상태에서 회복하고 자신들의 상황을 점검하기 위해 우주선을 착륙시킬 곳을 찾아야 한다는 점을 강조하며이야기를 마무리했다.

이야기가 진행되는 동안, 양쪽의 대화는 버스에 남아 있는 승무원에게 중계되었고, 가니메데인들의 중계를 통해 섀넌 대장과 사령선에 있는 사람들에게 분 단위로 일어나고 있는 상황이 보고되었다.

가루스 대장이 말을 다 끝내기도 전에, 섀넌 대장은 가니메데 중앙기지에 연락해서 그곳의 지휘관에게 예상치 못했던 아주 이상한손님들이 탄 우주선 한 척이 갈 테니 이들을 맞이할 준비를 시작하라고 지시했다.

7

"지구인 한 명이 저에게 꺼지라며, 자기 장치의 스위치를 내려달라고 지시했습니다." 조락이 말했다. "그 지시대로 하려면 저는 샤피에론 호를 떠나서 우주로 나가야 하는데, 그 사람이 그런 의도로 말하지는 않았을 거라고 확신합니다. 그 사람은 무슨 의도입니까?"

헌트는 머리를 베개에 파묻고 천장을 바라보며 혼자 씩 웃었다. 그는 가니메데인의 통신 장비로 여러 가지 실험을 하며 활기찬 날을 보내고, 몇 시간 전에 5차 파견대 사령선으로 돌아와 선실에서 쉬는 중이었다.

"그건 지구에서 흔히 쓰는 말투야." 헌트가 말했다. "그 말은 글자 그대로의 뜻을 의미하지는 않아. 그건 종종 사람들이 다른 사람의 말을 더 이상 듣고 싶지 않을 때 하는 말이야. 아마도 그 사람은 지쳐서 잠을 자야 했을 거야. 그래도 지구인들과 대화를 할 때 그 말은 하지 마. 그 말에는 불쾌한 느낌이 담겨 있고, 약간 모욕적이거든."

"알겠습니다. 좋아요. 말하는 그대로의 뜻이 아닌 말을 가리키는 단어나 문구가 있습니까?"

헌트는 한숨을 뱉고 피곤한 표정으로 콧등을 문질렀다. 문득 학교 선생님들의 인내심이 존경스러워졌다.

"내 짐작엔 그걸 '비유적 표현(a figure of speech)'이라고 하는 것 같아." 헌트가 말했다.

"하지만 말(speech)은 숫자(figure)가 아니라 단어로 이루어졌습니다. 아니면 제가 뭔가 잘못 이해한 겁니까?"

"아냐, 네 말이 맞아. 그건 다른 말이야."

"비유적 표현(a figure of speech)은 비유적 표현(a figure of speech)입니다, 그렇습니까?"

"그래. 조락, 이제 나도 피곤해. 내가 다시 준비될 때까지 영어에 대한 질문은 남겨둘래? 내가 너한테 묻고 싶은 질문들도 아직 남았어."

"그렇지 않으면 저한테 꺼지라며 스위치를 내리라고 지시할 겁니까?"

"그렇지."

"알았습니다. 당신의 질문은 무엇입니까?"

헌트는 몸을 일으켜 침대 끝에 어깨를 기대고 양손의 깍지를 껴서 머리 뒤로 받쳤다. 잠시 생각을 정리한 뒤 질문할 준비가 되었다. "나는 너희 우주선이 출발한 항성에 관심이 있어. 넌 그게 행성이 몇 개 있는 항성계라고 했잖아."

"네."

"너희 우주선은 그 행성 중의 하나에서 온 거야?"

"네."

"모든 가니메데인이 미네르바에서 이동해서 그 행성에서 오랫동안 살았어?"

"아닙니다. 큰 우주선 세 대가 갔고, 그 큰 우주선이 싣고 간 비행선들이 있었습니다. 그리고 우주선처럼 추진할 수 있는 아주 큰 기계도 세 대 있었습니다. 가니메데인은 거기에서 과학적인 생각을 시험했습니다. 가니메데인은 거기에 살기 위해서 간 것이 아닙니다. 모든 이들이 샤피에론 호를 타고 돌아왔지만, 많은 이들이 죽었습니다."

"그 항성으로 갈 때, 어디에서 출발한 거야?"

"미네르바에서 갔습니다."

"나머지 가니메데인은 어디에 있었어? 너희와 함께 그 항성에 가지 않은 사람들 말이야."

"당연히 그들은 미네르바에 남았습니다. 그 항성에서 해야 할 일은 과학적 사람들이 조금만 필요했습니다."

헌트는 마음속의 의심을 더는 억제하기 힘들었다. 그가 의심하기 시작한 것들이 때로는 진실로 드러나기도 했다.

"그 항성을 떠난 지 얼마나 오래됐어?" 헌트가 물었다. 그 말을 하면서 목소리가 살짝 잠겼다.

"지구의 시간으로 대략 2천5백만 년 전입니다." 조락이 그에게 알려줬다.

헌트는 한참 동안 말을 잇지 못했다. 그대로 가만히 누워서, 방금 그가 들은 엄청난 이야기를 머릿속으로 이해하려 애썼다. 겨우 몇 시간 전에 그는 호모 사피엔스라는 종이 모습을 드러내기 오래 전에 살았던 존재와 얼굴을 마주 보고 서 있었던 것이다. 그들은 지금도 여전히 살아있으며, 상상할 수도 없는 시간의 흐름을 겪었다. 그런 생각이 사람을 멍하게 만들었다.

헌트는 단 한 순간도 이게 일반적인 가니메데인의 수명을 나타내는 거라고는 생각하지 않았다. 이건 상대론적인 시간 팽창 효과의 결과일 거라고 추측했다. 그렇지만 그런 규모의 효과를 일으키려면, 저들은 믿기 힘들 정도로 긴 시간 동안 어마어마한 속도를 계속 유지해야만 했을 것이다.

대체 어떤 일이 있었기에 가니메데인은 이 이야기에 함축된 엄청난 거리를 여행하게 되었던 것일까? 그리고 똑같이 이상한 일은, 어떻게 이들은 자신들에게 익숙했던 세계와 삶의 방식과 모든 것들을 영구적으로 상실할 수밖에 없다는 사실을 알면서도 기꺼이 그 임무를 떠맡았던 걸까?

시간 팽창으로 인해 시간 척도가 어긋난 걸 무시하더라도, 그들이 목적지에 가서 이룬 어떤 일도 자기네 문명에 아무런 영향을 미칠 수 없는데, 그들의 원정은 대체 어떤 취지였을까? 하지만 가루스 대장이 모든 일이 계획에 따라 진행되지는 못했다며 뭐라고 하지 않았었나?

헌트는 다시 한 번 비슷한 질문을 하기 위해 생각을 정리했다. 다른 질문이 떠올랐다. "태양에서 그 항성까지는 얼마나 떨어져 있지?"

"빛의 속도로 날아갈 경우 지구의 시간으로 9.3년 걸리는 거리입니다." 조락이 대답했다.

상황이 더 이상해졌다. 시간 팽창을 일으킬 수 있을 정도의 속도가 되면 그런 거리의 여행은 거의 시간이 걸리지 않았을 것이다…. 천문학적인 관점에서 말이다.

"가니메데인들이 자신들이 2천5백만 년 후에 돌아올 거라는 사실을 알고 있었어?" 헌트는 진상을 제대로 밝혀보고 싶다는 생각이 들어서 물었다.

"가니메데인들이 그 항성에서 떠날 때는 알고 있었습니다. 하지만 그 이전에 그들이 미네르바를 떠나 그 항성으로 갈 때는 몰랐습니다. 그들은 그 항성에서 돌아오는 여행이 그 항성까지 가는 여행보다 더 길어질 거라고 믿을 이유가 없었습니다."

"그들이 거기까지 가는 건 얼마나 걸렸는데?"

"태양에서부터 계산하면 12.1년 걸렸습니다."

"그런데 돌아오는 데에는 2천5백만 년이 걸렸다고?"

"네. 가니메데인은 아주 빠르게 여행하는 것을 피할 방법이 없었습니다. 그 결과는 잘 아실 거라고 믿습니다. 그들은 태양의 주변을 아주 여러 번 돌았습니다."

헌트는 뻔한 질문을 던졌다. "왜 그들은 그냥 속도를 늦추지 않았지?"

"그들은 그렇게 할 수 없었습니다."

"왜?"

조락이 잠깐 머뭇거리는 것 같았다.

"전기 기계가 작동되지 않았습니다. 모든 게 파괴될 수 있었기 때문에 원 궤도로 도는 일을 멈출 수 없었습니다. 시공간 융합 상태를 풀 수가 없었습니다."

"무슨 말인지 모르겠어." 헌트가 얼굴을 찌푸리며 말했다.

"제가 영어에 대해 더 많은 질문을 하지 않고서 더 명확하게 이야기하기는 힘들 것 같습니다." 조락이 헌트에게 경고했다.

"지금은 관둬." 헌트는 갱구기지 아래에서 가니메데인 우주선의 추진 장치에 관해 논의하느라 일어났던 소동이 떠올랐다. 그 우주선은 샤피에론 호와 거의 같은 시대에 만들어졌다. UN 우주군의 과학자들과 공학자들이 확신을 하지는 못했지만, 그들 중 많은 이들이 작용-반작용을 이용하는 추진체가 아니라, 국지적으로 시공간이 왜곡되는 지역을 인공적으로 만들어내고 우주선이 그 속으로 계속 '낙하'하는 방식으로 이동한다고 추측했다.

헌트는 그런 이론을 적용하면, 샤피에론 호가 지속적인 가속을 할 경우 조락이 설명하는 속도에 도달할 수 있을 것 같다는 생각이 들었다. 틀림없이 다른 과학자들도 조락에게 비슷한 질문을 하고 있을 것이다. 헌트는 내일 과학자들과 그 문제에 관해 이야길 나눠서, 당분간은 그 문제에 너무 집중하지 않도록 해야겠다고 결심했다.

"넌 그 당시를 기억해?" 헌트가 무심코 물었다. "2천5백만 년 전, 너희 우주선이 미네르바를 떠날 때 말이야."

"지구 시간으로 2천5백만 년입니다." 조락이 지적했다. "샤피에론 호의 시간으로는 20년이 채 되지 않습니다. 네. 저는 모두 다 기억합니다."

"그들이 떠난 세상은 어떤 세상이었어?"

"저는 완벽하게 이해가 되지 않습니다. 어떤 세상이라니 무슨 의미입니까?"

"글쎄, 예를 들자면, 너희는 미네르바의 어떤 곳에서 출발했어? 평지였어? 물이 있었나? 가니메데인들이 건설한 구조물들이 있었어? 그 모습을 묘사해줄 수 있겠니?"

"사진을 보여드리겠습니다." 조락이 대답했다. "모니터를 봐주세요."

흥미가 솟은 헌트는 손을 뻗어서 침대 옆 사물함 위에 올려놓았던 손목 장치를 집어 들었다. 장치를 손에 들고 모니터를 켜자마자 즉시 뜬 영상에 입에서 절로 감탄의 휘파람이 흘러나왔다. 헌트는 샤피에론 호를 위에서 내려다보고 있었다. 샤피에론 호가 아닐지 몰라도, 아무튼 거의 구별이 안 될 정도로 흡사한 우주선이었다. 하지만 이 우주선은 몇 시간 전에 버스에서 봤던 것처럼 상처와 흠집투성이가 아니었다. 깔끔하고 번쩍거리고 흠 하나 없는 장엄한 거울의 성채였다. 자랑스럽게 서 있는 은색의 꼬리날개 너머의 광대한 공간에는 낯선 건조물들이 빼곡했다. 건물과 원기둥, 관 모양의 구조물, 반구형 돔, 높은 기둥과 굴곡. 모두가 서로 연결되어 하나의 연속적이고 복합적인 풍경으로 융합되었다. 다른 우주선 두 대가 첫 우주선의 양쪽에 있었는데, 역시 웅장하긴 했지만 조금 작았다.

사진에서 우주항의 하늘에는 아주 큰 것부터 아주 작은 것까지 온갖 종류의 비행체들이 분주하게 오갔는데, 대부분은 하늘을 걷는 훈련이 된 개미들처럼 행렬을 이루며 윤곽이 분명한 선을 따라 움직였다.

그 뒤로 몇 킬로미터 높이로 솟아오르며 지평선을 차지한 것은 도시였다. 헌트가 지금껏 봤던 어떤 도시하고도 달랐지만, 그건 도시일 수밖에 없었다. 단 위에 단, 층 위에 층, 고층건물, 테라스, 급경사로, 그리고 중력을 무시하고 즐겁게 통통 튀며 하늘로 뛰어오르는 듯이 환상적인 복합 무늬를 이루며 서로 매달려 있는 고가도로들. 마치 극도로 숙련된 엄청난 예술가가 빛나는 거대한 대리석 한 덩어리를 조각해서 전체 건축물을 빚어낸 듯했다. 게다가 하늘에는 상아로 만든 섬들이 분리되어 떠 있는 것처럼 보이는 부분들도 있었다. 인간의 지식을 훌쩍 뛰어넘는 지성만이 이런 위업을 머릿속에 그려낼 수 있을 것이다. 지구의 과학자들이 아직 만나보지 못했던 가니메데인 과학의 또 다른 사례였다.

"그건 미네르바를 떠나기 전 샤피에론 호의 모습입니다." 조락이 헌트에게 알려줬다. "샤피에론 호와 함께 여행했던 다른 두 우주선의 모습도 있습니다. 그 뒤로 보이는 곳은 그로모스입니다. 많은 가니메데인들이 살기 위해 건설한 장소를 영어로 뭐라고 하는지는 모르겠습니다."

"도시." 헌트는 말을 하면서 도시라는 단어로 저 모습을 묘사하기엔 지극히 부적당하다는 느낌을 동시에 받았다. "가니메데인들은 자신들의 도시에 대한 애정이 있었어?"

"죄송하지만, 무슨 말인지 모르겠습니다."

"그들은 자신들의 도시를 좋아했어? 그들이 다시 고향으로 돌아가길 아주 많이 바랐어?"

"아주 많이 바랐습니다. 가니메데인들은 미네르바에 있는 모든 것들에 애정이 있었습니다. 그들은 자신들의 고향에 애정이 있었습니다." 조락은 추가적인 정보가 필요할 때를 알아채는 잘 발달된 능력이 있는 모양이었다. "가니메데인들은 그 항성을 떠날 때, 고향으로 가는 여행이 아주 오래 걸릴 거라는 사실을 알고 있었습니다. 그들은 아무것도 바뀌지 않았을 거라고 예상하지는 않았습니다. 하지만 자신들의 고향이 더 이상 존재하지 않을 거라고는 예상하지 못했습니다. 그들은 아주 슬픕니다." 헌트도 이미 그 사실을 알 수 있었다.

헌트가 다른 질문을 하기 전에 조락이 말했다. "혹시 영어에 대한 게 아니라면 제가 질문을 해도 괜찮을까요?"

"응. 그래." 헌트가 대답했다. "네가 알고 싶은 게 뭐야?"

"가니메데인들은 아주 불행합니다. 그들은 지구인이 미네르바를 파괴했을 거라고 믿고 있습니다. 사실입니까? 그리고 그게 사실이라면 지구인은 왜 미네르바를 파괴한 겁니까?"

"아냐!" 헌트는 본능적으로 반응하며 말을 시작했다. "아냐, 그건 사실이 아니야. 미네르바는 5만 년 전에 파괴되었어. 당시는 지구에 현대 인류가 없었어. 우리는 나중에 나타났어."

"그렇다면 월인들이 미네르바를 파괴했습니까?" 조락이 물었다. 사령선에 있는 다른 사람이 벌써 같은 주제에 관해 이야기했던 게 틀림없었다.

"그래. 넌 월인들에 대해서는 얼마나 알아?"

"2천5백만 년 전에 가니메데인들이 지구의 여러 생물을 미네르바로 데리고 갔습니다. 그 후 얼마 지나지 않아서 가니메데인과 미네르바에 있었던 모든 생물과 땅 위에 사는 생물이 죽었습니다. 지구에서 온 생물들은 죽지 않았습니다. 월인들이 그들로부터 자라나서 지금의 지구인과 닮았습니다. 사령선에 있는 다른 과학 사람들이 저에게 이 사실을 이야기해줬습니다. 이게 제가 아는 전부입니다."

헌트는 그 이야기를 듣고 그 전까지 알아채지 못하고, 전혀 생각해보지 못했던 사실을 알게 됐다. 조락은 가니메데인이 자신들의 행성에 지구의 동물들을 무수히 데려갔다는 사실을 몇 시간 전까지도 전혀 몰랐던 것 같다. 확실히 하기 위해 헌트는 다른 질문을 던졌다. "네가 그 항성으로 떠나기 전에는 가니메데인이 지구 생물을 미네르바로 데려가지 않았어?"

"네."

"가니메데인들이 그렇게 할 계획이라는 사실은 알았어?"

"그럴 계획이 있었는지 몰라도, 저는 못 들었습니다."

"가니메데인들이 무엇 때문에 그런 생각을 하게 되었는지는 혹시 알아?"

"아니요."

"그렇다면 문제가 뭐였건 나중에 갑자기 일어난 게 틀림없어."

"죄송하지만 무슨 말인지 모르겠습니다."

"네가 미네르바를 떠난 후에 일어난 문제가 원인이었을 거라는 뜻이야."

"제 생각에 그럴 때 적절한 구절은 '그렇게 짐작됩니다'입니다. 다른 가능성을 계산할 수 없습니다."

헌트는 가니메데인의 문명에 무슨 일이 일어났는지에 대한 수수께끼가 두 종족 모두에게 도전 과제로 던져졌다는 사실을 깨닫고 흥분됐다. 헌트가 혼잣말을 했다. "두 종족이 지식을 모으면 해답을 찾을 수 있을 거야." 그는 조락을 위해 월인의 이야기를 완성시킬 때가 되었다고 다짐했다. 완성될 이야기는 최근 몇 년간, 아니 어쩌면 유사 이래 가장 놀라운 발견이 될 것이다. 이 이야기는 태양계의 구조에 대한 우리의 지식을 변화시킬 것이고, 인류의 기원을 완전히 새로 쓰게 될 것이다.

"그래, 네 말이 맞아." 잠시 후에 헌트가 말했다. "월인은 가니메데인과 미네르바의 다른 생물들이 죽은 뒤에 미네르바에 남은 지구 생물에서 자라났어. 우리는 그걸 '진화'라고 하지. 월인이 진화하는 데에는 2천5백만 년이 걸렸어. 5만 년 전 그들은 발전된 종족이 되었지. 그래서 우주선과 기계, 도시를 건설했어. 그 뒤에 어떻게 되었는지 말해준 사람은 없었어?"

"없었습니다. 하지만 물어보려고 했습니다."

"미네르바에 달이 있었다는 건 사실이야?"

"그 행성을 도는 위성 말입니까?"

"그렇지."

"네. 있었습니다."

헌트는 만족감에 혼자 고개를 주억거렸다. 그와 지구의 다른 과학자들이 월인의 유적을 조사해서 추정한 결론과 일치했다.

"그러면 이것도 말해줘." 헌트가 확인을 위해 물었다. "2천5백만 년 전에 지구에 달이 있었어?"

"아뇨. 당시 지구에는 위성이 없었습니다." 헌트가 착각했을 수도 있지만, 그는 조락이 목소리에 억양을 이용해 감정의 변화를 전달하는 방법을 배우고 있다고 확신했다. 헌트는 조락의 대답에 놀라움이 담겨 있었다고 맹세할 수 있다.

"현재 지구에는 달이 있어. 달은 약 5만 년 전부터 있었어."

"월인이 발전된 종족이 되었을 때부터입니까?"

"바로 그렇지."

"알겠습니다. 연결 관계가 명확해 보입니다. 설명해주십시오."

"월인이 미네르바를 파괴했을 때, 그 행성은 폭발해서 여러 조각으로 부서졌어. 가장 큰 조각은 지금 태양에서 가장 먼 행성이 되어 궤도를 돌고 있는 명왕성이야. 다른 조각들, 대부분의 조각은 여전히 화성과 목성 사이에서 태양을 돌고 있어. 내 짐작에는 가니메데인들이 태양계가 바뀐 걸 알게 되어 놀랐을 때부터 너도 이 사실을 알고 있었을 거야."

"네. 명왕성과 소행성들에 대해서는 압니다." 조락이 확인해줬다. "저는 태양계가 바뀌었다는 사실과 미네르바가 존재하지 않는다는 사실은 알았지만, 어떤 과정을 통해 바뀌었는지는 몰랐습니다."

"미네르바의 달은 태양 쪽으로 날아갔어. 월인들이 아직 달 위에 살아있었지. 달이 지구에 가까워졌을 때 사로잡혔어. 그리고 지구의 달이 되어서 지금까지 그대로야."

"살아있던 월인들은 틀림없이 지구로 여행했을 겁니다." 조락이 끼어들었다. "그 뒤로 흐른 시간 동안 그들의 숫자가 늘어났습니다. 지구인은 월인에서 진화했습니다. 그래서 둘이 닮았던 겁니다. 저는 다른 가능성을 계산할 수 없습니다. 제 말이 맞습니까?"

"그래. 네 말이 맞아, 조락." 헌트가 감탄하며 고개를 절레절레 흔들었다. 기계는 판단할 수 있는 자료도 거의 없는 상태에서, 지구의 과학자들이 수십 년간 진행됐던 격렬한 논쟁과 다툼을 바탕으로, 2년 넘게 종합해서 내린 결론에 정확히 똑같이 도달했다. "적어도 우리는 그 결론이 맞다고 믿고 있지만, 결정적으로 증명할 수는 없었어.”

“죄송하지만, 결정적으로?”

“최종적으로…, 확실히.”

“알겠습니다. 저는 월인들이 우주선을 타고 지구로 여행했을 게 틀림없다고 추측합니다. 그들은 기계와 다른 물건들을 가져갔을 겁니다. 제 짐작엔 지구인들이 지구의 표면에서 이런 물건들을 찾아봤을 겁니다. 그러면 당신이 믿는 사실이 진실인지 증명할 수 있었을 겁니다. 제 결론은, 여러분이 시도하지 않았거나, 시도했어도 성공하지 못했다는 겁니다.”

헌트는 깜짝 놀랐다. 조락이 2년 일찍 왔었다면, 이 수수께끼 전체가 일주일 만에 풀렸을 것이다.

“단체커라는 지구인과 이야기해봤어?” 헌트가 물었다.

“아뇨. 그런 이름은 만나지 못했습니다. 왜요?”

“단체커는 과학자인데, 너와 똑같은 추측을 했어. 우리는 아직 월인이 가져왔을지도 모르는 물건의 흔적을 발견하지 못했어. 단체커는 언젠가 그런 물건을 발견하게 될 거라고 예상하고 있어.”

“지구인은 자신들이 어디에서 왔는지 몰랐습니까?” 조락이 물었다.

“아주 최근까지는 몰랐지. 그 전까지 지구인은 지구에서만 진화했다고 믿었어.”

“미네르바에서 진화한 생물 종들은 가니메데인이 지구에서 데려간 것들이었습니다. 같은 종들이 지구에도 남아 살고 있었습니다. 죽지 않고 지구로 온 월인들은 발전된 종족이었습니다. 지금의 지구인들은 최근까지 그들을 알지 못했습니다. 그래서 지구인은 자신이 어디서 왔는지 잊어버렸던 겁니다. 죽지 않고 살아남은 월인은 틀림없이 아주 소수였을 거라고 추측됩니다. 그들은 퇴보하고 자신들의 지식을 잊었습니다. 5만 년 후 그들은 다시 발전했습니다. 그러나 월인을 잊었습니다. 지구인이 새로운 지식을 알게 되면서 오래전 지구의 곳곳에 남아 있는 생물들의 유골을 봤을 겁니다. 그들은 자신들의 생물 종과 같다는 것을 알았을 겁니다. 지구인은 자신들이 지구에서 진화했다고 추측했을 겁니다. 최근에 지구인들은 월인과 가니메데인을 발견했습니다. 이제 그들은 실제로 일어났던 사건을 추론했습니다. 그렇지 않았다면 지구인들은 왜 월인이 자신들과 똑같이 생겼는지 설명하지 못했을 것입니다."

조락이 모든 사실을 계산해냈다. 이 기계가 헌트와 동료들이 오랜 시간 동안 발견해왔던 수많은 중요 정보들을 바탕으로 추론을 전개할 수 있다고 하더라도, 깜짝 놀랄 만한 논리적인 분석이었다.

헌트가 아직 그 분석에 감탄하고 있을 때 조락이 다시 말했다. "저는 월인이 미네르바를 파괴한 이유를 아직 모르겠습니다."

"월인도 그럴 의도는 아니었어." 헌트가 설명했다. "미네르바에 전쟁이 있었어. 우리는 그 행성의 지각이 얇고 불안정했다고 생각해. 사용된 무기는 아주 강력했지. 그렇게 해서 행성이 폭발했던 거야."

"죄송하지만, 전쟁? 지각? 무기? 무슨 말인지 모르겠습니다."

"아, 이런….” 헌트가 툴툴거렸다. 그는 할 말을 고르느라 잠시 멈추고 사물함 위에 놓아둔 담뱃갑에서 담배를 꺼내 불을 붙였다. "행성의 바깥 면은 차갑고 딱딱하잖아. 지표면에 가까운 부분 말이야. 그 부분이 지각이야."

"피부처럼 말입니까?"

"그래, 하지만 깨지기 쉬워서… 쉽게 조각조각으로 부서져."

"알겠습니다."

"많은 사람이 큰 규모로 하는 싸움을 전쟁이라고 해."

"싸움?"

"아, 젠장…. 한 집단의 사람들과 다른 집단의 사람들 사이에 일어나는 폭력적인 행동이지. 조직적으로 죽이는 거야."

"무엇을 죽입니까?"

"다른 집단의 사람들이지."

조락이 혼란스러워하는 느낌이 뚜렷하게 전해졌다. 마치 잠시 자신의 마이크를 통해 들려온 말을 믿기 힘들어하는 것 같았다.

"월인들이 조직적으로 다른 월인들을 죽였습니다." 조락은 자신이 오해했을까 봐 불안한 듯 느리고 조심스럽게 말했다.

"그들은 일부러 그런 겁니까?" 갑자기 바뀐 화제가 헌트의 허를 찔렀다. 그는 불쾌하고 약간 당혹스러운 느낌이 들기 시작했다. 금세 잊힐 사소한 위반 행위 때문에 꼬치꼬치 질문을 받는 어린아이가 된 기분이었다.

"응." 헌트가 간신히 대답했다.

"왜 그들은 그런 일을 하고 싶어 했던 겁니까?" 감정적인 억양이 다시 나타났는데, 이번엔 말투에 노골적인 불신이 담겨 있었다.

"그들이 싸운 이유는…, 이유는…." 헌트는 온 힘을 다해 뭔가 할말을 찾았다. 기계는 그런 문제를 전혀 이해하지 못하는 것 같았다. 천 년의 역사에 담긴 격정과 복잡성을 어떻게 한두 마디로 요약할 수 있겠는가? "자신을 보호하기 위해…. 다른 집단으로부터 자신의 집단을 방어하기 위해서 그랬어….”

“조직적으로 자신들을 죽일 다른 집단으로부터 보호하려고?”

“음, 그 문제는 매우 복잡해…. 하지만, 그래, 그렇게 말해도 될 거야.”

“그렇다면 논리적으로 여전히 같은 질문을 할 수밖에 없었습니다. 왜 다른 집단은 그런 짓을 하려던 겁니까?”

“한 집단이 다른 집단을 뭔가에 대해 화나게 만들었거나, 두 집단이 서로 같은 것을 원했거나, 한 집단이 다른 집단의 땅을 원했거나… 그러면 그 문제를 해결하기 위해 싸우기도 해.” 헌트는 자신의 말이 그다지 적절한 설명이 아닌 것 같다는 생각이 들었지만, 이것이 그가 할 수 있는 최선이었다. 짧은 침묵이 계속 이어졌다. 조락도 이 문제에 대해 깊이 생각하고 있는 듯했다.

“혹시 월인의 두뇌에 문제가 있었습니까?” 마침내 조락이 물었다. 가장 가능성 큰 공통 요소로 고려할 만한 게 무엇인지 추측해 보려는 모양이었다.

“우리는 그들이 선천적으로 아주 폭력적인 종족이었을 거라고 생각해.” 헌트가 대답했다. “하지만 그들이 살았던 당시, 멸종할 수 있는 상황에 맞닥뜨렸어. 멸종은 모두 죽는다는 뜻이야. 미네르바는 5만 년 전에 차갑게 식어가고 있었어. 월인들은 더 따뜻한 행성으로 가서 살고 싶어 했지. 우리는 그들이 지구로 가고 싶었을 거라고 생각해. 하지만 월인의 수는 많은데, 자원은 적고 시간도 거의 없었어. 상황 때문에 그들은 겁에 질리고 화가 났어…. 그래서 월인들이 싸운 거야.”

“월인들이 죽지 않으려고 서로를 죽였다는 겁니까? 추위를 막으려고 미네르바를 파괴했다는 겁니까?"

"월인도 그럴 의도는 아니었어." 헌트가 다시 말했다.

"그들의 의도는 무엇이었습니까?"

"내 추측에 월인들은 전쟁 후에 남은 집단이 지구로 가려고 했던 것 같아."

"왜 집단 전체가 갈 수 없었습니까? 전쟁에는 다른 일에 더 잘 사용될 수 있는 자원을 필요로 합니다. 모든 월인이 자신들의 지식을 사용할 수도 있었습니다. 그들은 살고 싶었다지만, 그러지 못할 게 확실한 일을 했습니다. 월인들은 두뇌에 문제가 있었습니다." 조락의 마지막 발언에 담긴 말투의 의미는 명확했다.

"그 모든 게 그들이 고의로 계획했던 일은 아니야. 그들은 감정에 휘둘렸어. 인간은 감정이 격할 때 가장 논리적인 일만 하지는 않아."

"인간… 지구인…? 지구인도 격한 감정을 느끼면 월인처럼 싸웁니까?"

"가끔은 그렇지."

"그러면 지구인도 전쟁을 합니까?"

"지구에는 많은 전쟁이 있었지만, 오랫동안 전혀 없었어."

"지구인은 가니메데인을 죽이고 싶습니까?"

"아냐! 아니야. 당연히 아니지. 그럴 이유가 없잖아…." 헌트는 격렬하게 항의했다.

"그럴 이유는 한 번도 없었습니다." 조락이 말했다. "월인에게도 그럴 이유는 없었습니다. 그들은 자신들이 원하는 것과 반대로 행동했으므로, 당신이 말했던 일들도 이유가 될 수 없습니다. 그들은 이성적이지 않았습니다. 지구인은 월인으로부터 두뇌의 문제를 물려받았을 게 틀림없습니다. 많이 아픈 겁니다."

단체커는 지구의 다른 종들에 비해 인간에게 두드러지는 이례적인 공격성과 투지는 가니메데인의 쇠퇴 이후 미네르바에 남은 유인원들 사이에서 일어난 돌연변이에서 기원했다는 이론을 낸 적이 있다. 그 이론에 따르면 월인 문명의 놀랍도록 빠른 출현과 발전이 이해된다. 지구에서 가장 발전된 종이 원시적인 석기 문명을 이루고 있을 때 월인은 우주선을 가지고 있었다. 조락이 추측했듯이, 이 위협적인 월인의 특성은 지구의 후손들에게 유전되었다(그 과정에서 어느 정도 묽어지긴 했지만 말이다). 그리고 이어진 인류의 출현과 성장에서 가장 강력한 요소를 구성했다. 단체커가 언젠가 예상했듯이, 그 특성이 언젠가 독특한 일탈로 밝혀질 수 있을까?

"미네르바에는 전쟁이 없었어?" 헌트가 물었다. "가니메데인의 초기 역사에서도 집단들이 전혀 싸우지 않았어?"

"네. 그럴 이유가 없습니다. 그런 생각 자체를 전혀 하지 않았습니다."

"개인들은… 그들은 전혀 싸우지 않았어? 가니메데인은 전혀 폭력적이지 않았어?"

"가끔 가니메데인이 다른 가니메데인을 해치려는 경우도 있지만, 그건 많이 아픈 경우에만 그랬습니다. 두뇌에 문제가 일어난 겁니다. 너무 슬픈 일입니다. 대부분의 경우 의사가 문제를 고칠 수 있습니다. 가끔 문제가 있는 사람이 다른 사람들로부터 격리되어서 도움을 받는 경우도 있습니다. 하지만 그런 사람은 아주 소수입니다."

다행히 조락은 도덕적인 판단을 내리는 경향은 없는 듯했다. 하지만 헌트는 파푸아의 인간 사냥꾼이 선교사를 만났을 때처럼 몹시 불편해지기 시작했다.

조락은 금세 그 상황을 더 나쁘게 만들었다. "모든 월인이 아프고, 의사들도 아프다면 무슨 일이든 일어날 수 있습니다. 그런 경우라면 그들이 행성을 날려버렸을 거라는 추측을 계산할 수 있습니다. 지구인이 모두 아픈 상태에서 기계를 만들고 가니메데에 왔다면, 그들도 전쟁을 일으키고 행성을 날려버릴 수 있을 겁니다. 저는 가루스 원정대장에게 그 가능성에 대해 경고해야 합니다. 그는 아마도 머무르려고 하지 않을 겁니다. 아픈 지구인이 가득한 태양계보다는 안전한 다른 장소가 있을 겁니다."

"전쟁은 일어나지 않을 거야." 헌트가 조락에게 단호하게 말했다. "오래전에 일어났던 일들이야. 지구인들은 이제 달라. 우리는 요즘은 싸우지 않아. 가니메데인은 여기서도 안전해. 그들은 우리의 친구잖아."

"알겠습니다." 기계는 모호하게 말했다. "그 말에 담긴 진실의 가능성을 계산하기 위해서는 제가 지구인에 대해서, 그리고 그들이 어떻게 진화했는지 더 많이 알아야 합니다. 제가 질문을 더 해도 됩니까?"

"질문은 다음에 하자." 헌트는 갑자기 피곤함이 몰려와서 그렇게 말했다. 그 대화를 더 이어가기 전에 다른 이들과 토론하고 생각해 봐야 할 게 많았다. "지금으로선 우리가 충분히 대화한 것 같아. 나는 잠을 좀 자야겠어."

"그러면 저는 꺼져야 합니까?"

"그래. 유감이지만 그렇게 해, 조락. 내일 이야기하자."

"잘 알겠습니다. 그렇다면, 즐거운 오후 되세요."

"그건 틀린 말이야. 내가 잠자리로 가고 있잖아. 지금은 밤이야."

"압니다. 농담이었습니다."

"즐거운 오후." 헌트는 연결을 끊기 위해 손목 장치의 버튼을 누르며 미소를 지었다. 유머 감각이 있는 컴퓨터라니. 이제 그는 모든 걸 봤다. 헌트는 통신 장비를 이루는 이런저런 장치들을 조심스럽게 정리해서 사물함 위에 놓고, 놀라운 대화를 곱씹으면서 담배를 마저 피웠다. 지금은 그들의 공포와 경계심이 무척이나 바보 같고 비극적으로 우스꽝스러워 보였다. 가니메데인은 전쟁에 해당하는 단어가 없었을 뿐 아니라, 전쟁에 대한 최소한의 개념조차 없었다. 헌트는 바위 밑에서 지저분한 삶을 살다가 그 바위가 막 뒤집힌 느낌이 들기 시작했다.

헌트가 전등을 막 끄려는 순간 침대 옆 벽에 있는 벨이 울렸다. 그는 별생각 없이 손을 뻗어서 스위치를 끄고 호출을 받으려고 했는데, 그건 스피커를 통해 들려오는 공지였다.

"파견대장 섀넌입니다. 현지 시각 23시 40분, 지구에서 발신된 메시지를 여러분께 알려드리면 좋을 것 같습니다. UN 본부에서는 밤새 비상회의를 연 뒤 샤피에론 호의 가니메데 중앙기지 착륙을 승인했습니다. 가니메데인에게는 이 소식을 알렸고 앞으로 준비가 진행될 겁니다. 이상입니다. 고맙습니다."

3부

8

그렇게 2천5백만 년의 믿기 힘든 여행이 마침내 끝을 맺었다.

헌트는 가니메데 중앙기지에 있는 운항 관제탑의 널찍한 투명 돔 안에 모인 관제사들 사이에서, 샤피에론 호의 거대한 형체가 기지 구석 너머에 별도로 준비된 공간을 향해 서서히 미끄러져 내려가는 모습을 말없이 지켜봤다. 샤피에론 호는 선미 부분을 이루는 네 개의 날카로운 꼬리날개의 끝으로 똑바로 선 모양으로 착륙했는데, 우주선 본체의 선미 끝부분은 여전히 얼음 바닥 위로 30미터 이상 높이 떠 있었다. 그 옆에 환영 의장대처럼 한쪽에 서 있는 베가 왕복선 무리가 초라해 보였다.

바깥에서 기다리고 있던 차량들이 동시에 앞으로 느리게 나아가기 시작했다. 앞쪽의 세 대가 가장 가까운 꼬리날개 바로 앞에서 멈춰 서더니 UN 우주군의 표준 우주복을 입은 사람들을 토해냈다.

나머지 차량은 양측에서 대기 행렬을 이뤘다. 사람들은 우주선을 마주 보며 일렬로 섰다. 세 명이 다른 사람들보다 조금 앞에 서 있었는데, 중앙기지 소장 로렌스 포스터와 그의 부관, 그리고 환영 행사에 참여하기 위해 내려온 목성 5차 파견대 사령선의 선임 장교 한 명이었다. 하늘에 아주 낮게 떠 있는 자그마한 태양은 가니메데 지표면의 황량한 모습을 두드러지게 하고, 시간 그 자체만큼이나 오래된 운석의 충격 이후로 바뀌지 않고 그대로 남아 있는 부서진 얼음 절벽과 얼어붙은 험준한 바위들을 가로질러 바닥이 보이지 않는 음산한 그늘을 드리웠다.

그때 그들이 지켜보고 있는 가운데, 샤피에론 호의 본체에서 선미 부분이 분리되더니 수직으로 내려오기 시작했다. 잠시 후 그들은 그 선미 부분이 세 개의 길고 밝은 은색 튜브에 연결되어 있다는 사실을 알게 됐다. 튜브는 우주선의 중심축 근처에 무리 지어서 단단하게 매달려 있었다. 선미는 얼음 표면에 닿으며 멈췄다. 그리고 선미의 사방에서 여러 개의 문이 미끄러져 열리더니 짧은 경사로가 아래로 뻗어 나와서 지표면까지 이어졌다. 돔에서 내려다보던 헌트는 샤피에론 호를 방문했을 때 버스에서 내린 후 그와 동료들을 실어 날랐던 엘리베이터 통로가 떠올랐다. 그의 계산이 정확하다면, 엘리베이터 통로는 우주선 외각에서 들어갔을 때 지금 세 개의 튜브가 보이는 위치 정도에 있었다. 그렇다면 튜브는 내부의 엘리베이터 통로가 확장된 것이었고, 각 튜브는 각각의 엘리베이터를 나타내는 게 틀림없었다. 이는 우주선 안에서는 세 개의 엘리베이터 시스템으로 긴 축을 따라 이동하고, 필요한 경우에는 지면까지 연장할 수 있다는 의미이다. 아래로 통째로 내려온 선미는 로

비 역할을 할 수 있었다. 정말 훌륭했다. 하지만 우주선에 관한 헌트의 연구는 돔에 퍼지고 있는 소란으로 중단됐다. 가니메데인들이 나오고 있었다.

우주복을 입은 가니메데인들은 더욱 거대해 보였다. 일군의 외계인이 경사로를 통해 천천히 내려와 기다리고 있던 지구인들에게 다가갔다. 지구인들은 즉시 경례 자세를 취했다. 그리고 몇 분 동안 헌트가 이미 봤던 것과 유사한 의식을 주고받는 모습이 재연되었다.

돔 안의 스피커를 통해 중앙기지 소장이 지구의 모든 정부를 대표해 가니메데인을 환영하는 인사가 중계되었다. 모든 종족 간의 우애가 영원하기를 바라는 의례적인 연설이 장황하게 되풀이되었다. 소장은 항해의 고난을 언급하고, 지구인이 부족하나마 그들에게 자원과 도움을 제공하겠다는 의사를 밝혔다.

가니메데인 원정대장 가루스는 조락을 통해 답변했는데, 한 채널이 돔의 통신 회로로 연결되었다. 가루스는 기지 소장 포스터의 인사를 충실하게 되풀이했는데, 목소리가 좀 기계적이고 인공적이어서 그는 왜 이런 인사말을 해야 하는 건지 완전히 이해하지 못하는 것처럼 보였다. 가루스 대장은 목적이 뭔지도 알지 못하는 낯선 의례를 따르기 위해 최선을 다한다는 인상을 주었다. 그럼에도 청중들은 의례적인 표현에 감사했다. 그는 고향에 돌아왔을 때 비록 형제들은 사라졌지만 대신 새로운 형제들을 그 자리에 남겨준 운명에 고마움을 표했다. 가루스 대장은 두 종족이 서로에 대해 많은 걸 배워야 한다는 이야기로 끝맺었다.

대기하고 있던 차량들이 가니메데인들을 준비된 숙소로 데려가려고 경사로로 다가갔다. 의자와 제거할 수 있는 장비들을 치웠는데도 차량에 한 번에 태울 수 있는 가니메데인의 수가 무척 적어서, 주로 환자와 쇠약한 이들의 이동에 집중했다. 나머지 가니메데인들은 여기저기 산재해있는, 피그미족처럼 작고 우주복을 입은 사람들의 안내를 받으며 그들을 기다리고 있는 건물을 향해 천천히 걸어가기 시작했다. 얼마 지나지 않아, 뒤죽박죽 모인 가니메데인들의 툭툭 끊긴 행렬과 뒤처진 사람들이 우주선에서 기지까지 이어진 얼음 바닥 위에 줄지어 늘어선 모양이 되었다. 어둑하고 황량한 밤하늘의 별들이 냉담한 눈으로 무관심하게 그 모습을 내려다보고 있었다.

돔이 몹시 조용해졌다. 사람들이 침울한 모습으로 그 광경을 내다보고 있었다. 각각의 얼굴은 자신만의 생각을 감춘 무표정한 마스크를 쓰고 있었다. 어떤 모습을 비추든, 아무리 많이 반복해서 보더라도, 그 어떤 영상 기록도 이 순간의 느낌을 다시 보여주지 못할 것이다.

한참 후 헌트 옆에 서 있던 하사관이 고개를 살짝 돌렸다. "이런, 전 모르겠어요." 그가 조용히 중얼거렸다. "고향으로 돌아오는 길이 진짜 젠장이네요."

"고향에 돌아왔는데 고향이 진짜 젠장이네요." 헌트가 그 말을 받았다.

중앙기지에서 가능한 편의 시설을 모두 제공했지만, 모든 가니메데인을 수용할 수 있을 정도로 충분하지는 못했다. 가니메데인은 4백 명이 넘었다. 그래서 대다수는 샤피에론 호에 남을 수밖에 없었다. 그럼에도 불구하고, 그저 단단한 지표면에 내려앉았다는 사실만으로, 설령 그게 가니메데라는 이름의 얼어붙은 잡석 덩어리라고 할지라도, 외계인들에게는 절실하게 필요했던 정신적인 힘을 고

무시켜주는 모양이었다.

지구인들이 그들에게 새로운 숙소로 쓰일 설비와 편의 시설을 보여주며 시험 삼아 제공된 보급품과 음식들을 가리켰다. 그들의 편안한 생활에 도움이 되길 바라는 마음에 지구인들이 준비한 다양한 물건도 있었다. 그사이 다른 UN 우주군 승무원들은 비슷한 물건들을 궤도 수송선에서 샤피에론 호에 있는 가니메데인들에게 서둘러 날랐다. 그리고 새로운 도착자들이 각자 뜻대로 편안하게 쉴 수 있도록 놔주었다.

몹시 필요했던 휴식 시간을 보낸 후, 외계인은 집주인들과 다시 대화를 계속할 준비가 되었다고 알려왔다. 이에 따라 장교 식당에서 두 종족의 지도자들과 일부 사람들이 참여하는 저녁 회의가 열리고, 이어서 공식 환영 만찬이 진행됐다. 헌트도 초청을 받아 이 행사에 참여했다. 단체커도 마찬가지였다.

9

　가니메데인이 좀 더 고향처럼 느낄 수 있도록 해주기 위해 실내 온도를 낮췄는데, 한 시간 이상 장교 식당에 사람들이 꽉 들어차고 전등 불빛 아래 담배 연기가 음침하게 가라앉자 모든 이들이 그 온도를 괜찮게 느꼈다. 단체커가 스웨터 위에 걸친 헤드셋의 마이크에 대고 하던 이야기를 마치고, 자리로 가서 앉았다. 가루스 대장이 가니메데인 파견단이 모여 있는 식당의 끝에서 대답했다.

　"교수님, 그 문제에 대해서는 과학자가 과학자에게 답하도록 하는 게 좋을 것 같습니다." 그는 뒤쪽의 다른 가니메데인 사이에 있는 다른 이를 내려다보며 말했다. "쉴로힌, 자네가 대답하겠나?" 가니메데인의 장비를 받지 못한 모든 지구인은 단체커와 비슷한 헤드셋을 착용하고 있어서, 조락이 진행하는 통역을 따라잡을 수 있었다. 기계의 통역 능력은 이제 아주 좋아졌지만, 구어적 표현에 대해서는 아직 해석이 서툴러서 종종 우스꽝스러운 결과를 빚어내는 문제가 있었다.

가니메데인 원정대의 수석 과학자 쉴로힌은 이전에 일행들에게 소개되었다. 공간을 만들기 위해 가루스 대장이 자리에 앉자 그녀가 일어나서 말했다. "우선, 저는 지구의 과학자들이 밝혀낸 놀라운 사실들에 대해 먼저 축하의 말씀을 드려야 할 것 같습니다. 네, 단체커 교수가 추측했듯이, 우리 가니메데인들은 이산화탄소에 대한 내성이 높지 못합니다. 우리가 떠날 때의 미네르바 상황에 대한 교수와 그의 동료들의 추론도 완벽하게 옳았습니다. 그들은 그 행성을 본 적도 없는데 말입니다."

쉴로힌은 이야기를 잠시 멈추고 자신의 말이 충분히 이해될 때까지 기다렸다가 이어서 말했다. "미네르바의 암석에는 열을 발생시키는 방사성 물질의 평균 농도가 지구에서 발견되는 암석보다 높았습니다. 그래서 미네르바의 내부는 아주 높은 온도로 뜨겁게 융해된 상태였고, 지각도 더 얇았습니다. 그러므로 그 행성의 화산활동은 지구보다 훨씬 활발했고, 달이 현재의 지구에서보다 가까운 궤도에서 돌고 있던 탓에 지각에 미치는 기조력까지 강해서 상황이 아주 복잡했습니다. 활발한 화산활동으로 많은 양의 이산화탄소와 수증기가 대기 중에 배출되었는데, 이에 따라 발생한 온실효과가 바다의 표면 온도를 높여서 바다가 액체 상태로 유지될 수 있었습니다. 그래서 생명이 출현했습니다. 지구의 기준으로 보자면 여전히 지옥처럼 추웠겠지만, 다르게 진행되었다면 그보다 훨씬 추웠을 겁니다.

이런 상태는 미네르바의 역사가 진행되는 내내 그대로 유지되었습니다. 그런데 우리의 문명이 최고의 전성기에 도달했을 때는 새로운 지질 시대가 막 시작되던 시기였습니다. 대기 중의 이산화탄소 농도가 눈에 띄게 높아지기 시작했습니다. 우리가 견딜 수 있는 수준 너머로 올라가는 건 시간문제일 뿐이라는 사실이 곧 명확해졌습니다. 우리의 세계가 우리가 살지 못할 곳으로 바뀐다면, 뭘 할 수 있을까요?" 쉴로힌은 질문을 던진 채 식당을 둘러봤다. 지구인들이 토론에 참여해주기를 바라는 게 분명했다.

잠시 후 뒤에 있던 UN 우주군 공학자가 대답했다. "글쎄요, 저희는 여러분이 가진 아주 놀라운 기술의 사례들을 몇 개 봤습니다. 저는 이산화탄소의 수준을 다시 낮추는 간단한 방법을 여러분이 어렵지 않게 찾았을 거라 생각합니다…. 예를 들어, 행성 차원의 기후 통제나 배출 펌프 같은 거 말이죠."

"훌륭하게 파악하셨네요." 쉴로힌은 그렇게 말하며 동의한다는 듯 고개를 끄덕였다. "저희는 사실 행성 차원의 기후 통제 시스템을 일부 도입했었습니다. 주로 미네르바의 빙원이 확대되는 걸 제한하기 위해 쓰였죠. 하지만 대기의 화학적 조성을 서투르게 만지작거려야 하는 상황이 되자, 과연 저희의 능력이 모든 상황을 효과적으로 통제할 수 있는 수준인지 자신할 수 없었습니다. 그 균형이 아주 미묘했기 때문입니다." 그녀는 질문자를 똑바로 쳐다봤다. "사실 당신이 제안한 방식의 계획도 제시되었지만, 수학적 모형에서 온실효과를 완전히 파괴하고, 미네르바에 사는 생물들의 종말을 더 빠르게 재촉할 위험성이 너무 높게 나타났습니다. 저희는 조심스러운 사람들이라 위험성을 쉽사리 받아들이지 않습니다. 저희 정부는 그 제안을 기각했습니다."

그녀는 침묵을 유지하며 사람들에게 다른 가능성에 대해 생각할 시간을 주었다. 단체커는 그 상태를 상쇄하기 위해 지구의 식물을 도입하려 했을지도 모른다는 생각을 굳이 말하지 않았다. 그는 이 가니메데인들이 그런 모험적 시도에 관해 전혀 모른다는 사실을 이미 잘 알고 있었다. 아마도 그 방법은 가루스 대장의 원정대가 떠난 후에 시도되었을 것이다. 과학자들의 더 깊은 분석과 조락과의 토론으로 봤을 때, 설령 그 실험이 실시되었다고 하더라도 아무튼 실패했을 것이다. 당시 가니메데 과학자들은 그 문제를 해결하지 못한 게 틀림없다. 현재까지 이 사건은 여전히 풀리지 않는 수수께끼였다.

얼마 지나지 않아 쉴로힌이 팔을 들어서 펼쳤다. 마치 수업시간에 선생님이 그날따라 약간 더딘 아이들의 관심을 끌려는 몸짓 같았다. "논리적으로 아주 간단합니다." 그녀가 말했다. "이산화탄소의 농도 수준이 올라가도록 놔두면 우리는 죽습니다. 그래서 올라가도록 놔둘 수 없었습니다. 농도의 상승을 막으려 시도할 경우 행성 전체가 얼어붙을 위험성이 너무 높아집니다. 이산화탄소가 온실효과를 통해 미네르바를 따뜻하게 유지했기 때문입니다. 저희는 태양에서 멀리 떨어져 있으므로 따뜻하게 유지하기 위해 온실효과가 필요했습니다. 그런데 우리가 태양에 더 가까이 가거나 태양이 더 따뜻해진다면 이산화탄소가 전혀 필요하지 않게 됩니다."

쉴로힌의 앞에 있는 사람들이 멍한 표정으로 쳐다봤다. 몇몇은 갑자기 믿기지 않는다는 표정을 지었다. "그러면 간단하네요." 헌트 가까이 있던 사람이 말했다. "미네르바를 살짝 옮기거나, 태양의 온도를 올리면 되겠네요." 그 사람은 농담으로 한 말이었지만, 가니메데인은 인간의 행동 습관을 따라서 고개를 끄덕거리기 시작했다.

"바로 그겁니다." 쉴로힌이 말했다. "저희도 그 두 가지 결론에 도달했습니다." 식당의 여기저기에서 탄성이 흘러나왔다. "저희는 두 가지 가능성을 모두 광범위하게 연구했습니다. 마침내 천체물리학자들은 태양의 온도를 높이는 방법이 실행 가능성이 더 크다고 정부를 설득했습니다. 아무도 계산에서 결함을 찾을 수 없었습니다. 하지만 언제나 그렇듯 우리 정부는 조심스러워서, 태양을 가지고 놀다가 망쳐버리지 않는 방식을 선택했습니다. 정부는 먼저 그 계획이 제대로 작동한다는 증거를 보고 싶어 했습니다…. 네, 헌트 박사님?" 그녀는 헌트가 손을 들어 관심을 끌고 있다는 사실을 깨달았다.

"그 일을 어떻게 하려던 건지 좀 더 자세히 말씀해주실 수 있을까요?" 헌트가 물었다. "여기에 있는 우리 중에는 그런 시도를 계획한다는 생각만으로도 놀라는 사람들이 있을 것 같아서요." 여기저기에서 낮은 목소리로 그의 의견에 동조하는 소리가 들려왔다.

"알겠습니다. 이제는 여러분 대다수가 알고 있듯이, 가니메데인은 아직 여러분의 세계에서는 알지 못하는 기술 분야를 발전시켰습니다. '중력'이라는 효과를 인공적으로 발생시키고 제어하는 원리를 바탕으로 한 기술입니다. 가니메데인 천체물리학자들의 제안은 아주 크고 강력한 투사기 세 개를 태양을 도는 궤도에 배치해서, 시공간 왜곡을 일으키는 광선을 태양의 중심에 집중해서 발사하는 것이었습니다. 그 기술의 기본적인 본질보다는 그 과정에서 일어나는 효과를 묘사하는 용어이긴 하지만, 여러분이 괜찮으시다면 '중력 강화'라고 불러도 좋을 것 같습니다. 이론에 따르면 이 기술은 태양 자체 중력이 강해지도록 효과적으로 유도해서 살짝 붕괴시키는데, 이 붕괴는 태양의 복사압이 중력의 압력과 다시 균형을 찾으면 멈춥니다. 새로운 균형 상태에 도달한 태양은 복사열을 더 강하게 방출할 것이고, 모두 적절한 양으로 설정된다면 미네르바의 온실효과의 손실을 보충하게 됩니다. 다시 말해서, 저희는 이산화탄소의 농도를 만지작거릴 수 있는 위험을 무릅쓸 수 있게 된 겁니다. 설령 이산화탄소를 날려버려서 미네르바가 얼어붙기 시작하더라도, 태양 상수를 조정해서 다시 정상화할 수 있을 테니까요. 헌트 박사님, 질문에 충분히 답변이 됐나요?"

"네… 아주 충분합니다. 고맙습니다." 그 순간 헌트에겐 물어볼 질문이 수천 개였지만, 나중에 조락에게 물어보기로 했다. 쿨로힌은 그 모든 일을 건물의 벽돌을 쌓는 이야기처럼 아무렇지도 않게 이야기했지만, 지금 헌트에게는 그런 엄청난 규모의 공학을 머릿속에 떠올리는 시도조차 쉽지 않았다.

"조금 전에 제가 말씀드렸듯이," 쿨로힌이 계속 말했다. "정부는 그 이론을 먼저 실험해보자고 주장했습니다. 우리 원정대는 그 목적을 위해 조직되었습니다. 다른 곳에 있는 태양과 비슷한 항성에 동일한 규모의 실험을 할 예정이었습니다." 그녀는 잠시 말을 멈추더니 지구인에겐 낯선 몸짓을 했다. "저는 천체과학자들이 제대로 일을 했다고 추측합니다만, 이미 알려진 것처럼 그 항성은 불안정해져서 신성이 되었습니다. 저희는 겨우 탈출해서 목숨을 부지할 수 있었습니다. 가루스 원정대장이 여러분에게 샤피에론 호의 추진 시스템에 문제가 생겨서 현재 저희가 맞닥뜨린 이런 상태가 되었다고 말씀드렸습니다. 저희로서는 이스카리스를 떠난 지 20년이 채 지나지 않았지만, 여러분의 시간 척도로는 2천5백만 년 전에 일어난 일들입니다. 그렇게 해서 저희가 여기에 왔습니다."

식당의 여기저기에서 중얼거리는 소리들이 쏟아져 나왔다. 쉴로힌은 잠시 기다렸다가 말을 이었다. "여기는 조금 비좁은데 장소를 바꾸긴 어렵겠네요. 제가 다시 앉고 가루스 원정대장에게 자리를 넘겨주기 전에 질문하실 분 계신가요?"

"하나만 질문할게요." 중앙기지 소장 로렌스 포스터의 목소리가 스피커에서 흘러나왔다. "궁금해하는 사람들이 있어서요…. 여러분은 우리보다 월등히 기술을 발전시켰습니다. 예를 들어 성간 여행 같은 거요. 그런 과정에서 여러분은 태양계를 철저히 연구했을 게 틀림없습니다. 누군가는 가니메데인이 지구에 적어도 몇 번은 왔을 거라 장담하기도 합니다. 그에 대해 말씀해주시겠습니까?"

확신하기는 힘들었지만…, 어쩐지 쉴로힌이 움찔하는 것 같았다. 그녀는 즉시 대답하지 않고, 고개를 돌려 가루스 대장과 속삭이는 소리로 몇 마디 주고받았다. 그리고 다시 고개를 들었다.

"네…, 맞습니다…." 헤드폰과 귀밑 장치로 들려오는 목소리의 말투가 주저하는 듯했다. 조락이 본래의 발언에 담긴 망설임을 충실히 재현한 모양이었다. "가니메데인은… 지구에 갔었습니다." 식당 전체에서 동요가 일었다. 이건 누구도 그냥 흘려들을 수 없는 이야기였다.

"이스카리스로 원정을 떠나기 전이겠군요." 기지 소장이 말했다.

"네. 물론 그렇습니다…. 지구 시간으로 그보다 대략 백여 년 전이었습니다." 그녀가 잠깐 말을 멈췄다가 다시 계속했다. "사실 샤피에론 호의 승무원 중에는 이스카리스 원정대에 선발되기 전에 지

138

구에 다녀왔던 사람들도 있습니다. 하지만 지금 여기에는 그 승무원들이 없네요."

지구인들은 인류가 존재하기 훨씬 전에 실제로 자신들의 세계를 방문했던 이야기를 더 듣고 싶어서 열중했다. 사방에서 동시에 질문들이 쏟아져 나왔다.

"저기요, 그 승무원들하고는 언제쯤 이야기할 수 있을까요?"

"혹시 어딘가를 찍은 사진들도 가지고 있나요?"

"지도나 뭐 그런 건 어떤가요?"

"틀림없이 그들이 남미에 도시를 건설했을 거야."

"미쳤냐. 그건 그렇게 오래되지도 않았어."

"지구로 갔던 원정대가 동물들을 데리고 돌아갔나요?"

청중들이 갑작스럽게 열광하자 쉴로힌이 혼란스러워했다. 그녀는 마지막 질문을 골랐다. 지구인들은 이미 그 질문에 대한 대답을 알고 있었다. 어쩐지 그녀는 지구인들의 관심을 다른 질문들로부터 돌리고 싶어 하는 것 같았다.

"아닙니다. 당시에는 동물들을 미네르바로 싣고 오지 않았고, 그런 계획에 관한 이야기도 없었습니다. 나중에 일어난 일이 틀림없습니다. 여러분과 마찬가지로 저희도 왜 동물을 싣고 왔는지 모릅니다."

"알았습니다, 하지만 그게…." 중앙기지 소장 포스터는 귀에 조락의 목소리가 들려와서 말을 멈췄다.

"저는 조락입니다. 지금 지구인에게만 말하고 있습니다. 쉴로힌의 말을 통역하는 게 아닙니다. 가니메데인들은 지금 그 문제에 대해 상세히 말하고 싶지 않은 것 같습니다. 이야기의 주제를 바꾸는 게 좋을 것 같습니다. 죄송합니다."

그 즉시 사방에서 사람들이 의아한 표정으로 인상을 찌푸리는 것으로 볼 때 지구인은 모두 같은 말을 들은 게 확실했다. 하지만 그 메시지가 가니메데인들에겐 전달되지 않은 모양이었는지 반응이 전혀 보이지 않았다. 잠시 어색한 침묵이 이어지자 포스터 소장은 확고한 통제력을 행사하며 사람들을 차분한 분위기로 이끌었다.

포스터 소장이 말했다. "이 문제는 나중에 논의해도 좋을 것 같습니다. 시간이 흘러서 곧 만찬 시간입니다. 이 자리를 마치기 전에 곧 진행될 급한 계획들에 대해 여러분의 동의가 필요합니다. 제가 볼 때 가장 큰 문제는 여러분의 우주선이 처한 곤란한 상황을 해결하는 것입니다. 그 문제를 다룰 계획은 어떻게 됩니까? 혹시 저희가 도움을 줄 수 있는 게 있을까요?"

셜로힌이 동료들과 짧게 논의하고 자리에 앉았는데, 골치 아픈 일에서 벗어나게 되어 안도하는 인상이 확실하게 느껴졌다. 그녀가 있던 자리는 샤피에론 호의 수석 공학자인 로그다르 자실라네가 맡았다.

"저희는 문제를 파악할 시간이 20년이나 있었기 때문에 어떻게 수리할지 알고 있습니다." 로그다르가 사람들에게 말했다. "가루스 원정대장이 이미 그 문제로 인한 영향을 설명했듯이, 주동력의 물리학적 바탕을 이루는 회전하는 블랙홀 시스템을 늦추지 못하는 상황이었습니다. 추진 장치가 작동되는 내내 저희가 할 수 있는 일은 아무것도 없었습니다. 이제는 저희가 수리할 수 있습니다. 하지만 몇몇 핵심적인 부품이 망가진 상태입니다. 지금 그 부품들을 처음부터 새로 만드는 건 불가능하지는 않더라도 어려울 것입니다. 지금 저희에게 정말로 필요한 일은 얼음층 아래 갱도에 있는 가니메데 우주선을 살펴보는 겁니다. 여러분이 보여줬던 사진에서는 그 우주선이 샤피에론 호보다 훨씬 발달된 형태로 보입니다. 그래도 그 우주선에서 저희에게 필요한 부품들을 찾을 수 있길 바랍니다. 추진장치의 기본적인 개념은 동일한 것 같습니다. 그래서 저희가 해야 할 첫 번째 일은 갱구로 가는 겁니다."

"그건 문제없습니다." 포스터 소장이 말했다. "그건 제가 준비를⋯ 아, 잠깐만 실례합니다⋯." 소장은 문에 나타난 한 승무원을 의아한 눈으로 바라봤다. "알았어⋯. 고마워. 금방 갈게." 그가 다시 로그다르를 돌아보며 말했다. "죄송합니다만, 지금 만찬이 준비되었다고 합니다. 네, 문의한 내용에 답변을 드리자면, 그 조사는 일찍 잡을 수 있습니다. 괜찮다면 내일도 좋습니다. 오늘 밤 늦게 자세한 사항을 이야기할 수 있을 것 같은데, 그때까지는 이 정도로 하고 마칠까요?"

"좋습니다." 로그다르가 말했다. "그 방문을 위해 우리 공학자 중에서 몇 명을 선발하겠습니다. 그리고 말씀하신 대로 지금은 이 정도로 마치죠." 그는 뒤에 있는 다른 가니메데인들이 일어서서 식당의 끝에 어색하게 모여들 때까지 그 자리에 서 있었다.

지구인도 일어나서 거인들에게 공간을 더 만들어주기 위해 뒤쪽으로 움직이기 시작했다. 가루스 대장이 마지막 발언을 했다. "저희가 갱구기지에서 그 우주선을 보고 싶어 하는 데에는 아주 중요한 이유가 하나 더 있습니다. 가니메데인이 결국 다른 항성계로 이주했다는 여러분의 추측을 뒷받침해줄 수 있는 단서를 저희가 발견할 수 있는 기회가 될 수도 있습니다. 여러분의 추측이 사실이라면,

저희는 그게 어떤 항성인지 알아낼 수 있을 겁니다."

"항성들에 대해서는 내일 이야기해도 괜찮을 것 같아요." 로그다르가 앞으로 나오며 말했다. "지금 당장은 지구의 음식에 흥미가 있습니다. 혹시 저들이 파인애플이라고 부르는 음식 먹어봤어요? 정말 맛있습니다. 미네르바에서는 절대 맛볼 수 없었던 것이에요."

문 앞에 모여든 사람들 사이에서 헌트 옆에 가루스 대장이 서 있었다. 헌트가 그의 거대한 얼굴을 올려다봤다. "가루스 대장님, 정말로 그렇게 하실 건가요? 그 오랜 시간을 보냈는데, 또 다른 항성으로 여행하실 건가요?"

거인이 아래로 내려다봤다. 아마도 그 질문을 마음속으로 곰곰이 되새겨보는 모양이었다. "글쎄요." 그가 대답했다. "누가 알겠습니까?" 헌트는 그 말투를 들으며 조락이 대중 연설 모드 작동을 중단하고, 이제 곁에서 주고받는 각각의 대화를 다루기 시작했다는 사실을 깨달았다. "지금까지 오랜 시간 동안 저희는 꿈이 있어서 살수 있었습니다. 지금은 그 어느 때보다 그 꿈을 무너트리기에 좋지 않은 시점입니다. 오늘은 이들이 지쳐서 오로지 휴식만 생각하고 있습니다만, 내일이 되면 다시 꿈을 꿀 겁니다."

"내일 갱구기지에 가면 뭘 얻어낼 수 있을지 알 수 있겠죠." 헌트가 말했다. 지금 막 뒤쪽에서 다가온 단체커가 눈에 들어왔다. "단체커, 만찬에서 우리와 함께 앉겠나?"

"좋지. 내 부족한 사교성만 참아준다면야." 교수가 대답했다. "난이 장치를 머리에 두른 채로는 음식을 전혀 못 먹겠어."

"교수님, 편하게 식사하세요." 가루스 대장이 말했다. "사교는 식사를 마칠 때까지 기다리지요."

"당신이 그 말을 들었다니 놀랍네요." 헌트가 말했다. "조락은 어떻게 우리 셋이 함께 이야기를 나누고 있다는 사실을 아는 거죠? 제 말은, 그 이야기를 당신에게도 음성으로 전달해야 한다는 사실을 조락이 알았잖아요."

"아, 조락은 그런 일을 아주 잘합니다. 빨리 배우죠. 저희는 조락을 아주 자랑스럽게 생각합니다."

"대단히 놀라운 기계네요."

"아마도 당신이 상상하는 이상일 겁니다." 가루스 대장이 동의했다. "조락이 이스카리스에서 우리를 구했습니다. 우주선이 폭발하는 신성의 가장자리를 채 벗어나지 못했을 때 저희 대부분은 열 때문에 꼼짝도 못 했습니다. 많은 사람이 그 열 때문에 사망했습니다. 샤피에론 호를 거기서 벗어나게 해준 게 조락입니다."

"그렇다면 이제 조락을 '장치'라고 부르면 안 되겠네요." 단체커가 중얼거렸다. "혹시 조락이 그런 일에 대해 예민하다면 화나게 하고 싶지 않으니까 말이에요."

"저는 괜찮습니다." 그 장치에서 다른 목소리가 흘러나왔다. "단, 제가 당신의 동료들을 원숭이라고 부를 수 있는 한에서요."

그때 헌트는 가니메데인이 언제 웃는지 알아볼 수 있게 되었다.

그들이 만찬 자리에 가서 앉자, 헌트는 요리가 전부 채식이라는 사실을 알고 놀랐다. 분명히 가니메데인들이 이렇게 하자고 주장했을 것이다.

10

어차피 헌트와 단체커는 원래 목성 5차 파견대에서 보내려던 휴가 기간이 끝난 상황이라, 다음 날 지구인과 가니메데인이 뒤섞인 일행과 함께 갱구기지로 떠났다. 여행은 아주 뒤죽박죽이었다. 몇몇 가니메데인은 UN 우주군의 중거리 화물 수송선에 비좁게 타야 했고, 운이 좋은 몇몇 지구인은 샤피에론 호 소속 비행선에 승객으로 타고 여행했다.

갱구기지에서 외계인들은 그들을 태양계를 가로질러 가니메데로 이끌었던 조난 신호기를 가장 먼저 봤다. 벌써 그때가 오래전의 일처럼 느껴졌다. 그들은 표준적인 가니메데 추진 장치로 발생한 국지적인 시공간 왜곡 지역 내부에서는 일반적인 전자기파를 이용한 통신을 수신할 수 없다고 설명했다. 이런 이유로 대부분의 장거리 통신은 변조된 중력 펄스를 이용해서 이루어졌다. 신호기는 바로 그 원리를 사용했다. 가니메데인들은 마침내 주동력이 멈춘 후, 행성 사이를 빠르게 항해하기에는 유용하지만 성간 장거리 여행에는 그다지 쓸모가 없는 보조 동력을 이용해 태양계로 들어섰을 때 신호를 받았다. 헌트는 그들이 그 후 알게 된 사실들(미네르바는 사라졌고, 원래는 없었던 행성이 추가로 생겼다)에 당황하는 모습이 머릿속에 그려졌다. 그리고 그때 그들은 조난 신호를 받았다. 한 UN 우주군 장교가 헌트에게 말했다. "2천5백만 년 만에 돌아와서 지금 인기 있는 유행가들을 다시 듣는다고 상상해보세요. 아마 저들은 자신이 진짜로는 아무 데도 가지 않았고, 모든 일이 꿈은 아닌지 의심하고 있을 걸요."

✳

일행은 금속 벽으로 둘러싸인 지하도를 통해, 아래에 있는 우주선에서 가져온 물품들에 대해 1차 조사를 하는 실험실로 들어갔다. 실험실은 각 작업 구역이 중간 높이의 칸막이로 미로처럼 나뉜 큰 공간이었다. 작업 구역들은 기계와 시험 장비, 전자기기 선반과 공구함으로 어수선했다. 위로는 방을 감싼 파이프와 전선, 케이블, 수도관이 복잡하게 얽혀서 천장이 거의 보이지 않았다.

그 구역의 실험실 관리자 크레이그 패터슨이 일행을 한 작업 구역으로 데리고 가서 땅딸막한 금속 원통을 가리켰다. 약 30센티미터의 높이에 1미터 정도의 지름으로, 받침대와 얇은 금속판, 테두리 같은 게 복잡하게 얽히며 본체를 전체적으로 덮고 있었다. 전체 부품은 무겁고 단단해 보였는데, 뭔가 커다란 장비에 설치되어 있던 걸 떼어낸 게 틀림없었다. 전기 입출력용으로 보이는 단자와 연결부가 여러 개 보였다.

"저희는 이 장치를 도저히 이해하지 못하겠습니다." 패터슨이 말했다. "지금까지 여러 개를 가지고 왔는데, 모두 동일합니다. 우주선 전체에 수백 개가 더 있습니다. 우주선의 바닥 아래와, 이동이 가능한 모든 곳에 일정한 간격으로 설치되어 있습니다. 혹시 짐작되는 거라도 있으십니까?"

로그다르가 앞으로 나와 몸을 굽히고 그 물체를 간단하게 살펴봤다.

"개조된 G팩과 비슷하게 생겼네요." 문가에서 헌트 옆에 서 있던 쉴로힌이 말했다. 1천 킬로미터 이상 떨어진 중앙기지에 있는 조락을 통해 여기에서도 가니메데인들과 대화를 나눌 수 있었다. 로그다르는 그 물체의 외피를 손가락으로 만지며 여기저기에 붙어 있는 표시를 살펴보더니 고개를 들었다. 필요한 사항을 다 확인한 모양이었다.

"그러네요. G팩이 맞아요." 로그다르가 말했다. "저한테 익숙한 장비와는 조금 다른 부분들이 있지만, 기본적인 설계는 같습니다."

"G팩이 뭐죠?" 갱구기지의 공학자 아트 스텔머가 물었다.

"분산 노드장(場)의 부품이에요." 로그다르가 그에게 말했다.

"대단하네요." 스텔머가 어깨를 으쓱하며 대답했다. 여전히 무슨 소리인지 모르겠다는 얼굴이었다.

쉴로힌이 설명했다. "유감이지만, 여러분의 종족이 아직 발견하지 못한 물리학의 한 분야와 관련되어 있어요. 5차 파견대 사령선과 같은 여러분의 우주선은 선체 대부분을 회전시켜서 모의 중력을 만들어내죠, 그렇지 않나요?" 헌트는 문득 샤피에론 호에 들어갔을 때 느껴졌던 이해할 수 없는 중력 감각이 떠올랐다. 쉴로힌이 방금 한 말의 의미가 명확해졌다.

"여러분은 모의 중력을 이용하지 않죠." 헌트가 추측을 말했다. "중력을 만들어내니까."

"그렇습니다." 쉴로힌이 대답했다. "그런 장치가 모든 가니메데인 우주선에 기본으로 탑재되어 있습니다."

참석한 지구인들은 전혀 놀라지 않았다. 예전부터 가니메데인의 문명이 지구인은 전혀 모르는 기술들을 마음대로 다룰 수 있을 거라 짐작하고 있었기 때문이었다. 그렇긴 하지만 다들 흥미가 돋았다.

"저희도 그 기술이 궁금했습니다." 패터슨이 쉴로힌을 쳐다보며 말했다. "그 기술의 바탕이 되는 원리가 어떤 건가요? 이전에는 그런 걸 들어본 적이 없어서요."

쉴로힌이 바로 대답하지는 않았다. 아마도 잠시 생각을 정리하는 모양이었다.

"어디서부터 이야기를 해야 할지 정말 모르겠네요." 마침내 쉴로힌이 입을 열었다. "제대로 의미 있게 설명하려면 시간이 오래 걸릴 것 같아서…."

"이봐요, 저기에 수송 튜브에서 떼어낸 부스터 칼라가 있네요." 한 가니메데인이 끼어들었다. 그는 옆에 있는 칸을 쳐다보며 일부가 분해되어있는 거대한 가니메데인 기계를 가리켰다.

"네, 당신 말이 맞겠죠." 로그다르가 동료들의 시선을 따라 쳐다보며 동의했다.

"대체 부스터 칼라는 또 뭔가요?" 스텔머가 애원했다.

"그리고 수송 튜브라뇨?" 패터슨은 조금 전에 자기가 했던 질문을 잊어버리고 새로운 질문을 던졌다.

"우주선에는 물건과 사람을 수송하기 위해 튜브가 사방에 설치되어 운영되고 있습니다." 로그다르가 대답했다. "여러분의 공학자들이 그린 우주선 설계도에 수송 튜브가 있었기 때문에 여러분이 아시는 줄 알았습니다."

"저희는 그게 뭔지 대충 짐작만 하고 있었습니다." 헌트가 대신 말했다. "하지만 저희는 그게 어떻게 작동되는 건지는 전혀 몰랐습니다. 이것도 G뭐시기인가요?"

"맞습니다." 로그다르가 대답했다. "튜브 안의 국지적인 중력장이 추진력을 제공하지요. 옆 칸에 있는 저 부스터 칼라는 일종의 단순한 증폭기로서, 튜브 둘레에 설치되어 중력장의 강도를 높이거나 약하게 만들어 줍니다. 튜브의 폭에 따라 약 1미터⋯ 아니, 10미터마다 설치됩니다."

"그 튜브를 통해서 사람들이 고속으로 움직인다는 말인가요?" 패터슨이 믿기지 않는다는 투로 물었다.

"그렇습니다. 샤피에론 호에도 그런 튜브가 있어요." 로그다르가 무덤덤하게 말했다. "여러분 중에 몇 분은 예전에 중앙 엘리베이터를 이용한 적이 있는데, 중앙 엘리베이터도 그런 튜브 안에서 움직이는 거죠. 그 엘리베이터는 튜브 안에 있는 폐쇄된 캡슐을 이용했지만, 그보다 작은 튜브엔 캡슐이 없습니다. 그 안에서는 그냥 자유낙하를 하게 되죠."

"다른 사람과의 충돌은 어떻게 피하나요?" 스텔머가 물었다. "아니면 철저히 한쪽 방향으로만 작동하나요?"

"양 방향으로 움직입니다." 로그다르가 스텔머에게 말했다. "튜브는 일반적으로 장을 분할해서, 반은 올라가고 반은 내려갑니다. 통행이 분리되어 있어서 문제가 없습니다. 저 부스터 칼라도 그런 기능을 제공해주죠. 저희는 그걸 '광선 경계 구분자'라고 부릅니다."

"그렇다면 어떻게 그 튜브에서 나가나요?" 그 생각에 매료된 스텔머가 끈질기게 물었다.

"여러분이 선택한 낙하지점에 가까워지면 국지적인 정상 파동의 형태가 발생해서 통과할 때 속도가 늦춰집니다." 로그다르가 말했다. "들어갈 때도 거의 똑같은 방식으로…."

가니메데인 우주선 안에 설치된 수송 튜브 네트워크에 적용된 교통 통제와 운영 원리에 관한 토론이 길게 이어졌다. 수송 튜브는 우주선뿐 아니라 건물과 도시에도 설치된 것으로 밝혀졌다. 대화가 계속 이어졌지만, 작동하는 원리에 대한 패터슨의 질문에는 끝내 답변이 이루어지지 않았다.

＊

일행은 우주선에서 가져온 물품들을 몇 가지 더 둘러보느라 시간을 보낸 뒤, 여정을 계속 이어가기 위해 그 구역을 벗어났다. 그들은 지역 관제소의 지표면 아래에 있는 복도를 따라가다 계단을 올라가 1층으로 갔다. 거기서 고가통로를 따라 3번 갱도의 입구 위에 건설된 돔으로 이동했다. 그리고 마침내 통로와 복도의 미로에서 빠져나와 3번 갱도의 고층 에어록 대기실에 도착했다. 에어록 너머에서 그들을 기다리고 있던 캡슐을 타고 먼저 대여섯 명이 지표면 아래의 작업장으로 내려갔다. 그리고 돌아온 캡슐을 타고 두 번 더 내려간 뒤에야 일행 전체가 가니메데의 얼음층 아래 깊은 곳에서 다시 모였다.

로그다르와 함께 다른 두 가니메데인, 헌트, 그리고 제복을 입은 UN 우주군 파견단 선임 장교이면서 갱구기지 소장을 맡은 휴 밀스가 캡슐에서 나와 3번 갱도 저층 대기실로 들어갔다. 그리고 짧은 복도를 지나 마침내 저층 제어실에 도착했다. 이미 제어실에는 나머지 일행이 모여 있었다. 하지만 아무도 사람들이 새로 도착한 사실을 알아채지 못했다. 사람들은 제어실 반대쪽 벽을 이루고 있는 널찍한 유리창 너머로 펼쳐진 광경에서 눈을 떼지 못했다.

그들은 단단한 얼음을 녹이고 깎아서 만든 거대한 동굴을 내다보고 있었다. 동굴은 천 개의 아크등 불빛을 받아 회색에서 눈부신 흰색까지 백 가지 색조로 반짝였다. 동굴 반대쪽 끝의 풍경은 천장을 떠받치기 위해 원래대로 남아 있는 얼음 기둥들과 거대한 철제 받침대들의 숲 때문에 거의 보이지 않았다. 그리고 거기, 그들의 바로 앞에 그 숲을 깔끔하게 베어낸 듯 멀리까지 넓게 펼쳐진 것은 가니메데인 우주선이었다.

날렵하고 우아한 검은 금속의 윤곽선이 여러 군데 끊겨 있었는데, 내부에 있는 기계 중에서 선별한 부품을 떼어내거나 접근 통로를 만들기 위해 선체의 외피가 제거된 부분들이었다. 우주선의 어떤 부분은 해변에 좌초된 고래의 골격과 비슷했다. 우주선에서 통째로 해체된 부분은 동굴의 천장을 향해 치솟은 구부정한 늑골이 줄줄이 늘어서 있었다. 대들보와 금속 배관의 격자가 우주선의 옆

부분을 불규칙적이고 어지럽게 감쌌는데, 어떤 곳은 바닥부터 천장까지 복잡한 통로와 사다리, 작업대, 경사로, 굴착기, 윈치를 둘러싸고 여기저기 얽힌 수압 튜브와 기압 튜브, 환기 파이프, 전기 공급선을 받치고 있었다.

넓게 펼쳐진 그 광경 안에서 많은 사람이 일하고 있었다. 사람들은 선체 옆에 세워진 발판 위에서, 바닥에 깔린 부품들의 미로 가운데에서, 거칠게 깎인 얼음벽에 매달린 높은 통로 위에서, 선체의 꼭대기에서 일했다. 한 곳에서는 기중기가 선체 외피의 한 부분을 청소하고 있었고, 다른 곳에서는 노출된 격실의 실내에서 산소 아세틸렌 불꽃이 이따금 번쩍거렸다. 먼 곳에서는 공학자 몇 명이 회의하는 모양인지 커다란 이동식 모니터에 뜬 정보를 자주 가리켰다. 이곳은 꾸준하고 성실하고 부지런하게 움직이며 분주했다.

가니메데인들이 이 광경을 바라보는 동안 지구인들은 조용히 기다렸다.

마침내 로그다르가 입을 열었다. "대단한 규모네요…. 저희가 예상했던 크기예요. 전반적인 디자인이 저희가 미네르바를 떠날 당시의 비행체들보다 조금 더 발달한 형태입니다. 조락, 네 생각은 어때?"

조락이 대답했다. "여러분이 서 있는 곳으로부터 백 미터 떨어진 곳에 대규모로 절단된 부분에 돌출된 토로이드는 주동력에 광선의 초점을 집중시키기 위한 차등 공명 압력 유도기가 확실합니다. 여러분의 바로 아래 바닥에 있는, 지구인 두 명이 앞과 아래에 서 있는 커다란 조립품은 제게 조금 낯설지만, 선미에 있는 보정용 리액터의 발전된 디자인으로 짐작됩니다. 만일 그렇다면, 아마 추진체는 표준적인 압력파 전달을 이용할 겁니다. 제 짐작이 맞다면, 앞쪽에도 보정용 리액터가 있어야 합니다. 중앙기지에서 지구인이 제게 보여준 장비 설계도에서 비슷한 걸 보긴 했지만, 저희가 우주선 앞쪽 끝의 내부로 들어가서 직접 확인해야 합니다. 주 에너지 변환기 부분과 구조를 볼 기회도 있으면 좋겠습니다."

"음…, 예상보다 안 좋을 수도 있겠네." 로그다르가 무심코 중얼거렸다.

"로그다르, 그게 다 무슨 이야긴가요?" 헌트가 물었다. 거인은 반쯤 고개를 돌리고 손을 들어 우주선을 가리켰다.

로그다르가 말했다. "조락은 제가 처음 받은 인상을 확인시켜줬습니다. 저 우주선이 샤피에론 호 이후에 건조되긴 했어도, 기본적인 디자인은 그다지 많이 바뀌지 않은 것 같아요."

"그렇다면 여러분의 우주선을 수리하는 데에 도움이 될 수도 있겠네요." 갱구기지 소장 밀스가 끼어들었다.

"부디 그러길 바랍니다." 로그다르가 동의했다.

"가까이 가서 살펴봐야 확실히 알 수 있습니다." 쉴로힌이 지적했다.

헌트가 고개를 돌려 나머지 일행들을 바라보더니 손바닥을 위쪽으로 양팔을 벌리며 말했다. "그럼, 내려갑시다. 지금 바로 살펴보죠."

일행은 창가에서 물러나서, 반대편에 있는 문까지 제어실의 장비 선반들과 제어판 사이로 줄을 지어 걸어가 아래층으로 내려갔다. 일행이 다 나간 뒤 문이 닫히자, 한 당직자가 동료를 향해 고개를 반쯤 돌리고 말했다.

"봤지, 에드. 내가 말했잖아." 그가 유쾌하게 말했다. "외계인들은 우릴 안 잡아먹는다니까."

몇 미터 떨어진 자리에 앉은 에드가 얼굴을 찡그리고 미심쩍은 표정을 지으며 중얼거렸다. "오늘은 배가 안 고팠는지도 모르지."

가니메데인과 지구인이 뒤섞인 일행이 에어록을 통해 나가자, 앞서 내다봤던 유리창 바로 아래의 동굴 바닥이 나왔다. 그들은 철망 바닥을 가로지르고, 갖가지 장비의 미로를 지나 우주선을 향해 갔다.

"여긴 아주 따뜻하네요." 쉴로힌이 걸어가면서 헌트에게 말했다. "그런데도 얼음벽이 녹아내리는 기미는 안 보입니다. 어떻게 한 거죠?"

"공기 순환 체계를 꼼꼼하게 설계했습니다." 헌트가 그녀에게 말했다. "더운 공기는 여기 작업 구역 안에 가두고, 측면을 따라 차가운 공기를 천장의 배출구로 뿜어 올려서 공기 커튼으로 열기를 차단합니다. 벽들이 천장과 조화를 이루도록 해서 적절한 공기 흐름의 패턴을 만들어내죠. 이 체계는 아주 잘 작동합니다."

"기발하네요." 쉴로힌이 작은 소리로 말했다.

"얼음이 녹아내리면서 발산된 가스로 인한 폭발 위험은 어떻게 되나요?" 다른 가니메데인이 물었다. "그런 위험이 있을 것 같은데요."

"처음 발굴을 시작할 때부터 그게 문제였죠." 헌트가 대답했다. "그 이후로는 얼음이 거의 녹지 않았습니다. 당시는 모든 사람이 우주복을 착용하고 일을 해야 했어요. 방금 언급하신 바로 그 이유로 작업자들은 반응성이 약한 아르곤 가스를 사용했습니다. 지금은 환기 장치가 개선되어서 더 이상 큰 위험은 없습니다. 덕분에 조금 더 편하게 작업할 수 있게 됐죠. 공기 커튼도 많은 도움이 됩니다. 공기 커튼이 가스가 새어 나올 확률을 거의 0으로 낮추고, 새어 나온 미량의 가스도 위쪽으로 쓸어서 올라가거든요. 여기가 폭발할 가능성은 지표면 위에 있는 기지가 빗나간 운석에 두들겨 맞을 확률보다 낮을 겁니다."

"자, 이제 도착했습니다." 앞에서 갱구기지 소장이 말했다. 일행은 넓고 짧은 금속 경사로 앞에 서 있었는데, 수많은 케이블이 그 경사로를 통해 선체가 벌어진 넓은 틈으로 들어갔다. 그들 위로 우주선 옆면의 불룩한 윤곽선이 사람을 압도하는 거대한 곡선을 그리며 천장을 향해 치솟아 올라 시야에서 멀어졌다. 갑자기 정원을 고르는 롤러 아래에서 위를 올려다보는 생쥐가 된 기분이 들었다.

"자, 안으로 들어갑시다." 헌트가 말했다.

일행은 두 시간 동안 우주선 안에 설치된 모든 보도와 통로를 한 치도 빠짐없이 걸어 다녔다. 우주선이 옆으로 누워 있어서, 쉽게 움직일 수 있는 수평 바닥이 거의 없었다. 거인들은 무엇을 찾아야 할지 잘 아는 눈으로 케이블과 도관을 따라갔다. 그들은 가끔 멈춰 서서 자신 있고 익숙한 손짓으로 특별히 관심을 끄는 부품을 떼어내거나, 장치와 부품의 연결선을 조사했다. 가니메데인들은 UN 우주군 과학자들이 제공해준 설계도를 자세한 부분까지 꼼꼼히 살폈다. 설계도에는 과학자들이 지구인으로서 추측할 수 있는 한도 내에서 제작한 우주선의 설계와 구조가 담겨 있었다.

이런 관찰 결과를 분석하기 위해 조락과 한참 동안 대화를 나눈 뒤 로그다르가 말했다. "저희는 낙관적입니다. 샤피에론 호를 완벽하게 기능하는 상태로 복원할 가능성이 큰 것 같습니다. 그렇지만 이 우주선의 특정한 부분에 대해서는 좀 더 세밀한 조사를 하고 싶습니다. 중앙기지에 있는 저희 전문가들을 더 참여시켜야겠죠. 여기에 저희의 작은 모임 한 팀 정도를 수용할 수 있을까요? 음, 2주나 3주 정도?" 그의 마지막 말은 밀스에게 하는 말이었다. 소장은 어깨를 으쓱하더니 양팔을 벌리며 말했다.

"뭐든 원하는 대로 하세요. 그렇게 하기로 하죠." 그가 대답했다.

한 시간이 채 지나지 않아 일행이 식사를 위해 지표면으로 올라올 때쯤 다른 UN 우주군 수송기가 중앙기지의 샤피에론 호에서 가니메데인들과 필요한 도구와 장치들을 싣고 북쪽으로 출발했다.

*

나중에 일행은 기지의 생물학 연구실로 가서 단체커의 실내 정원을 보며 감탄했다. 거인들은 단체커가 배양한 식물들을 잘 알고 있었으며, 미네르바의 적도 지방에 널리 분포된 대표적인 종류로 알고 있다고 확인시켜 주었다. 교수의 강력한 권유에 따라, 그들은 샤피에론 호에 가져가서 고향에 대한 추억거리로 기를 수 있도록 자른 식물들을 일부 받았다. 가니메데인들은 그런 교수의 태도에 상당히 감명을 받은 모양이었다.

단체커는 생물학 연구실 아래의 단단한 얼음을 파서 만든 커다란 창고로 일행을 데리고 갔다. 전등이 밝게 비추는 널찍한 창고의 벽에는 온갖 종류의 보급품과 장비들이 놓인 선반이 줄지어 있었다. 그리고 닫아놓은 창고 벽장들에는 뭔지 알 수 없는 녹색의 기계들이 먼지 덮개에 덮인 채 늘어섰고, 개봉하지 않은 포장 상자들이 거의 천장까지 쌓여 있었다. 하지만 창고에 들어가자마자 사람들의 눈을 사로잡은 것은, 문에서 6미터 정도 떨어진 곳에 불쑥 솟아있는 거대한 동물이었다.

그 동물은 나무 둥치 같은 네 개의 다리에서 어깨까지 그 높이가 5.5미터에 달했다. 거대한 몸통이 앞으로 갈수록 가늘어지면서 길고 튼튼한 목이 상대적으로 크기가 작지만 험악하게 생긴 머리를 높이 쳐들고 있었다. 회색빛이 도는 거칠고 질긴 피부는 목과 머리 아래를 휘감아 돌며 깊고 두툼한 주름을 만들었다. 머리에는 짧은 귀들이 솟아 있었다. 두 개의 큼직한 콧구멍과 앵무새 부리처럼 생긴 주둥이 위로 부릅뜬 두 눈이 앞을 뚫어지게 쳐다봤다. 두툼하게 접힌 피부 때문에 더욱 두드러져 보이는 눈은 문을 곧장 노려보고 있었다.

"이게 제가 가장 좋아하는 녀석입니다." 단체커는 일행들의 앞으로 걸어나가 짐승의 커다란 앞발을 다정하게 쓰다듬으며 말했다.

"발루키테리움. 올리고세 후기에서 마이오세 전기까지 아시아에 살았던 코뿔소의 조상입니다. 이 종들은 이미 앞발의 네 번째 발가락이 사라졌으며, 뒷발에는 세발가락 구조와 비슷한 형태가 사용됐습니다. 그런 경향은 올리고세에 뚜렷하게 나타납니다. 또한, 여러분도 보실 수 있듯이, 이 종은 아직 진짜 뿔이 달린 종으로 진화하지는 않았지만, 튼튼한 위턱의 구조가 아주 발달했습니다. 또 흥미로운 지점은 이빨입니다. 이건⋯." 단체커가 청중을 향해 고개를 돌리다가 문득 말을 멈췄다. 그를 따라 창고로 들어와서 그가 묘사하고 있는 표본 주위에 서 있는 사람들이 지구인뿐이라는 사실을 알아차렸기 때문이었다. 가니메데인들은 문의 바로 안쪽에 다닥다닥 모여서 조용히 서 있었다. 거기서 그들은 발루키테리움의 높이 솟은 형체를 말없이 응시하고 있었다. 그들의 눈은 믿기지 않는다는 듯 휘둥그레 뜬 채 얼어붙었다. 거인들이 그 광경에 겁을 집어먹은 건 아니었지만, 그들의 얼굴에 나타난 표정과 긴장한 자세에는 의심과 불안이 담겨 있었다.

"무슨 일인가요?" 단체커가 의아한 얼굴로 물었다. 반응이 없었다. "이건 전혀 해롭지 않습니다. 제가 보장합니다." 그는 안심시키는 말투로 계속 말했다. "완전히, 진짜로 죽었습니다… 우주선에서 발견된 커다란 통 안에 보존되어 있던 표본 중 하나입니다. 적어도 2천5백만 년 전에 완전히 죽었습니다."

가니메데인들의 생기가 서서히 돌아왔다. 여전히 조용하고 어느 정도 가라앉은 상태이긴 했지만, 느슨한 반원으로 서 있는 지구인들 쪽으로 조심스럽게 움직이기 시작했다. 그들은 한참 동안 거대한 피조물을 응시하며, 경외심이 가득한 놀라움으로 세세한 부분까지 열중해서 바라봤다.

"조락." 헌트가 목 부위에 있는 마이크에 조용히 속삭였다. 다른 지구인들은 가니메데인들을 조용히 지켜보고 있었다. 지구인들은 어떤 게 이 손님들에게 그렇게 큰 영향을 미쳤는지 확실히 알지 못한 채 그들과 대화를 이어나갈 신호를 막연히 기다렸다.

"네, 헌트?" 기계가 헌트의 귀에 대답했다.

"뭐가 문제야?"

"가니메데인은 이전에 발루키테리움과 비슷한 동물을 한 번도 본 적이 없습니다. 이건 그들에게 새롭고 예상하지 못했던 경험입니다."

"너도 그 모습 때문에 놀랐어?" 헌트가 물었다.

"아닙니다. 저는 제 자료실에 기록된 다른 초기 지구 생물과 아주 유사하다는 사실을 알아챘습니다. 샤피에론 호가 미네르바를 떠나기 전에 지구에 방문했던 가니메데인 원정대가 남긴 정보입니다. 하지만 지금 갱구기지에 당신과 함께 있는 가니메데인들 중에는 지구에 다녀온 사람이 한 명도 없습니다."

"그렇지만 이들도 그 원정대가 발견한 것들에 대해 알았을 거 아닌가?" 헌트가 주장했다. "보고서가 발간되었을 테니까."

"맞습니다." 조락이 동의했다. "하지만 저런 동물에 관한 보고서를 읽는 일과 갑자기, 그것도 전혀 예상하지 못한 상황에서 맞닥뜨리는 일은 다릅니다. 만일 제가 생존이 가장 중요한 생물의 진화 체계에서 진화한 유기적인 지성체이고, 그런 진화에 수반되는 조건정서반응을 가졌다면, 저도 조금 놀랐을 겁니다."

헌트가 대답하기 전에 가니메데인 한 명이 마침내 입을 열었다. 쉴로힌이었다.

"그러니까…, 저게 지구의 동물 표본이라는 거죠." 그녀의 목소리는 마치 단어들을 똑바로 발음하는 게 어려운 듯 낮고 주저하는 말투였다.

"정말 놀랍네요!" 로그다르가 감탄을 내뱉었다. 그의 눈은 아직도 거대한 짐승에 고정되어 있었다. "정말로 예전에 저런 게 살았었나요…?"

"저건 뭐죠?" 다른 가니메데인이 발루키테리움의 뒤에 있는, 작지만 더 사나워 보이는 동물을 가리켰다. 그 동물은 한 발을 치켜들고 입술을 일그러트리며 무섭고 뾰족한 이빨을 드러내고 있었다.

다른 가니메데인들은 그의 손을 따라가다가 헉 소리를 냈다.

"키노딕티스입니다." 단체커가 어깨를 으쓱하며 대답했다. "신기하게 고양잇과와 갯과의 특성이 섞여 있어서, 저 종으로부터 현대의 고양이와 개가 나타났습니다. 그 옆에 있는 건 모든 현대 말의 조상인 메소히푸스입니다. 여러분이 주의 깊게 살펴보시면…." 단체커는 갑자기 생각이 바뀐 듯 말을 멈췄다. "왜 이 동물들이 여러분들에게 그렇게 낯선 거죠? 여러분들도 예전에 동물들을 보셨을 텐데 말이에요. 미네르바에도 동물이 있지 않았나요?"

헌트는 정신을 집중해서 지켜봤다. 그가 목격한 반응은 그토록 발달된 종족치고는 좀 이상했다. 지금까지 그들의 말과 행동은 모든 면에서 지극히 이성적이었다.

쉴로힌이 자청해서 대답했다. "네…. 미네르바에도 동물이 있습니다…." 그녀는 어려운 상황에서 도움을 구하는 듯 좌우를 돌아보며 자신의 동료들을 쳐다보기 시작했다. "하지만 미네르바의 동물들은 다릅니다…." 쉴로힌이 애매하게 말을 맺었다. 단체커는 그 모습에 흥미가 돋은 모양이었다.

"다르다…." 단체커가 반복해서 말했다. "정말 흥미롭네요. 어떤 식으로 다르다는 이야긴가요? 예를 들어, 미네르바에는 이렇게 큰 동물이 없었나요?"

쉴로힌이 점점 더 안절부절못하는 듯했다. 그녀는 이전처럼 알 수 없는 이유로 올리고세 당시 지구에 관해 논의하는 것을 주저하는 것 같았다. 헌트는 상황이 위험해지는 조짐이 느껴져서 단체커를 쳐다봤지만, 단체커는 이야기에 열중하느라 그런 기미를 느끼지 못하고 있었다. 헌트는 다른 사람들에게서 고개를 돌리고 낮은 목소리로 말했다. "조락, 크리스천 단체커와 개인적인 통신을 열어줘."

"연결됐습니다." 조락이 잠시 후 안도감을 느끼는 투로 말했다.

"단체커." 헌트가 속삭였다. "나 헌트야." 그는 단체커의 표정이 갑자기 바뀌는 모습을 보고 계속 말했다. "저들은 그 문제에 관해 이야기하기 싫어해. 아마도 월인이나 뭐 그런 것들과 우리의 관계 때문에 아직도 불안한가 봐. 잘은 모르겠지만, 뭔가 그들이 괴로워하는 문제가 있어. 대충 정리하고, 여기서 나가세."

단체커가 헌트의 눈을 바라보며 잠시 이해가 안 된다는 듯 눈을 껌뻑이더니, 곧 고개를 끄덕이고 불쑥 화제를 바꿨다. "아무튼, 좀더 편안한 상황이 된 후에 이야기해보기로 하지요. 다시 위로 올라갑시다. 연구실에서 진행 중인 실험이 더 있는데, 제 생각엔 여러분이 관심을 가질 만한 것들입니다."

일행이 문으로 빠져나가기 시작했다. 일행의 뒤에서 헌트와 단체커가 얼떨떨한 눈짓을 주고받았다.

"이게 대체 어찌 된 건지 물어봐도 될까?" 단체커 교수가 물었다.

"난들 알겠나." 헌트가 대답했다. "가세, 안 그러면 뒤처질 거야."

✳

지적인 외계인 종과 만났다는 뉴스에, 갱구기지에서 수백만 킬로미터 떨어진 세계가 아연실색했다. 샤피에론 호에서의 첫 대면 접촉과 가니메데 중앙기지에 외계인들이 도착하는 광경을 담은 영상이 전 세계의 TV에 방영되자, 경이감과 흥분의 물결이 지구 전체를 휩쓸고 지나갔는데, 월인 찰리와 가니메데 우주선을 처음 발견했을 때보다도 한층 격렬했다. 일부의 반응은 훌륭하고, 일부는 개탄스러웠고, 일부는 그저 우스꽝스러웠지만, 모든 반응은 예상 가능한 수준이었다.

고위급 관료로서 UN이 소집한 특별회의에 미국 수석대표로 참석한 프레드릭 제임스 맥클러스키는 자리에 편안히 앉아 꽉 찬 원형 대회의장을 둘러봤다. 유럽합중국의 영국 대표 찰스 윈터스가 45분에 달하는 연설의 마지막 말을 하고 있었다.

"…요약하자면, 처음 착륙하는 지점은 반드시 영국 국경 내의 장소가 되어야 한다는 게 저희 주장입니다. 이제 영어는 지구에서 모든 종족과 사람, 민족 간에 이루어지는 사회적, 산업적, 과학적, 정치적 대화의 표준적인 소통 수단으로 자리를 잡았습니다. 이는 우리를 나눴던 장벽의 붕괴, 그리고 지구를 가로질러 화합과 신뢰, 상호 협력의 새 질서가 확립되었다는 것을 상징합니다. 그러므로 영어가 우리와 외계인 친구들 사이에 교환되는 매개 언어로 사용되는 게 지극히 타당합니다. 지금 제가 여러분께 다시 상기시켜 드리자면, 영국의 언어는 가니메데인의 기계가 지금까지 소화한 유일한 인간 언어입니다. 그렇다면 여러분, 가니메데인이 우리 행성에서 첫발을 내딛는 곳은 바로 그 언어가 발생한 장소가 되는 게 적절하지 않을까요?"

윈터스는 마지막으로 애원하는 눈길로 대회장을 바라보며 연설을 맺었다. 그리고 낮게 속삭이는 소리와 종이가 바스락거리는 소리 사이로 자리에 가서 앉았다. 맥클러스키는 태블릿에 짧게 메모를 입력하고, 그가 앞서 입력해둔 자료들을 바라봤다.

지구의 정부들은 보기 드문 합의를 통해, 고향을 잃은 과거의 방

랑자가 원한다면 정착을 환영한다는 공동 성명을 발표했다. 지금 진행되는 회의는 그 공식 발표 후에 소집된 비공개회의로서, 외계인을 처음 맞이하는 특권을 누릴 나라가 어디인가에 대한 격렬한 논쟁으로 변질되었다.

맥클러스키는 워싱턴의 대통령자문위원회와 국무성의 간략한 보고서에 따라, 목성 주변에서 전개되고 있는 UN 우주군의 작전들에 대해 대부분의 미국인이 관심을 갖고 있다는 이야기로 연설의 첫머리를 열었다. 그는 미국인이 외계인을 발견했다는 사실을 강조했다. 그래서 미국인이 그들을 받아들일 권리가 있다는 이야기였다. 소련은 지구의 지표면에서 다른 어떤 나라보다 넓은 육지를 소유하고 있으므로, 이 행성의 주류를 대표한다고 할 수 있으며, 그게 중요하다는 이야기를 두 시간 동안 했다. 중국은 이에 대한 반론으로 자신들이 다른 어떤 나라보다 많은 인구를 대표하고 있으므로, 민주주의 원칙에 적절하게 따라주기를 호소하며, 중국이야말로 '주류'라는 의미에 더 맞을 거라 주장했다. 이스라엘은 자신들이 고향을 잃은 소수 집단과 많은 공통점을 가지고 있으며, 그런 종류의 배려야말로 이 상황의 본질을 더욱 정확히 반영하는 것이라는 견해를 밝혔다. 이라크는 지구에서 지금까지 알려진 가장 오래된 국가의 터가 있다는 사실을 근거로 내세웠는데, 아프리카의 어떤 공화국은 지구에서 가장 젊은 국가라는 사실을 근거로 제출했다.

그쯤 되자 맥클러스키는 이런 논쟁 전체가 지겨워지기 시작했다. 짜증이 난 그가 태블릿에 펜을 내려놓고, 손가락으로 버튼을 누르자 신청등에 불이 들어왔다. 몇 분 후 그의 패널에 의장이 신청을 받았다는 정보가 떴다. 맥클러스키가 마이크를 향해 고개를 숙였다. "가니메데인들은 지구에 정착하는 건 말할 것도 없고, 아직 여기에 오고 싶다는 이야기조차 하지 않은 상황입니다. 이런 논쟁에 시간을 더 허비하기 전에, 그들에게 이에 대해 좋은 생각이 있는지 묻는 게 먼저 아닐까요?"

그 발언은 더 큰 논쟁을 촉발해서, 외교계의 꾸물대는 습관은 어찌할 도리가 없다는 사실만 증명되었다. 최종적으로 그 문제는 정식으로 '미결 상태로 보류된 정보'로 분류되었다.

하지만 대표들은 사소한 견해 하나에 대해서는 의견이 일치했다.

대표들은 가니메데에 있는 UN 우주군의 승무원, 장교, 과학자, 그리고 현지의 다른 인력들이 섬세한 외교적 기술을 교육받지 않았다는 사실을 우려했다. 그리고 UN 우주군의 인력들이 지구 전체의 대표나 외교관으로 활동해야 하는 어쩔 수 없는 상황에 처할 위험이 있다는 사실을 인지했다. 그에 따라 대표들은 일련의 지침서 초안을 만들었는데, UN 우주군 소속 모든 인력에게 진지함과 더불어 그들에게 주어진 책임의 중요성을 강조했다. 그리고 무엇보다 그들에게 '기질과 의도가 불명확한 낯선 존재들이 도발적으로 해석할 수도 있는 부주의한 충동적 발언이나 행동을 하지 말라…'고 촉구했다.

그 메시지가 전송된 뒤, 가니메데에 있는 UN 우주군 승무원과 과학자들에게 의무적으로 읽도록 하자, 사람들은 그 메시지를 우스갯거리로 가지고 놀았다. '기질과 의도'가 불확실한 몇몇 지구인들은 그 메시지를 가니메데인에게도 읽어줬다.

거인들은 그 메시지를 재미있게 생각했다.

11

중앙기지에 비하면 갱구기지는 작고 간소해서, 제한된 편의 시설과 한정된 오락거리만 제공되었다. 갱구기지에서 가니메데인 전문가들이 우주선에 대해 강도 높은 조사를 진행하는 동안, 두 종족이 그 전보다 더 자유로이 뒤섞이게 되자 서로를 더욱 잘 이해하게 되었다. 헌트는 외계인들을 가까이에서 관찰하고 그들의 태도와 기질에 대해 깊은 통찰을 가질 기회를 최대한 활용했다.

지구인과 구별되는 가장 놀라운 한 가지는, 헌트도 이미 알고 있듯이, 그들이 전쟁이나 의도적인 폭력에 대한 개념에 관해 아예 무지하다는 사실이었다. 갱구기지에서 헌트는 점차 이런 특성이 그들 모두에게 나타나는 공통점이라는 사실을 알게 되면서, 이는 그들의 정신적 구성이 근본적으로 다르기 때문일 거라고 판단했다. 그는 한 번도 가니메데인에게서 공격성의 징후를 발견하지 못했다. 그들은 어떤 것에 대해서도 논쟁하려 하거나 조급한 기색을 내비치지 않았고, 평정을 잃는 기색을 전혀 드러내지 않았다. 그 자체로는 헌트에게 그리 놀랍지 않았다. 극도로 발달하고 문명화된 사람들에게서 그 이하를 기대하지는 않았기 때문이다. 그가 충격을 받은 지점은, 공격적인 본능을 사회에서 받아들여지는 대안적 방식으로 표출하는, 그런 종류의 정서적 특성조차 완전히 부재하다는 사실이었다. 그들 사이에서는, 지구인이 삶의 한 부분으로 받아들이고 종종 즐기기도 하는 무해하고 교묘하고 친근한 방식의 경쟁이나 대립이라는 감정도 전혀 보이지 않았다.

체면을 손상당한다는 개념은 가니메데인들에게 아무런 의미가 없었다. 그들은 어떤 문제에 대해 틀렸다는 게 입증되면 기꺼이 사실을 받아들이고, 자신이 옳았다는 게 입증되어도 특별한 자기만족을 느끼지 않았다. 그들은 자기가 훨씬 잘할 수 있는 일을 다른 사람이 실행할 때에도 그저 서서 지켜보기만 할 뿐 아무 말도 하지 않았다. 지구인 대부분에게는 거의 불가능한 위업이다. 그와 반대의 경우에 그들은 즉시 도움을 요청했다. 거만하지도 않고, 권위적이지도 않고, 무시하는 경우도 없었으며, 동시에 열등감을 드러내거나, 아첨하거나, 변명하지도 않았다. 그들의 태도에는 다른 사람을 두렵게 만드는 것도 없었고, 다른 사람에 대한 두려움을 느끼지도 않았다. 그들의 말이나 행동, 그리고 그들이 말하거나 행동하는 방식에는 지위나 우월함을 추구하는 본능적 욕망을 나타내는 징후가 전혀 없었다. 많은 심리학자는 인간의 사회적 행위에서 나타나는 이런 측면이, 정신세계의 바탕에 깔린 공격적인 본능이 공동체 생활을 위해 억제되었다가 허용된 방식으로 대체되어 나타나는 것이라고 생각한다. 만일 그런 생각이 맞다면, 헌트가 자신이 관찰한 것들로부터 추론할 수 있는 결론은, 왜 그런지는 모르겠지만, 정신의 바탕에 깔린 그런 본능 자체가 가니메데인들에게는 존재하지 않는다는 것이었다.

가니메데인이 차갑고 감정이 메마른 사람들이라는 의미는 아니었다. 미네르바의 파괴에 대한 그들의 반응에서 봤듯이, 그들은 따뜻하고 친근하며 매우 다정다감해서, 때때로 보수주의적 환경에서 자란 지구인에게는 부적절하다고 여겨질 정도였다. 그들은 잘 발달했으면서도 아주 섬세하고 세련된 유머 감각이 있었다. 조락의 기본적인 설계에서도 적지 않은 유머 감각이 뚜렷이 드러난다. 또한 쉴로힌이 이야기했듯이 그들은 조심스러운 사람들이다. 이는 그들이 소심하다는 의미가 아니라, 모든 움직임과 행동을 사전에 생각해본다는 뜻이다. 가니메데인들은 자신이 무엇을 성취하려는 건지, 왜 그걸 성취하고 싶은지, 어떤 방법으로 그 일을 할 것인지, 예상했던 실패가 실제로 일어났을 때 어떻게 할 것인지 정확히 알기 전에는 어떤 일도 하지 않았다. 지구의 공학자들이라면 이스카리스에서 일어난 재난에 대해 그저 어깨를 으쓱하며 잊어버리거나 더 운이 좋기를 바라며 다시 시도할 것이다. 가니메데인에게는 그런 일이 일어났다는 자체가 용서할 수 없는 일이었기 때문에, 20년이나 지난 후까지도 그 사건을 받아들이려 애쓰고 있었다.

헌트는 그들이 말을 할 때 온유하고 행동에 기품이 있으며, 품위 있고 당당한 종족이지만, 그 아래에는 붙임성 있고 사교적인 성품이 깔려있다고 여겼다. 그들은 지구의 많은 사회에서 전형적인, 낯선 이들에 대한 의심과 불신을 전혀 비치지 않았다. 가니메데인들은 차분하고 조심스럽고 자신감이 있었는데, 무엇보다 그들은 이성적이었다. 하루는 갱구기지의 바에서 단체커가 헌트에게 이렇게 말한 적이 있다. "전 우주가 미쳐서 산산조각이 나면, 가니메데인들은 마지막까지 차분하게 있다가 우주의 조각들을 다시 맞출 게 틀림없어."

✳

갱구기지의 바는 가니메데인과 지구인 사이에 사교적인 활동이 이루어지는 중심지가 되었다. 저녁 식사 후 매일 밤, 양쪽 종족에서 한두 명씩 들어오기 시작하다가 결국에는 사람들로 꽉 차서, 모든 공간이 이 종족과 저 종족, 그리고 어질러진 술잔으로 바글거렸다. 대화는 상상할 수 있는 모든 주제를 건드리며 장황하게 이어졌고, 대개는 새벽까지 계속되었다. 고독과 사생활을 추구하는 경향이 없는 사람들로서는 갱구기지에서 일을 마친 후 달리 할 게 거의 없었다.

가니메데인들은 스카치위스키를 아주 좋아하는 것으로 나타났다. 그들은 큰 컵에 스트레이트로 마시는 걸 좋아했다. 가니메데인은 샤피에론 호에서 자신들의 증류주를 가져와서 교환했다. 지구인들 몇 명이 실험적으로 마셨는데, 기분 좋고, 달아오르고, 살짝 달았다…. 그리고 위력은 엄청났지만 마시기 시작한 후 두 시간이 지나기 전까지는 술기운이 오르지 않았다. 고생하며 그 사실을 알게 된 사람들은 그 술을 '가니메데인 시한폭탄'이라고 불렀다.

이런 저녁 시간을 보내던 어느 밤, 헌트는 지구인들이 종종 궁금해했던 주제를 단도직입적으로 꺼내보기로 마음먹었다. 바에 쉴로 힌이 있었다. 가루스 대장의 부관인 몬카르도 다른 가니메데인 네 명과 함께 있었다. 지구인은 단체커와 전기 공학자 빈센트 카리잔, 그리고 대여섯 명 정도가 더 있었다.

"저희를 괴롭히는 문제가 하나 있어요." 이때쯤에는 가니메데인 이 직접 화법을 선호한다는 사실을 알고 있던 헌트가 말했다. "먼 과거의 지구가 어땠는지 설명해줄 수 있는 사람들에게 저희가 하 고 싶은 질문이 얼마나 많은지 당신은 잘 알고 있을 겁니다. 하지 만 여러분은 그에 관해 이야기하기 싫어하는 것처럼 보입니다. 왜 죠?" 주변에서 몇몇 사람들이 낮은 목소리로 그 질문을 지지했다. 바가 갑자기 아주 조용해졌다. 가니메데인들이 다시 불편한 표정 을 지었다. 그리고 누군가 다른 사람이 나서주기를 바라는 듯 서로 를 쳐다봤다.

마침내 쉴로힌이 입을 열었다. "저희는 당신들의 세계에 대해 거 의 모릅니다. 이건 다루기 까다로운 문제입니다. 여러분은 완전히 다른 문화와 역사를 가지고 있어서…." 그녀는 지구인이 어깨를 으 쓱하는 행동에 해당하는 몸짓을 했다. "관습과 가치관, 태도…, 말 을 받아들이는 방식 같은 것들이요. 저희는 무심코 잘못된 사실을 이야기해서 누군가의 기분을 상하게 하고 싶지 않았습니다. 그래서 저희가 그 주제를 피하려는 겁니다."

어쩐지 그 대답은 그리 설득력이 없었다.

"저희는 그보다 깊은 이유가 있을 거라고 믿고 있습니다." 헌트 가 단도직입적으로 말했다. "지금 이 바에 있는 우리는 각기 다른 곳에서 왔을지는 몰라도, 어쨌든 모두 과학자입니다. 진실을 밝히는 것이 우리의 일이고, 우리는 사실을 꺼리지 않습니다. 지금은 비공식적인 시간이고, 우리는 모두 이제 서로를 아주 잘 알고 있습니다. 저희는 여러분이 솔직하게 말해줬으면 좋겠습니다. 저희는 궁금합니다."

바는 기대감으로 가득 찼다. 쉴로힌이 다시 몬카르를 쳐다봤다. 몬카르가 조용히 묵인하는 신호를 보냈다. 쉴로힌은 마지막 잔을 천천히 마시며 생각을 정리하더니 고개를 들고 이야기를 시작했다.

"아주 좋습니다. 당신 말대로 비밀이 없는 게 서로에게 더 좋겠지요. 당신들의 세계와 우리 세계에서 밝혀진 자연 진화의 형태 사이에는 매우 중대한 차이가 하나 있습니다. 미네르바에는 육식동물이 없었습니다." 쉴로힌이 반응을 기다리는 듯 잠시 멈췄는데, 지구인들은 계속 조용히 앉아 있었다. 더 나올 이야기가 있을 거라 생각했기 때문이었다. 그녀는 속으로 돌연한 안도감을 느끼는 듯했다. 아마도 가니메데인은 예측할 수 없고, 폭력적인 경향이 있는 이 난쟁이들이 보일지도 모르는 반응에 대해 과도하게 염려했던 모양이다.

"이런 차이의 근본적인 원인은, 믿든 안 믿든, 미네르바가 태양으로부터 훨씬 멀리 떨어져 있다는 사실에 있습니다." 쉴로힌이 설명을 계속했다. "미네르바에서 생명이 발생한 것은 순전히 온실효과 덕분이었습니다. 그건 여러분이 이미 아는 사실이죠. 그럼에도 불구하고, 여전히 지구에 비하면 상대적으로 추운 행성이었습니다. 하지만 이 온실효과가 미네르바의 바다를 액체 상태로 유지시켜서, 지구와 마찬가지로 얕은 바다에서 생명이 처음 등장했습니다. 미네르바의 환경은 더 따뜻한 지구에서처럼 고도로 발전된 형태의 생물로 나아가도록 받쳐주지 못했습니다. 그래서 진화가 상대적으로 느리게 진행됐죠."

"그렇지만 지성체는 지구보다 훨씬 일찍 나타났습니다." 누군가 끼어들었다. "좀 이상한 것 같네요."

"그건 순전히 미네르바가 태양에서 먼 탓에 훨씬 빨리 식었기 때문입니다." 쉴로힌이 대답했다. "이는 미네르바에서 생명이 일찍 출발할 수 있었다는 의미입니다."

"알겠습니다."

쉴로힌이 계속 말을 이어갔다. "두 세계에서 진화는 대단히 유사한 형태로 시작되었습니다. 복합 단백질이 나타나고, 점차 자기복제를 하는 분자로 이어지고, 이윽고 살아있는 세포의 형태로 이어졌습니다. 단세포 형태가 먼저 등장하고, 곧 세포의 군집이 나타난 후 발달된 특성을 가진 다세포 생물이 나타났습니다. 기초적인 해양 무척추동물의 다양한 변종이었죠.

이때 두 가지 계통으로 나뉘어서 행성의 일반적인 환경에 맞춰 제각각 발전해갑니다. 바로 해양 척추동물이 등장한 겁니다. 뼈를 가진 어류 말입니다. 이 단계에서 미네르바의 종들은 지구의 상대자들이 직면하지 않았던 근본적인 문제를 해결할 때까지 위로 올라가지 못하고 정체기에 머물렀습니다. 간단히 말해 추운 환경이 문제였죠.

여러분도 알다시피, 미네르바의 어류에서 개량이 나타나자, 개량된 신체 변화와 고도로 정교해진 장기들은 더 많은 산소를 요구했습니다. 하지만 낮은 온도 때문에 산소 요구량은 이미 높은 상태였죠. 초기 미네르바 어류의 원시적인 순환계는 세포에 충분할 정도로 산소를 나르고, 세포의 부산물과 독성물질을 날라야 하는 두 배의 작업량을 감당할 수 없었습니다. 어쨌든 더욱 개량된 어떤 것으로 변화가 이루어지지 않는다면 말이죠."

쉴로힌이 다시 이야기를 멈추고 질문을 기다렸다. 그렇지만 쉴로힌의 말을 듣고 있던 사람들은 이야기에 완전히 마음을 빼앗긴 상태라 그 지점에서 끼어들어 그녀의 이야기를 방해할 생각이 전혀 없었다.

"그런 상황에서는 언제나 그렇듯이," 쉴로힌이 이야기를 이어갔다. "자연은 그 문제를 우회할 수 있는 길을 찾기 위해 다양한 대안을 시도했습니다. 가장 성공적인 시도는 작업량을 나누기 위해, 먼저 있던 순환계 옆에 두 번째 순환계를 만드는 것이었습니다. 가지를 뻗은 도관과 혈관의 망을 완전히 이중으로 만드는 거죠. 그렇게 해서 1차 순환계가 혈액을 순환시키고 산소를 나르는 일에만 집중하는 사이, 2차 순환계가 독성물질을 제거하는 일을 전적으로 떠맡았습니다."

"정말 탁월하네요!" 단체커는 외치지 않을 도리가 없었다.

"네, 교수님이 익숙하게 알고 있는 것들로 판단해보면 그럴 거라 짐작됩니다."

"한 가지만…. 각각 다른 물질들은 자신들이 들어가고 나오는 순환계를 어떻게 제대로 찾아가나요?"

"삼투막을 이용합니다. 지금 자세히 말씀드릴까요?"

"아뇨, 어, 고맙습니다." 단체커가 손을 들며 말했다. "다음에 말씀해주셔도 됩니다. 이야기를 계속해주세요."

"좋습니다. 음, 이 기본적인 구조가 충분히 정교해지면서 자리를 잡게 되자, 더 높은 단계로의 진화가 가능해져서 다시 진화를 이어 가게 됩니다. 돌연변이들이 나타나고, 환경에 의한 선택 원리가 적용되었죠. 미네르바의 바다 안에 있던 생물이 다양해지고 다양한 종으로 분화하기 시작합니다. 여러분이 예상할 수 있듯이, 한동안 다양한 육식동물 유형도 자리를 잡았습니다….."

"미네르바에는 육식동물이 없다고 하지 않았나요?" 어떤 목소리가 질문을 던졌다.

"그건 나중입니다. 저는 지금 아주 이른 초기를 이야기하고 있습니다."

"알겠습니다."

"좋습니다. 그래서 육식어류가 등장하자, 여러분이 다시 예상할 수 있듯이, 자연은 즉시 희생자들을 보호할 방법을 찾기 시작합니다. 당시 이중 순환계 구조를 발달시킨 어류는 육식어류를 피하고자 형태를 더 발전시켜서 아주 효율적인 방어 수단을 고안해내죠. 두 개의 순환계가 완전히 서로 분리되어서, 두 번째 순환계에 있는 독성물질의 농도가 치명적인 수준으로 올라갑니다. 즉, 어류들이 독을 가진 동물이 된 겁니다. 1차 순환계에서 분리된 2차 순환계는 독성이 혈관에 들어가지 않도록 합니다. 당연한 이야기지만, 독성물질은 독을 가진 동물 그 자체에도 치명적이니까요."

전기 공학자인 카리잔이 무엇 때문인지 인상을 찌푸렸다. 그는 쉴로힌의 눈길을 끌더니, 잠깐 이야기할 게 있다는 몸짓을 했다.

"그게 그렇게 많이 보호될지 저로서는 이해가 잘 안 되네요." 카리잔이 말했다. "육식동물이 먹어치운 후에 중독시키는 게 도움이 될까요? 그런 대응 방식은 너무 늦잖아요, 그렇지 않나요?"

"운이 없어서 아직 그런 사실을 알지 못하는 육식동물과 마주치는 개별 동물에게는 그렇죠, 맞습니다." 쉴로힌이 그 의견에 동의했다. "하지만 본래 각각의 생물에게는 자연이 몹시 파괴적일 때도 있다는 사실을 잊지 마세요. 한 종의 생존이나 멸종은, 육식동물에게 그 생물을 좋아하는 식성이 자리를 잡느냐 아니냐에 좌우될 수 있습니다. 제가 묘사한 그런 상황에서는, 그런 육식동물이 나타나는 게 불가능합니다. 육식 경향이 있는 돌연변이가 발생하더라도, 그 동물은 본능에 따라 육식을 시도하자마자 자기 자신을 파괴하게 되었죠. 육식이라는 특성을 후세에게 전해줄 기회가 전혀 없으므로, 다음 세대에서 그 특성이 더 강해질 수도 없었습니다."

"또 다른 예도 있습니다." 한 UN 우주군 생물학자가 끼어들었다. "지구에서는 어린 동물이 부모의 식습관을 모방하는 경향이 있습니다. 만일 미네르바에서도 그렇다면, 어렵사리 태어난 어린 동물들은 자연히 독을 가진 종을 피하는 부모의 식습관을 익히는 경향이 있었을 겁니다. 독을 가진 종을 피하지 않는 돌연변이는 처음부터 부모가 될 수 있을 정도로 오래 살지 못했을 테니, 그렇게 될 수밖에 없었겠죠."

"지구의 곤충에서도 같은 특성을 볼 수 있습니다." 단체커가 나섰다. "예를 들어, 말벌이나 꿀벌의 색을 흉내 내는 종들이 있어요. 사실 그 곤충들은 전혀 해롭지 않은데도 말이죠. 다른 동물들은 그런 곤충들을 전혀 건드리지 않습니다. 이것도 같은 원리죠."

"알겠습니다. 이해가 되네요." 카리잔이 쉴로힌에게 이야기를 계속하라는 몸짓을 했다.

"그래서 미네르바의 해양동물은 크게 세 가지 형태로 발전합니다. 육식동물, 대안적인 방어 수단을 발전시킨 비독성 비육식동물, 그리고 독성 비육식동물입니다. 그중 독성 비육식동물은 가장 효과적인 방어 수단을 가지고 있어서, 이미 진보적이고 특권적인 위치를 차지한 상태에서 마음껏 발전을 계속해나갈 수 있었죠."

"이게 그 동물들의 추위에 대한 내성을 변화시키지는 않았나요?" 누군가 물었다.

"네. 이 종들의 2차 순환계는 원래의 기능을 계속 수행했어요. 제가 말했듯이, 유일한 차이는 독성물질의 농도가 증가하고, 1차 순환계와 분리되어 있다는 것뿐입니다."

"알겠습니다."

"좋습니다. 이제 두 종류의 비육식동물은 먹어야 하므로, 그들 사이에 가능한 먹이를 두고 경쟁이 진행됩니다. 식물과 원시적인 무척추동물, 수중 유기물질 같은 것들이죠. 하지만 미네르바는 온도가 낮으므로 그런 것들을 풍부하게 제공하지 못합니다. 지구에서 발견되는 수준에는 전혀 미치지 못하죠. 독을 가진 종들이 효율적인 경쟁자이기 때문에 점차 압도적인 우위를 점하게 됩니다. 비독성 비육식동물들은 감소하는데, 이들이 육식동물의 식량 공급을 맡고 있었기 때문에 육식동물의 수와 다양성도 그 동물들과 함께 줄어듭니다. 결국 이 상태에서 두 개의 다른 집단으로 나뉘어서, 이때부터 다른 삶을 살아가게 됩니다. 비독성 유형은 깊은 바다로 이동해서 경쟁을 피하고, 육식동물도 당연히 그들을 따라갑니다. 그 두 집단은 심해 생물의 형태로 진화해서 마침내 균형을 찾고 안정됩니다. 독성 유형은 얕은 해안가를 독점하는데, 그 후 이들 안에서 육상동물이 등장하죠."

"그 말은 나중에 발달한 육상동물 종들은 이중 순환계의 기본 형태를 물려받았다는 뜻인가요?" 단체커가 흥미진진한 목소리로 물었다. "육상동물들은 모두 독성을 가지고 있나요?"

"맞습니다." 쉴로힌이 대답했다. "그때쯤에는 그 특징이 기본 설계의 토대를 이루는 부분으로 확고하게 자리 잡았습니다. 여러분의 세계에서 많은 척추동물이 기본적인 구조적 특성을 공유하는 상황과 비슷하죠. 그 특성은 이후 후손들에게 충실히 전달됩니다. 특히 바뀌지 않은…."

청중들 사이에서 놀란 몇몇 사람들이 중얼거리고 속닥거리는 소리가 들려오자 쉴로힌이 말을 멈췄다. 그녀가 말한 내용의 의미를 깨닫기 시작한 사람들이었다. 뒤쪽에 있던 누군가 결국 그 생각을 말로 뱉었다.

"그러니까 당신이 처음에 말했던 게 이해되네요. 나중에 미네르바에 육식동물이 없었던 이유 말이에요. 당신이 지금까지 말해준 그 온갖 이유로, 설령 자연적으로 육식동물이 가끔 등장했다고 하더라도, 결코 자리를 잡지 못하겠군요."

"바로 그렇습니다." 쉴로힌이 그 발언을 재확인해주었다. "종종 그 방향으로 이상한 돌연변이가 나타나기도 했지만, 다시는 터를 잡지 못했습니다. 미네르바에서 진화한 육상동물들은 오로지 초식동물뿐입니다. 그 동물들은 지구의 동물과 동일한 발전 단계를 따르지 않았습니다. 자연환경에서 작동되는 선택 요소가 달랐기 때문입니다. 미네르바 동물은 '투쟁 혹은 도피 본능'이 진화하지 않았습니다. 맞서서 방어하거나 도망쳐야 할 대상이 없었기 때문이죠. 동물들은 공포나 분노, 공격성에 바탕을 둔 행동 유형이 발달하지 않았습니다. 그런 감성은 생존에 유용한 특질이 아니었으므로, 선택되거나 강화되지 않았습니다. 빠르게 달리는 동물도 없었습니다. 도망쳐야 할 육식동물이 없었으니까요. 자연적인 보호색이나 위장도 필요가 없었습니다. 새도 없었습니다. 조류가 나타나도록 자극하는 환경이 전혀 없었기 때문입니다."

"우주선에 있던 그 벽화들!" 갑자기 진실을 깨달은 헌트가 고개를 돌려 단체커를 바라보며 소리쳤다. "단체커, 그 그림들은 어린이 만화가 아니었어. 진짜 동물들이야!"

"맙소사, 헌트." 교수는 놀라서 입을 쩍 벌리고, 안경 너머로 눈을 껌뻑거렸다. 왜 자신은 그런 생각을 해내지 못했는지 의아했다. "자네 말이 맞아. 당연히 그렇겠지…. 자네가 전적으로 옳아. 정말 엄청나네. 그 그림을 더 자세히 연구해봐야겠어…." 단체커가 뭔가 다른 말을 할 것 같더니, 갑자기 입을 다물었다. 아마도 뭔가 다른 생각이 막 떠오른 모양이었다. 교수는 인상을 찌푸리고 이마를 문지르면서, 왁자지껄한 목소리가 가라앉을 때까지 기다렸다가 입을 열었다.

"죄송하지만," 다시 정상 상태가 회복되자 단체커가 말했다. "다른 문제가 또 있습니다…. 육식동물이 전혀 존재하지 않는다면, 채식동물의 수는 어떻게 억제하죠? 자연 균형을 유지할 수 있는 구조가 전혀 보이지 않는데요."

"바로 그 이야기를 하려던 참이었습니다." 쉴로힌이 대답했다. "그에 대한 대답은 '사고(事故)'입니다. 살짝 베이거나 찰과상을 입기만 해도 독성물질이 2차 순환계에서 1차 순환계로 스며들게 됩니다. 대부분의 사고는 미네르바의 동물에게 치명적입니다. 자연선택은 자연적인 보호를 선호하죠. 살아남아 번성한 동물은 가장 좋은 보호수단을 가진 종들이었습니다. 질긴 외피와 두툼한 모피, 비늘 같은 갑옷 같은 걸 두른 동물들이었죠." 그녀는 한 손을 들어서 긴 손톱과 두툼한 손가락 관절 마디를 보여줬다. 그리고 셔츠 옷깃을 살짝 들어서 정교하게 중첩된 비늘판을 보여줬는데, 어깨의 윗부분을 따라 띠를 이루고 있었다. "조상들이 가졌던 보호수단의 흔적들은 지금도 가니메데인의 외형에서 확인할 수 있습니다."

헌트는 이제야 가니메데인들의 기질이 그런 식으로 형성된 이유를 알 수 있었다. 쉴로힌이 방금 묘사했던 유래들로 볼 때, 그들의 지능은 적이나 먹이를 앞서거나 무기를 만들기 위한 필요가 아니라, 육체적인 위험을 예상하고 피하기 위한 수단으로 발생했다. 지식의 습득과 소통은 원시 가니메데인들 사이에서 생존 가능성을 획기적으로 올려줬을 것이다. 모든 상황에서 조심스러움과 신중함, 행동의 결과로 나타날 모든 가능성에 대한 분석 능력은 자연선택에 의해 강화되었을 것이다. 성급함과 경솔함은 그들에게 치명적이었다.

그런 조상들로부터 진화한 저들은 본능적으로 우호적이고 비공격적일 수밖에 없지 않을까? 가니메데인은 폭력적인 경쟁이나 경쟁자에게 무력을 사용하는 일에 대해 전혀 알지 못했다. 그러므로 이들은 최근의 더욱 문명화된 사회에서 '정상적으로' 그런 본능을 상징적으로 표현할 수 있도록 해주는 복잡한 행동 형태를 전혀 보여주지 않았다. 헌트는 뭐가 '정상'인지 궁금해졌다. 쉴로힌이 마치 그의 생각을 읽기라도 한 듯 가니메데인의 관점에서 개념을 제시했다.

"여러분은 문명이 마침내 발전하기 시작했을 때 어땠을지 상상할 수 있을 겁니다. 초기 가니메데인 철학자들은 자신들의 관점으로 세상에 대해 생각했습니다. 그들은 자연이 그 무한한 지혜로 모든 생명체에게 엄격한 자연 질서를 적용하는 방식에 경탄했습니다. 대지는 식물을 먹이고, 식물은 동물을 먹입니다. 가니메데인들은 이것을 우주의 자연 질서라고 여겼습니다."

"신이 명령한 계획처럼 말이죠." 바에 가까운 누군가 넌지시 말했다. "종교적인 관점 같네요."

"당신의 말이 맞습니다." 쉴로힌이 말한 사람 쪽으로 고개를 돌리며 동의했다. "저희 문명의 역사 초기에는 종교적 관념이 널리 지배적이었습니다. 과학의 원리를 이해할 수 있기 전까지, 저희가 이해할 수 없는 신비한 일들을 전능한 존재의 작품으로 여겼습니다…. 여러분의 신과 다르지 않습니다. 초기의 가르침에서 생물의 자연 질서는 우리를 이끄는 지혜의 궁극적인 표현이라고 생각했습니다. 여러분이라면 아마도 '신의 의지'라고 했겠죠."

"심해에 있는 것만 빼면 말이죠." 헌트가 지적했다.

"글쎄요, 그것도 아주 잘 들어맞았습니다." 쉴로힌이 대답했다. "우리 종족의 초기 종교적 사상가들은 그걸 일종의 형벌로 생각했습니다. 역사시대 이전에, 바다에서 자연의 법칙에 저항한 자들이 있었던 거죠. 그에 대한 형벌로 위법자들이 깊고도 어두운 심해로 영원히 추방되어 다시는 햇빛을 즐길 수 없도록 처벌받은 겁니다."

단체커가 헌트 쪽으로 몸을 기울이며 속삭였다. "에덴에서의 추방과 비슷한 것 같아. 재밌는 유사성이네, 그렇게 생각하지 않아?"

"음…. 사과 대신 티본스테이크가 있는 게 좀 다르네." 헌트가 속삭였다.

쉴로힌이 말을 멈추고 자신의 잔을 내밀고는 바텐더가 잔을 다시 채워주길 기다렸다. 지구인들이 그녀가 해준 이야기를 소화하느라 바가 조용했다. 쉴로힌이 자신의 술잔을 홀짝이더니 다시 이야기를 이어갔다.

"그래서 가니메데인에게 자연은 전반적인 조화 안에서 완벽했으며, 그 완벽함 안에서 아름다웠습니다. 과학이 발견되고 가니메데인이 자신들이 사는 우주에 대해 더 많은 사실을 알게 되자, 별이 아무리 멀더라도 자신들의 지식이 그 별들로 데려다줄 것이고, 아무리 멀리 있더라도 언젠가는 무한한 공간을 탐사할 수 있을 것이며, 자연과 자연의 법칙이 모든 곳에서 궁극적으로 지배하리라는 믿음을 의심하지 않았습니다. 가니메데인으로서는 다르게 상상해야 할 이유가 전혀 없었으니까요. 가니메데인에게는 세상이 다르게 존재할 수 있다는 상상조차 불가능했습니다."

쉴로힌은 잠시 말을 멈추고 바를 천천히 둘러봤다. 마치 사람들의 얼굴에 담긴 표정을 가늠해보려는 것 같았다.

"여러분은 제게 솔직하게 말해달라고 하셨죠." 쉴로힌이 다시 잠시 말을 멈췄다. "여전히 목가적인 신념을 지니고 있던 가니메데인들이 마침내 지구의 밀림과 야만을 만나게 됩니다. 그 결과, 그들은 충격을 받았습니다. 저희는 지구를 '악몽의 행성'이라고 불렀습니다."

4부

12

가니메데인 공학자들은 갱구기지 아래에 있는 우주선에서 샤피에론 호의 동력 시스템을 수리하는 데 필요한 부품을 얻을 수 있으며, 그 작업은 3주에서 4주 정도 걸릴 거라고 말했다. 그 새로운 사업에 두 종족의 기술자와 과학자가 협력하기 시작하자 갱구기지와 중앙기지 사이를 이어주는 왕복선 서비스가 설립됐다. 물론 가니메데인은 그 작업을 지휘하고 기술적인 면을 수행하는 반면, 지구인은 수송과 물류, 내부 정리를 맡았다. UN 우주군 전문가 집단들은 샤피에론 호에 초대되어 진행되는 작업을 지켜보고, 가니메데 과학의 복잡함과 신비함에 관해 설명을 들으면서 마법에 걸린 듯 넋을 놓고 서 있었다. 목성 5차 파견대에서 온 원자력 공학 분야의 저명한 권위자는 나중에 당시의 경험을 "견습 과정조차 제대로 거치지 않은 배관공 조수가 핵융합 설비를 둘러보는 느낌"이었다고 회고했다.

이 모든 일이 진행되는 동안 중앙기지에 있는 UN 우주군 전문가팀은 조락에게 지구의 컴퓨터 과학과 기술에 대한 특강을 진행할 일정을 준비했다. 이 활동의 성과는 데이터 코드 변환과 인터페이스 시스템의 구축이었다. 대부분의 세세한 부분들은 조락이 자체적으로 알아서 진행했는데, 가니메데인의 컴퓨터를 중앙기지의 통신망에 직접 연결하고, 이를 통해 5차 파견대 사령선의 컴퓨터 복합체에 연결했다. 그리고 조락에게 직접 사령선의 자료실에 접속할 수 있는 권한을 줘서, 가니메데인들이 조락을 통해 지구의 생활방식과 역사, 지리, 과학에 대한 다양한 관점의 정보를 마음껏 이용할 수 있도록 했다. 이는 외계인들의 만족할 줄 모르는 지식 욕구를 채워주었다.

그러던 어느 날 갑자기 낯선 목소리가 불쑥 스피커로 이야기하기 시작하자, 텍사스 주 갤버스턴에 있는 UN 우주군 작전사령부의 비행관제센터 통신실은 깜짝 놀랐다. 그건 조락의 또 다른 장난이었다. 조락은 지구에 대한 자신의 인사말을 만든 뒤, 5차 파견대 사령선에서 연결된 레이저 통신을 통해 나가는 신호 안에 그 메시지를 삽입했던 것이다.

✳

당연한 이야기지만, 지구에서는 가니메데인에 대해 더 많이 알려달라고 아우성이었다. 가니메데인은 전 세계의 뉴스 방송을 위해 특별히 마련한 기자회견을 통해 5차 파견대 사령선과 함께 여행하는 과학자들이나 기자들이 쏟아내는 질문들에 대답해주는 시간을 갖기로 했다. 이 행사를 위해 많은 청중이 몰릴 거라 예상되었는데, 중앙기지에는 이들을 수용할 수 있을 정도로 넓은 시설이 없었기 때문에, 가니메데인은 샤피에론 호에서 그 행사를 열자는 제안에 기꺼이 동의했다. 헌트도 기자회견에 참여하기 위해 갱구기지에서 날아가는 일행에 합류했다.

가장 먼저 나온 질문들은 샤피에론 호의 설계, 특히 추진 시스템의 배후에 있는 개념과 원리에 대한 것들이었다. 가니메데인들은 그에 대한 대답으로 UN 우주군 과학자들의 추론이 일부 옳았다고 말했지만, 전체 이야기는 하지 않았었다. 폐쇄된 원형 경로를 도는 작은 블랙홀들을 담고 있는 거대한 토로이드 장치들은 중력 에너지의 변화율을 매우 높게 생성해서 강력한 시공간 왜곡 구역을 만들어낸다. 하지만 이 장치가 우주선을 직접 추진시키지는 않는다. 토로이드들의 중심에 초점이 형성되고 거기에서 일반적인 물질이 조금씩 소멸한다. 그 질량만큼의 중력 에너지가 나타나지만, 그 중력에너지는 중심을 향한 힘이라는 고전적 개념처럼 단순하지 않다. 가니메데인은 그 결과로 발생하는 효과를 '우주선을 감싸고 있는 시공간 구조의 압박'과 흡사하다고 설명했다. 우주로 전파되는 이 압력파가 퍼져나가면서 우주선이 이동하게 된다.

물질을 마음대로 소멸시킬 수 있다는 생각은 놀라웠고, 그 소멸이 인공적인 중력 현상을 낳는다는 생각은 경이로웠다. 이런 설명이 우주의 모든 곳에서 자연스럽게 일어나는 어떤 것을 통제할 수 있는 수단을 묘사할 뿐이라는 사실을 알게 되는 건… 놀라웠다. 이건 자연에서 중력이 발생하는 방식이었다. 모든 형태의 물질은 쉴 새 없이 붕괴되어 무(無)가 된다. 대단히 느린 비율이긴 하지만 말이다. 그리고 중력 효과를 일으키는 것은 특정 시점에 아주 낮은 비율로 소멸되는 기본 입자였다. 소멸이 일어날 때마다 미시적이고 일시적인 중력 펄스가 발생하는데, 중력은 매초 발생하는 이런 펄스 수백만 개가 일으킨 부수 효과였다. 그리고 이것이 거시적인 차원에서 봤을 때 안정적인 중력장이라는 환상을 만들어낸다.

그러므로 중력은 더 이상 일정한 질량이 있는 곳마다 존재하는, 안정적이고 수동적인 어떤 힘이 아니었다. 이제는 더 이상 혼자 떨어져 있는 이상한 힘이 아니다. 중력은 다른 물리학적 힘들과 마찬가지로 무언가 변화하는 비율에 따라 변화하는 양이 되었다. 중력의 경우는 질량의 변화율이다. 이 원리와 더불어 중력의 인공적인 생성과 처리를 위한 통제 수단의 발견이 가니메데인의 중력공학 기술의 토대를 형성했다.

이 설명을 듣고 그 자리에 있던 지구의 과학자들은 경악했다. 헌트는 과학자들의 반응을 대신해서 물었다. 질량-에너지 보존법칙과 운동량 보존 법칙 같은 물리학의 기본 법칙들이, 원할 때마다 입자를 임의로 사라지게 할 수 있다는 개념과 어떻게 양립할 수 있는가. 소중하게 품어왔던 기본 법칙들이 기본적이지도 않고 법칙도 아닌 것으로 드러났다. 예전의 뉴턴 역학과 마찬가지로, 그 법칙들은 더욱 정확한 이론 모형의 개발과 개선된 측정 기술에 의해 폐기될 근사치에 불과했다. 빛의 파동에 대한 철저한 실험이 고전 물리학을 지지하지 않는 것으로 나타나자 특수 상대성 이론이 공식화되었던 방식과 유사하다. 가니메데인은 물질이 붕괴하는 비율에 대해 1그램의 물이 완전히 사라지려면 1백억 년 이상 걸린다는 말로 설명했다. 즉, 현대 지구의 과학 체제 안에서 고안해 낼 수 있는 어떤 실험으로도 탐지하지 못했을 거라는 의미였다. 계속 그런 상태로 남아 있는 한, 헌트가 언급했던 이미 구축된 물리학의 기본 법칙들은 완벽하게 올바른 체계로 입증될 것이다. 그 이론으로 인한 오류가 실질적인 차이를 전혀 만들지 않기 때문이다. 상대성 이론이 실제 현실을 묘사할 때는 훨씬 더 정확했지만, 일상적인 생활에는 고전 뉴턴 역학으로도 거의 충분하다. 미네르바의 과학사에서도 동일한 발전 양상이 나타났다. 지구의 과학이 더 발전한다면, 의심의 여지 없이 유사한 발견과 추론 과정을 통해 똑같이 기본 법칙을 다시 검토하는 상황으로 이어질 것이다.

이는 우주의 영속성에 대한 의문으로 이어졌다. 헌트는, 가니메데인이 지적했던 비율로 모든 물질이 붕괴한다면, 우주적인 시간 규모로 보면 결코 느린 시간이 아닌데, 우주가 지금도 진화하고 있는 건 고사하고 어떻게 아직도 존재할 수 있는 건지 물었다. 그 이론에 따르면 우주가 이렇게 많이 남아 있지 않아야만 했다.

헌트는 우주가 영원히 계속 존재할 것이라는 답변을 들었다. 우주 공간을 전체적으로 보면 언제나 입자들은 자연스럽게 사라질 뿐 아니라 자연스럽게 발생하고 있다. 사라지는 과정은 주로 물질 안에서 일어난다. 당연한 이야기지만, 우선 물질이 더 많이 모여 있어야 사라질 수 있기 때문이다. 혼돈의 입자들에서 성간 구름, 항성, 행성, 유기적 화학물질, 그리고 생명 그 자체, 그리고 그 후 지능까지 점진적으로 더 복잡한 구조로의 진화는 끊임없이 순환한다. 쇼가 멈추지 않는 영원한 무대이지만, 개별 배우들은 왔다가 갔다. 그 아래에는 항상 모두 낮은 차원에서 높은 차원의 구조로 나아가도록 하는 단방향의 압력이 있다. 우주는 근본적인 두 가지 정반대 경향이 부딪히며 투쟁한 결과물이다. 하나는 열역학 제2법칙이 보여주듯 무질서가 증가하는 경향이다. 다른 하나는 진화의 원리처럼 질서가 만들어지면서 발생하는 국지적인 엔트로피 역전 경향이다. 가니메데인의 의식에는 진화라는 용어가 생물계에만 적용되는 개념이 아니라, 성간 플라스마에서 원자핵이 형성되는 것부터 슈퍼컴퓨터의 설계까지 질서가 증가하는 모든 범위를 포괄하는 개념이다. 이런 규모로 보면, 생명의 출현은 그저 또 다른 이정표로 가는 사건 정도에 불과하다. 그들은 진화의 원리를 엔트로피라는 물의 흐름을 거슬러 상류로 헤엄치는 물고기에 비유했다. 물고기와 물의 흐름은 가니메데인의 우주관에서 두 개의 근본적인 힘을 상징한다. 진화는 선택이 작용하기 때문에 그런 식으로 진행된다. 선택은 확률이 특정한 방식으로 작용하기 때문에 작동된다. 결국, 우주는 통계의 문제였다.

그리하여 기본입자들은 나타나서 주어진 운명의 시간을 살고 사라진다. 그들은 어디에서 왔다가 어디로 갈까? 샤피에론 호가 출발하던 당시 가니메데인 과학의 최첨단에 존재했던 문제들을 요약하면 이런 질문이었다. 감각으로 인식할 수 있는 우주 전체는 하나의 입자가 지나가는 기하학적인 평면에 비유되었다. 그 입자가 은하계들의 진화하는 역사에 기여한다면 잠시 관찰될 것이다. 하지만 이 평면을 감싸고 있는 초우주는 어떤 것일까? 지금까지 관찰한 모든 것들을 흐릿하고 하찮은 망령으로 만들어버리는, 더욱 정확한 현실은 어떤 것일까? 이것이 미네르바의 연구자들이 규명하려던 비밀들이었다. 그리고 그들이 확신하고 믿었던 그 연구는 마침내 은하계 사이를 실제로 여행할 수 있는 열쇠를 주었을 뿐만 아니라, 그들이 상상하지도 못했던 존재의 영역으로 이동할 수 있도록 해주었다. 샤피에론 호의 과학자들은 자신들이 미네르바를 떠난 후 수십년, 수백 년이 흐르는 동안에 후손들이 얼마나 더 배웠을지 궁금해했다. 문명 전체가 갑작스럽게 사라진 일이 그들이 발견했던, 꿈에도 생각해본 적이 없는 우주와 관련이 있을까?

그 자리에 참석한 기자들은 미네르바 문명의 문화적 토대에 관심을 가졌는데, 특히 개인과 조직 간에 이루어지는 일상적인 상거래 수단에 대해 알고 싶어 했다. 화폐 가치를 바탕으로 자유롭게 경쟁하는 경제는 비경쟁적인 가니메데인의 특성과 맞지 않을 것 같았기 때문에, 외계인들이 개인과 사회 간에 이루어지는 채무를 통제하고 평가하는 데에 사용하는 대안적 체제에 대한 궁금증이 일었다.

가니메데인들은 자신들의 체제가 재정적인 지급능력을 유지할 필요나 이익이라는 동기부여 없이 기능한다고 확인시켜 주었다. 이 분야도 가니메데인들의 근본적으로 다른 조건과 심리로 인해 원활한 대화가 힘들었던 부분이었다. 가니메데인들은 지구에서 당연하게 받아들여지는 많은 삶의 방식들을 이해하지 못했다. 모든 사람이 최소한 사회에서 가져가는 만큼이라도 다시 투입하게 하려면 통제 수단이 필요하다는 생각이 그들에겐 낯설었다. 가니메데인들에게는 '정상적인' 입출력 비율의 기준이 사람마다 다를 수 있다. 그들의 주장에 따르면, 모든 개인은 역할에 최선을 다할 수 있도록 각자 선호하는 비율이 있으며, 그 비율을 선택하는 것은 기본권이기 때문이다. 재정적 필요성이나 누군가에게 원하지 않는 삶의 방식을 강요하는 수단 같은 개념은, 그들이 볼 때 자유와 존엄에 대한 괴상한 침해였다. 또한 그들은 그런 원리를 바탕으로 한 사회가 왜 필요한지 이해하지 못하는 듯했다.

그러자 가니메데인에게 질문이 쏟아졌다. 되돌려줘야 하는 의무가 전혀 없을 경우에 모든 사람이 그저 가져가기만 하는 상황을 어떻게 방지할 수 있는가? 그런 경우, 사회는 대체 어떻게 살아남을 수 있는가? 또다시 가니메데인들은 그런 문제를 이해하지 못하는 듯했다. 그들은 개인에게는 사회에 기여하고 싶은 본능이 있고, 삶에서 핵심적인 욕구 중 하나가 바로 그 본능을 충족하는 것이라고 지적했다. 필요한 존재가 되고자 하는 감정을 왜 스스로 일부러 박탈하려 하겠는가? 그런 욕구가 금전적인 보상의 자리를 대신해서 가니메데인에게 동기를 준다. 그들은 아무에게도 필요한 존재가 되지 못한다는 생각을 하면서는 살아갈 수 없는 것이다. 그들은 그냥 그런 식으로 타고났다. 그들이 생각할 수 있는 최악의 상황은 돌려줄 능력이 없는 상태에서 필요한 것들을 사회에 의지하는 것이다. 그래서 고의로 그런 존재가 되길 바라는 사람은 정신 의학의 도움이 필요한 사회적 예외로 간주되며 동정의 대상이 된다. 지적 장애아동과 비슷하다. 많은 지구인에게는 그런 존재가 되는 것이 궁극적인 꿈의 실현으로 간주된다는 사실을 알게 되자, 호모 사피엔스가 월인으로부터 끔찍한 결함을 물려받았다는 가니메데인의 확신이 더욱 강화되었다. 그들은 더욱 자신 있는 말투로, 자신들이 아는한, 최근 수십 년 동안 인간의 역사를 볼 때, 자연이 느리긴 해도 확실히 그 손상을 복구하고 있는 것 같다는 의견을 제시했다.

기자회견이 끝나갈 때가 가까워져 오자, 헌트는 이야기를 많이해서 목이 말랐다. 그는 조락에게 가까운 곳에 음료수를 마실 수 있는 곳이 있는지 물었다. 조락은 그가 들어왔던 중앙문을 통해 나가서 오른쪽으로 돌아 복도를 따라 조금만 걸어가면, 빈 의자와 간식이 있는 곳이 나온다고 알려줬다. 헌트는 '가니메데인 시한폭탄'과 콜라 칵테일을 미리 주문했다. 최근에 만들어진 두 문화의 융합물로, 즉시 양쪽에서 모두 인기를 끌었다. 헌트는 기자들과 기술자들의 말싸움을 내버려두고, 조락이 알려준 방향을 따라가서 음료 분배기의 음료수를 집어 들었다.

헌트는 주변을 둘러보며 적당한 자리를 찾다가, 뜻밖에 여기서 지구인은 자신뿐이라는 사실을 알게 됐다. 몇몇 가니메데인이 혼자나 작은 무리를 지어 여기저기에 흩어져 있었지만, 대부분의 공간은 비어 있었다. 헌트는 빈 의자가 몇 개 있는 작은 탁자를 골라 느긋하게 걸어가서 앉았다. 살짝 고개를 숙여 인사를 하는 한두 명 외에 그를 신경 쓰는 가니메데인은 없었다. 동행자가 없는 외계인이 자신들의 우주선을 어슬렁거리며 돌아다니는 모습을 그저 일상적인 일로 받아들이는 모양이었다. 헌트는 탁자 위에 놓인 재떨이를 보고는 담배를 꺼내려 주머니에 손을 넣다가, 멈췄다. 잠깐 의아했다. 가니메데인들은 담배를 피우지 않는다. 재떨이를 자세히 쳐다봤더니 UN 우주군 표준 재떨이였다. 헌트가 주변을 살펴봤다. 대부분의 탁자에 UN 우주군 재떨이가 있었다. 평소와 마찬가지로 가니메데인은 모든 일을 미리 생각해두었다. 당연히 오늘 열리는 기자회견 주변으로 지구인이 돌아다니는 상황을 고려한 것이다. 헌트는 한숨을 내뱉고 감탄하며 고개를 절레절레 흔들었다. 그리고 호화스럽고 푹신하고 커다란 의자에 몸을 기대며 느긋하게 자기만의 생각 속으로 빠져들었다.

조락이 쉴로힌에게 할당된 목소리를 귀로 전해줄 때까지도 헌트는 그녀가 근처에 서 있는 사실을 알아채지 못했다. "헌트 박사님, 맞으시죠? 즐거운 오후입니다."

헌트는 놀라서 고개를 들고는 그녀를 알아봤다. 그는 그 표준적인 인사에 활짝 웃으며 손짓으로 비어있는 의자를 가리켰다. 쉴로힌이 자리에 앉으며 자신의 음료수를 탁자 위에 놓았다.

"저희가 같은 생각을 하고 있었나 보네요." 그녀가 말했다. "갈증 나게 만드는 일이에요."

"그러게 말입니다."

"음…, 박사님 생각에는 어떻게 진행되는 것 같으세요?"

"아주 좋습니다. 다들 완전히 매료된 것 같아요…. 지구에서는 아주 떠들썩한 논쟁거리가 되었을 게 틀림없습니다."

쉴로힌이 잠깐 망설이는 모습을 보이더니 말을 이었다. "몬카르가 너무 직설적으로 말한다거나… 너무 숨김없이 여러분의 생활 방식과 가치관을 비판한다고는 생각지 않으세요? 예를 들어 몬카르가 월인에 대해 한 이야기라던가…."

헌트는 잠시 생각에 잠긴 얼굴로 담배 연기를 빨아들였다.

"아뇨, 전 그렇게 생각하지 않습니다. 가니메데인들이 그렇게 본다면 똑바로 말하는 게 훨씬 낫습니다…. 제 의견을 물어보시는 거라면, 그런 이야기가 오래전부터 필요했다고 생각합니다. 누구도 그보다 낫게 이야기하긴 힘들 겁니다. 이제 더 많은 사람이 깨닫기 시작했을 테니… 역시 좋은 일이에요."

"아무튼, 알게 돼서 다행이네요." 쉴로힌이 한결 편안한 목소리로 말했다. "그 문제를 조금 걱정하기 시작하던 참이었거든요."

"아마 그런 측면으로 많이 우려하는 사람은 없을 겁니다." 헌트가 말했다. "특히 과학자들은 절대로 안 그럴 겁니다. 과학자들은 물리학 법칙이 무너지는 소리를 걱정하느라 바빠요. 여러분은 아마도 여러분이 일으킨 소동에 대해 아직은 알아채기 힘들 거예요. 저희로서는 가장 근본적인 믿음을 재고해야 하는 상황입니다. 완전히 다시 처음부터. 저희는 지금까지의 이야기에 몇 페이지 더 붙이는 정도로만 생각했는데, 이제 보니 책 전체를 새로 다시 써야 할 판이에요."

"아마 그럴 겁니다." 쉴로힌이 인정했다. "하지만 적어도 가니메데인 과학자들이 했듯이 멀리까지 되돌아가지 않아도 되잖아요." 그녀는 헌트가 흥미롭게 쳐다보는 모습을 알아챘다. "아, 네. 헌트 박사님 제 말을 믿으세요. 저희도 똑같은 과정을 겪었어요. 상대성 이론과 양자역학은 저희의 고전적인 사고방식을 완전히 뒤집어놨죠. 여러분의 과학이 20세기 초에 그랬던 것처럼 말이에요. 저희가 그 전에 이야기하던 것들이 서로 잘 들어맞기 시작하는 바로 그때 중요한 과학적 대변동이 일어났습니다. 초기에 살아남았던 모든 개념이 곧 완전히 틀린 생각으로 간주되었습니다. 뿌리 깊은 믿음을 바꿔야만 했죠."

쉴로힌은 고개를 돌려 헌트를 쳐다보더니 가니메데인의 체념하는 몸짓을 했다. "여러분의 과학은 설령 우리가 오지 않았다고 해도 언젠가는 동일한 지점에 이르렀을 거예요. 제 생각에는 그리 머지않은 미래에 가능했으리라 판단됩니다. 여러분은 최악의 상황을 피할 수 있을 거예요. 저희가 관련된 정보들을 대부분 보여줄 테니까요. 지금부터 50년 후에는 여러분도 이런 우주선을 날리게 될 겁니다."

"과연 그럴까요." 헌트의 목소리가 아득했다. 그는 믿기지 않는다는 듯 말했지만, 비행의 역사가 떠올랐다. 1920년대에 식민 지배를 받던 나라 중 얼마나 많은 나라가 50년 후에 독립 국가가 되어 자신들의 제트기 편대를 운영하게 되리라 생각할 수 있었겠는가? 같은 시기 얼마나 많은 미국인이 나무로 만든 복엽기에서 아폴로 우주선으로 발전하리라 생각할 수 있었겠는가?

"그러면 그 후에는 어떻게 되죠?" 헌트가 혼잣말처럼 중얼거렸다. "더 거대한 과학적 대변동이 기다리고 있나요…? 혹시 여러분도 아직 모르는 건가요?"

"누가 알겠어요?" 쉴로힌이 대답했다. "저는 미네르바를 떠날 당시 연구의 방향을 대략 알고 있을 뿐이에요. 그 뒤로 무슨 일이 일어났는지는 아무도 몰라요. 저희가 모든 걸 안다는 오해는 하지 마세요. 저희에게 존재하는 지식의 틀 안에서도 저희가 다 알 수는 없어요. 있잖아요, 저희도 놀랐어요…. 가니메데에 온 뒤로요. 저희가 몰랐던 사실들을 지구인들이 가르쳐줬습니다."

이건 헌트도 처음 듣는 이야기였다.

"무슨 뜻인가요?" 자연히 흥미가 솟은 헌트가 물었다. "어떤 것들을 말하는 거죠?"

쉴로힌은 음료수를 천천히 들이켜면서 생각을 정리했다. "글쎄요, 예를 들어 육식에 관한 문제를 생각해보죠. 당신도 알다시피, 미네르바에서는 육식을 몰랐습니다. 과학자들만 관심을 가진 특정한 심해 생물을 제외하면 말이죠. 대부분의 다른 가니메데인들은 잊어버린 채 살고 싶어 하는 문제입니다."

"네. 그건 저도 압니다."

"음, 가니메데인 생물학자들은 당연히 진화의 작용에 관해 연구하고, 우리 종족의 기원에 관한 이야기를 재구성했습니다. 제가 얼마 전에 말했듯이, 문외한들은 대체로 신이 정한 자연 질서라는 개념을 더 많이 받아들이고 있긴 하지만요. 많은 과학자가 우리 세계가 구축되는 과정에서 일어난 우연적인 측면을 인식하고 있었어요. 과학자들은 순전히 과학적인 관점에서 볼 때, 진화가 현재처럼 진행되어야 할 필연적인 이유를 찾을 수 없었습니다. 그래서 과학자로서 그들은 만일 다르게 진행되었다면 어떻게 되었을지 의문을 갖기 시작했죠…. 예를 들자면, 육식어류가 대양 심해로 이주하지 않고 연안 해역에 계속 남았더라면 어땠을까 같은 거요."

"양서류와 육상의 육식동물로 진화하는 상황을 말하는 건가요?" 헌트가 보충 질문을 했다.

"맞습니다. 몇몇 과학자들은 미네르바를 현재와 같은 모습으로 이끈 것은 그저 운명의 장난일 뿐이라고 주장했습니다. 신의 계율 같은 건 전혀 상관없다는 거죠. 그래서 그들은 육식동물이 포함된 생태계의 가상 모형을 만들기 시작했습니다…. 저는 그게 지적인 훈련에 더 가까운 연구였다고 짐작해요."

"음… 흥미롭네요. 그래서 어떻게 됐나요?"

"그 모형들은 완전히 잘못됐어요." 쉴로힌이 말했다. 그녀는 강조하는 몸짓을 했다. "모형 대부분은 진화 체계 전체가 서서히 느려지다가 퇴화해서 정체되는 것으로 끝났어요. 저희 바다에서 일어난 일과 거의 비슷하죠. 수중 환경으로 인한 한계를 분리해낼 수 없었던 과학자들은, 근본적으로 해로운 생존 방식의 특성이 그런 결과를 낳았다고 간주했습니다. 그러니 처음으로 가니메데인 원정대가 지구에 도착한 후 육상 생태계가 그렇게 작동하는 모습을 보고 놀라는 상황은 당신도 상상이 될 겁니다. 과학자들은 동물이 얼마나 발달할 수 있으며, 어떻게 분화될 수 있는지를 보고 놀랐습니다…. 게다가 새들! 과학자들은 조류 같은 걸 꿈에도 꾸어본 적이 없었거든요. 이제 왜 우리 중 많은 이들이 갱구기지에서 저희한테 보여준 동물을 보고 놀랐었는지 이해되실 겁니다. 그런 동물이 있다는 이야기는 들어봤지만, 실제로 봤던 사람은 없었거든요."

헌트는 천천히 고개를 끄덕였다. 마침내 완전히 이해되기 시작했다. 단체커가 말했던 만화 같은 동물에 둘러싸여 성장한 종족이, 엄니가 네 개 달리고 걸어 다니는 탱크처럼 생긴 트릴로포돈이나 칼날 같은 이빨을 가진 살육 기계 스밀로돈 같은 동물을 보면 두려움을 느낄 수밖에 없을 것이다. 헌트는 가니메데인들이 그런 검투사의 특성과 외형을 빚어낸 잔인한 투기장을 봤을 때 어떤 생각을 했을지 궁금했다.

"그러면 과학자들은 그 주제에 대한 생각을 바꿔야만 했겠군요." 헌트가 말했다.

"그랬죠…. 과학자들은 지구에서 얻은 단서를 바탕으로 자신들의 이론을 수정했어요. 그리고 완전히 새로운 모형을 만들었습니다. 하지만 유감스럽게도 또 완전히 틀렸어요."

헌트는 터져 나오는 웃음을 참지 못했다.

"정말요? 이번엔 뭐가 문제였나요?"

"여러분의 문명화와 기술 수준이요. 과학자들은 모두 2천5백만 년 전에 지구에서 봤던 생물의 유형들로부터는 발전된 종족이 절대로 나오지 않을 거라고 확신했습니다. 그들은 그런 환경에서는 지능이 안정된 형태로 나타나지 않을 거라고 주장했죠. 혹시 나타나더라도 힘을 갖자마자 자신을 스스로 파괴할 거라고 봤어요. 사회적인 동물이나 공동체적인 사회는 말할 것도 없었죠. 지식의 획득은 소통과 협력에 달려 있으므로 과학은 절대로 발전하지 못할 거라고 생각했습니다."

"그런데 저희가 다 헛소리였다고 증명해버린 거네요, 그죠?"

"믿기지 않았어요!" 쉴로힌이 당황스러운 몸짓을 했다. "저희 모형들에서는 지구에서 마이오세의 생물 형태로부터 더 나은 지능이 나타나는 건, 얼마나 더 교활하고 더 정교한 폭력 방법을 선택하느냐에 달려 있었어요. 그런 바탕에서는 일관성 있는 문명이 결코 발전할 수 없죠. 그렇지만… 저희가 돌아와서 발견한 건 그저 문명화되고 기술적으로 발전된 문화 정도가 아니라, 그 발전 속도가 계속 가속되고 있다는 사실이었어요. 그건 불가능해 보였습니다. 그래서 저희는 태양의 세 번째 행성, 그러니까… 악몽의 행성에서 여러분이 왔다는 사실을 납득하는 데에 시간이 걸렸습니다."

헌트는 그 말을 듣고 우쭐해졌지만, 동시에 가니메데인의 예측이 거의 진실에 가깝다는 생각이 떠올랐다.

"그래도 과학자들의 예측은 거의 정확했어요. 그렇지 않나요?" 헌트가 차분하게 말했다. "월인을 잊지 마세요. 그들은 여러분의 모형이 예측했던 그대로 자신을 스스로 파괴했어요. 여러분의 예상보다 훨씬 발전했던 것 같기는 하지만 말이에요. 한 줌도 안 되는 월인이 살아서 지금의 우리가 된 거잖아요. 그들은 겨우 백만 분의 1의 확률로 살아남은 거예요." 헌트는 고개를 절레절레 흔들고는 담배 연기를 내뿜었다. "여러분의 모형이 예측한 내용에 그리 마음이 상하지는 않습니다. 제가 볼 때 그 모형은 거의 진실에 접근했어요….
아주 가까이 접근했죠. 그것이 무엇이든, 월인을 그렇게 만들었던
특성이 시간의 흐름에 따라 변화되거나 희석되지 않았더라면, 저희
도 같은 길을 갔을 테니 여러분의 모형이 또다시 증명되었을 겁니
다. 하지만 다행히 운이 좋아서 저희는 그 고비를 막 넘었습니다."

"그게 가장 믿기지 않는 이야기였어요." 쉴로힌이 그 부분에서
바로 이야기를 이어받았다. "저희가 발전을 가로막는 벽이라고 생
각했던 바로 그 특성이 오히려 여러분에게 가장 큰 장점이 되었던
것으로 드러났어요."

"무슨 뜻인가요?"

"공격성과 결단력, 굴복시키려는 모든 것들에 대한 거부. 그 모
든 게 지구인의 기본적인 특성에 깊이 새겨져 있어요. 여러분의 기
원으로부터 물려받은 유물이에요. 완화되고, 정제되고, 개량되긴
했지만, 바로 거기서 물려받았죠. 여러분은 그렇게 보지 않을지도
모르지만, 저희에게는 보여요. 저희는 몹시 놀랐습니다. 그래서 이
해하려고 노력했죠. 그 전에는 그와 비슷한 어떤 것도 보거나 상상
해본 적이 없었으니까요."

"단체커 교수도 비슷한 이야기를 했던 적이 있어요." 헌트가 중
얼거렸다. 하지만 쉴로힌은 그의 말을 못 들었는지 이야기를 이어
갔다.

"저희는 본능적으로 위험한 상황을 모조리 피하려 합니다. 저희
가 그런 식으로 기원했으니까요…. 일부러 그런 상황을 찾아다니는
경우는 확실히 없어요. 저희는 조심스러운 사람들이죠. 그런데 지
구인들은! 산을 오르고, 혼자서 작은 배에 타고 행성을 돌고, 비행

기에서 뛰어내리잖아요. 그것도 재미로! 지구인의 모든 게임은 모의 전투입니다. 여러분이 '사업'이라고 부르는 일은 지구 생태계의 생존 투쟁과 전쟁의 권력욕을 재연하고 있어요. 여러분의 '정치'는 폭력에는 폭력, 힘에는 힘이라는 원칙을 바탕에 깔고 있죠." 쉴로힌은 잠시 말을 멈췄다가 다시 이었다. "이런 특성은 가니메데인들이 처음 접한 겁니다. 실제로 봉기해서 위협에 도전하는 종족에 대한 개념은… 믿기지 않았어요. 저희는 여러분 행성의 역사를 폭넓게 연구했습니다. 그중 많은 부분은 소름 끼쳤지만, 몇몇 사람들은 사건들의 피상적인 이야기 아래에서 깊고… 감동을 주는 뭔가를 봤어요. 인간이 직면했던 많은 어려움은 지독했지만, 항상 대항해서 싸웠습니다. 그리고 언제나 끝에는 이겼죠. 저는 그 이야기들에서 기묘한 숭고함을 느꼈다고 고백해야 할 것 같습니다."

"그렇지만 왜 그런 거죠?" 헌트가 물었다. "왜 가니메데인들은 저희에게 독특한 이점이 있다고 느끼는 건가요? 특별히 다른 배경 때문인가요? 가니메데인들도 똑같은 것들을 이뤄냈잖아요…. 아니, 더 많이 이뤘죠."

"여러분이 그걸 해낸 시간 때문이에요." 쉴로힌이 말했다.

"시간이요?"

"여러분의 발전 속도 말이에요. 정말 엄청나요! 지구인들이 그 사실을 알까요? 아니, 지구인들은 그걸 알 리가 없겠네요." 쉴로힌이 다시 헌트를 바라봤다. 잠시 뭐라 말해야 좋을지 갈피를 못 잡는 듯했다. "인간은 언제까지 증기를 동력으로 이용했죠? 여러분은 하늘을 나는 걸 배운 뒤로 달에 갈 때까지 70년이 채 걸리지 않았어요. 여러분이 트랜지스터를 발명하고 나서 20년 뒤에는 세계의 절반이 컴퓨터로 운영되고 있었어요…."

"미네르바에 비해서 괜찮다는 뜻인가요?"

"괜찮다뇨! 이건 기적이에요! 저희의 발전 속도는 그에 비하면 하찮아요. 게다가 여러분은 점점 더 빨라지고 있잖아요! 여러분이 길을 막으면 뭐가 됐든 덤벼들 때처럼, 타고난 공격성으로 자연을 공략하고 있기 때문이에요. 여러분은 이제 더 이상 다른 인간을 난도질하거나 도시 전체에 폭격하지는 않지만, 여전히 똑같은 본능이 여러분의 과학자와 공학자들… 그리고 기업가, 정치인들에게 있어요. 그들은 모두 잘 싸우기를 원하죠. 그리고 잘 해내고 있어요. 그게 저희와 다른 점입니다. 가니메데인은 지식을 위해 배우고, 그 부산물로서 문제를 해결합니다. 하지만 지구인은 문제와 대결을 벌이고, 그 문제를 해결했을 때 뭔가 배우게 되죠. 지구인에게는 싸우고 이겨서 얻는 쾌감이 자극제예요. 어제 가루스 대장과 이야기를 나눴는데, 그는 이 문제를 아주 잘 이해하고 있더군요. 제가 '지구인은 정말로 자신들이 말하는 신을 믿을까요'라고 물었어요. 그랬더니 뭐라고 했는지 아세요?"

"뭐라고 했어요?"

"자기들이 만든 신이니까 믿을 거야."

헌트는 가루스 대장의 당혹스러운 말에 웃음을 참을 수 없었다. 그 말은 동시에 찬사였다. 그가 막 대답을 하려 할 때 조락이 자신의 목소리로 그의 귀에 말했다.

"실례합니다. 헌트 박사님."

"응?"

"브루코프 중사가 잠시 이야기를 하고 싶답니다. 연락을 받으시겠습니까?"

"잠깐 실례합니다." 헌트가 쉴로힌에게 말했다. "그래. 연결해줘."

"헌트 박사님?" UN 우주군 조종사의 목소리가 깨끗하게 들렸다.

"네. 말하세요."

"방해해서 죄송합니다. 저희가 사람들을 다시 갱구기지로 데려가기 위해 자리를 배치하는 계획을 짜고 있어서요. 저는 30분 후에 떠나는 수송기를 맡았는데 빈자리가 두 개 남았습니다. 그리고 한 시간 후에 가니메데인 비행선 한 척도 출발하는데, 몇 명은 그 비행선을 얻어 탈 예정입니다. 박사님은 둘 중에 고르실 수 있습니다."

"가니메데인 비행선에 누가 타는지 아시나요?"

"저는 잘 모르겠습니다만, 바로 앞에 그분들이 서 있습니다. 제가 기자회견이 열렸던 큰 방에 있거든요."

"저한테 영상으로 보여줄 수 있겠어요?" 헌트가 물었다.

그는 손목 장치를 켜고, 브루코프가 머리띠로 찍은 영상을 봤다. 헌트는 보자마자 사람들의 얼굴을 알아봤다. 모두 갱구기지 연구실에서 온 사람들이었다. 카리잔이랑… 프랭크 타워스도 있었다.

"영상 고마워요. 저는 그 사람들하고 갈게요." 헌트가 말했다.

"알겠습니다…. 어…, 잠시만요…." 뒤쪽에서 불분명한 소음이 들리더니 브루코프의 목소리가 다시 들렸다. "박사님이 대체 어디에 계신 건지 알고 싶어 하는 분이 계시네요."

"바에 있다고 말해주세요."

다시 소음이 들렸다.

"대체 거기가 어디인지 알고 싶답니다."

"알았어요. 벽을 봐주세요." 헌트가 대답했다. "자, 그리고 그대로 왼쪽으로 고개를 돌려주세요… 조금만 더….” 그는 손목 장치의 화면에서 움직이는 영상을 바라봤다. “거기서 멈추세요. 당신이 지금 보고 있는 게 중앙문입니다.”

“확인했습니다.”

“그 문을 통해 나가서 오른쪽으로 돌아 복도를 따라오면 됩니다. 금방 찾을 거예요. 음료수는 공짜니까 조락에게 주문하라고 하세요.”

“알겠습니다. 몇 분 내로 거기로 가서 만나겠다고들 하시네요. 그럼 이만. 오버.”

“연결이 끊어졌습니다.” 조락이 알려줬다.

“죄송합니다.” 헌트가 쉴로힌에게 말했다. “곧 손님들을 맞이해야 할 것 같습니다.”

“지구인들인가요?”

“술꾼들이 잔뜩 북쪽에서 몰려오고 있어요. 제가 그만 실수로 우리가 있는 곳을 말해버렸거든요.”

쉴로힌이 웃음을 터트렸다. 헌트는 이제 가니메데인들의 웃음소리를 알아볼 수 있었다. 그녀의 분위기가 다시 서서히 진지해졌다. “저는 당신을 아주 이성적이고 차분한 지구인으로 생각하고 있어요. 저희가 한 번도 언급하지 않았던 이야기가 있어요. 어떤 반응이 나올지 예상할 수 없었기 때문이에요. 하지만 지금 당신과는 그 문제에 관해 이야기해도 괜찮을 것 같아요.”

“말씀하세요.” 그 문제가 뭔지는 모르지만, 헌트가 브루코프와 이야기를 나누던 동안 쉴로힌은 그 문제에 대해 생각을 했던 모양이었다. 헌트는 미묘하게 바뀌는 그녀의 태도를 알아챘다. 쉴로힌은 이 이야기를 극비라고 하지 않았다. 헌트가 그 정보를 어떻게 이용할지는 그의 재량에 달려 있다는 느낌을 주었다. 쉴로힌보다는 헌트가 자신의 종족에 대해 더 잘 알고 있으니까.

"가니메데인들이 계획적으로 폭력을 사용하려던 때가 있었습니다…. 고의로 생명을 파괴하려고 했었죠."

헌트는 어떻게 반응을 해야 좋을지 몰라 조용히 듣기만 했다.

"당신도 알다시피 당시에 미네르바는 이산화탄소의 농도가 올라가는 문제를 겪고 있었어요. 뭐, 한 가지 가능한 해결 방법이 즉시 제시되기는 했죠. 간단히 다른 행성으로 이주해가는 거였어요. 하지만 당시는 샤피에론 호 같은 우주선이 만들어지기 전이어서… 다른 항성으로 여행은 할 수 없던 때였습니다. 그래서 저희가 고려할 수 있는 대상은 태양계 안에 있는 행성들뿐이었습니다. 미네르바를 빼고 나면 그 행성 중에 생명이 유지되는 곳은 하나뿐이었죠."

헌트가 그녀를 멍하게 쳐다봤다. 그 말의 의미가 정확히 이해되지 않았기 때문이었다.

"지구 말이군요." 헌트가 살짝 어깨를 으쓱하며 말했다.

"네. 지구였죠. 우리의 문명 전체가 지구로 이주할 수도 있었어요. 당신도 알다시피, 지구를 살펴보기 위해 원정대를 보냈죠. 그런데 원정대가 거기서 발견한 환경의 자세한 내용을 보내줬을 때, 미네르바의 문제를 해결하는 게 그리 간단한 문제가 아니라는 사실을 알게 됐습니다. 가니메데인들은 그런 야만적인 환경 안에서 결코 살아남을 수 없을 테니까요."

"그래서 그 계획이 폐기되었나요?" 헌트가 물었다.

"아뇨…, 완전히 폐기된 건 아니었어요. 많은 가니메데인들은 지구의 생태계 전체와 그 일부를 구성하고 있는 생물들이 너무도 극악무도해서 생명 그 자체를 타락시킨다고 생각했습니다. 완벽한 우주를 망치는 오점이라서 우주가 더 좋은 곳이 되기 위해서는 없는 게 차라리 낫다고 봤죠."

헌트가 입을 쩍 벌리고 멍하니 쉴로힌을 쳐다보는 동안 그녀의 말이 서서히 머릿속에서 들어오기 시작했다. "행성 전체에서 들끓는 질병을 깨끗이 청소해버리자는 의견이 제출되었습니다. 육상 생물을 전멸시키고, 미네르바의 생물들로 대체하자는 이야기였죠. 아무튼, 그 계획의 지지자들은 지구 자체의 규칙에 따라 진행하는 게임일 뿐이라고 주장했어요."

헌트는 깜짝 놀랐다. 지금껏 그 많은 말들을 들었는데, 가니메데인이 정말로 그런 계획을 생각해낼 수 있는 종족이었던가? 쉴로힌이 그의 얼굴을 살펴보고는 그의 마음속에 있는 생각을 읽은 모양이었다.

"대부분의 가니메데인은 본능적으로, 전적으로, 비타협적으로 그 생각에 반대했습니다. 그건 가니메데인의 본성을 완전히 거스르는 짓이니까요. 이 때문에 일어난 대중 시위는 아마도 저희의 역사 전체에서 가장 격렬했을 겁니다. 그렇기는 하지만, 저희 세계는 살 수 없는 행성이 되어가는 위험에 직면한 상태였고, 정부의 몇몇 관료들은 가능한 모든 대안을 조사해야 할 의무가 있다고 생각했습니다. 그래서 그들은 실험 삼아 비밀리에 작은 규모의 개척지를 지구에 건설했습니다." 쉴로힌은 헌트가 입술을 움찔거리며 질문을 하려는 모습을 보고는 한 손을 들어 질문을 막았다. "이 개척지가 지구의 어디쯤이었는지, 그 일을 위해 그들이 채택한 방식이 뭐였는지는 저한테 묻지 마세요. 저는 지금 이 이야기를 하는 것만으로도 너무 힘들어요. 하지만 그 실험의 결과가 비참했다는 사실은 말씀드릴 수 있습니다. 일부 지역은 진행된 실험의 결과로 생태계가 완전히 붕괴했고, 그 때문에 여러분이 올리고세라고 부르는 시대의 많은 육상생물 종이 멸종되었습니다. 피해를 본 몇몇 지역은 지금까지도 지구의 사막으로 남아 있더군요."

헌트는 뭐라고 말해야 할지 떠오르지 않아서 아무 말도 하지 않았다. 방금 그가 들은 말은 충격적이었지만, 그들이 적용한 수단이나 결과 때문이 아니었다. 그런 것들은 인간에게 너무도 익숙했다. 그가 충격을 받은 것은 가니메데인이라는 존재가 예상 밖이었기 때문이었다. 헌트에게 그 대화가 뜻밖이고 충격적이었지만, 그 이상은 아니었다. 하지만 가니메데인에게는 그 사건이 정신적 외상으로 남은 듯했다.

쉴로힌은 헌트가 격렬한 감정 반응을 보이지 않자 다소 안심한 모양이었는지, 이야기를 계속 이어갔다. "놀랍지 않게도, 개척자들에게 끼친 정신적 영향도 마찬가지로 파멸적이었습니다. 그 유감스러운 일은 조용히 마무리되고, 우리 역사에서 터무니없이 비열한 사건으로 남았습니다. 저희는 그 역사를 잊고 싶어 합니다."

먼 복도로부터 왁자지껄한 인간의 목소리와 웃음소리가 들려왔다. 헌트가 그 소리에 고개를 들자, 쉴로힌이 그의 관심을 조금 더 붙잡아 두려고 그의 팔을 잡았다.

"헌트 박사님, 바로 그런 이유로 저희는 너무 부끄러워서 올리고세의 지구와 동물들에 관해 이야기를 피하는 겁니다." 그녀가 말했다.

13

샤피에론 호는 모든 기능을 회복했다고 발표했다. 가니메데인은 우주선의 시험 비행을 위해 태양계 최외곽으로 나갈 생각이라고 했다. 시험 비행은 일주일가량 걸릴 예정이었다.

과학자와 공학자, UN 우주군 직원들이 샤피에론 호의 이륙 장면을 보기 위해 갱구기지의 식당에 모여 있었다. 중앙기지를 통해 전달된 영상이 식당 벽의 스크린에 비쳤다. 헌트와 카리잔, 프랭크는 커피를 마시며 식당 뒤쪽의 탁자에 함께 앉아 있었다.

카운트다운이 제로에 가까워지자 시끄럽던 대화 소리가 잦아들고 기대하는 분위기가 주위를 감쌌다.

"모든 UN 우주군 비행선이 그 지역에서 철수했습니다. 계획대로 진행하셔도 좋습니다."

중앙기지 관제사의 목소리가 스피커에서 들려왔다.

"알겠습니다." 익숙한 조락의 목소리가 대답했다. "발사대기 중 점검은 모두 이상 없습니다. 저희는 이제 이륙합니다. 지구인 여러분, 일주일 후까지 안녕히 계세요."

"그러죠. 또 봅시다."

몇 초가 지나지 않아 선미가 원위치로 돌아가고 바깥 격실이 닫혔다. 거대하고 장엄한 형상은 움직임 없이, 앞쪽에 어지러이 펼쳐져 있는 기지를 압도하며 하늘을 향해 불쑥 솟아 있었다. 우주선이 올라가기 시작했다. 별빛이 수 놓인 배경 속으로 천천히, 부드럽게 미끄러져 들어갔다. 카메라가 우주선을 따라가자 얼음산의 마지막 모습이 화면 아래로 사라졌다. 거의 동시에 우주선이 빠르게 축소되기 시작했다. 무시무시한 가속을 암시하듯 축소의 비율이 점점 증가했다.

"와우, 우주선 날아가는 거 봐!" 중앙기지에서 나온 목소리였다. "사령선, 아직 레이더 통신 연결됩니까?"

"우주선이 엄청나게 빠른 속도로 날아가고 있습니다." 다른 목소리가 대답했다. "우주선을 놓치고 있습니다. 영상이 끊어집니다. 샤피에론 호가 주동력의 시동을 건 게 틀림없습니다. 그들의 압력장이 공명하기 시작했습니다. 광스캐너의 영상도 우주선을 계속 놓치고 있습니다…." 그때 다른 목소리가 끼어들었다. "그렇습니다. 사라졌어요…. 마치 존재하지도 않았던 것처럼 사라졌습니다. 끝내주네요!"

그게 끝이었다. 깜짝 놀란 사람들이 부는 낮은 휘파람 소리가 갱구기지 식당의 침묵을 깼다. 감탄사와 속삭이는 소리가 이어졌다. 점차 대화의 조각들이 여기저기서 흘러들더니 지속적인 소음의 연속체로 합쳐지며 커지다가 소음의 수준에 어울리는 자신만의 높이를 찾았다. 스크린의 영상이 중앙기지로 돌아갔다. 이제는 배경 안에 서 있는 우주선이 없으니 뭔가 허전하고 불완전해 보였다. 그렇게 길지 않은 시간이었는데도, 거인들이 없는 가니메데의 생활이 어색하게 느껴졌다.

"음, 난 가봐야겠군요." 헌트가 자리에서 일어나며 말했다. "단체커 교수가 할 말이 있다고 해서 말이죠. 나중에들 봅시다." 다른 두 사람이 고개를 들었다.

"네. 나중에 뵙죠."

"나중에 봐요, 박사님."

헌트는 문으로 걸어가면서 갱구기지에서도 가니메데인이 한 명도 보이지 않으니 어색하게 느껴진다는 사실을 깨달았다. 가니메데인이 한 명도 빠짐없이 실험 비행에 참여해야 한다는 점이 이상하게 생각되었다. 그렇지만… 사실 지구인이 그 이유를 알아야 할 까닭은 없었다. 헌트는 또한 조락이 없는 상황에도 익숙해져야 한다는 사실을 깨달았다. 그는 시간과 공간에 상관없이 다른 사람과 직접 소통하고, 컴퓨터와 논의하는 일에 무의식적으로 익숙해져 있었다. 조락은 안내자와 멘토, 가정교사, 조언자의 역할을 모두 혼자 해내는, 박식하고 어디에나 함께 하는 동반자였다. 조락이 없으니 헌트는 갑자기 혼자 소외된 기분이 아주 강하게 느껴졌다. 가니메데에서 조락과 계속 연결을 유지할 수 있도록 거인들이 특별한 연결 장비를 남겨둘 수도 있었겠지만, 샤피에론 호의 속도와 비행하게 될 먼 거리 때문에 상호 간의 소통 시간이 느려져서, 곧 유의미한 통신은 불가능해졌을 것이다. 혼자만의 생각이긴 했지만, 헌트는 긴 일주일이 될 것 같은 기분이 들었다.

✳

헌트는 연구실에서 미네르바 식물과 야단법석을 하고 있는 단체커를 찾아냈다. 연구실 구석구석을 다 차지하고 번성하던 그 식물은 이제 연구실 밖의 복도까지 침략할 준비를 끝낸 것처럼 보였다. 단체커 교수는 가니메데인이 오기 전에 함께 만들었던 이론에 대해 논의를 하고 싶어 했는데, 그건 미네르바의 모든 육상생물이 선천적으로 이산화탄소 내성이 낮은 문제에 관한 이론이었다. 이 이론에서 지구인 과학자들은 그 특성을 아주 이른 시기의 공통 조상인 해양동물에게서 기본적인 화학적 신진대사 체계와 함께 물려받았다고 추론했다. 단체커는 조락을 통해 그 문제에 대해 다양한 가니메데인 과학자들과 오랜 시간 논의한 끝에 그 이론이 틀렸다는 사실을 알게 됐다.

"사실 미네르바에 육상동물이 모습을 드러냈을 당시, 그 동물들은 미네르바의 높은 이산화탄소 농도에 대처하는 아주 효과적인 방법을 발전시켰어. 그 동물들이 이 문제에 사용한 방식은, 뒤늦게 알게 된 사실이지만, 아주 명확하고 단순한 방법이었어." 나뭇잎 사이를 이리저리 돌아다니던 단체커가 멈춰 서더니 고개를 돌려 헌트를 처다보며 그 말에 대해 반응할 시간을 주었다. 의자에 앉아 옆에 있는 작업대에 한쪽 팔을 걸치고 쉬던 헌트는 아무 말도 하지 않고 단체커의 다음 이야기를 기다렸다.

"육상동물은 2차 순환계를 개조해서 이산화탄소 초과량을 처리하도록 했어." 단체커가 계속 말했다. "원래 독소를 제거하기 위해 특별히 진화한 체계였잖아. 그래서 2차 순환계는 이산화탄소를 처리하는 일에 이상적인, 이미 준비된 체계를 제공해줬지."

헌트는 그 이야기를 머릿속에서 이리저리 굴려보며 생각에 잠긴 표정으로 턱을 문질렀다.

"그렇다면⋯." 헌트가 잠시 후에 입을 열었다. "그들이 모두 낮은 내성을 물려받았을 거라던 우리의 생각은 완전히 틀린 거였네⋯. 허튼소리였어."

"허튼소리지."

"그러면 이 특성은 계속 남았겠네, 그렇지 않아? 모든 종이 그 체계를 물려받았을 테니까⋯. 모두 그 환경에 잘 적응했겠네?"

"그렇지 완벽하게 잘 적응했어."

"그런데 여전히 이해 안 되는 게 있어." 헌트가 인상을 찌푸리며 말했다. "자네 말이 맞는다면, 가니메데인도 적절한 내성을 물려받았어야 하잖아. 만일 그렇다면 이산화탄소와 관련된 문제는 발생하지 않았어야 하는데, 가니메데인은 자기네 입으로 이산화탄소 문제가 있었다고 했잖아. 어떻게 된 거야?"

단체커는 고개를 돌려 헌트를 쳐다보면서 손바닥을 연구실 가운 앞자락에 문질러서 닦았다. 그리고 안경 너머로 쳐다보며 씩 웃었다.

"가니메데인들도 그 특성을 물려받았어, 내성 체계 말이야. 그런데도 그들에게 문제가 생겼지. 그건 자연적인 문제가 아니라 인공적인 문제였어. 그들이 나중에 자초한 거야.

"단체커, 수수께끼 같은 소리는 그만하고, 처음부터 이야기해줘."

"알았어." 단체커는 지금까지 사용하던 도구들을 마른걸레로 닦아서 서랍에 넣으며 말했다. "내가 조금 전에 육상동물들이 나타나기 시작했을 때 모든 종이 가지고 있던 2차 순환계가(이게 그 동물들에 유독하긴 했지만) 이산화탄소 초과량을 흡수할 수 있도록 변이되었다고 했잖아. 그래서 미네르바의 대기가 지구에 비해 이산화탄소의 농도가 높았어도, 거기서 나타난 모든 동물은 아주 행복하게 번성했어. 주변 환경에 적응할 수 있는 아주 좋은 수단을 진화시켰으니까. 자연은 으레 그런 식으로 작동하기 마련이잖아. 그리고 수억 년이 지난 후 지능을 가진 동물이 원시적인 가니메데인의 형태로 나타났어. 그들도 동일한 기본 구조로 되어 있었고, 본질적인 부분은 바뀌지 않고 그대로였어. 여기까지는 이해되지?"

"유독하긴 해도, 잘 적응했지." 헌트가 말했다.

"바로 그거야."

"그래서 어떻게 됐어?"

"그때 아주 흥미로운 일이 일어났어. 가니메데인 종족이 등장한 후, 원시적인 문화에 관해 자네가 예상할 수 있는 온갖 단계를 거치며 문명을 향해 어기적어기적 나아가기 시작했지. 도구 만들기, 식량 기르기, 집짓기 등등. 음, 이때쯤 되자, 자네도 상상할 수 있듯이, 먼 과거 바다의 조상들을 육식동물로부터 지켜줬던 고대의 방어 수단은 도움이 되기보다 오히려 지독한 골칫거리가 됐어. 방어해야 할 육식동물도 없고, 금세 등장할 가능성도 없었으니까 말이야. 반면에, 자가 중독으로 인한 높은 사고 경향은 심각한 장애가 되었지." 단체커가 손가락을 들어서 두 번째 마디에 감아놓은 반창고를 보여줬다. "어제 메스에 벴어. 아마 내가 초기의 가니메데인이었다면 한 시간 내로 죽었을 거야."

"그래, 무슨 말인지 알겠어." 헌트가 인정했다. "하지만 가니메데인들이 그 상황에서 뭘 할 수 있었을까?"

"내가 이야기했던 그 시대 즈음, 즉 문명이 시작되던 시기에 고대인들이 특정한 식물과 곰팡이를 음식에 넣으면 2차 순환계의 독성을 중화시킬 수 있다는 사실을 발견하게 돼. 죽음을 초래할 만한 손상에 면역성이 있는 동물들의 습성을 관찰해서 이 사실을 알아낸 거야. 그 단순한 한 걸음이 아마 그들에겐 가장 거대한 도약이 되었을 거야. 그 지식은 그들의 지능과 결합하면서, 사실상 미네르바의 어떤 생물보다 지배적인 위치에 설 수 있도록 해줬지. 예를 들자면, 의학의 길이 열렸어. 자가 중독 체계가 진정되자 수술이 가능해졌거든. 가니메데인들은 그 후 약에 기댈 필요 없이 간단한 수술로 2차 순환계를 영원히 중성화하는 방법을 개발했어. 태어나자마자 이 수술을 받는 게 모든 가니메데인에게 표준적인 관행이 되었지. 그리고 더 시간이 지난 뒤, 그들이 우리보다 더 높은 수준으로 발전하자, 태아에서 2차 순환계를 만드는 유전자를 축출해서 완전히 제거해버렸어. 그들은 문자 그대로 스스로 그 특성을 제거하는 품종 개량을 한 거야. 우리가 만났던 가니메데인들 중에는 2차 순환계를 가지고 태어난 사람이 아무도 없었어. 그들의 몇 세대 앞에서 그 유전자가 사라졌거든. 확실히 훌륭한 해결책이지, 그렇게 생각하지 않아?"

"믿기 힘들 정도로 훌륭해." 헌트가 동의했다. "나는 가니메데인들과 그런 이야기를 할 기회가 전혀 없었어…. 어쨌든 아직까지는."

"아, 그래." 단체커가 고개를 끄덕였다. "그들은 극단적으로 숙

달된 유전공학자들이야. 우리 가니메데인 친구들 말이야…. 아주
숙달됐지."

헌트는 잠시 생각하다가 갑자기 떠오른 생각에 손가락으로 딱
소리를 냈다.

"그런데, 당연한 이야기겠지만," 헌트가 말했다. "그렇게 하면서
이산화탄소 내성까지 못쓰게 만들어버렸구나."

"바로 그거야, 헌트. 미네르바에 있는 다른 동물들은 모두 자연
적인 높은 내성이 있었어. 가니메데인들만 달랐지. 그들은 사고 방
지를 위해 그 기능을 대신 희생시켰던 거야."

"그런데 난 그들이 어떻게 그럴 수 있었는지 이해가 안 돼." 헌트
가 다시 얼굴을 찌푸리며 말했다. "무슨 말이냐면, 그들이 어떻게
했는지는 알겠는데, 그 기능을 왜 없애버렸는지 이해가 안 돼. 가
니메데인들도 이산화탄소 내성이 필요했을 거 아냐. 이산화탄소 내
성이 없었다면 애초에 가니메데인으로 진화하지도 못했을 테니 말
이야. 그들도 그 사실을 알았을 거야. 확실히 바보들은 아니니까."

단체커는 헌트가 뭐라고 할지 이미 알고 있었다는 듯 고개를 끄
덕였다.

"아마 당시는 그 사실이 그렇게 중요하지 않았을 거야. 미네르바
대기의 구성은 지구와 마찬가지로 시대에 따라 오르락내리락하며
변동이 심했어. 가니메데인들은 다양한 연구를 통해 육상생물이 처
음 등장했을 당시 화산활동이 절정일 때라서 이산화탄소의 농도가
아주 높았다는 사실을 알고 있었어. 그러니 자연스럽게 초기 종들
은 높은 내성을 발달시켰던 거지. 하지만 그 농도는 시간이 흐름에
따라 점진적으로 낮아져서 가니메데인의 시대에는 안정화되었어.

그들은 내성 체계를 더 이상 존재하지 않는 고대의 환경 조건에 맞춰진 유물로 간주했어. 그들의 경험에 비추어 볼 때, 그 기능이 없더라도 살아갈 수 있다고 판단한 거지. 당시는 이산화탄소의 변화 폭이 좁았어. 이산화탄소의 농도는 우리 기준으로 보면 여전히 높긴 해도, 그들은 충분히 견딜 수 있는 수준이었지. 그래서 그들은 2차 순환계를 영원히 없애버리자고 결정했던 거야."

"아, 그런데 그러자마자 농도가 다시 올라가기 시작한 거구나." 헌트가 추측했다.

"갑자기, 그리고 파멸적으로." 단체커가 확인시켜 주었다. "지질학적인 시간 규모의 사건이기 때문에 가니메데인이 금세 위험해지는 건 아니었어. 그렇지만 그들이 측정하고 계산해봤을 때 농도의 증가 비율이 계속 유지될 경우 자신들이나 언젠가 후손에게 문제가 생길 게 틀림없었지. 다른 동물들은 적응에 전혀 어려움이 없겠지만, 가니메데인에게는 다소 곤란한 상황이었어."

헌트는 가니메데인이 맞닥뜨린 문제의 심각성이 그제야 실감 났다. 그들은 강제 노동 수용소에서 빠져나가는 편도 차표를 샀는데, 도착해보니 사형수 독방이었던 것이다.

"그들은 무엇을 할 수 있었을까?" 단체커가 묻더니, 곧 스스로 그 질문에 대답했다. "첫째, 그들의 기술을 이용해서 인공적인 수단으로 이산화탄소의 농도를 낮추는 방법이 있지. 가니메데인도 그 생각을 했지만, 자신들의 모형이 진행 과정을 충분히 치밀하게 통제할 수 있으리라는 보장이 없었어. 행성 전체를 꽁꽁 얼어붙게 만들 위험이 너무 컸지. 그래서 조심스러운 종족인 그들은 투표를 통해 그 방법을 시도하지 않기로 결정했어. 적어도 그게 어쩔 수 없이 선택해야 할 최후의 수단이 되기 전까지는 말이야.

둘째, 첫 번째 방법처럼 이산화탄소를 줄이되, 그 전에 대기 공학이 통제를 벗어날 경우 잃어버린 온실효과를 상쇄할 수 있도록, 태양을 가열시킬 방법을 손에 넣는 거야. 그들은 그 방법을 이스카리스에 시도해봤는데, 실험은 실패했어. 미네르바에 있던 과학자들은 샤피에론 호가 탈출하기 직전에 발송한 메시지를 받고 그 사실을 알게 됐지."

헌트가 끼어들려고 했지만, 단체커가 계속 말을 이어갔다. "셋째, 지구로 이주하는 방법이 있지. 가니메데인이 소규모로 그 방법을 시험했지만, 그 시도 역시 실패했어." 단체커가 양팔을 벌리고 어깨를 으쓱하며 남아 있는 가능성이 없다는 사실을 몸짓으로 보였다. 헌트가 더 기다려봤지만, 교수는 더 이상 할 말이 없는 게 확실했다.

"그러면 대체 그들은 어떻게 한 거야?" 헌트가 물었다.

"난 모르겠어. 가니메데인들도 몰라. 뭐가 됐든 이 외의 다른 방법은 그들이 미네르바를 떠난 후에 생각해낸 거니까. 그들도 우리만큼 궁금하게 생각해. 우리보다 훨씬 궁금하겠지. 그들의 세계니까."

"그런데 지구에서 데려간 동물들 말이야." 헌트가 물고 늘어졌다. "그 동물들은 모두 나중에 들여간 거겠지. 이 동물들이 해결책과 관련된 건 아닐까?"

"그럴 수도 있겠지. 하지만 정확히는 나도 모르겠어. 가니메데인도 몰라. 그렇긴 해도, 나와 가니메데인은 이산화탄소를 흡수하기 위해 지구의 생태계를 이용하지는 않았을 거라고 확신해. 그건 효과가 없었을 테니까."

"그 발상도 탈락이네, 그렇지?"

"그렇지." 단체커가 단호하게 말했다. "그들이 왜 동물들을 미네르바로 데려갔는지, 그리고 그게 대기 문제와 관련이 있는지는 여전히 수수께끼야⋯." 교수는 말을 멈추고, 안경 위쪽으로 골똘히 쳐다보며 말했다. "이제 다른 수수께끼가 하나 더 생겼어⋯. 새로운 거지. 방금 우리가 말한 내용 때문이야."

"다른 수수께끼라니?" 헌트가 호기심 어린 눈길로 그를 응시했다. "뭔데?"

"다른 미네르바 동물들 말이야." 단체커가 천천히 대답했다. "모든 동물이 이산화탄소를 처리할 수 있는 완벽한 체계를 갖추고 있었다면, 미네르바의 대기 변화로는 그 동물들이 전멸되지 않아. 그게 아니었다면, 대체 뭐가 동물들을 없애버렸을까?"

14

단조롭게 오르내리며 사방으로 펼쳐진 얼음층이 집요한 밤의 어둠 속으로 녹아들었다. 머리 위로 수백만 개의 밝은 별빛 가운데에 간신히 조금 더 밝은 왜소한 태양이 그 풍경 위로 던진 희미한 빛은 으스스하고 불길한 어스름을 드리웠다.

거대한 우주선의 어두운 형체는 위쪽으로 올라갈수록 우주선을 덮고 있는 암흑과 구별되지 않았다. 측면 높이 설치된 아크등은 하얀 원뿔 모양의 밝은 빛을 던져서 우주선 옆의 얼어붙은 땅 위에 커다란 빛의 원을 새겨 넣었다. 빛이 고여 있는 원의 주변에는 우주복을 입은 2.5미터 크기의 수백 명이 움직임 없이 네 줄로 서서 앞으로 양손 모은 채 고개를 숙이고 있었다. 원 안의 공간은 몇 개의 동심원으로 나뉘어 있었는데, 각 동심원의 둘레에는 규칙적인 간격으로 얼음을 파낸 직사각형 구덩이들이 중심을 향해 줄지어 있었다.

각 구덩이 옆에는 길이 2.8미터, 폭 1.2미터의 금속으로 만든 상자 형태의 함들이 놓여 있었다.

작은 무리가 천천히 중앙으로 걸어가 가장 안쪽의 동심원 주변으로 이동하기 시작했다. 그리고 차례로 각 구덩이 옆에 서서 조용히 지켜보는 동안 함이 내려가면, 다음 함으로 이동했다. 두 번째 무리가 그 뒤를 따랐다. 각 구덩이가 가열된 호스를 통해 나온 물로 채워졌다. 물은 몇 초가 채 지나기 전에 단단하게 얼어붙었다. 그들은 첫 번째 동심원을 마친 뒤 두 번째 동심원으로 이동했다. 그리고 가장 바깥 동심원에 이를 때까지 계속됐다.

그들은 원의 중심에 세운 소박한 추모비를 한참 동안 쳐다보고 서 있었다. 앞으로 백 년 동안 타오를 빛을 받고 있는 금빛 오벨리스크에는 면마다 비문이 새겨져 있었다. 비문을 쳐다보는 사람들의 생각은 과거를 거슬러 올라가 언젠가 알았었지만, 이제는 추억으로만 남게 된 얼굴들과 친구들을 떠올렸다. 그리고 시간이 되자, 그들은 고개를 돌려 우주선으로 천천히 돌아갔다. 우주선의 아크등이 꺼지고, 오벨리스크를 둘러싼 작은 등불만이 몰려드는 밤을 막아내고 있었다.

거인들은 스스로 다짐했던 맹세를 지켰다. 오랜 세월을 보낸 뒤에야 그들을 여기로 데리고 왔다. 다른 장소에서, 다른 시간에서.

명왕성의 빙원 아래에 놓여 있는 미네르바의 땅으로.

거인들은 고향에 돌아와 죽음의 안식을 찾았다.

5부

15

샤피에론 호는 떠날 때처럼 갑작스럽게 우주에서 다시 나타났다. 사령선의 감시 레이더가 허공 속에서 고속으로 움직이는 희미한 반사파를 잡아냈다. 엄청난 비율로 속도를 줄이기 시작하자 빠르게 그 모습이 분명해졌다. 광스캐너가 초점을 맞출 수 있는 시점이 되자, 처음에 그랬던 것처럼 가니메데의 궤도로 미끄러져 들어왔다. 하지만 이번에는 도착을 맞이하는 분위기가 아주 달랐다.

열정적이고 우호적인 메시지의 교환이 목성 5차 파견대 사령선 통신센터의 일지에 기록되었다.

샤피에론 호: 즐거운 오후입니다.

사령선: 여행은 어땠습니까?

샤피에론 호: 최고였습니다. 여기 날씨는 어땠나요?

사령선: 항상 똑같죠. 엔진은 어땠나요?

샤피에론 호: 아주 좋습니다. 저희가 들어갈 공간이 있나요?

사령선: 그 전과 똑같습니다. 내려오고 싶습니까?

샤피에론 호: 고맙습니다. 길은 저희도 알아요.

다섯 시간이 지나기 전에 샤피에론 호가 가니메데 중앙기지에 착륙했다. 익숙한 2.5미터의 거인들이 묵직한 발걸음으로 갱구기지의 복도를 다시 오르내렸다.

✳

헌트는 단체커와의 대화 덕분에 오염물질과 독소가 신체에 미치는 영향을 막는 생물학적 체계에 대한 궁금증이 일었다. 그래서 그 뒤로 며칠 동안 사령선의 자료실에 접속해서 그 주제를 공부하며 보냈다. 쉴로힌은 초기 해양동물에서 진화한 지구의 육상동물은 필요가 없었기 때문에 2차 순환계를 발달시키지 않았다고 했다. 지구의 따뜻한 환경 덕택에 산소 요구량이 상대적으로 적어서 부담을 나눠야 할 필요가 없었기 때문이었다. 하지만 바로 이 2차 순환계가 나중에 미네르바 육상생물에게 이산화탄소가 과다한 대기에 적응할 수 있도록 해주었다. 미네르바로 실려 간 지구의 동물에는 당연히 그와 같은 체계가 없었다. 그런데도 새로운 고향에 쉽사리 잘 적응했다. 헌트는 어떻게 그런 건지 알고 싶었다.

하지만 그의 연구는 뭔가 놀랄 만한 사실을 찾아내는 데에는 실패했다. 두 세계는 각각 별도로 생물 계통을 진화시켰기 때문에, 두 계통의 바탕을 이루는 기본적인 화학 체계가 달랐다. 미네르바 생물의 화학 체계는 상대적으로 섬세했다. 단체커는 무너진 월인 기지의 잔해에서 발견한 보관용 미네르바 어류에 관한 연구를 통해 오래전에 그렇게 추측했다. 그런 화학 체계를 물려받은 육상동물도 당연히 이산화탄소를 포함한 특정한 독소들에 민감해서, 대기의 환경 조건이 극단적으로 바뀔 경우에는 적절한 내성을 부여할 수 있는 추가적인 방어책이 필요했다. 그래서 초기의 육상생물들은 2차 순환계를 개조했다. 지구 생물의 화학 체계는 더 튼튼하고 유연해서, 별도의 지원이 없어도 아주 폭넓은 변화를 견디며 살아갈 수 있었다. 그게 전부였다.

✳

어느 날 오후, 헌트는 갱구기지 컴퓨터실에 있는 모니터 앞에 앉아 있었다. 그 주제에 대한 새로운 관점을 찾아보려던 또 한 번의 시도가 실패한 참이었다. 헌트는 달리 이야기를 나눌 사람이 없어서, 가니메데인 컴퓨터 네트워크로 통신을 활성화해서 그 문제에 관해 조락과 논의했다. 기계는 헌트가 이야기하는 동안 말없이 진지하게 듣기만 했다. 헌트의 이야기가 끝나자 조락이 한마디 했다. "헌트 박사님, 제가 덧붙일 이야기는 없는 것 같습니다. 꽤 잘 요약하신 것 같아요."

"네 생각에도 내가 놓친 게 없다는 거야?" 헌트가 물었다. 과학자가 기계에게 묻기에는 웃기는 질문 같았지만, 헌트는 조락에게 논리적으로 물샐틈없이 완벽하게 보이는 이론에서 작은 오류나 놓친 세부 사항을 찾는 탁월한 능력이 있다는 사실을 잘 알고 있었다.

"없습니다. 증거들은 박사님이 내린 결론에 부합합니다. 미네르바의 생물은 2차 순환계를 개조하는 방식으로 도움을 받을 필요가 있었지만, 지구의 생물은 그럴 필요가 없었습니다. 그건 관찰된 사실이지 추측이 아닙니다. 그러므로 제가 할 수 있는 말은 그리 많지 않습니다."

"그래, 그렇겠지." 헌트가 한숨을 뱉으며 인정했다. 그는 컴퓨터의 스위치를 내리고, 담배에 불을 붙이며 의자에 털썩 기대어 앉았다. "그렇게 중요한 문제는 아닐 거야." 한참 후 헌트가 무심코 내뱉었다. "난 그저 우리의 생물 형태와 미네르바의 생물 형태의 차이에 뭔가 중요한 점이 있지 않을까 알고 싶었을 뿐이야. 그렇지는 않은 모양이네."

"무엇을 찾고 싶으셨나요?" 조락이 물었다. 헌트는 무심코 어깨를 으쓱했다.

"글쎄, 모르겠어…. 우리가 의문을 가지고 있는 문제들을 해결할 수 있는 실마리를 던져주는 뭔가…, 미네르바의 육상동물에게 무슨 일이 일어났을까. 지구에서 간 동물은 살아남았는데, 왜 그 동물들은 그러지 못했을까. 우리는 이제 그 원인이 이산화탄소의 농도 같은 게 아니라는 건 알아…."

"뭔가 예외적인 원인이겠네요." 조락이 추측했다.

"으음…. 그렇겠지."

조락은 말을 하기 전에 몇 초 정도 뜸을 들였다. 헌트는 기계가 그 문제를 마음속으로 이리저리 굴리며 생각한다는 사실에 으스스한 기분이 들었다. 그때 조락이 사무적인 말투로 말했다. "어쩌면 박사님의 질문이 틀렸을지도 모릅니다."

그 말은 머릿속으로 금방 들어오지 않았다. 헌트는 깜짝 놀라서 입에 물고 있던 담배를 손으로 잡고 의자에 기대었던 몸을 일으켰다.

"그게 무슨 뜻이야? 질문이 어떻게 잘못됐다는 거지?"

"박사님은 미네르바 생물과 지구 생물이 왜 다른가를 물었는데, 그 질문을 통해 찾을 수 있는 대답은 '원래 그러니까'밖에 없습니다. 반론하기 힘든 명백한 사실이지만, 새로운 사실을 알려고 할 때는 아무짝에도 소용없는 소리죠. 이런 질문과 같습니다. '왜 소금은 물에 용해되는데, 모래는 그렇지 않을까?' 그러면 따라오는 대답은 이렇습니다. '소금은 용해되는 물질이고, 모래는 그렇지 않으니까.' 전적으로 사실이지만, 그다지 새로운 정보는 없습니다. 그게 박사님이 하고 있는 일입니다."

"네 말은 내가 그저 순환 논법을 뱅뱅 돌고 있다는 뜻이야?" 헌트가 묻긴 했지만, 그 말을 하면서 그는 그게 사실이라는 걸 이해했다.

"정교한 질문이긴 했지만, 그 질문의 논리를 분석해보면… 그렇습니다." 조락이 재확인했다.

헌트는 고개를 끄덕이며 재떨이에 담배를 비벼 껐다.

"알았어. 내가 어떻게 질문을 던져야 할까?"

"미네르바 생물과 지구 생물에 대해서는 잠시 잊으세요. 그리고 지구에만 집중하세요. 그리고 왜 인간은 다른 종들과 그렇게 다른지 물으세요."

"그건 잘 알고 있잖아. 큰 두뇌, 다른 손가락에 마주 댈 수 있는 엄지손가락, 고품질의 시력이 모두 한 종에 함께 있다는 점. 모두

호기심을 자극하고 학습할 때 필요한 도구들이지. 그 외에 새로운
게 있는 거야?"

"다른 점이 뭔지는 저도 압니다." 조락이 말했다. "제 질문은 다
른 이유입니다."

헌트는 손등으로 턱을 문지르며 그 질문을 곰곰이 생각했다. "네
생각엔 그게 중요해?"

"아주 중요합니다."

"알았어. 네 말을 믿을게. 왜 인간은 다른 종들에 비해 그렇게
달라?"

"저는 모릅니다."

"대단하네!" 헌트는 한숨과 함께 담배 연기를 길게 내뱉었다. "그
러면 그 질문이 아까 내가 했던 대답보다 어떻게 뭘 더 알아낼 수
있다는 거야?"

"그렇지 않습니다." 조락이 인정했다. "하지만 이 질문에는 대답
이 필요합니다. 박사님이 뭔가 예외적인 답을 찾고 있다면, 그 일
을 시작하기에 좋은 질문입니다. 인간에겐 아주 예외적인 부분이
있어요."

"아, 뭐가?"

"원래 인간은 존재할 수 없었습니다. 인간으로 진화하는 건 불가
능합니다. 인간은 그냥 등장할 수가 없어요. 하지만 등장했죠. 그
게 제게는 아주 예외적인 사건처럼 보입니다."

헌트는 곤혹스러운 표정을 지으며 고개를 절레절레 흔들었다.
기계가 수수께끼 같은 말을 하고 있었다.

"난 이해가 안 돼. 왜 인간이 등장할 수 없었다는 거야?"

"저는 고등한 육상 척추동물의 신경계에서 뉴런의 활동전위 자극에 대한 반응을 나타내는 상호작용 행렬 함수를 계산해봤습니다. 몇몇 반응 계수는 특정한 미량 화학 성분의 농도와 분포에 좌우됩니다. 대뇌피질의 핵심적인 영역에서 나타나는 일관성 있는 반응 형태는 모든 종에서 안정화되지 않았습니다. 인간을 제외하고는요."

잠시 정적이 흘렀다.

"조락, 그게 대체 무슨 말이야?"

"제 말이 이해되지 않나요?"

"조금 자제해서 말하자면, 안 돼."

"알겠습니다." 조락은 말을 잠시 멈추고 생각을 정리하는 것 같았다. "혹시 네덜란드 위트레흐트 대학교의 코프먼과 랜들의 최근 연구에 대해 들어보셨나요? 사령선의 자료실에 전부 기록되어 있습니다."

"응. 그 연구에 대해 언급한 글은 몇 번 봤어. 내 기억을 되살릴 수 있게 도와줘." 헌트가 대답했다.

"랜들과 코프먼은 육상 척추동물이 몸에 들어온 독소와 해로운 미생물에 맞서서 스스로 보호하는 방법에 관해 광범위한 연구를 진행했습니다. 세부적으로는 종마다 다양했지만, 핵심적인 기본 체계는 동일했습니다. 아마도 공통적인 먼 조상으로부터 물려받아 변형된 것으로 보입니다."

"아, 그래. 기억나. 일종의 자연적인 자체면역(self-immunization) 과정이지?"

헌트가 위트레흐트 대학의 과학자들이 발견한 내용을 말했다. 지구의 동물은 오염물질과 독소를 작은 규모로 섞은 혼합물을 만들어서, 특정한 항독소의 제작을 자극할 수 있을 정도의 양을 혈류 속에 주입한다. 그리고 이 항독소를 제작할 수 있는 '설계도'를 신체의 화학 체계에 영구적으로 새겨놓았다가, 신체가 위험한 규모의 침략을 받는 경우 그 항독소를 엄청나게 많이 복제한다.

"정확합니다." 조락이 대답했다. "그게 해로운 환경과 오염된 음식 등에 대해 다른 동물들이 인간보다 괴롭힘을 훨씬 적게 당하는 이유입니다."

"인간은 다르기 때문이지. 인간은 그런 식으로 작동하지 않으니까, 맞아?"

"맞습니다."

"다시 네가 던졌던 질문으로 돌아갔네."

"그렇습니다."

헌트는 불이 꺼진 컴퓨터 모니터를 한참 동안 들여다보다가 기계의 가르침을 따라가느라 낑낑대는 자신의 모습에 짜증이 나서 얼굴을 찌푸렸다. 그 가르침이 뭐였건 이해가 되지 않았다.

"난 아직도 네가 무슨 말을 하려는 건지 모르겠어." 마침내 헌트가 말했다. "인간은 다르다. 왜냐하면 인간이 다르기 때문이다. 이건 아까 말했던 무의미한 질문과 마찬가지잖아."

"꼭 그렇지는 않습니다. 인간이 다른 존재가 되었던 건 불가능하다는 게 핵심입니다. 그게 흥미로운 지점입니다."

"어째서? 난 무슨 이야긴지 모르겠어."

"제가 풀었던 반응식을 보여줘도 될까요?" 조락이 제안했다.

"그렇게 해."

"박사님이 통신 활성화 명령을 입력하면, 제가 그 방정식을 UN

우주군 컴퓨터 네트워크를 통해 큰 스크린에 띄우겠습니다."

헌트는 그 말에 따라 앞에 있는 키보드에 글자들을 빠르게 입력
했다. 곧 위에 있는 스크린이 만화경처럼 여러 색으로 번쩍거리더
니 이내 안정화되며 수학식이 빼곡하게 나타났다. 헌트는 스크린을
잠시 응시하다가 고개를 저었다.

"이게 다 무슨 뜻이야?" 헌트가 물었다.

조락이 즐겁게 설명했다. "저 방정식들은 지구 척추동물의 중추
신경계의 특정한 반응을 수량적으로 나타낸 겁니다. 혈액에 다양한
화학 성분이 특정한 농도로 혼합되어 들어갔을 때 기본적인 신경계
가 어떻게 반응하는지를 구체적으로 보여줍니다. 붉은색으로 표시
된 계수는 특정한 종에만 존재하는 변경유전자입니다. 우성 유전자
는 녹색으로 표시되어 있습니다."

"그래서?"

"지구 동물들이 화학적 환경으로부터 자신을 지키기 위해 채택
한 방법에 근본적인 결함이 있다는 사실이 이 반응식들에서 드러납
니다. 그 결함은 자체면역 과정을 통해 혈류에 주입된 물질이 신경
계의 기능을 방해한다는 사실입니다. 무엇보다 두뇌의 기능이 고도
로 발달하는 것을 억제합니다."

헌트는 그제야 조락이 뭘 말하려는 건지 깨달았다. 하지만 그가
생각을 입에 담기 전에 기계가 계속 말했다.

"특히, 지능이 전혀 등장할 수 없습니다. 더 크고 복잡한 두뇌에
는 더 많은 혈액의 공급이 필요합니다. 혈액을 더 많이 공급하면,
오염물질을 더 많이 실어 날라서 뇌세포에 축적합니다. 오염된 뇌
세포는 높은 수준의 활동, 즉 지능이 나타날 수 있도록 효과적으로

기능할 수 없습니다. 다시 말해서, 지능은 지구 척추동물의 진화 계통에서는 결코 진화할 수 없습니다. 반응식에 나타난 모든 수치는 지구 생물이 완전히 막다른 길에서 옴짝달싹 못 할 거라는 사실을 나타냅니다."

헌트는 한참 동안 스크린에 뜬 기호들을 가만히 바라보면서 이수식들의 의미에 대해 곰곰이 생각했다. 수억 년 전 머나먼 척추동물의 조상에 의해 진화된 고대의 구조는 단기간의 요구를 충족시켰지만, 장기간에 걸친 영향은 예상하지 못했다. 그런데 인간은 진화의 계통 어딘가에서 자체면역 체계를 버렸다. 그렇게 함으로써, 인간은 주변 환경에 대한 취약성이 증가했지만, 우수한 지적 능력을 진화시킬 수 있는 길을 열어서, 시간이 지남에 따라 초기의 불리한 부분을 만회했다.

물론 이때 흥미로운 질문은 '인간은 어떻게, 그리고 언제 그렇게 했는가?'이다. 위트레흐트 대학 연구자들이 제안한 이론은 이렇다. 그 과정은 인간의 조상들이 미네르바로 강제 이주되었던 2천5백만 년 전부터 5만 년 전 사이에 이루어졌다. 2천5백만 년 전 지구의 많은 생물 종들이 미네르바로 실려 갔다가, 그 시간이 지난 후 오직 한 종만 돌아왔다. 그 종은 지구에 남아 있던 원래의 종들과 아주 달랐다. 월인의 외형을 가진 호모 사피엔스는 두 세계의 생존 투기장에서 검증된 가장 사악한 검투사였다. 동시대 지구의 영장류가 '자기 인식'의 주변부에서 어둑한 여명을 더듬거리고 있을 때, 그들은 그 세계를 파괴하고 지구로 돌아와 자신들이 여기 출신이라 주장하며, 먼 친척들을 무자비하게 완전히 멸종시켜버렸다.

단체커는 미네르바의 고립된 상태에서 인간의 계통을 따라 폭력적인 돌연변이가 일어났을 거라고 추측했었다. 이 정보의 마지막 조각은 그 돌연변이가 일어난 장소를 가리킨다. 하지만 왜 그런 일이 일어났는지는 설명되지 않는다. 그러나 돌연변이는 무작위적인 사건이다. 찾아봐야 할 특별한 원인이 있었다는 생각은 전혀 들지 않았다.

가니메데인의 지능이 등장하는 과정도 이 이론의 핵심과 잘 들어맞는다. 미네르바 육상동물의 구조에서는 독성을 운반하는 체계가 혈액을 운반하는 체계와 분리되어 있다. 그래서 더 큰 두뇌가 등장할 차례가 되었을 때, 그 구조는 독성을 더 늘이지 않으면서도 더 많은 혈액을 공급해 두뇌를 진화시킬 수 있어서 신경망의 밀도를 쉽게 증가시켰다. 하지만 지구 동물들은 그러지 못했다. 가니메데인은 아무런 방해 없이 두뇌 기능을 고도로 발달시킬 수 있었다. 가니메데인의 지적 능력은 미네르바에서 진행된 진화의 자연적이고 논리적인 결과였다. 하지만 지구에서 진화는 그런 자연적이고 논리적인 결과에 이르지 못했다. 어떻게 했는지 몰라도 인간은 진화 체계를 속였다.

"흠…." 마침내 헌트가 입을 열었다. "확실히 흥미로운 이야기네. 그런데 넌 왜 그런 일이 일어났을 리가 없다는 거야? 돌연변이는 무작위로 일어나잖아. 미네르바에서 돌연변이가 일어나서 그렇게 변한 거잖아. 유인원에서 월인으로 이어지는 계통 어딘가에서 돌연변이가 일어났겠지. 인간은 월인에게서 물려받았을 테고. 간단한 사실이잖아. 그게 뭐가 문제야?"

"그렇게 말할 줄 알았어요." 조락이 아주 뿌듯하다는 투로 말했다. "첫 반응이 딱 그럴 줄 알았다니까요."

"그래서… 뭐가 문제야?"

"그렇게 될 수 없습니다. 박사님의 주장은 미네르바에 있던 초기 영장류의 계통 어딘가에서 일어났던 돌연변이가 자체면역 체계를 무력화시켰다는 이야기잖아요."

"그렇지." 헌트가 동의했다.

"하지만 그 주장에는 문제가 있습니다." 조락이 반대 의견을 제시했다. "제가 5차 파견대에서 구할 수 있는 자료를 더 많이 찾아서 포괄적으로 계산을 해봤거든요. 척추동물 염색체에 있는 유전정보를 기록한 자료들 말이에요. 모든 종의 배아에서 자체면역 과정의 발달을 제어하는 유전정보에는, 그 동물에게 과잉된 이산화탄소를 처리할 수 있도록 해주는 유전정보가 담겨 있습니다. 다시 말해서 자체면역 체계를 비활성화하면, 이산화탄소가 많은 환경에 대한 내성도 잃게 됩니다…."

"그런데 미네르바는 이산화탄소가 많은 상태였지." 이야기의 핵심을 파악한 헌트가 덧붙였다.

"그렇습니다. 박사님이 추측했던 돌연변이가 일어났다면, 그 돌연변이가 일어난 종은 미네르바에서 살아남지 못합니다. 그러므로 월인의 조상은 그런 식으로 돌연변이를 일으킬 수 없습니다. 만일 그랬다면 모두 죽었을 겁니다. 월인은 결코 존재하지 못했을 테고, 여러분도 존재하지 못했을 겁니다."

"하지만 나는 존재하지." 헌트는 불필요한 지적을 하긴 했지만, 어떤 만족감이 일었다.

"압니다. 하지만 박사님은 존재할 수 없었습니다. 그게 저에겐 의문입니다." 조락이 말을 맺었다.

헌트는 담배를 비벼 끄고, 다시 생각에 잠겼다. "요즘 단체커가 늘 입에 달고 다니는 이상한 효소는 어때? 단체커는 가니메데에 있는 우주선에 보관된 올리고세 동물들에서 그 효소를 발견했어, 그렇지? 그리고 월인 찰리에게서도 그 효소가 변형된 형태로 남아 있었어. 그 효소가 이 문제와 관련이 있을까? 미네르바의 환경에서 뭔가 복잡하게 반응하면서 그 문제를 해결하고, 그 과정에서 이 효소가 등장했을지도 몰라. 그러면 현대의 지구 동물들에 그 효소가 없는 이유가 설명돼. 지구 동물들의 조상은 미네르바에 간 적이 없으니까. 아마도 그래서 현대 인간들도 그 효소를 가지고 있지 않을 거야. 인간도 지구로 돌아온 지 오래된 탓에 그런 자극을 주는 환경에서 멀어졌으니까 말이야. 그건 어떻게 생각해?"

"확신하기 힘듭니다." 조락이 말했다. "현재는 그 효소에 관해 이용할 수 있는 자료가 불충분합니다. 전적으로 추측에 불과합니다. 게다가 설명되지 않은 부분이 더 있습니다."

"아, 뭐가?"

"방사성 붕괴 생성물 말입니다. 왜 올리고세 동물들에서 발견된 효소는 방사성 동위원소로 만들어졌는데, 찰리에서 발견된 효소는 그렇지 않았을까요?"

"몰라." 헌트가 말했다. "그건 이해가 안 돼. 아무튼, 난 생물학자가 아니야. 그 문제는 나중에 단체커 교수와 이야기해봐야겠다." 헌트는 화제를 바꿨다. "조락, 네가 계산한 저 반응식들 말인데…."

"네?"

"넌 왜 이 식들을 계산했던 거야? 내 말은… 그냥 네가 혼자 알아서… 자발적으로 그런 식을 계산해본 거야?"

"아뇨. 쉴로힌과 가니메데인 과학자들이 제게 요청했습니다."

"넌 그 사람들이 왜 요청했는지 알아?"

"일상적인 작업이에요. 그들이 진행 중인 연구와 관련된 계산이었습니다."

"어떤 연구였는데?" 헌트가 물었다.

"저희가 지금까지 이야기한 문제에 관한 연구였어요. 몇 분 전에 제가 제안했던 질문은 제가 생각해낸 게 아니라, 그 과학자들이 물었던 질문입니다. 과학자들은 그 주제를 전체적으로 아주 흥미롭게 생각했어요. 그들이 이용 가능한 모든 자료에 따르면 인간은 존재할 수 없고, 그들의 모든 모형에 따르면 설령 인간이 존재하더라도 스스로 파괴할 거라고 예측하는데, 대체 어떻게 인간이 존재하게 되었는지 밝혀내고 싶어 해요."

헌트는 가니메데인들이 인류를 그렇게 집중적으로 연구하고 있다는 사실을 알게 되니 호기심이 돋았다. 특히 그들은 UN 우주군보다 훨씬 더 깊이 연구를 진행한 것처럼 보였기 때문이었다. 헌트는 또한 민감한 정보로 간주될 수도 있는 사실을 조락이 그렇게 쉽게 털어놓는 게 놀라웠다.

"난 네가 그런 문제에 대해 아무런 제약 없이 이야기해서 놀랐어." 헌트가 말했다.

"왜요?"

헌트는 예상하지 못한 질문에 허를 찔렸다.

"아, 난 잘 모르겠지만, 지구에서는 권한을 가진 사람들만 그런 정보에 접근할 수 있을 것 같거든…. 그 문제에 관심을 가진다고 해도 아무나 자유롭게 그런 정보를 이용하진 못할 게 틀림없어.

내 짐작에… 나는… 그냥 가니메데인도 비슷할 거라고 짐작했을 뿐이야."

"지구인이 신경증 환자라는 사실을 가니메데인이 비밀로 해야할 이유는 전혀 없습니다." 조락이 무뚝뚝하게 말했다.

헌트는 씩 웃으며 고개를 천천히 저었다.

"아마 내가 그렇게 바란 모양이네." 그가 한숨을 뱉었다.

16

가니메데인들이 처리해야 할 가장 중요한 첫 임무였던, 우주선을 다시 제대로 만드는 일이 성공적으로 달성되었다. 그래서 그들은 활동의 초점을 갱구기지로 옮겨 두 번째 목표를 향해 열심히 일하기 시작했다. 거인들은 난파된 우주선의 컴퓨터 시스템을 붙잡고 씨름했다. 가니메데인 종족이 다른 항성계로 이주했는지, 이주했다면 어느 항성인지가 아직 의문이었다. 난파된 우주선은 그 질문에 대한 대답을 알고 있는 상태에서 건조된 것이었고, 우주선의 데이터를 처리하는 복잡한 분자 회로와 자료실 어딘가에 정보가 아직 남아서 그들을 기다리고 있을 가능성이 아주 컸다. 어쩌면 이 우주선이 바로 그 이주 과정에 참여했던 수송선일 수도 있었다.

이 임무는 첫 번째 임무만큼 쉬운 일이 아니라는 사실이 밝혀졌다. 갱구기지에 있는 우주선은 샤피에론 호보다 나중에 개발되어 더 진보적으로 설계된 우주선이긴 했지만, 주동력은 유사한 원리로 작동했다. 그리고 사용된 부품은 경우에 따라 수정되고 개선되긴 했어도 앞서 개발되었던 부품들과 본질적으로 동일한 기능을 수행했다. 따라서 동력 체계는 충분히 발달한 기술의 전형적인 사례로서, 두 우주선이 건조된 시기가 달라도 급격하게 바뀌지 않았다. 그 결과로 샤피에론 호의 수리가 가능했다.

하지만 컴퓨터 시스템은 달랐다. 일주일 동안 강도 높은 분석과 조사를 진행한 후, 가니메데인 과학자들은 거의 진척이 없다는 사실을 인정했다. 문제는 그들이 이해하려 애쓰는 시스템의 구성 요소들이 대체로 이전에 알던 것들과 다르다는 사실이었다. 프로세서는 단단한 결정체로 이루어져 있었는데, 결정체 안에는 수백만 개의 분리된 분자 크기의 회로 소자가 상상할 수 없이 복잡하게 3차원으로 연결되어 있었다. 그런 장비의 물리학과 설계에 관해 훈련받고 교육받은 사람만이 그 안에 담긴 정보를 풀 수 있을 것 같았다.

몇몇 큰 프로세서는 가니메데인에게조차 개념적으로 완전히 혁명적인 수준이었는데, 전자공학과 중력공학 기술을 통합한 것처럼 보였다. 두 기술의 특성이 서로 밀접하게 얽히며 프로세서를 형성했는데, 전자 데이터를 담고 있는 기억 소자 사이의 물리적인 상호연결을 다양한 중력 결합 연결을 통해 변경시킬 수 있었다. 하드웨어 구성 그 자체가 프로그램으로 바꿀 수 있어서, 어떤 소자든 나노초 단위로 한순간에는 저장 소자로 기능하다가 다음 순간에는 프로세서로 기능하도록 할 수 있었다. 프로세서의 정보처리는 궁극적으로 복합체 전체의 모든 곳에서 동시에 실행할 수 있었다. 병렬 처리의 최첨단이라고 할 수 있을 것이다. 이 시스템에 흥미를 느끼고 넋을 잃고 보던 UN 우주군 공학자는 그걸 이렇게 표현했다. "소프트 하드웨어네요. 10억 배 빠른 두뇌예요…."

그리고 우주선의 통신, 항해, 계산, 추진 제어, 비행 제어 같은 백여 가지의 하부 구조도 프로세서처럼 정보처리 노드가 서로 연결된 네트워크로 구성되어 있었다. 그 모든 네트워크가 우주선의 가로로, 세로로 상상조차 힘든 거미줄처럼 엮여 있었다.

자세한 문서와 기술적인 설계 정보가 없는 상태에서는 그 문제를 다룰 방법이 없었다. 하지만 아무것도 이용할 수 없었다. 모든 정보가 바로 그 시스템 안에 잠겨 있어서, 그 정보가 있어야 시스템 안으로 들어갈 수 있었다. 이건 캔 따개가 캔 안에 들어있는 상황과 비슷했다.

그래서 샤피에론 호에서 진행된 다음 회의에서 가니메데인 선임 컴퓨터 과학자는 일을 그만둘 마음의 준비가 됐다고 선언했다. 누군가 지구인이라면 그렇게 쉽게 포기하지 않았을 거라고 하자, 과학자는 그 말을 곰곰이 생각해보더니, 그런 평가에 동의한다며 다시 시도하기 위해 갱구기지로 돌아갔다. 일주일 후 과학자는 다시 돌아왔다. 그리고 단호하게, 최종적으로, 지구인이 더 잘할 수 있을 거라 생각하는 사람이 있다면 언제든 시도해보라고 말했다. 그는 작업을 중단했다.

그리고 그게 끝인 것 같았다.

＊

이제 가니메데에서는 할 일이 더 이상 없었다. 그래서 마침내 외계인들은 지구의 정부들이 제안했던 초대를 받아들여 지구로 가겠다는, 오래 기다려왔던 결정을 발표했다. 이 발표가 지구에 정착하라는 초대까지 받아들인다는 의미는 아니었다. 물론 몇 광년의 범위 안에는 그들이 갈 수 있는 곳이 없었지만, 가니메데인 대대수는 여전히 '악몽의 행성'에서 무엇이 그들을 기다리고 있을지에 대한 의구심을 풀지 못하고 있었다. 하지만 가니메데인들은 이성적인 존재였다. 그리고 미리 속단하기 전에 가서 그곳을 확인하는 게 이성적인 일 처리였다. 장기적인 미래에 무엇을 할 것인지에 대한 결정은 더욱 구체적인 정보가 입수될 때까지 미뤄졌다.

목성 임무에 참가했던 일부 UN 우주군의 근무 기간이 끝나서 오가는 비행선에 맞춰 지구로 돌아갈 일정을 짜놓은 상태였다. 가니메데인이 그들과 같은 방향으로 갈 계획에 있는 사람이면 누구든 샤피에론 호에 승선시켜주겠다고 하자 서로 타겠다고 우르르 몰려들었다.

운이 좋게도, 헌트가 UN 우주군 항해통신본부장이자 직속상관인 그렉 콜드웰에게서 마지막으로 연락을 받았을 때, 본부장은 가니메데에서 헌트의 임무는 완료된 것으로 보인다며, 휴스턴으로 돌아와 할 일이 있다고 했다. 그가 타고 돌아갈 비행선 자리가 마련되었다. 헌트는 별 어려움 없이 UN 우주군 일정표에서 자신의 이름을 지우고 샤피에론 호의 승객 명단에 오를 수 있었다.

단체커가 가니메데에 왔던 주요한 이유는 갱구기지에 있는 우주선 안에서 발견된 지구의 올리고세 동물들에 대한 조사였다. 그는 샤피에론 호의 넉넉한 공간에 흥미로운 표본들을 모두 싣고 가도록 가니메데인 원정대 부관 몬카르를 설득했다. 그런 뒤 휴스턴에 있는 웨스트우드 생물학연구소장에게 연락해서, 지구로 돌아가면 모든 필요한 시설을 언제든 이용할 수 있으므로 연구를 훨씬 철저하게 진행할 수 있을 거라 설득했다. 결과는 단체커가 의도했던 대로 됐다. 그도 지구로 가게 되었다.

마침내 짐을 쌀 때가 되어서 헌트는 오랜 시간 집으로 지냈던 작은 방을 마지막으로 한 번 둘러봤다. 그리고 익숙한 걸음걸이로 내부 돔으로 이어진 낡은 복도를 따라 걸어가서 기지를 떠나는 사람들과 어울렸다. 거기서 그들은 가니메데에 남는 친구들을 위해 마지막 술잔을 돌리며 작별 인사를 하고 있었다. 계속 연락하자고 약속하고, 언젠가 다시 만날 일이 있을 거라 다짐한 후, 지역 관제본부로 몰려갔다. 기지 소장과 그의 부관들이 에어록 대기실에서 공식적인 송별식을 위해 기다리고 있었다. 에어록 뒤에 있는 접근 통로를 통해 얼음 위를 다니는 무한궤도 차량의 객실로 들어갔다. 차량은 그들을 태우고 수송선이 기다리고 있는 착륙장으로 갔다.

헌트는 갱구기지를 끊임없이 휘감아 도는 메탄-암모니아 안개 사이로 어두운 건물과 구조물들이 슬쩍 비치는 무한궤도차의 창문을 내다보면서 여러 감정이 뒤엉켰다. 물론 밖에서 오랜 시간을 보낸 후 집으로 돌아갈 때는 언제나 기분이 좋았다. 하지만 이곳의 잘 짜인 UN 우주군 공동체에서 익숙해진 생활 방식이 그리워질 것 같았다. 여기서는 모든 사람이 다른 사람들의 문제를 함께 나눴으며, 제3자는 여기에 없었다. 그가 가니메데에서 발견했던 것은 동지 의식이었다. 소속된 느낌, 공유하는 목표가 있다는 느낌…. 이 모든 것들 덕택에 적대적이고 황량한 가니메데를 깎아서 만든 조그만 인공의 피난처에 특별한 친밀감을 느끼게 됐다. 지금 이 순간 강렬하게 경험하고 있는 이 느낌은 곧 옅어질 것이고, 지구로 돌아가면 잊을 것이다. 그리고 서로 다른 목표와 가치를 가지고 다른 방식으로 각기 바쁘게 살아가는 얼굴 없는 수백만의 사람들과 다시 매일 어깨를 부딪치게 될 것이다. 지구에서는 한정된 문화 집단과 동일시하고 싶어 하는 사람들의 심리적인 요구를 만족시키려고 그들에게 필요한 경계선을 관습과 인위적인 사회적 장벽으로 만들어줬다. 가니메데의 개척지는 다른 인류로부터 그 자신을 구별하기 위해 인공적인 벽을 쌓을 필요가 없었다. 자연과 수백만 킬로미터의 텅 빈 공간이 고립 상태를 제공해줬다.

헌트는 사람들이 에베레스트 사우스콜에 캠프를 차리고, 배를 타고 7대양 바다를 건너고, 매년 열리는 친목회에 참석해서 학창 시절이나 군대 시절의 향수 어린 추억을 나누는 게 그런 이유 때문일 거라는 생각이 들었다. 사람들이 함께 직면했던 도전과 역경은 일반적인 사회의 보호막 안에서는 절대로 모방할 수 없는 유대감을 형성하고, 자기 자신과 다른 사람들 안에서 절대로 사라질 수 없는 자질을 인식할 수 있도록 일깨운다. 헌트는 자신이 가니메데에서 발견한 것들을 다시 배우기 위해 뱃사람이나 산악인처럼 반복해서 돌아오리라는 생각이 들었다.

하지만 단체커는 그리 낭만적이지 않았다.

"난 그들이 토성에서 머리 일곱 개 달린 괴물을 찾더라도 관심 없어." 수송선에 올라탈 때 단체커가 말했다. "난 지구로 돌아가면 앞으로 꼼짝도 안 할 거야. 이런 한심한 장비들에 둘러싸여 사는 건 내 평생에 이걸로 충분해."

"내가 장담하는데, 지구로 돌아가면 자넨 광장 공포증에 걸렸다는 사실을 깨닫게 될 거야." 헌트가 단체커에게 말했다.

✳

　지구로 돌아가는 사람들은 중앙기지에서 작별 인사를 한 바퀴 더 돌고 나서야 길을 나설 수 있었다. 이제 우주복을 입고 샤피에론 호가 내려준 입구로 갔다. 그들은 중앙기지에서 곧장 우주선의 바깥 격실로 들어갈 수 없었다. UN 우주군의 비행선과 차량 입구로 곧장 들어갈 수 있도록 해주는, 기지 건물에서 펼쳐지는 접이식 접근 통로가 가니메데인 우주선의 에어록과 맞지 않기 때문이다. 가니메데인 승무원들이 나와서 입구 경사로에서 그들을 맞이하고 선미 부분으로 안내했다. 선미에는 우주선 본체로 데려갈 엘리베이터가 그들을 기다리고 있었다.

　3시간 후 화물 하역이 완료되며 출발 준비가 끝났다. 가루스 대장과 승무원들은 송별 행사를 위해 경사로에 나와 있던 기지 소장, 직원들과 공식적인 작별 인사를 주고받았다. 그 후 지구인들은 차량에 올라 기지로 돌아갔고, 가니메데인들은 샤피에론 호로 들어가서 선미를 회수하고 비행 자세를 취했다.

　헌트가 자신에게 할당된 객실에 홀로 앉아 벽의 모니터를 통해 중앙기지의 마지막 모습을 보고 있을 때 조락이 곧 이륙한다고 알려왔다. 움직인다는 느낌이 전혀 없었다. 땅이 아래로 떨어지고 화면에 비친 기지의 모습이 작아지면서 평평해지기 시작했다. 화면 가장자리에 있던 가니메데의 풍광이 영상 안으로 흘러들었다. 우주선의 고도가 올라가자 지표면의 오밀조밀한 모습은 빠르게 얼어붙은 순백의 단조로운 바다로 녹아 들어갔다. 중앙기지의 희미한 반사광마저도 곧 배경 속으로 묻혀버렸다. 그리고 활 모양의 암흑이 화면을 가로질러 위로 올라오기 시작하더니, 가니메데의 어두운 면이 화면 안으로 들어왔다. 곧 위쪽에서 가니메데의 햇빛을 받은 면의 굴곡이 나타났다. 그리고 그 굴곡 너머로 소란스러운 별들이 배경으로 따라서 올라왔다. 모니터의 가운데에 계속 떠 있는 그 밝은 띠는 차츰 좁아지더니, 양쪽 끝부분들이 화면 안으로 미끄러져 들어오며 하늘에 걸린 밝은 초승달로 변했다. 헌트가 지켜보는 사이에 벌써 그 초승달의 크기가 줄어들고 있었다. 곧 초승달과 별들이 산란하는 빛의 얼룩 속으로 녹아들더니 모니터 전체가 균일하게 퍼진 단조로운 진주 빛깔의 안개처럼 변했다. 헌트는 이제 우주선이 주동력으로 움직이고 있다는 사실을 깨달았다. 외부의 우주에서 들어오는 정보가 툭툭 끊어졌다. 정보는 전자기파를 타고 이동하기 때문이었다. 가니메데인은 전자기파 대신 뭘 사용하는지 궁금해졌다. 예를 들어 항해를 위한 정보 같은 것 말이다. 조락과 이야기할 게 생겼다.

하지만 지금 당장 해야 할 필요는 없었다. 지금은 그저 쉬면서 다른 일들에 대한 마음의 준비를 하고 싶었다. 목성 5차 파견대의 여행과 달리, 지구로 가는 여행은 며칠 내로 끝날 것이다.

6부

17

그렇게 해서 마침내 가니메데인이 지구로 왔다.

외계인이 방문 초대를 받아들일 경우 어디에서 그들을 맞이하면 좋을지에 대한 정부 간 합의에 실패한 뒤, 유럽합중국 의회에서는 자체적인 투표를 진행해서 독자적으로 준비했다. 혹시 모르는 일이 니까. 유럽이 선택한 장소는 스위스의 제네바 호수 기슭에 있는 쾌적하고 탁 트인 지역이었다. 그들은 그곳의 기후가 가니메데인의 체질에 적당하고, 비교전국(非交戰國)이라는 스위스의 역사적 전통이 특별히 적절한 장소라는 의미를 부여하길 바랐다.

그들은 제네바와 로잔의 중간쯤에 있는 제네바 호수 기슭 약 2.5 제곱킬로미터 넓이의 지역에 담장을 쌓았다. 그리고 그 안에 가니 메데인이 이용할 수 있도록 설계된 스위스 오두막 마을을 세웠다. 천장은 높고, 문은 크고, 침대는 튼튼하고, 창문에는 연하게 색을 입혔다. 공동 부엌과 식당, 휴게실, 세계의 오락거리와 뉴스, 자료실로 연결된 단말기, 특대형 수영장, 오락 공간이 제공된다. 그리고 그들의 생활을 편리하게 해줄 수 있는 거라면 시간이 허용되는 내에서 무엇이든 해줄 것 같았다. 샤피에론 호와 차량들의 주차, 비행선들을 떠받치기 위해 거대한 콘크리트판이 놓였다. 그리고 경계 지역 안에 방문하는 지구인 대표들에게 제공하기 위한 숙박시설과 함께 회의실과 사교 시설도 건설되었다.

그때 외계인들이 2주 내로 지구를 향해 출발할 계획이라는 뉴스가 목성에서 전해졌다. 더 놀라운 소식은 그 여행이 겨우 며칠밖에 걸리지 않으리라는 점이었다. 가니메데인을 어디에서 맞을지에 대한 문제는 이미 정해진 것이나 다름없었다. 샤피에론 호가 심우주에서 모습을 드러내며 지구 궤도로 들어오자, 지구 곳곳의 관료들과 각국 수장을 태운 저궤도 비행선들이 제네바로 몰려들었다. 급하게 준비되고 있는 환영 행사에 참여하려고 다들 서둘렀다. 그들을 최종 목적지로 데려다주기 위해, 제네바 국제공항과 이제 '가니메데 마을'이라 불리는 장소를 오가는 수직이착륙 제트왕복선이 바글거렸다. 그 사이 제네바와 로잔을 잇는 고속도로는 줄지어 늘어선 차들로 교통체증이 악화되었지만, 개인용 비행차는 그 지역에서 금지됐다. 첫 구경꾼들이 도착해서 텐트와 슬리핑백, 담요, 버너를 가져와 캠프를 차리고 특별관람석을 확보한 뒤, 가니메데 마을을 내려다볼 수 있는 내륙의 푸른 언덕에 점점이 있던 색색의 밀도가 시간이 갈수록 짙어졌다. 스위스 경찰만으로는 부족해서, 이탈리아와 프랑스, 독일에서 파견한 경찰들이 함께 쾌활하지만 피곤에 지친 얼굴로 차단선을 만들어서, 빠르게 불어나는 군중과 경계 담장 사이에 2백 미터 너비의 무인 지대를 유지했다. 호수에서는 경찰의 소함대가 바삐 앞뒤로 오가며 보트와 요트, 그리고 온갖 종류의 유람선들을 차단하고 있었다. 인근 도시들의 소매협회에서 기업가 정신이 넘치는 회원들이 재고 물품들을 트럭에 싣고 와 고객이 있는 곳에서 장사를 시작하자 길을 따라 즉석 시장이 생겨났다. 그들은 인스턴트 식품과 모직 스웨터부터 등산화, 고성능 망원경까지 팔며 상당한 돈을 벌었다.

수천 킬로미터 상공에 떠 있는 샤피에론 호의 상황도 이와 크게 다르지 않았다. UN 우주군의 잡다한 비행선이 샤피에론 호 주변에 들쭉날쭉 늘어서서 호위하며, 샤피에론 호와 함께 1시간 30분마다 지구를 한 바퀴씩 돌았다. 그 비행선들 중 다수에 타고 있는 기자와 카메라맨들이 진행하는 국제 뉴스 채널 생중계를 시청자들이 넋을 놓고 바라봤다. 기자들은 목성에서부터 샤피에론 호를 함께 타고 온 지구인과 조락에게 메시지를 전하고 받았다. 외계인의 우주선 내부 모습이 화면으로 전송되자 시청자들이 전율했다. 기자들의 생중계는 제노바 호수의 최신 소식을 다루는 상황 중계와 오락가락하며 보도되었다. 그 사이 해설자들이 지겹도록 주저리주저리 같은 말을 반복했다. 우주선이 가니메데에 처음에 어떻게 나타났는지, 그 뒤에 어떤 일이 일어났는지, 그 종족이 원래 어디에서 기원했는지, 왜 이스카리스로 원정을 떠났는지, 거기서 무슨 일이 일어났는지, 그리고 중대한 사건이 터지기 전까지 시간을 메우기 위해 생각해낼 수 있는 온갖 이야기들을 늘어놨다. 지구의 공장과 사무실에서는 업무의 진행이 잘 안 돼서, 큰 행사가 끝날 때까지 문을 닫은 곳이 절반에 이르렀다. 회사가 비용을 부담하는 텔레비전에 매달려 있지 않은 직원들도 다른 어딘가에 있는 텔레비전에 매달려 있었기 때문이었다. 뉴욕에 있는 회사의 사장 한 명은 NBC 거리 인터뷰에서 이렇게 말했다. "저는 크누트 왕*이 수 세기 전에 증명했던 일을 다시 증명하기 위해 수천 달러를 허비할 생각이 없습니다. 몰려오기로 작정한 파도는 막을 수 없어요. 저는 모두 회사에서 내보내고 집으로 돌려보냈습니다. 올해는 공휴일이 추가된 것 같네요." 그리고 이제 뭘 할 건지 묻자, 그가 놀란 얼굴로 대답했다. "저요? 당연히 집에 가서 착륙을 지켜봐야죠."

✳

헌트와 단체커는 샤피에론 호의 사령실에 모인 가니메데인과 지구인들 틈에 있었다. 헌트는 목성 5차 파견대에서 처음으로 샤피에론 호를 방문했을 당시 스토럴 등과 함께 이곳으로 안내받은 적이 있었다. 샤피에론 호가 급파한 여러 대의 달걀이 저고도로 내려가 외계인들을 위해 새의 시선으로 지구의 각 부분을 미리 찍어서 보내줬다. 지구인들은 달걀들이 보내주는 영상 중 중요한 부분들을 설명했다. 가니메데인들은 뉴욕이나 도쿄, 런던 같은 도시에 바글거리는 사람들을 믿기지 않는 듯한 눈으로 바라보고, 아라비아의 사막과 아마존 정글의 장관을 보며 감탄했다. 미네르바에는 그런 지형이 존재하지 않았다. 그리고 망원렌즈로 비춘 아프리카 초원에

---

* 덴마크 출신의 잉글랜드 왕으로, 바닷가에서 파도에게 멈추라고 명령을 내렸던 일화가 유명하다.

서 얼룩말을 쫓는 사자 떼의 모습에는 충격을 받고 겁에 질려 말없이 응시하기만 했다.

끝없이 펼쳐진 바위와 얼음, 우주의 암흑 외에는 아무것도 없던 곳을 떠나온 후, 녹색 대륙과 햇볕에 그을린 평원, 푸른 바다의 익숙한 광경이 헌트에게도 강렬하게 느껴졌다. 중앙 스크린에 지구 각 지역의 모자이크가 나타나고 사라지는 동안, 헌트는 가니메데인의 분위기도 서서히 바뀌는 걸 감지했다. 일부가 가졌던 초기의 의구심과 불안감은 서서히 전염병처럼 퍼지는 들뜬 열광에 밀려났다. 그들은 들썩이고 흥분해서, 우연히 맞닥뜨린 이 놀라운 세계를 직접 보고 싶어 안달했다.

달걀 한 대가 제네바 호수의 5킬로미터 상공에 떠 있었다. 그리고 가니메데 마을이 내려다보이는 언덕 위와 주변의 목초지에 계속 모여들고 있는 군중을 망원렌즈로 찍어서 샤피에론 호로 전달했다. 가니메데인들은 뜻밖의 상황에 깜짝 놀라며 기뻐했다. 그리고 동시에 그들이 저렇게 광범위한 관심을 받고, 저런 대중적인 감정 표현의 대상이 되었다는 사실에 어리둥절했다. 헌트는 그들이 2천 5백만 년 전의 과거에서 왔다는 사실은 말할 것도 없고, 외계인 우주선이 지구에 오는 일은 그리 자주 일어나는 사건이 아니라고 설명하려 했다. 하지만 가니메데인들은 뭐가 되었든 어떻게 저토록 방대한 규모의 감정적 표출을 자발적으로 불러일으킬 수 있는지 이해가 되지 않는 모양이었다. 몬카르는 혹시 지금껏 만났던 지구인들이 '평균적이고 전형적인 인간들보다 훨씬 안정적이고 이성적인 사람들'은 아닌지 궁금해했다. 헌트는 아무 대꾸도 하지 않고 내버려두기로 마음먹었다. 때가 되면 몬카르도 그에 대한 답을 스스로 깨닫게 될 것이다.

가니메데인 중 한 사람이 조락에게 달걀을 하강시켜 좀 더 가깝게 촬영하도록 낮은 목소리로 명령하자, 이내 대화가 잠잠해지면서 모두 스크린에 집중했다. 영상이 확대되며 풀이 무성한 작은 언덕의 한쪽 면을 클로즈업했더니, 다양한 연령과 키, 태도, 의상의 사람들로 빼곡했다. 요리하는 사람, 술 마시는 사람, 노는 사람, 그냥 앉아 있는 사람. 경마나 팝 페스티벌, 에어쇼, 혹은 그 모든 행사를 한 번에 다 합친 듯한 모습이었다.

"저렇게 개방된 공간에 있어도 다들 안전한가요?" 잠시 후 한 가니메데인이 의심스럽다는 투로 물었다.

"안전이요?" 헌트가 곤혹스러운 표정을 지었다. "무슨 뜻인가요?"

"저는 아무도 총을 가지고 있지 않은 것 같아서 놀랐습니다. 지구인들이 총을 가지고 다닐 줄 알았거든요."

"총이요? 왜요?" 헌트가 어리둥절한 얼굴로 되물었다.

"육식동물이 있잖아요." 그 가니메데인이 너무도 당연하다는 듯 대답했다. "육식동물에게 공격을 당하면 어떻게 하나요?"

단체커가 인간에게 위험한 동물은 이제 거의 존재하지 않고, 그 동물들은 제한된 지역에서만 살며, 모두 스위스에서 수천 킬로미터는 떨어진 곳에 있다고 설명했다.

"아, 저는 지구인이 저 지역을 둘러싼 방어 체계를 세운 이유가 육식동물 때문이라고 짐작했어요." 가니메데인이 말했다.

헌트가 웃음을 터트렸다. "저건 육식동물을 막기 위한 게 아닙니다. 인간들을 막기 위해서죠."

"인간들이 저희를 공격할지도 모른다는 뜻인가요?" 가니메데인이 갑자기 놀란 목소리로 물었다.

"그럴 일은 전혀 없습니다. 그저 여러분의 사생활을 보장하고, 아무도 성가시게 굴지 못하도록 취한 조치일 뿐이에요. 정부는 구경꾼이나 관광객이 시도 때도 없이 주위를 돌아다니며 방해하는 걸 여러분이 원하지 않을 거라고 생각했을 겁니다."

"그냥 정부가 사람들에게 접근하지 않도록 명령하는 법을 만들면 되지 않나요?" 사령실 건너편에 있던 쉴로힌이 물었다. "그렇게 하면 훨씬 간단할 것 같은데요."

헌트가 다시 웃음을 터트렸다. 아마도 고향에 돌아온 기분이 그에게 약간 영향을 미친 모양이었다. "여러분이 지구의 인간들을 아직 많이 만나지 못해서 그렇습니다. 제 생각에는 사람들이 그 명령에 그다지 주의를 기울일 것 같지 않습니다. 지구인은 뭐랄까… 쉽게 통제되는 사람들이 아니에요."

그 말을 들은 쉴로힌이 깜짝 놀란 표정을 지었다. "정말요? 저는 줄곧 지구인이 정반대라고 생각해왔어요. 무슨 말이냐면… 지구의 옛날 뉴스들을 좀 봤거든요. 목성 5차 파견대 자료실에서 지구에 전쟁이 났던 시절의 뉴스들을 봤습니다. 똑같은 옷을 입은 지구인 수천 명이 일직선으로 서서 앞뒤로 걸어가고 있었는데, 다른 사람이 큰소리로 명령하면 즉시 복종했어요. 그리고 전쟁에서는… 전투를 하라고, 다른 지구인을 죽이라고 명령을 받으면, 즉시 복종했어요. 이건 통제되는 게 아닌가요?"

"네…, 통제되는 거 맞습니다." 헌트는 불편한 표정을 지으며 인정했다. 그리고 부디 설명해달라는 요구를 받지 않기를 바랐다. 설명할 방법이 없었기 때문이다.

하지만 육식동물을 걱정하던 가니메데인은 끈질겼다.

"그렇다면 지구인은 완전히 비이성적인 일을 명령받으면 망설이지 않고 해내지만, 명백하게 합리적일 뿐 아니라 예의 바른 어떤 일을 명령받으면 따르지 않을 거라는 이야긴가요?"

"어… 그런 것 같네요." 헌트가 힘 빠진 소리로 말했다. "아무튼 자주 그런 일이 일어납니다."

제어판을 지켜보던 다른 가니메데인 승무원이 반쯤 고개를 돌렸다.

"지구인은 다 미쳤어." 그가 단호하게 선언했다. "내가 늘 그렇게 말했잖아요. 지구는 은하계에서 가장 큰 정신병원이라니까요."

"우리를 초대한 집주인들이기도 하지." 가루스 대장이 신랄한 말투로 끼어들었다. "지구인은 우리의 생명을 구했고, 자신의 집을 우리가 지낼 수 있도록 제공해줬어. 나라면 저들에 대해 그런 태도로 말하지 않을 거야."

"죄송합니다." 그 승무원이 낮게 중얼거렸다. 그리고 다시 제어판으로 돌아갔다.

"헌트 박사님, 저 발언을 용서해주시기 바랍니다." 가루스 대장이 말했다.

"신경 쓰지 마세요." 헌트가 어깨를 으쓱하며 대답했다. "저도 더 좋게 이야기하긴 힘들 겁니다…. 그게 저희를 제정신으로 유지하게 해주죠." 그가 이유를 덧붙여 설명해주지 않아서 외계인들은 어리둥절한 눈빛을 주고받았다.

바로 그때 조락이 소식을 전하며 끼어들었다.

"제네바 지상 관제소에서 연락이 왔습니다. 이번에도 헌트 박사님께 연결해 드릴까요?"

헌트는 이전에 대화를 나눌 때 중계기로 사용했던 통신 제어장치로 걸어갔다. 그는 커다란 가니메데인의 의자에 앉아 조락에게 연결하라고 지시했다. 이제는 익숙해진 제네바 관제사의 얼굴이 모니터에 나타났다.

"타시 보니 판갑습니다. 헌트 파사님. 거긴 어턴가요?"

"글쎄요, 저희는 아직 대기 중입니다." 헌트가 말했다. "새로운 소식은 뭔가요?"

"오스트리아의 수상과 중쿡 주석이 초금 전에 제네바에 토착해쑵니다. 그들은 30푼 내로 카니메데 마을에 올컵니다. 저는 60푼 내로 여러푼이 착륙할 수 이토록 하케쑵니다. 오케이?"

"지금부터 한 시간 후에 착륙한답니다." 헌트는 지켜보고 있는 사령실 사람들에게 알렸다. 그는 가루스 대장을 쳐다보며 물었다. "그 계획을 승인해주시겠습니까?"

"그렇게 해주세요." 가루스 대장이 대답했다.

헌트는 다시 모니터를 쳐다봤다. "좋습니다." 그가 관제사에게 말했다. "지금부터 60분 후 내려가겠습니다."

곧 그 소식이 속보로 세계에 전송되자, 세계가 열광하며 흥분에 휩싸였다.

18

 헌트는 샤피에론 호의 중앙 엘리베이터 안에서 널찍하고 장식 없는 문을 바라보고 서 있었다. 엘리베이터 바깥으로 끝도 없이 길어 보이는 우주선 내부가 빠르게 지나갔다. 헌트의 뒤에는 가니메데에서 출발했던 UN 우주군 파견대원들이 빽빽하게 서 있었는데, 다들 곧 다가올 귀향 생각에 빠져서 말이 없었다. 샤피에론 호는 이제 마지막 착륙 단계에 접어들어서 선미를 아래로 향한 채 내려가고 있었다. 엘리베이터 안에는 가니메데인들도 있었다. 그들은 지구의 지표면에 처음으로 나가기로 선발된 가니메데인 본대에 합류하기 위해 가는 길이었다. 본대의 대부분은 이미 우주선의 선미 부분에 모여 있었다.

 엘리베이터 문 옆의 표시창에 나타났다가 사라지던 기호들이 갑자기 멈추더니 변하지 않고 그대로 있었다. 잠시 후 넓은 문이 옆으로 열리자, 사람들이 엘리베이터에서 쏟아져 나가 우주선 중심부의 원통형 벽을 따라 펼쳐진 넓은 원형 공간으로 들어갔다. 여섯 개의 에어록으로 들어가는 입구가 외벽을 따라 일정한 간격으로 배치되어 있었다. 그 사이의 공간에 가니메데인이 빼곡했는데, 대부분 이상할 정도로 조용했다. 헌트는, 에어록 앞에 서서 소수의 가니메데인에 둘러싸여 있는 가루스 대장을 발견했다. 쉴로힌이 그의 옆에 있었고, 몬카르도 다른 쪽에 있었다. 로그다르도 근처에 있었다. 그들은 다른 가니메데인들과 마찬가지로 엘리베이터 문 위로 불쑥 솟아 있는 중심부의 벽 위에 높게 떠 있는 거대한 스크린을 응시하고 있었다. 헌트는 거인들의 무리를 뚫고 가루스 대장의 일행이 서 있는 곳으로 갔다. 그리고 가루스 대장 옆에 서서 고개를 돌려 스크린을 바라봤다.

스크린에 비치고 있는 영상은 호숫가를 위에서 내려다본 모습이었다. 화면이 대략 둘로 나뉘어서, 절반에는 언덕의 녹색과 갈색이 보였고, 다른 절반에는 호수에 반사된 하늘의 푸른빛이 보였다. 색은 강렬했다. 풍경은 작게 부풀어 오른 흰 구름에 드문드문 가려졌는데, 구름의 그림자 아래에 있는 땅에 뚜렷한 얼룩을 만들었다. 날씨가 맑고 햇빛이 쨍쨍 비친다는 의미였다. 우주선이 하강하면서 지형의 특징이 서서히 뚜렷해지고 대지의 모습이 화면 밖으로 흘러가기 시작했다.

납작한 페인트 얼룩처럼 보이던 구름이 점점 커지다가 하얗게 부풀어 오른 섬들처럼 풍경 위에 떠다니더니, 곧 화면이 점차 좁은 풍경을 비추고 대상이 확대되는 사이에 사라졌다.

점으로 보였던 것들이 집으로 보이기 시작했다. 어떤 집은 언덕 사이에 홀로 서 있고, 어떤 집들은 구불구불하게 이어지는 길을 따라 옹기종기 모여 있는 모습을 이제 알아볼 수 있었다. 스크린의 한가운데, 즉 샤피에론 호의 중심축의 아래, 호숫가에 딱 붙어 있는 하얀 반점은 가니메데 마을의 콘크리트 착륙장이 틀림없었다. 경계선 안에 깔끔하게 나란히 정렬된 스위스 오두막들이 모습을 드러내기 시작했다. 가느다란 녹색 선 때문에 경계선이 두드러져 보였는데, 사람들이 들어가지 못하는 담장의 바깥 구역이었다. 무인 지대 너머의 땅은 위쪽을 쳐다보는, 무수하게 많은 사람의 얼굴이 일으킨 부가효과 덕분에 훨씬 밝은 색조로 보였다.

가루스 대장이 조용히 목의 마이크에 뭔가를 말하더니 대답을 듣는 듯 가만히 있는 모습이 헌트의 눈에 들어왔다. 그는 가루스 대장이 사령실에 있는 승무원으로부터 보고를 받고 있는 거라 짐작하고 방해하지 않기로 마음먹었다. 대신 헌트는 손목 장치를 통해 자신의 통신망을 활성화했다. "조락, 어떻게 되어가?"

"현재 고도 3천 미터 상공인데, 초당 60미터 속도로 하강하고 있습니다." 익숙한 목소리가 대답했다. "저희는 착륙 유도 레이더의 지시를 따르고 있습니다. 모든 게 잘 관리되고 있고, 괜찮게 진행되는 것 같습니다."

"우리가 엄청난 환영 행렬 속으로 들어가는 모양이야." 헌트가 말했다.

"탐지기에서 들어오는 영상을 보세요. 마을을 둘러싼 언덕들에는 몇 킬로에 걸쳐서 사람들이 꽉 찼고, 작은 보트 수백 대가 마을 앞 호수를 거의 4백 미터 가량 빽빽하게 채우고 있습니다. 착륙지점 상공과 근처는 비어 있지만, 마을 둘레의 하늘에는 비행차가 잔뜩 있습니다. 여러분의 행성 사람 절반은 몰려나온 게 틀림없어요."

"가니메데인들은 어떻게 받아들이고 있어?" 헌트가 물었다.

"제 짐작엔 약간 위압당한 분위기예요."

그때 쉴로힌이 헌트를 알아보고 그가 있는 쪽으로 다가왔다.

"믿기지가 않아요." 쉴로힌이 위에 있는 스크린을 가리키며 말했다. "정말로 이럴 정도로 저희가 중요한 존재인가요?"

"다른 별에서 지구를 방문하는 외계인이 그리 많지 않아서요." 헌트가 쾌활하게 대답했다. "그래서 이번 기회를 놓치지 않으려는 거죠." 그는 문득 다른 생각이 떠올라서 말을 멈췄다가 다시 이었다. "이거 정말 재미있네요…. 지구에서는 지난 수백 년 동안 UFO 나 비행접시 같은 것들을 봤다고 주장하는 사람들이 있었어요. 그래서 늘 실제로 그런 게 존재하는지에 대한 온갖 종류의 논쟁이 있었죠. 실제로 일어나야 오해의 여지가 없어진다고 지구인들은 생각해왔어요. 그런데 오늘 지구인들은 그 문제에 대해 확실히 알게 됐네요."

"20초 내로 착륙합니다." 조락이 알렸다. 헌트는 주변의 거인들 사이로 감정의 동요가 이는 게 느껴졌다.

이제 스크린에 보이는 거라곤 바둑판처럼 늘어서 있는 가니메데 마을의 오두막과 널찍하고 하얀 콘크리트 착륙장뿐이었다. 우주선 은 호수 쪽의 착륙장으로 내려가고 있었다. 그쪽이 비어 있었다. 착륙장과 오두막 사이의 내륙 쪽은 점들이 질서정연하게 기하학적인 무늬를 이루며 늘어서 있었는데, 그 점들이 빠르게 인간들의 형상 으로 바뀌었다.

"10초." 조락이 말했다. 뒤쪽에서 웅얼웅얼 속삭거리던 소리들이 순식간에 가라앉았다. 우주선 주위를 빠르게 흐르는 공기의 소리와 엔진에서 나오는 둔한 소리만 희미하게 들려왔다.

"착륙. 저희는 행성 지구에 착륙했습니다. 지시를 기다려주시기 바랍니다."

"지표면에 내려갈 수 있도록 우주선을 전개하라." 가루스 대장이 명령했다. "비행 시스템 정지 절차를 진행하고, 기술 보고를 준비하라."

움직이는 느낌은 전혀 없었지만, 헌트는 우주선에서 그들이 타고 있는 부분 전체가 부드럽게 지면을 향해 움직이고 있으며, 동시에 세 개의 엘리베이터 통로가 우주선의 본체에서 아래로 내려가고 있으리라는 사실을 알았다. 우주선이 자리를 잡는 동안, 머리 위에 높이 떠 있는 중앙 스크린에는 우주선 주변의 땅을 360도로 스캔한 화면이 나오고 있었다.

샤피에론 호의 꼬리날개가 자리를 잡은 영역 너머로, 줄줄이 늘어선 오두막과 우주선 사이에 사람들이 거대한 반원을 이루며 서 있었다. 군대가 사열을 위해 줄을 설 때처럼, 수백 명의 사람이 여러 집단으로 나뉘어서 네모 반듯하게 줄을 지어 차렷 자세로 뻣뻣하게 서 있었다. 각 집단 앞에는 국가의 국기를 든 기수가 한 명씩 서 있었다. 그리고 기수 앞에는 각국의 수장과 보좌관들이 있었는데, 모두 어두운색의 신사복을 차려입고 엄숙한 얼굴로 꼿꼿하게 서서 기다렸다. 헌트는 미국의 성조기, 영국의 유니언잭, 그리고 유럽합중국의 여러 깃발들, 소련의 망치와 낫, 중국의 붉은 별을 알아봤다. 그가 금세 알아보지 못하는 깃발이 훨씬 많았다. 그 사람들의 뒤와 양옆으로 화려한 색의 군인 의장대 군복과 햇빛에 반사되어 반짝거리는 금관악기가 눈에 들어왔다. 헌트는 밖에 서 있는 사람들의 입장이 되어보려 했다. 그들은 한 번도 외계인을 직접 대면해본 적이 없었다. 헌트는 하늘에서 미끄러져 내려온 거대한 은색 금속 탑을 올려다보며 서 있는 그들의 느낌과 감정을 느껴보려 했다. 이 순간은 특별했다. 역사상 이런 사건은 한 번도 일어난 적이 없었고, 다시는 '최초로' 일어나지 않을 것이다.

그때 조락의 목소리가 다시 들렸다.

"선미의 아랫문이 내려갔습니다. 기압은 안정되었고, 에어록의 외부문이 열렸습니다. 지표면에 닿는 경사로가 펼쳐졌습니다. 내부문을 열 준비가 끝났습니다."

헌트는 주변에서 일어나는 기대감이 느껴졌다. 이제 모든 이들이 고개를 돌려 가루스 대장을 바라봤다. 가니메데인 지도자는 천천히 눈을 돌려 사람들을 쳐다봤다. 그는 엘리베이터 옆에 모여 있는 지구인들을 잠시 바라보다 헌트에게 눈을 돌렸다.

"앞서 논의했던 순서대로 나갈 겁니다. 하지만 저희는 이 세계의 이방인입니다. 우리 안에는 고향에 돌아온 이들이 있습니다. 이 세계는 그들의 세계이므로, 그들이 우리 앞에서 일행을 이끄는 게 좋겠습니다."

가니메데인들에게는 추가로 말을 덧붙일 필요가 없었다. 가루스 대장의 말이 끝나자마자, 외계인 승무원들이 갈라지며 엘리베이터 옆에 있는 지구인들로부터 가루스 대장과 헌트가 서 있는 에어록까지 긴 직선 통로를 만들었다. 잠시 후 지구인들이 천천히 앞으로 걸어 나오기 시작했다. 단체커가 앞장섰다. 그들이 헌트가 기다리고 있는 에어록에 가까워지자, 가니메데인들이 옆으로 움직여서 에어록의 내부문 앞에 공간을 만들어 주었다.

"단체커, 준비됐어?" 헌트가 단체커와 마주 보며 물었다. "이제 몇 초만 지나면 다시 고향에 돌아가는 거야."

"나 혼자였다면 이렇게 대대적인 환영을 받으며 오지는 못했겠지." 단체커가 대답했다. "이건 뭐 부족들을 이끌고 나가는 모세라도 된 기분이잖아. 아무튼, 가보세."

헌트는 단체커 옆에 서서 에어록의 내부문을 바라봤다. 그는 가루스 대장을 힐끗 돌아보고 고개를 끄덕였다.

"조락, 내부문 열어. 에어록 5번." 가루스 대장이 명령했다.

골이 진 금속판들이 소리 없이 미끄러지며 헌트의 시야 밖으로 사라졌다. 헌트는 에어록 안으로 걸어 들어가서, 외부문을 향해 움직이기 시작했다. 속에서 격렬한 감정이 솟구쳐 오르는 게 어렴풋하게 느껴졌다. 단체커는 그의 옆에 있고, UN 우주군 파견대원들이 그 뒤를 따랐다. 외부문 너머로 넓고 얇은 경사로가 콘크리트 바닥까지 비스듬하게 내려져 있었다. 그들은 경사로의 윗부분을 향해 걸어나갔는데, 마치 금속 뼈대로 아치 지붕을 올린 거대한 대성당에 들어간 느낌이 들었다. 그들의 머리 위로 높이 솟아올라 우주선의 본체와 만나는 샤피에론 호의 꼬리날개 밑바닥의 긴 굴곡이 그런 모양을 만들었다. 경사로와 우주선이 걸터앉은 부분은 거대한 우주선과 강력한 꼬리날개가 만들어낸 그림자 안에 있었다. 하지만 우주선 밖의 날씨는 햇볕이 내리쬐며 주변의 풍경을 풍성한 색채로 물들였다. 여기를 내려다보고 있는 언덕들의 녹색, 산과 그 뒤 하늘의 자주색과 하얀색, 파란색. 언덕 비탈을 가득 채운 군중의 작은 반점들이 만들어낸 무지개색, 오두막의 파스텔 핑크, 녹색, 붉은색,

파란색, 주황색, 아래에 깔린 콘크리트 광장의 하얀색, 딱딱한 얼굴로 꼼짝도 하지 않고 줄을 맞춰 서 있는 각국 대표들이 입은 순백의 셔츠.

그때 환호 소리가 들려왔다. 처음엔 멀리 있는 언덕 꼭대기에서 둔한 소음의 밀물처럼 시작되더니 아래로 굴러 내려오면서 힘과 탄력을 얻은 듯했다. 그리고 곧 으르렁대는 바다의 소리로 그들을 덮치며 모든 감각을 삼켜버렸다. 언덕들이 갑자기 살아나서 눈길이 닿을 수 있는 끝까지 자연스러운 움직임의 패턴을 만들었다. 수만 명이 자리에서 일어나 며칠 동안 속으로 쌓아 올렸던 긴장과 기대감을 발산했다. 그들은 고함을 지르고, 팔과 모자, 셔츠, 외투 등 손에 잡히는 물건이라면 무엇이든 흔들었다. 그 소음들 너머로 올라갔다 떨어졌다가 다시 올라가며 악단의 음악 소리가 간간이 들렸다.

지구인들은 경사로를 몇 걸음 내려가다가 순간적으로 사방에서 한꺼번에 몰아치는 소리와 모습에 압도당해서 그 자리에 멈췄다가 다시 움직이기 시작했다. 경사로를 내려가서 높이 솟은 샤피에론호의 꼬리날개 기둥 아래 단단한 지구의 대지에 발을 디뎠다. 그들은 햇빛 속으로 걸어 들어가서 본 대오의 앞에 서 있는 소수의 지구 대표들에게로 갔다. 그들은 마치 정신이 나간 사람들처럼 허우적허우적 걸어가며, 주변의 풍경을 보려고 고개를 이리저리 돌렸다. 언덕 위의 군중들과 호수 너머… 그리고 이제 조용히 움직임 없이 하늘을 향해 높이 솟은 우주선을 바라봤다. 몇몇은 손을 들어 주변의 언덕 위에 있는 군중들을 향해 흔들었다. 그들이 손을 마주 흔들어주자 군중의 함성이 두 배로 커졌다. 곧 그들 모두가 손을 흔들었다.

앞쪽에 있는 사람들에게 가까이 다가가던 헌트는 UN 사무총장

사무엘 K. 윌비를 알아봤다. 그의 옆에는 워싱턴 D.C.에서 온 UN 우주군 총재 어윈 프렌쇼, 그리고 UN 우주군에서 군인들의 총사령 관을 맡고 있는 브래들리 커밍스 장군이 있었다. 윌비 사무총장이 손을 내밀고 활짝 웃으며 그를 맞이했다.

"헌트 박사, 난 이럴 줄 알았어요. 지구에 돌아온 걸 환영합니다. 난 당신이 친구들을 데려올 줄 알았다니까요." 사무총장이 다른 곳 으로 눈길을 돌렸다. "아…, 단체커 교수군요. 환영합니다."

단체커가 악수를 마치자마자, 그들 주변의 소음이 엄청나게 커 졌다. 그들은 고개를 들어 우주선을 돌아봤다.

가니메데인들이 나오고 있었다.

가루스 대장을 필두로 거인들의 선두 무리가 경사로 위에 나타 났다. 그들은 거기에 멈춰서 주변을 돌아보고 있었는데, 몹시 당황 한 기색이 느껴졌다.

"조락." 헌트가 말했다. "가니메데인들이 저기 위에서 어찌할 바 를 모르는 것 같아. 저들에게 내려와서 사람들을 만나라고 해줘."

"그럴 겁니다." 기계가 헌트의 귀에 대답했다. "익숙해지는 데에 시간이 좀 필요합니다. 저들은 20년 동안 자연의 공기로 호흡해본 적이 없다는 사실을 잊지 마세요. 20년 만에 처음으로 탁 트인 공 간에 나온 거예요."

우주선 선미 둘레의 다른 경사로들 위에서 에어록들이 더 열렸 다. 그리고 더 많은 가니메데인들이 모습을 드러냈다. 가루스 대장 이 세심하게 계획했던 등장 순서는 이미 잊힌 상태였다. 몇몇 거인 들은 에어록 문 안에서 이리저리 헤매고 있었고, 다른 이들은 벌써 경사로를 어느 정도 내려왔다. 몇 명은 그저 가만히 꼼짝 않고 서서 멀뚱히 바라보고만 있었다.

"가니메데인들이 약간 혼란스러워하고 있습니다." 헌트가 윌비 사무총장에게 말했다. "우리가 가서 안내를 해줘야 할 것 같네요." 윌비 사무총장이 고개를 끄덕이더니 일행들에게 따라오라고 손짓했다. UN 보좌관들이 가니메데에서 온 지구인들을 각국 대표들에게 데려갔다. 헌트와 단체커, 그리고 두어 명의 사람들이 윌비 사무총장의 일행을 경사로까지 안내했다.

"조락, 나를 가루스 대장에게 연결해줘." 헌트가 걸어가면서 조용히 말했다.

"연결되었습니다."

"헌트입니다. 음, 좀 어떠세요?"

"저희 일행들이 일시적으로 위축된 상황입니다." 익숙한 목소리가 대답했다. "저도 마찬가지입니다. 오래간만에 열린 하늘 아래로 나오면 감각적으로 충격을 받을지도 모른다고 예상하였지만, 이럴 줄은 생각도 못 했습니다. 게다가 이 많은 사람들…, 고함 소리…, 뭐라고 해야 할지 모르겠네요."

"저는 다른 사람들과 함께 지금 계신 경사로에 다가가고 있습니다." 헌트가 알렸다. "마음을 가다듬고 내려오세요. 여기에 당신이 인사를 나눠야 할 사람들이 있습니다."

경사로의 아랫부분으로 다가가면서 헌트는 고개를 들어 가루스 대장과 쉴로힌, 몬카르, 로그다르, 그리고 몇몇 다른 이들이 그들을 향해 내려오는 모습을 바라봤다. 왼쪽과 오른쪽에서 다른 경사를 통해 이미 땅에 내려온 가니메데인들은 윌비 사무총장의 일행이 기다리는 곳으로 모이기 시작했다.

가루스 대장이 경사로에서 걸어 나왔다. 그의 동료들이 바로 뒤에서 따르고 있었다. 그는 월비 사무총장 앞에 서서 내려다보았다. 그리고 천천히 엄숙하게 둘은 악수를 했다.

헌트는 조락을 통해 통역 역할을 하면서 두 집단 사이에서 서로를 소개했다.

"이 분은 UN 우주군 전체를 운영하는 사람입니다." 그들이 어윈 프렌쇼 총재에게 다가갈 때 헌트가 가루스 대장에게 말했다. "UN 우주군이 없었더라면 저희는 거기에서 여러분을 만날 수 없었을 겁니다."

그리고 가니메데인과 지구인들이 함께 어울리며 경사로에서 멀어지기 시작했다. 위에서 수십 명의 2.5미터 장신들이 경사로를 내려와 앞선 사람들의 뒤를 따랐다. 그들은 햇볕 속으로 걸어 들어가 발걸음을 멈추고, 그들 앞에 서 있는 지구 각국의 대표들을 둘러봤다. 갑자기 뒤쪽의 언덕 위에서부터 침묵이 흘러내려 왔다.

그때 가루스 대장이 천천히 오른팔을 들어 경례하는 자세를 취했다. 다른 가니메데인들도 하나씩 그를 따라 했다. 그들은 말없이 움직이지 않고 선 채로, 백여 개의 팔을 뻗어서 위로 들어 올리며 일반적인 인사와 우애의 메시지를 지구의 모든 인간에게 전달했다.

그 즉시 언덕 비탈에서 함성이 다시 휩쓸고 내려왔다. 그 전의 소리가 홍수 같았다면, 이번에는 파도였다. 계곡을 따라 앞뒤로 메아리치며, 스위스의 산들이 몸을 떨며 환영 행사에 참여한 듯했다.

월비 사무총장이 고개를 돌려 헌트를 바라보더니 고개를 숙여 그의 귀에 대고 말했다. "당신 친구들이 흥행에 성공한 것 같네요."

"저도 조금 소란스러울 거라고는 예상했습니다." 헌트가 사무총장에게 말했다. "하지만 이런 모습은 백만 년 내로 보기 힘들 겁니다. 계속 진행할까요?"

"그럽시다."

헌트가 가루스 대장을 바라보며 통신 채널을 맞췄다.

"가루스 대장, 시작하죠. 이제 경의를 표할 차례입니다. 이들 중 일부는 여러분을 만나기 위해 먼 길을 달려왔습니다."

지구인과 가니메데인 지도자들이 뒤섞인 채 앞장서자, 대기 중이던 지구 각국의 정부 수장들을 향해 가니메데인들이 일제히 움직이기 시작했다.

19

    가니메데인 지도자들은 이후 한 시간 정도에 걸쳐서 각국 대표들을 차례로 만나 간단하고 공식적인 친선의 말을 주고받았다. 가니메데인이 움직이자, 사람들이 흩어지면서 지구인과 외계인들이 뒤섞인 채 샤피에론 호 아래의 콘크리트 광장으로 모여들기 시작했다. 가니메데 중앙기지에서 얼음 바다 위로 거인들이 주저하며 처음 모습을 드러냈던 당시의 환영 행사와는 아주 많이 달랐다.

    "아직도 저는 잘 이해가 안 됩니다." 일행이 말레이시아 대표를 향해 이동할 때 로그다르가 헌트에게 말했다. "지금까지 당신은 저희한테 우리가 만난 인간들은 모두 정부가 보내서 왔다고 했잖아요. 저는 그 정부가 누구인지 알고 싶습니다."

    "그 정부라뇨?" 헌트가 어리둥절한 얼굴로 물었다. "어떤 정부요?" 로그다르가 짜증이 난다는 듯한 몸짓을 했다.

"이 행성을 운영하는 정부 말입니다. 저들 중에 누가 그 정부인가요?"

"저 안에 없어요." 헌트가 그에게 말했다.

"저도 그럴 거라 생각했어요. 그러면 그 정부는 어디에 있나요?"

"하나가 아니에요. 그 정부는 저들 중 한 명이 아니라 저들 모두가 함께 운영해요."

"그런 생각을 했어야 하는 건데." 로그다르가 대답했다. 조락은 통역하면서 피곤한 한숨을 그럴싸하게 흉내 내어 집어넣었다.

온종일 거의 축제 같은 분위기 속에서 의례적인 행사가 계속 진행되었다. 가루스 대장과 가니메데인 지도자들은 각 정부 대표들과 잠깐씩 시간을 보내며 인사를 나누고, 그들이 대표하는 여러 국가에 대한 공식 방문 일정을 짰다. 헌트와 가니메데에서 온 다른 지구인들에게도 바쁜 하루였다. 가니메데인들과 잘 알고 있는 사람들에게 소개하는 역할을 해달라는 요구가 쏟아졌고, 대화를 중개하는 역할로 자주 선택되었다. UN의 지원 아래 운영되는 전형적인 국제 기구인 연락사무소가 유럽합중국 정부의 제안에 따라 가니메데 마을의 지구인 구역에 영구적인 기관으로 설립되었다. 저녁때 즈음에는 두 종족이 논의한 업무 일정이 이럭저럭 정돈되고 조율된 방식으로 처리되었다.

✳

그날 밤 가니메데 마을에서는 화려한 환영 연회가 열렸다. 당연히 채식주의 연회였고, 대화와 포도주가 아낌없이 흘러넘쳤다. 식사와 더 많은 연설이 끝나고 난 뒤 두 종족은 뒤섞여서 어울리기 시작했다. 헌트는 술잔을 들고 방의 한쪽 구석에서 가니메데인 세 명과 함께 서 있었다. 샤피에론 호의 승무원인 발리오와 크랄롬, 그리고 여성 관리자 스트렐샤였다. 발리오가 이날 알게 된 사실들에 대한 혼란스러움을 설명하고 있었다.

"제 기억에는 그 사람의 이름이 이스매뉴얼 크로우였던 것 같아요." 발리오가 사람들에게 말했다. "그 사람은 헌트 당신이 사는 곳에서 온 대표와 함께 있었어요. 미국 말이에요. 워싱턴이라고 했던 것 같아요…. 국무성이라던가. 그 사람이 저한테 자기가 붉은 인디언(Red Indian)*이라고 해서 이해가 안 됐어요."

헌트는 뒤에 있는 탁자에 편안히 몸을 기댄 채 스카치위스키를 홀짝이고 있었다. "왜요, 뭐가 문제인가요?" 헌트가 물었다.

"음, 나중에 인도(Indian) 정부 대표를 만났는데, 그는 인도가 미국에서 전혀 가깝지 않다고 했어요." 발리오가 설명했다. "그렇다면 어떻게 크로우가 인디언일 수 있는 거죠?"

"둘은 다른 인디언이에요." 헌트가 대답했다. 말을 하면서도 이 대화가 뒤죽박죽으로 엉킬 것 같아 불안했다. 아니나 다를까, 크랄롬이 다른 이야기를 덧붙였다.

"저는 서인도제도 사람을 만났는데, 그 사람은 자기가 동쪽에서 왔다고 했어요."

"동인도제도도 있어요…." 스트렐샤가 입을 열었다.

"알아요, 그런데 그건 훨씬 서쪽에 있대요." 크랄롬이 말했다.

---

* 북미 원주민을 가리키는 옛날 용어로 현재는 잘 사용하지 않는다.

헌트는 속으로 툴툴거리며 주머니 안에 있는 담뱃갑으로 손을 뻗으며 생각을 정리했다. 그가 설명할 말을 꺼내기 전에 발리오가 계속 말했다.

"저는 그 사람이 붉은 인디언이라고 했을 때, 중국에서 온 게 아닐까 하는 생각이 들었어요. 중국인들은 빨갛다고 하잖아요. 게다가 중국은 인도에서 그리 멀지도 않고요. 그런데 알고 보니 중국인들은 노랗더라고요."

"아마 그 사람은 러시아인일 거예요." 크랄롬이 넌지시 말했다. "누군가 저한테 러시아인도 빨갛다고 말해줬어요."

"아니에요. 러시아인은 분홍색이에요." 스트렐샤가 단호하게 말했다. 그녀는 검은 양복을 입고 다른 사람들과 이야기를 하느라 이쪽에 등을 돌리고 있는, 키가 작고 뚱뚱한 사람 쪽을 고갯짓으로 가리키며 말했다. "저기…. 제 기억이 맞는다면 저 사람이 러시아인이에요. 직접 보세요."

"저도 그 사람을 만나봤어요." 크랄롬이 말했다. "그 사람은 백러시아(White Russia)* 사람이래요. 자기가 그렇게 말했어요. 그런데 하얗지는 않아요."

세 외계인이 이 모든 걸 이해시킬 수 있는 뭔가 지혜로운 말을 기대하며, 애원하는 눈빛으로 헌트를 바라봤다.

"신경 쓰지 마세요…. 전부 오래전부터 내려온 쓸모없는 잔재일 뿐이에요. 이제는 세계가 많이 뒤섞여서 그리 중요한 문제가 아니에요." 헌트가 궁색한 얼굴로 말했다.

* 현재의 벨라루스 공화국

새벽이 되자 주변의 어두운 언덕들에서는 여전히 수천 개의 불빛이 반짝거렸지만 다들 조용했다. 다만 가끔 부스럭거리는 소리가 나고, 종종 큰 덩치가 나무에 부딪히는 소리가 들려왔을 뿐이다. 거대한 체격들이 불안하게 비틀거리긴 했지만, 오두막 사이의 좁은 골목을 따라 만족스러운 표정을 지으며 잠자리로 찾아갔다.

다음 날 아침, 세계 각지에서 온 고위급 방문자들이 떠나가기 시작하면서 가니메데 마을은 일주일간 방해받지 않고 휴식을 취할 수 있게 되었다. 그 주에는 방문하는 지구인들과 대화를 나누는 가벼운 일정만 잡혀 있었는데, 대부분은 과학자들이었고 대중을 위해 기자들과의 만남이 배치되어 있었다. 하지만 대부분의 거인들은 다시 세계를 발로 딛는 느낌을 자유롭게 즐겼다.

많은 이들은 그저 잔디밭에 누워 그들에게는 열대의 햇살처럼 강렬한 햇볕을 쬐며 시간을 보냈다. 다른 이들은 경계 담장을 따라 몇 시간씩 걷다가, 이게 다 꿈이 아니라고 확신하려는 듯 자주 멈춰서서 공기의 맛을 보고, 기쁜 내색을 감추지 않고 호수와 언덕과 멀리 눈 덮인 알프스의 산꼭대기를 바라봤다. 다른 이들은 오두막에 있는 어스넷(earthnet) 단말기에 빠져들어서, 지구와 사람들, 역사, 지리 등의 모든 면에 대한 온갖 정보들을 탐욕스럽게 찾아봤다. 이일을 도와주기 위해 조락을 어스넷 시스템에 연결해서 두 문명에 축적된 지식을 엄청나게 많이 교환할 수 있게 되었다.

하지만 무엇보다 가니메데인 아이들의 반응을 지켜볼 때가 가장 좋았다. 샤피에론 호가 이스카리스부터 기나긴 여행을 하는 동안 우주선 안에서 태어난 아이들은 파란 하늘과 땅의 풍경과 산을 한번도 본 적이 없었고, 자연의 공기를 마셔본 적도 없었으며, 필요한 보호 장구를 하지 않고 우주선을 떠난다는 생각을 해본 적도 없었다. 그 아이들에게 유일하게 존재한 주변 환경이라고는 별들 사이의 생명 없는 진공뿐이었다.

처음에는 많은 아이들이 우주선 밖으로 나오려 하지 않았다. 아이들은 평생을 거쳐서 주입받았고, 의심하지 않고 기본적인 진리로 받아들였던 결과를 두려워했다. 마침내 다른 사람을 잘 믿고 모험을 좋아하는 소수의 아이들이 신중하게 천천히 문으로 걸어가 경사로의 윗부분에서 바깥을 내다보고는, 혼란스럽고 믿기지 않는 상황 때문에 얼어붙었다. 가니메데인 어른들과 조락에게 들었던 이야기 덕분에 아이들은 행성과 세계에 관해 막연한 생각을 갖고 있었다. 샤피에론 호보다 더 큰 장소로, 그 '안'이 아니라 그 '위'에 살 수 있는 곳으로 추측했다. 하지만 이 말의 의미는 결코 명확하게 이해되지 않았다. 그리고 가니메데에 도착했다. 아이들은 가니메데가 행성이라고 믿었다.

그런데 지금 이것은! 우주선 바깥에 있는 사람들 수백 명은 셔츠만 입고 있었다. 어떻게 저게 가능하지? 저 사람들은 어떻게 숨을 쉬는 걸까? 그리고 왜 저들은 감압으로 폭발되지 않는 거지? '우주'는 어디에나 있는 건데, 여기는 없었다. 대체 무슨 일이지? 어떻게 세상이 갑자기 둘로 나뉘어서 반은 '위'에 있고 반은 '아래'에 있는 거지? 그 단어들은 우주선 안에서만 의미 있는 말이었나? 왜 저 아래는 모두 녹색일까? 누가 저렇게 큰 것들을 만들 수 있는 걸까? 그리고 왜 멀리에서도 보일 정도로 저렇게 이상한 모양으로 만든 걸까? 왜 위는 전부 파랄까? 왜 별이 하나도 없지? 이 빛은 다 어디서 오는 걸까?

마침내, 무수히 어르고 달랜 뒤에야 아이들은 용기를 내서 경사로 아래에 내려가 땅에 닿았다. 이상한 일은 전혀 일어나지 않았다. 곧 아이들은 안심하고, 새롭고 놀라운 주변 환경을 탐구하기 시작했다. 경사로 아래의 콘크리트 광장, 그 너머에 있는 잔디밭, 목재로 만든 오두막의 벽. 모든 게 새로웠고, 모두 독특한 매력이 있었다. 하지만 가장 놀라운 광경은, 우주선 뒤편에 끝없이 펼쳐진 것처럼 보이는, 아이들의 생각에 우주 전체에 존재하는 양보다 많은 물이었다.

오래지 않아, 아이들은 까불며 뛰어놀고, 평생 알아왔던 것보다 훨씬 큰 자유의 황홀감에 빠져서 야단법석을 떨었다. 스위스 경찰이 아이들을 대형 보트에 태워 호숫가를 따라 돌고 제네바 호수 가운데까지 나갔다가 다시 돌아오는 아찔한 폭주 서비스를 시작하자 아이들은 더없이 기뻐했다. 곧 지구에 정착하는 문제에 방해되는 건 성인들과 그들의 심리적 저항뿐이라는 사실이 분명해졌다. 아이들은 확실하게 자신들의 마음을 굳혔다.

✳

착륙 이틀 뒤, 헌트가 가니메데 마을의 거주자를 위한 카페에서 커피를 즐기며 쉬고 있을 때, 그의 가니메데 손목 장치가 낮게 윙윙거리며 호출이 왔다고 알렸다. 그가 버튼을 눌러서 장치를 활성화하자 조락의 목소리가 즉시 그에게 말했다. "사무구역의 협력국에서 박사님에게 연락이 왔습니다. 받으시겠습니까?"

"그래."

"헌트 박사님?" 목소리는 젊고, 어쩐지 아름답게 느껴졌다.

"네, 접니다." 헌트가 확인해줬다.

"여기는 협력국입니다. 귀찮게 해서 죄송하지만, 이쪽으로 오실 수 있나요? 박사님의 도움이 필요한 일이 있어서요."

"당신이 저하고 결혼해주기 전에는 안 됩니다." 헌트는 그런 기분이었다. 아마도 너무 오래 밖에 나가 있다가 지구로 돌아와서 그런 모양이었다.

"네에…?" 목소리는 놀라고 혼란스러워서 높아졌다. "저는 안… 그게, 저는 진지하게…."

"제가 진지하지 않다고 생각하시는 이유가 뭔가요?"

"당신은 미쳤어요. 자, 오시는 건 어떻게 하실 건가요? 업무로요." 적어도, 그녀는 재빨리 잘 균형을 찾은 듯했다.

"누구신가요?" 헌트가 가볍게 물었다.

"제가 말씀드렸잖아요…. 협력국입니다."

"그거 말고… 당신 말이에요."

"이본입니다…. 왜요?"

"음, 거래를 제안할게요. 당신은 제 도움이 필요하고, 저는 미국으로 돌아가기 전에 제네바를 구경시켜줄 사람이 필요합니다. 관심 있나요?"

"그건 다른 이야기잖아요." 목소리가 날카롭게 따졌다. 하지만 미소를 짓고 있는 기색이 아예 없는 건 아니었다. "저는 UN 일을 하는 거고요. 박사님은 개인적인 활동을 하는 거잖아요. 자, 오시겠습니까?"

"거래가 된 건가요?"

"아… 글쎄요. 나중에 보죠. 당장은 저희 문제에 관해 이야기하는 게 어떨까요?"

"문제가 뭔가요?"

"박사님의 가니메데인 친구들이 여기에 몇 명 있는데, 밖으로 나가고 싶답니다. 박사님도 함께 가신다면 괜찮은 생각인 것 같다고 생각하는 사람이 있어요."

헌트는 한숨을 뱉으며 머리를 절레절레 흔들었다. "알겠습니다." 마침내 그가 말했다. "그들한테 제가 가고 있다고 말해주세요."

"그러겠습니다." 목소리가 대답했다. 그러더니 갑자기 낮고, 허물없는 말투로 덧붙였다. "저는 일요일, 월요일, 화요일에 쉬어요." 그리고 딸각 끊겼다. 헌트는 혼자 활짝 웃으면서, 남은 커피를 마시고 자리에서 일어나 탁자를 떠났다. 그러다 문득 떠오른 생각이 있었다.

"조락." 그가 낮게 말했다.

"네, 박사님?"

"넌 어스넷 지역 통신망하고 연결되어 있지?"

"네. 제가 그 통신망을 통해서 연결해줬던 겁니다."

"그래, 알았어…. 내가 하려던 말은, 그녀가 표준 양방향 영상 터미널을 통해서 이야기했었어?"

"네."

"영상도 송신했어?"

"네."

헌트는 잠깐 턱을 문질렀다.

"네가 그 영상을 저장하지는 않았겠지?"

"했습니다." 조락이 헌트에게 말했다. "재생해드릴까요?"

기계는 대답을 기다리지 않고, 손목 장치의 화면으로 그 대화를 재생했다. 헌트는 고개를 끄덕거리며 조용히 휘파람을 불었다. 금발에 푸른 눈의 이본은 매력적이었다. 그녀의 외모는 밝은 회색의 UN 제복 재킷과 하얀 블라우스의 깔끔한 차림 덕택에 더 아름다워 보였다.

"넌 네가 다루는 모든 정보를 다 저장하는 거야?" 헌트가 문을 향해 느긋하게 걸어가며 물었다.

"아뇨, 모든 걸 저장하지는 않습니다."

"그러면 그건 왜 저장했어?"

"박사님이 물어보실 줄 알고 있었습니다." 조락이 말했다.

"난 통화를 도청하는 걸 좋아하지 않아. 넌 비난받아도 마땅해."

조락은 그 말을 무시했다. "저는 그녀의 송신 번호도 기록해놨습니다." 기계가 말했다. "하지만, 박사님이 그 번호는 물어보지 않을 거라고 생각합니다."

"그녀가 결혼했는지 안 했는지는 알아?"

"제가 그걸 어떻게 알겠습니까?"

"아, 난 잘 모르겠지만…. 내가 아는 너로서는, 아마도 어스넷이나 뭐 그런 걸 통해서 접속 암호를 해킹해서 UN 직원의 기록에 들어갈 수 있을 것 같아."

"할 수 있습니다만, 하지는 않을 겁니다." 조락이 말했다. "좋은 컴퓨터가 박사님을 위해 해줄 수 있는 일이 있고, 해서는 안 되는 일이 있습니다. 여기부터는 박사님 자신에게 달렸어요."

헌트는 채널을 끊었다. 그는 고개를 절레절레 흔들며 카페에서 나가 사무구역 방향으로 걸어갔다.

몇 분 후 헌트는 1층에 있는 협력국에 도착했다. 거기에서 가루스 대장과 가니메데인들이 UN 직원들과 함께 기다리고 있었다.

"저희를 환영했던 지구의 사람들에게 그 환대를 되돌려주고 싶다는 생각이 들었습니다." 가루스 대장이 말했다. "그래서 저희는 담장 밖으로 걸어나가서 그들과 만나고 싶습니다."

"그래도 괜찮나요?" 헌트는 그 자리에 있는 직원 중에 가장 나이가 많아 보이는 뚱뚱한 은발의 남자에게 물었다.

"그럼요. 이들은 여기 손님이지, 죄수가 아닙니다. 그렇긴 해도 이들이 아는 누군가 함께 가준다면, 나쁘지 않은 제안이라고 생각합니다."

"저는 좋습니다." 헌트가 고개를 끄덕이며 말했다. "갑시다." 헌트는 문을 향해 돌다가 사무실 뒤쪽에서 단말기를 사용하고 있던 이본과 슬쩍 눈이 마주쳐서 장난스럽게 윙크를 했다. 얼굴이 살짝 붉어진 이본은 고개를 숙이고 모니터 아래에 있는 키보드를 쳐다봤다. 그러더니 고개를 들고 슬쩍 미소를 지으면서 윙크를 하고, 다시 키보드로 재빨리 돌아갔다.

건물 밖으로 나오자 더 많은 가니메데인들이 합류했다. 그리고 걱정스러운 얼굴을 한 경찰서장이 이끄는 스위스 경찰 파견대가 있었다. 일행은 길을 따라 내려가다가 왼쪽으로 돌아 오두막 사이를 지나서, 경계 담장의 일부를 이루는 철망 정문으로 갔다. 담장과 무인지대 너머에서 풀로 덮인 언덕 위에 앉아 있던 군중이 소란스러워졌다. 사람들이 펄쩍펄쩍 뛰면서 담장 쪽을 내려다보기 시작했다. 가니메데인들이 정문 앞에 정지하고, 스위스 경찰관이 자물쇠를 열어서 정문을 옆으로 밀어내자 사람들이 점점 더 흥분했다.

헌트는 한쪽에 가루스 대장, 다른 쪽에 스위스 경찰서장을 데리고 일행을 이끌며 정문으로 나갔다. 그들 앞에서 열띤 함성이 일어나더니 곧 갈채가 쏟아졌다. 사람들이 비탈을 달려 내려오기 시작하더니, 경찰 차단선 바로 앞에 모여들어 손을 흔들고 소리쳤다. 일행은 길을 따라 무인지대를 건너갔다.

경찰이 차단선을 열며 사람들을 통과시켜주자, 한 무리가 된 사람들이 도로를 건너 다른 세계에서 온 놀라운 얼굴을 올려다봤다. 사방에서 시끄러운 소리가 끊임없이 들려왔지만, 거인들 바로 앞에 있는 사람들은 이상하게 점점 조용해지더니 무례가 되지 않을 정도의 거리 뒤로 물러났다. 가루스 대장은 제자리에 서서 반원으로 둘러싼 얼굴들을 천천히 돌아봤다. 그가 한 사람씩 눈을 쳐다볼 때마다 사람들이 그 눈길을 피했다. 헌트는 그들이 주저하는 게 이해됐지만, 동시에 거인들이 하려고 했던 마음의 표현이 일방적인 짝사랑이 될까 봐 걱정되었다.

"저는 빅터 헌트입니다." 헌트가 군중을 향해 큰 소리로 말했다. "저는 목성에서부터 이 사람들과 함께 여행했습니다. 이 분은 가니메데인 원정대장 가루스입니다. 이 사람과 동료들은 스스로 여러분을 직접 만나러 왔습니다. 이들이 고향의 기분을 느끼도록 해주세요."

여전히 사람들은 주저하는 것 같았다. 환영하는 몸짓을 하려는 사람도 있는 것 같았지만, 다들 다른 사람이 먼저 나서기만 기다리고 있었다. 그때 앞쪽에 있던 한 남자아이가 엄마에게 잡힌 손을 억지로 빼더니, 앞으로 나와 대담하게 가루스 대장의 거대한 체격을 마주했다. 알프스식 가죽 반바지에 두툼한 등산화를 신은 헝클어진 금발의 아이는 열두 살 정도로 보였는데, 얼굴에 주근깨가 가득했다. 아이의 엄마가 본능적으로 앞으로 나오려 하자, 그녀의 옆에 있던 남자가 팔로 그녀를 제지했다.

"가루스 씨, 저는 저 사람들이 뭐라고 하든 상관없어요." 아이가 큰 소리로 외쳤다. "저는 당신과 악수하고 싶어요." 아이가 자신 있게 위쪽으로 팔을 내밀었다. 거인은 몸을 숙이고, 미소라고 생각할 수밖에 없는 표정으로 얼굴을 일그러뜨리며, 그 손을 잡고 열렬히 흔들었다. 군중의 긴장감이 일순간에 사라지고, 기쁨에 들떠서 앞으로 쏟아져 나오기 시작했다.

헌트가 주변을 둘러봤더니, 갑자기 바뀐 상황이 눈에 들어왔다. 한쪽에서는 가니메데인이 웃고 있는 중년 여성의 어깨에 팔을 두른 자세를 취하고, 그녀의 남편이 사진을 찍고 있었다. 다른 쪽에서는 한 거인이 건네받은 커피를 맛보고 있었다. 그리고 그 뒤에서 다른 거인은 끈질기게 꼬리를 흔드는, 어떤 가족이 데려온 셰퍼드를 의심스러운 눈으로 쳐다보고 있었다. 그는 시험 삼아 몇 차례 쓰다듬어본 후, 쭈그리고 앉아서 개의 털을 매만졌다. 그러자 셰퍼드는 그에 대한 보상으로 길고 뾰족한 거인의 턱을 혀로 마구 핥았다.

헌트는 담배에 불을 붙이고, 느긋한 걸음걸이로 스위스 경찰서장에게 갔다. 그는 손수건으로 이마에 흥건한 땀을 닦고 있었다.

"하인리히 서장님, 상황이 나빠 보이지는 않네요. 제가 걱정할 필요가 전혀 없다고 했잖아요." 헌트가 말했다.

"글쎄요, 헌트 박사님." 하인리히 서장은 여전히 그다지 행복하지 않은 말투로 대답했다. "그래도 저는 이렇게 말할 수 있으면 더

행폭할 거예요. 미쿡에서는 어떠케 말하죠? 여기서 꺼져."

✳

헌트는 가니메데 마을의 지구인 구역에서 며칠 더 지내면서 연락사무소가 조직되는 걸 돕고 자기 몫의 휴식을 즐겼다. 확실히 자신의 직무 범위를 훨씬 넘어서는 일이긴 했지만, 헌트는 자신에게 특별 휴가를 부여했다. 그는 이본과 함께 아직도 왕복하고 있는 수직이착륙 제트기를 타고 제네바로 날아가 술잔치에 뛰어들었다. 사흘 후, 그들은 동쪽으로 가는 자동차에서 비틀거리며 내렸다. 차는 가니메데 마을의 경계선을 지나가는 주요 간선도로에 세워줬다. 그들은 약간 흐트러지고, 다리는 확실히 불안정했지만, 황홀할 정도로 행복했다.

샤피에론 호가 착륙하고 일주일이 지났을 때는 연락사무소의 일이 완벽하게 관리되어서, 가니메데인들이 전 세계를 방문하거나 회의에 참석하기 위해 마을을 떠나기 시작했다. 어떤 이들은 사라져서 한동안 돌아오지 않기도 했는데, 그새 기자들이 끼어들어서 그들이 어떻게 지내는지 보도하곤 했다.

2.5미터 장신의 외계인들은 항상 경계를 늦추지 않는 경찰 호위대와 함께 뉴욕의 타임 광장과 소련의 붉은 광장, 영국의 트래펄가 광장, 프랑스의 엘리제 궁을 가볼 수 있었다. 그들은 보스턴에서 베토벤 음악회를 들으며 감탄했고, 경외심과 공포가 뒤섞인 얼굴로 런던 동물원을 관람했고, 부에노스아이레스와 캔버라, 케이프타운, 워싱턴 D.C.에서 열린 화려한 환영 행사에 참여했다. 그리고 바티

칸에 존경을 표했다. 가니메데인의 문화는 베이징에서는 공산주의의 이상으로, 뉴욕에서는 민주주의의 이상으로, 스톡홀름에서는 자유주의의 이상의 궁극적인 예시로 찬양을 받았다. 그리고 모든 곳에서 그들을 환영하는 군중이 몰려들었다.

전 세계의 기자들은, 외계인들이 가는 곳마다 주변에서 볼 수 있는 다양한 생물과 색채, 활력, 풍부함에 몹시 놀라워했다고 보도했다. 지구의 모든 인간은 해야 할 일들을 마치기 위해 주어진 수명이 충분하지 못할까 봐 두려워하는 듯 평생토록 온종일 서두르는 것 같다고 거인들이 말했다. 미네르바의 도시들은 토목과 건축의 측면으로 볼 때는 더 컸지만, 지구 대도시의 낮과 밤을 가득 채운 삶의 다양성과 에너지, 순수한 흥취에 비할 만한 건 없었다. 미네르바의 기술은 훨씬 발달했지만, 그 발달 속도는 이 믿기 힘든 행성의 폭발하듯 활동적이고, 떠들썩하고, 쉬지 않고 진행되는 인간 문명의 놀라운 성장 속도에 비하면 하찮았다.

베를린에서 열린 과학 학회에서 한 가니메데인은 청중들에게 이렇게 말했다. "우주의 기원에 관한 가니메데인의 이론에서는, 물질이 생성되어 조용히 주어진 역할을 수행하다가 조용히 사라지는 안정된 균형으로 묘사됩니다. 느리고 느긋한 진화 환경은 우리의 기질이나 역사와 잘 어울립니다. 오직 인간만이 빅뱅이라는 파멸적인 단절을 생각해낼 수 있을 겁니다. 여러분이 저희의 이론을 좀 더 자세히 검토할 기회를 갖는다면, 여러분의 빅뱅 이론을 버릴 거라고 확신합니다. 하지만 저는 인간이 그런 이론을 만들어낸 게 매우 어울리고 타당하다고 느껴집니다. 여러분, 인간이 빅뱅 모형의 무시무시한 팽창을 상상했을 때, 인간은 우주를 본 게 아니었습니다.

자기 자신을 본 것이었죠."

헌트는 지구에 돌아온 지 열흘이 지난 후 UN 우주군에서 다시
연락을 받았다. 휴가를 재미있게 보냈기 바란다는 연락이었다. 하
지만 휴스턴의 몇몇 사람들은 그의 생각보다 그를 더 잘 알았다. 그
래서 그에게 귀환에 대해 생각하기 시작하면 좋겠다는 제안을 했다.

더 중요한 부분은, UN 우주군에서 사무국을 통해, 가니메데인
과학자 대표단이 휴스턴 항해통신본부를 방문해서 월인에 대해 더
많이 배워갈 수 있도록 계획을 잡아놨다는 사실이었다. 가니메데
인들은 몇 가지 이유로 인간의 직계 조상에 대해 아주 관심이 많
다고 발언해왔었다. 월인에 대한 조사는 휴스턴에서 지휘하고 있
으므로, 그곳으로 가니메데인들을 데려가는 게 당연했다. UN 우
주군은 이러나저러나 헌트가 휴스턴으로 돌아가야 하므로, 대표들
을 조직하고 인솔해서 텍사스에 안전하게 도착할 수 있도록 해주
면 어떻겠냐고 제안했다. 단체커도 휴스턴으로 돌아가 웨스트우드
생물학연구소에서 업무를 계속 진행해야 했으므로 그들과 함께 가
기로 결정했다.

그래서 지구에 돌아온 지 2주가 지나는 즈음, 헌트는 익숙한 환
경에 돌아와 있었다. 그는 스카이라인 보잉 2017편을 타고, 북대서
양 80킬로미터 상공에서 서쪽을 향해 날아가고 있었다.

7부

20

"제가 헌트 박사님을 가니메데에 보낼 때, 저는 그저 당신이 그 외계인에 대해 조금 더 알아내기만 바랐을 뿐입니다. 박사님이 그들을 우주선 한 대 가득 태워서 올 거라고는 생각도 못 했죠."그렉 콜드웰은 담배를 질겅질겅 씹으며, 반은 즐거운 표정으로, 반은 짜증을 가장한 표정을 지으며 책상 너머에서 그를 쳐다봤다. 헌트는 반대편의 의자에 퍼져 앉아 스카치위스키를 홀짝거리며 씩 웃었다. 항해통신본부의 익숙한 환경에 다시 돌아오니 기분이 좋았다. 콜드웰의 화려한 사무실의 한쪽 벽에는 모니터가 빼곡하게 줄지어 있었다. 화면에는 휴스턴의 무지개타워를 위에서 내려다보는 모습이 파노라마로 펼쳐져 있었다. 아무것도 바뀐 게 없었다.

"그래서 본부장님은 투자한 돈보다 더 많이 건졌잖아요. 불만 없죠?" 헌트가 대답했다.

"당연히 없지요. 난 불평하는 게 아닙니다. 박사님은 일을 만들어가며 다른 일까지 해냈잖아요. 박사님에게는 어떤 임무를 주든, 뭐랄까… 일이 과도하게 진행되는 경향이 있는 것 같아요. 감당하기 힘들 정도로 말이죠. 그래서 제가 항상 약속했던 것보다 훨씬 많이 챙기면서 끝나잖습니까." 콜드웰이 물고 있던 담배를 떼고, 살짝 고개를 숙였다. "하지만 박사님 말대로, 저는 불만 없습니다."

본부장은 잠시 생각에 잠긴 표정으로 헌트를 뚫어져라 쳐다봤다. "그래서 말인데… 처음으로 지구를 떠나보니까 어땠습니까?"

"아, 좋은 경험이었죠." 헌트가 무심결에 대답했다. 하지만 고개를 들어 험상궂은 눈썹 아래의 눈 안에서 춤추는 장난기 가득 반짝거리는 빛을 보고, 그 질문이 그냥 일상적인 질문이 아니었다는 사실을 깨달았다. 헌트는 알아챘어야 했다. 콜드웰은 절대로 이유 없이 뭔가를 말하거나 행동하는 사람이 아니다.

"너 자신을 알라." 콜드웰이 부드러운 목소리로 인용구를 읊었다. "그리고 다른 사람들까지 알면 더 좋겠죠?" 그는 별거 아니라는 듯이 어깨를 으쓱했지만, 눈 안에 반짝거리는 빛은 여전히 그대로 남아 있었다.

헌트가 순간적으로 눈살을 찌푸렸지만, 그 말 뒤에 숨은 암호 같은 의미가 명확해지기 시작하면서 눈이 서서히 커졌다. 그의 머릿속에서 구체적인 내용까지 이해가 되는 데에는 아마 2초 정도가 걸렸을 것이다. 월인에 대한 조사가 시작되던 시기는 헌트가 영국에서 휴스턴으로 이사한 직후였다. 당시 그와 단체커의 관계는 까칠했다. 수수께끼를 밝히는 연구는 거의 진척이 없었다. 두 과학자가 쓸데없이 자신들의 에너지를 개인적인 갈등에 쏟아부었기 때문이었다. 하지만 나중에 황량한 달에서, 지구와 목성 사이의 진공 속에서, 그 갈등은 이럭저럭 모두 사그라졌다. 그때부터 두 과학자가 화합해서 일하기 시작했다. 둘의 재능이 하나로 결합하여 만들어낸 강력한 공격력 앞에서 온갖 어려움이 부서져 나갔다. 월인의 문제를 풀기 위해서는 두 과학자의 화합이 필요했던 것이다. 헌트는 이제 확실히 알 수 있었다. 문득, 그는 또한 그런 상황이 그저 우연히 나타난 게 아니라는 사실을 깨달았다. 헌트는 콜드웰을 새로운 존경을 담은 눈길로 바라봤다. 그리고 흔쾌히 인정하며 천천히 고개를 끄덕였다.

"본부장님." 헌트가 장난기 가득한 목소리로 비난하듯 말했다. "또 뒤에서 조종하려고 줄을 당기고 계시죠. 저희를 함정에 빠트렸어요."

"제가요?" 콜드웰은 무슨 소리인지 모르겠다는 듯 말했다.

"저하고 단체커요. 저기 밖에 나가서야 우리는 서로를 사람으로 보고, 지적 능력을 모으는 방법을 배우기 시작했어요. 그래서 월인 수수께끼를 깰 수 있었죠. 본부장님은 그렇게 될 줄 알았어요…." 헌트가 비난하듯 손가락질로 본부장을 가리켰다. "그래서 그렇게 한 거죠."

콜드웰은 두툼한 턱을 꽉 다문 입으로 만족한 웃음을 지었다. "그래서 박사님도 투자한 돈보다 더 많은 일을 해냈죠." 그가 뒤로 물러나 앉았다. "불만 없죠?"

"노련한 사업가시네요." 헌트가 찬사를 보내며 안경을 위로 올렸다. "알았어요. 우린 둘 다 재미를 봤어요. 사업이란 건 그래야 되는 거죠. 하지만 이제 현재와 미래에 관해 이야기해보죠. 또 무슨 꿍꿍

이를 꾸미고 계신가요?"

콜드웰이 책상 위에 팔을 기대며 앞으로 몸을 숙였다. 그리고 푸른 연기를 길게 내뿜었다. "박사님이 유럽에서 잔뜩 데리고 온 그 외계인 친구들은 어떻습니까. 아직도 대부분의 시간을 그 친구들 돌보느라 바쁘죠?"

"가니메데인들은 웨스트우드에 데려다줬어요." 헌트가 콜드웰에게 말했다. "그들은 월인에 관심이 많은데, 특히 거기에 있는 찰리를 보고 싶어 해서요. 크리스천 단체커 교수가 그쪽을 맡고 있으니까, 한동안 저는 아주 한가해요."

"좋군요. 저는 당신이 가니메데인의 과학에 관한 사전 개요 작업에 대해 생각해보면 좋겠습니다. 그들의 조락이라는 기계, 그리고 그들이 온갖 장소에서 했던 회의와 토론을 보면, 우리가 다룰 수 있는 것보다 훨씬 많은 정보가 쏟아져 나오고 있습니다. 흥분이 가라앉을 때쯤에는 처리해야 할 일이 어마어마하게 많을 거예요. 박사님이 찰리와 관련된 연구를 조직했을 때, 세계 대부분의 선도적인 과학 연구소와 기관들의 소통망을 아주 잘 운영했지 않습니까. 그 소통망을 다시 이용해서, 새로운 정보를 모조리 목록으로 만들고 검토해줬으면 좋겠습니다. 특히 UN 우주군에서 유용하게 쓰일 수 있는 것들로요, 중력공학 같은 거 말입니다. 우리는 이 키 큰 친구들이 해준 이야기들을 바탕으로 연구 계획을 상당히 많이 수정할 수 있을 겁니다. 뭐라도 시작하려면 지금이 좋습니다."

"한참 시간이 지났는데 아직도 그 팀이 그대로 남아 있나요?" 월인에 대한 조사를 진행하는 동안 자신이 이끌었던 팀에 관한 이야기였다. 그 팀은 헌트가 가니메데에 가있는 동안 그의 부관이 감독하며 일을 계속 진행했는데, 주로 미해결된 세부 항목들을 정리하는 작업이었다.

"그럼요." 콜드웰이 고개를 끄덕였다. "그들이 일하는 방식은 이 작업에도 맞을 것 같습니다. 그 친구들하고 인사는 했나요?"

헌트가 고개를 저었다. "저는 오늘 아침에 돌아와서 여기로 곧장 왔어요."

"그러면 인사부터 하십시오." 콜드웰이 말했다. "근처에 보고 싶은 옛 친구들이 아주 많을 겁니다. 이번 주는 다시 자리 잡을 수 있게 푹 쉬시고. 그리고 나서 월요일에 방금 이야기했던 일을 시작하죠. 괜찮습니까?"

"좋습니다. 제가 우선 할 일은 팀을 만나서, 우리가 다음에 진행하게 될 일에 대해 알려주는 겁니다. 아마 다들 좋아할 거예요. 누가 알겠습니까⋯ 그 친구들이 이 문제에 대해 뛰어들기 시작하면, 월요일에는 벌써 반쯤 정리된 걸 저한테 가져다줄지도 모르죠." 헌트가 눈을 똑바로 치켜뜨고 따지듯 콜드웰을 쳐다봤다. "아니, 혹시 본부장님은 제가 그럴 거라고 생각하고 계신 건가요?"

"전 박사님이 똑똑하게 생각하길 바랄 뿐입니다." 콜드웰이 툴툴거렸다. "그걸 위임이라고 하죠. 박사님도 다른 이에게 그 일을 위임하고 싶다면, 저는 그걸 똑똑한 생각이라고 할 겁니다. 그렇게 하십시오."

✳

헌트는 한나절 동안 팀원들과 시간을 보내며, 그들이 그동안 어떻게 지냈는지 자세하게 들으면서 팀 분위기에 다시 익숙해지려 애썼다. 사실 일반적인 일들에 대해서는 거의 매일 직원들과 연락하며 지냈기 때문에 대충 알고 있었다. 헌트는 콜드웰 본부장으로부터 방금 지시받은 내용을 간략하게 설명했다. 그 뒤로 거기서 발목이 잡혀버렸다. 팀원들은 몇 시간에 걸쳐 헌트가 가니메데인의 과학 이론과 기술에 관해 알아낸 정보들을 꼬치꼬치 캐묻더니, 점심 시간에도 내내 이야기했다. 그리고 가니메데인 과학자를 한두 명 데리고 와서 팀원들에게 집중적인 가르침을 주도록 헌트의 약속을 받아내는 데에 성공했다. 그는 저녁 아홉 시에 집으로 돌아오면서, 적어도 팀원들에게 동기부여를 하는 일에는 아무 문제가 없을 거라는 생각이 들었다.

다음 날 아침, 헌트는 자신의 사무실뿐만 아니라 항해통신본부 건물 자체를 피하기로 마음먹고, 다른 옛 친구를 방문하는 것으로 하루를 시작했다. 언어학팀을 이끌고 있는 돈 매드슨이었다. 매드슨의 팀은 전 세계의 몇몇 대학과 연구소와 협동 작업을 진행했는데, 찰리에게서 발견된 문서들과 나중에 티코 크레이터 근처에서 드러난 월인 기지의 잔해에서 발견된 마이크로도트 문서철을 이용해 월인의 언어라는 수수께끼를 풀었다. 그 번역이 없었다면, 월인과 가니메데인이 같은 행성에서 왔다는 사실을 결코 입증할 수 없었을 것이다.

헌트는 매드슨의 사무실 문 앞에 서서 가볍게 노크를 한 뒤 대답을 기다리지 않고 안으로 들어갔다. 매드슨은 책상 뒤에 앉아 무더기로 쌓인 종이 더미에서 한 장을 빼 들고 꼼꼼히 살피고 있었다. 이 종이 더미들이 없으면 매드슨의 사무실은 뭔가 허전하게 느껴질 것이다. 매드슨이 고개를 들더니 잠시 골똘히 그를 응시했다. 그리고 곧 귀에서 귀까지 미소가 걸렸다.

"헌트! 이게 대체…." 매드슨은 의자에서 반쯤 몸을 일으켜 헌트가 내민 손을 힘차게 흔들기 시작했다. "자네를 다시 만나다니 정말 기쁘네. 자네가 지구로 돌아온 건 알고 있었지만, 아무도 자네가 미국에 왔다는 이야긴 안 해주더라고…." 그가 헌트에게 책상 맞은편에 있는 안락의자를 손짓으로 가리켰다. "앉아, 앉아. 언제 온 거야?"

"어제 아침에 왔어." 헌트가 편안하게 자리를 잡으며 대답했다. "난 본부장을 만나야 했어. 그러고 나서는 우리 팀에 완전히 잡혀 있었어. 본부장은 우리한테 가니메데인의 과학에 대한 개론서 집필을 시작했으면 좋겠대. 팀원들은 벌써 그 일을 하고 싶어서 아주 난리도 아니야. 어젯밤에 오션바에서 대체 몇 시까지 떠들어댔는지 모르겠어."

"가니메데인 말이지, 허?" 매드슨이 활짝 웃었다. "난 자네가 한 명은 데리고 올 줄 알았어."

"지금 잔뜩 와서 웨스트우드에서 단체커 교수와 함께 있어."

"그렇군. 그 이야긴 들었어. 나중에 여기에 들르기로 했네. 여기에 있는 사람들도 다들 들떠서 난리야. 외계인을 만날 날만 손꼽아 기다리고 있어." 매드슨은 의자에 기대어 앉으며 깍지를 낀 손 너머로 헌트를 지긋이 쳐다보더니, 고개를 절레절레 흔들었다. "글쎄, 어디서부터 시작해야 할지 모르겠네, 헌트. 그동안 내내 그랬어…. 궁금한 게 너무 많아…. 자네랑 온종일 이야기해도 다 못할 거야. 어쩌면 자네는 맨날 똑같은 질문을 듣고 또 들어서 질렸을지도 모르겠군."

"전혀 안 그래. 그래도 점심때까지 그 이야기를 아껴두면 어떨까? 다른 동료들도 합류하면, 나는 여러 사람에게 한 번만 말해도 되잖아. 안 그러면 나도 질려버리고 말 거야. 하지만 이렇게 하면 괜찮을 것 같아."

"좋은 생각이야." 매드슨이 동의했다. "그 문제는 점심때까지 남겨두지, 뭐. 그때까지 지금 우리가 뭘 하고 있는지 맞춰봐."

"누구?"

"우리… 언어학팀 말이야."

"뭔데?"

매드슨이 깊게 숨을 들이쉬더니, 헌트의 눈을 똑바로 바라보며 깊은 후두음으로 아무 의미도 없는 음절들을 연이어 쏟아냈다. 그러더니 의자에 기대앉으며 자랑스럽다는 듯 다시 헌트를 쳐다봤다. 매드슨의 표정은 헌트에게 도전을 받으라고 넌지시 요구하는 것 같았다.

"그게 대체 무슨 소리야?" 헌트가 자기 귀를 의심하는 듯한 표정을 지으며 물었다. "혹시 자네도 무슨 소리인지 모르는 거 아냐?"

"내가 왜 몰라."

매드슨은 확실히 즐거워하고 있었다. "이봐, 친구. 이건 가니메데인 언어야."

"가니메데인 언어?"

"가니메데인 언어!"

헌트가 깜짝 놀라서 그를 노려봤다. "대체 어떻게 그걸 배운 거야?"

매드슨은 헌트의 놀라움을 최대한 높이려고 시간을 끌다가 책상

한편에 있는 모니터를 가리켰다.

"우리한테 조락에 연결되는 통신망이 있어. 자네도 짐작하겠지만, 조락이 어스넷에 연결되자마자 접속하려는 사람들이 엄청나게 많았어. 그래도 우리는 UN 우주군 소속이라 우선권을 부여받았지. 조락은 확실히 끝내주는 기계야."

헌트는 제대로 감동하였다. "조락이 자네들한테 가니메데인 언어를 가르치고 있었군. 하, 딱 좋네. 자네가 그런 기회를 놓칠 사람이 아니라는 걸 내가 짐작했어야 하는 건데 말이야."

"재미있는 언어야." 매드슨이 의견을 말했다. "아주 오랜 기간 충분히 발달한 언어라서 상당히 합리적이야. 불규칙이나 모호한 부분이 거의 없어. 사실 구조적인 측면으로는 배우기 쉬운 언어인데, 소리의 높낮이와 음조의 변화가 인간에게 쉽지 않아. 그게 가장 어려운 부분이야." 매드슨이 공중으로 뭔가를 내던지는 자세를 취했다. "순전히 학문적인 관심이긴 하지만…, 자네가 말했듯 우리는 이 기회를 놓칠 수가 없었어."

"티코 크레이터에서 나왔던 월인 문서는 어떻게 되고 있어?" 헌트가 물었다. "남은 부분에 대해서 진행된 게 좀 있었어?"

"물론이지." 매드슨은 손을 휘휘 저으며 책상과 사무실 한쪽의 벽에 기대어 서 있는 탁자 위를 뒤덮고 있는 종이 더미를 가리켰다. "우리는 계속 아주 바쁘게 보냈어."

매드슨은 헌트가 없는 동안 언어학팀이 5만 년 전 미네르바에 존재했던 월인의 문화와 조직 방식에 대해 추가로 밝혀낸 부분 중 일부를 자세하게 설명했다. 전쟁으로 찢겨나간 월인 문명의 역사 중 지극히 작은 부분에 대한 대략적인 이야기였다. 기후와 지리학, 농업, 산업적 특성에 대한 설명과 함께 행성 지표면의 일부가 담긴 상세한 지도의 일부, 전체주의적인 요새가 되어버린 미네르바에서 국가에 대한 시민의 의무와 병역에 관한 논문 한 편, 화석으로 재구성한 미네르바 토종 생물들에 대한 묘사와 2천5백만 년 전 생물들의 갑작스러운 멸종의 이유에 관한 추론 같은 것들이었다. 월인 자신들이 출현하기 전에 그 행성에 살았던 초기 종족에 대한 참고 자료가 많이 있었다. 당연한 이야기지만, 가니메데인 같은 문명이 방대한 흔적을 남기지 않고 그냥 사라져버릴 수는 없었을 것이다. 월인들은 가니메데인의 도시의 잔해들을 보며 감탄하고, 기술에 대한 이해가 부족한 상태에서 그들의 놀라운 기계들을 조사하고, 그들의 세계가 예전에 어떠했을지를 상당히 포괄적으로 묘사했다. 월인들의 많은 글에서, 그들은 가니메데인들을 그저 '거인'으로 언급했다.

둘이 이야기를 시작한 지 한 시간 정도 지났을 때, 매드슨이 종이 더미에서 지도들을 꺼내 헌트가 살펴볼 수 있도록 펼쳤다. 그들이 보는 지도는 밤하늘을 보여주는 지도였다. 별들이 이리저리 묶여 있었지만 금방 알아보기 힘들었다. 지도의 여기저기에 캡션이 붙어 있었는데, 헌트는 그 캡션들이 월인의 문자로 쓰여 있다는 사실을 알아챘다. 캡션마다 아래에는 영어로 번역된 더 작은 글씨의 설명이 있었다.

"헌트, 이건 자네가 관심이 있을 거야." 매드슨은 여전히 열정이 넘치는 말투로 말했다. "5만 년 전에 월인 천문학자가 그린 별자리 지도야. 지도를 조금 더 쳐다보면 익숙한 별자리가 모두 보일 거야. 별의 위치는 오늘날 우리가 보는 것과 조금 달라. 당연한 말이지만, 상대적인 위치가 시간의 흐름에 따라 약간 바뀌었기 때문이지. 우리는 이 지도들을 헤일 천문대에 있는 천문학자들에게 넘겼었는데, 그들은 이 차이를 토대로 지도가 얼마나 오래전에 그려졌는지 정확히 계산해냈어. 5만 년보다 더 오래되지는 않았을 거래."

헌트는 아무 말도 하지 않았지만, 앞으로 허리를 숙이고 지도들을 꼼꼼히 살펴봤다. 정말 매혹적이었다. 월인의 문명이 정상을 찍고 파멸적으로 몰락하기 직전에 만들어진 하늘의 기록이었다. 매드슨이 말했듯이, 익숙한 별자리들이 거기에 다 있었다. 하지만 현재 보이는 별자리들과는 미묘하게 달랐다. 또 별자리를 식별하기 어렵게 만드는 건, 지도 전체에 그려진 선들이 익숙한 별자리들과 전혀 다른 형태와 도형으로 눈에 띄는 별들을 연결하고 있다는 사실 때문이었다. 그 선 때문에 눈이 자꾸 익숙하지 않은 경로로 따라가서, 잘 알고 있는 형태를 보지 못하게 방해했다. 예를 들어 오리온 별자리의 별들도 지도에 있었지만, 단일한 원래의 구조로 연결되어 있지 않았다. 별자리 일부분은 따로 연결되어서 작은 별자리 한 벌을 이뤘고, 다른 부분은 분리되어서 보통 쉽게 눈에 띄는 토끼자리의 평행사변형과 연결되어 뭔가 다른 별자리 모양을 만들었다. 그 때문에 오리온의 두 부분을 인식하고 머릿속에서 다시 둘을 결합해서 오리온 별자리로 다시 보는 데에는 시간이 걸렸다.

"무슨 말인지 알겠어." 마침내 헌트가 생각에 잠긴 얼굴로 지도를 관찰했다. "그들도 우리가 그랬듯이 별들에서 그림을 봤네. 우리와는 다른 그림을 보긴 했지만 말이야. 익숙해지려면 시간이 좀 걸리겠는걸, 그렇지 않아?"

"그래…. 흥미롭지?" 매드슨이 동의했다. "그들은 형태만 다르게 본 게 아니야. 별들을 다르게 묶기도 했어. 하지만 놀랄 일은 전혀 아니지. 나는 늘 큰개자리보다 그 별자리를 쳐다보는 사람의 마음속에 더 큰 개가 있다고 말하곤 했거든. 그렇긴 해도, 그들의 마음도 우리와 똑같은 방식으로 작동된다는 사실을 보게 되는 건 흥미로워. 그들도 우리만큼이나 자기 암시에 취약한 것 같긴 하지만 말이야."

"이건 뭐야?" 잠시 후에 헌트가 물었다. 그는 지도에서 자신이 살펴보고 있던 왼쪽 부분에 놓여 있는 형태를 가리켰다. 월인은 헤라클레스자리와 뱀자리, 북쪽왕관자리, 그리고 목동자리 일부를 연결해서 불가사리 같은 형태의 거대한 별자리를 만들었다. 영어로 번역된 별자리의 이름은 간단했다, 거인.

"난 자네가 과연 그 별자리를 발견할 수 있을지 궁금했어." 매드슨이 인정한다는 듯 고개를 끄덕였다. "글쎄, 우리도 알듯이, 월인은 가니메데인이 자신들보다 먼저 미네르바에 살았다는 사실을 잘 알고 있었어. 내 짐작에는, 그들이 별자리 중 하나에 그 이름을 붙인 게 틀림없어…. 일종의 존중 같은 거겠지." 매드슨은 지도 전체를 볼 수 있도록 손으로 쓸어내리며 쫙 펼쳤다. "자네도 볼 수 있듯이, 월인은 온갖 명칭에서 별자리의 이름을 따왔어. 하지만 우리가 그랬듯이 주로 동물들에서 가져왔지. 아마 그런 게 어느 정도 자연스러운 추세인가 봐." 그는 헌트가 지적했던 별자리를 다시 가리켰다. "자네가 상상력이 풍부한 사람이라면, 저 별자리에서 어렴풋이 가니메데인의 형태 같은 걸 볼 수도 있을 거야. 나한테는 아무튼 그렇게 보이거든. 그러니까 내 말은… 헤라클레스자리에서 머리와 들고 있는 두 팔이 보이고…, 뱀자리는 살짝 구부린 다리의 흔적이 보이고…, 북쪽왕관자리를 지나는 선이 목동자리의 알파별 아르크투

르스로 내려가면서 다른 다리 모양처럼 보인다는 거야. 내 말이 무슨 뜻인지 알겠지? 달리거나 뛰어오른 사람의 모습 같잖아."

"그렇게 보이기도 하고, 아니기도 하고, 그러네." 헌트는 생각에 잠긴 눈으로 쳐다보고 있다가 말했다. "매드슨, 이것으로 우리가 알수 있는 다른 사실을 자네한테 이야기해줄게. 월인은 그들 역사의 아주 초기부터 거인에 대해 알고 있었어. 그들이 과학을 발견한 후에 거인의 존재를 알게 된 게 아니야."

"왜 그렇게 생각해?"

"흠, 월인이 별자리에 붙인 이름들을 봐. 자네 말대로 모두 단순하고 일상적인 사물과 동물 같은 거야. 단순하고 원시적인 사람들이 생각해낼 만한 이름들이지. 그들을 둘러싼 세상에서 볼 수 있는 것들에서 인용한 이름이야. 우리도 별자리에 정확히 똑같은 방식으로 이름을 붙였잖아."

"먼 과거로부터 이 이름들을 물려받았다는 거지? 수 세대를 거치며… 월인이 막 문명화되기 시작하던 초기로부터. 그래, 자네 말이 맞을 수도 있겠지." 매드슨은 말을 멈추고 잠시 생각했다. "자네 말이 무슨 뜻인지 이제 알겠어…. 그들이 거인이라고 부르던 별자리도 다른 별자리와 비슷한 시기에 이름을 붙였을 거야. 월인이 원시적일 때 다른 별자리들의 이름을 지었으니까, 거인이라는 이름도 그들이 원시적일 때 붙였겠지. 즉, 월인은 초기부터 가니메데인에 대해 알고 있었다는 뜻이야. 그래, 나도 그 주장을 인정할게…. 그런데 이게 그리 놀라워할 일은 아닌 것 같아. 무슨 말이냐면, 가니메데인이 우리에게 자신들의 문명에 대해 보여줬던 사진을 떠올려보면, 틀림없이 행성 여기저기에 온갖 종류의 흔적들이 남아 있었을 거야. 초기의 월인이 원시적이든 아니든 그걸 놓쳤을 것 같지는 않아. 눈만 있으면 그 흔적들을 볼 수 있었을 테니까 말이야."

"그들의 글과 전설에 거인들에 대한 언급이 잔뜩 있는 것도 당연해." 헌트가 말했다. "거인에 대한 인식은 월인의 문명과 사고의 발전에 엄청난 영향을 미쳤을 거야. 만일 수메르인이, 기술적으로 앞섰지만 오래전에 사라진 종족의 흔적이 도시 주변을 온통 뒤덮고 있는 모습을 봤다면 어떻게 달라졌을지 상상해봐. 그들은 아마⋯. 이봐, 이건 뭐지?" 헌트는 말을 하면서 다른 별자리 지도를 슬렁슬렁 훑어보고 있었는데, 갑자기 눈길을 멈추더니 그중 하나를 자세히 살펴보면서 손가락으로 거기에 적힌 글을 가리켰다. 그 캡션은 별자리가 아니라, 혼자 따로 떨어져 있고 다른 별에 비해 희미한 별에 붙어 있었다. 하지만 그 캡션은 월인의 문자로 굵게 쓰여 있어서 눈에 띄었다. 영어 번역은 이랬다. '거인의 별.'

"무슨 문제 있어?" 매드슨이 물었다.

"문제는 없어⋯. 그냥 좀 이상해서." 헌트가 신중한 표정을 지으며 인상을 찌푸렸다. "이 별은⋯ 거인 별자리에서 뚝 떨어져 있잖아. 여긴 완전히 다른 반구야. 황소자리 근처니까⋯. 그런데도 저런 이름이 붙어 있어. 난 월인이 왜 저런 이름이 붙였을지 궁금해."

"그러면 안 되나?" 매드슨이 어깨를 으쓱했다. "월인이 저 별에 그런 이름을 붙이지 못할 이유는 없잖아. 다른 이름이나 마찬가지야. 아마 월인들에게 다른 이름이 떨어졌나 보지."

헌트는 여전히 어리둥절한 얼굴이었다.

"하지만 이 별은 빛이 너무 약해." 헌트가 천천히 말했다. "매드슨, 이 지도에서 별들의 밝기를 눈으로 알아볼 수 있어? 무슨 말이냐면, 우리가 그러듯이 월인도 더 밝은 별을 더 크게 표시했냐는 거야."

"사실대로 말하자면, 그래. 월인도 그렇게 했어." 매드슨이 대답했다. "그래도 그게 무슨 상관이야. 이건 그다지…."

"이건 어떤 별이야?" 헌트가 물었다. 이제는 확실히 흥미가 솟은 상태라 매드슨의 말을 듣고 있지 않았다.

"그걸 내가 어떻게 알겠어." 매드슨이 양손을 펼치며 말했다. "난 천문학자가 아니잖아. 그게 그렇게 중요해?"

"내 생각엔 중요해." 헌트의 목소리가 이상하게 부드러워졌다. 하지만 여전히 들뜬 표정이었다.

"어째서?"

"이런 식으로 생각해봐. 내가 보기에 이 별은 아주 빛이 약한 별 같아. 아마도 4등성이나 5등성쯤 되겠지. 과연 태양계에서 맨눈으로 저 별을 볼 수 있을까 하는 의문이 들어. 보이지 않는다면, 이 별은 월인이 망원경을 발명한 후에야 발견되었을 거야. 그렇지?"

"그렇지." 매드슨이 동의했다. "그래서?"

"자, 다시 그 이름으로 돌아가자고. 자네도 알듯이, 저런 이름, 즉 '거인의 별'은 다른 이름들과 어울려. 고대의 월인 종족이 만들어냈을 법한 이름이라는 말이야. 하지만 고대 월인 종족이 저 별을 전혀 알지 못했다면 어떨까? 그들로서는 전혀 볼 수 없었을 테니까. 그건 이 이름이 이후에, 즉, 나중에 등장한 발전된 문명에 의해 천체과학이 높은 수준으로 정교해진 뒤에 붙여졌다는 뜻이겠지. 하지만 발전된 문명은 왜 저런 이름을 붙였을까?"

매드슨의 얼굴에 이해했다는 표정이 서서히 퍼져갔다. 그는 헌트를 돌아봤지만, 그 함축된 의미에 너무 놀라서 말을 꺼내지 못했다. 헌트는 그 표정을 읽고는 고개를 끄덕이며 매드슨의 생각을 확인해줬다.

"틀림없어. 우리는 어둠 속을 더듬거리며 가니메데인들이 뒤에 남겨 놓은 존재의 흔적 같은 걸 찾을 수밖에 없어. 하지만 월인 과학자들에겐 그런 문제가 전혀 없었어. 그들에게는 우리에게 없는 걸 이용할 수 있었으니까. 훼손되지 않은 상태로 바로 자신들의 발 아래 놓인 미네르바 행성이지. 사방에 묻혀있는 무수한 흔적과 단서들 덕분에 수 세대에 걸쳐 바빴을 거야." 헌트는 의심스러운 눈길로 쳐다보는 매드슨을 향해 다시 고개를 끄덕였다. "월인들은 가니메데인이 해놓은 일에 대한 기록을 아주 완벽하게 쌓아 올릴 수 있었을 거야. 하지만 월인이 그 일을 위해 이용했던 모든 증거는 그들과 함께 사라져버렸지."

헌트는 잠시 말을 멈추고 안주머니에서 천천히 담배를 꺼내며 머릿속에 떠오른 추론을 재빨리 검토했다.

"난 그 별에 대해 월인은 알고 있었지만 우리는 모르는 사실이 무엇인지 궁금해." 마침내 헌트가 말했다. 이제 그의 목소리는 아주 차분했다. "난 월인이 그 별에 대해 알게 된 사실 때문에 그런 이름을 선택한 게 아닌지 궁금해. 우리는 거인들이 다른 별로 이주했을지도 모른다고 오랫동안 추측했잖아. 하지만 그 추론을 확실하게 증명할 수 없었고, 그 추론이 맞는다고 해도 그 별이 어디인지 알 수 없었어. 그런데 이게 나타난 거야⋯."

헌트는 라이터를 입으로 반쯤 가져가다가 멈췄다. "매드슨, 자네 평생에 이따금 운명이 걸어 들어와서 손을 내미는 느낌을 받은 적이 있나?"

"나는 그런 식으로는 한 번도 생각해본 적이 없어." 매드슨이 말했다. "그런데 지금 자네가 그 말을 하니까, 나도 동의할 수밖에 없을 것 같군."

21

시간이 지나면서 가니메데인 과학자들은 지구의 과학 공동체를 더욱 잘 이해하고, 그들과 더욱 가깝게 일하게 되었다. 몇몇 분야에서는 외계인들이 제공한 정보가 인류 지식의 진보에 크게 기여했다.

조락의 자료실에서 복제한 지도들은 예전에 미네르바 원정대가 이 행성에 왔던 올리고세 후기 당시 지구의 지표면을 보여줬다. 그 지도에 그려진 대서양은 21세기의 지도에서 보이는 대서양에 비해 절반보다 약간 더 넓은 정도였다. 이는 그 당시가 아메리카 대륙이 떨어져 나간 시점에 훨씬 가깝다는 의미였다. 아프리카가 무자비한 북진으로 유럽을 향해 돌진해서 알프스를 만들기 전이라, 이탈리아는 반쯤 돌아간 상태였고 지중해도 훨씬 더 넓었다. 인도는 막 아시아에 닿아서 히말라야를 만들기 시작하고 있었다. 오스트레일리아는 아프리카에 훨씬 가까웠다. 이 지도에 대한 측량을 통해 현재의 판구조론을 철저하게 점검할 수 있었고, 지구과학의 여러 측면에 완전히 새로운 빛을 던져줬다.

이 기간 내내 가니메데인들은 자신들의 실험적인 개척지가 정확히 지구의 어디에 있었는지, 그리고 어떤 지역이 그들이 일으켰던 환경적 대참사의 영향을 받았는지에 대해 말하길 꺼렸다. 그들은 이런 문제는 원래 있었던 과거에 그대로 놔두는 게 가장 좋다고 말했다.

전 세계의 물리학 연구소와 대학들에서, 가니메데인들은 그들의 중력공학을 등장하게 해주었던 확장된 과학의 이론적 근간을 이루는 기초적이고 근본적인 개념을 공개했다. 이 과정에서 그들은 원리가 이해되지 않거나 설명서가 불충분한 구성 장치와 기구들의 설계도는 제공하지 않았다. 그들은 오직 일반적인 길잡이 정도의 정보만 제공하고, 인간은 자신의 방식으로 그 세부 사항을 채워야 할 것이며, 때가 되면 그렇게 할 수 있을 것이라고 주장했다.

또한 가니메데인들은 우주가 제공하는 무궁무진한 자원을 묘사하며, 미래를 밝고 유망하게 표현했다. 그들은 모든 물질이 동일한 원자로부터 형성된 사실을 지적하며, 올바른 지식과 충분한 에너지만 있다면, 금속이나 결정체, 유기적 중합체, 기름, 설탕, 단백질 등 필요한 건 뭐든지 풍부하고 자유롭게 이용할 수 있는 물질로 합성할 수 있다고 했다. 인류가 이제 막 발견하기 시작한 에너지도 상상을 초월하는 양이 갇혀서 손길을 기다리고 있다. 태양이 우주로 발산하는 전체 에너지 중 1조 분의 1보다 적은 양만이 지구에 도달한다. 그중에 거의 절반은 다시 우주로 반사되고, 나머지가 지표면까지 파고드는데, 그중 지극히 적은 부분만 유용한 목적으로 이용되고 있다. 가니메데인은 지구의 상업적인 용어를 차용해서, 행성 표면에 이런저런 형태로 갇혀있는 소량의 에너지를 인류의 초기 자본이라고 묘사했다. 그들은 미래의 세대가 아폴로 우주선을 되돌아볼 때 인류가 만든 최고의 장기 투자에 대한 착수 계약금으로 여길 것이라고 예측했다.

*

 몇 달이 지나가자 두 문화는 더욱 밀접하게 맞물리고, 서로에게 맞춰주기 위해 잘 적응해서, 많은 사람이 거인들을 원래 있었던 것처럼 느낄 정도가 되었다. 샤피에론 호는 세계를 일주했다. 세계 대부분의 주요 공항에 하루나 이틀씩 머무르며 수만 명의 방문자를 끌어들였다. 몇 번은 선발된 사람들을 데리고 달까지 한 시간 만에 갔다가 돌아오기도 했다! 어스넷 단말기를 이용할 수 있는 사람이나, 항상 북적대는 공영 교환국까지 연결에 성공한 사람은 누구든 조락과 이야기를 나눌 수 있었다. 학교들에는 우선순위가 높은 다수의 채널이 영구적으로 할당되었다. 많은 젊은 가니메데인들은 그들의 조상과 달리 야구와 축구, 그리고 다른 스포츠에 대한 열정을 보였다. 그런 오락거리는 그들이 우주선에 갇혀 생활하던 시기에는 알지 못했던 것들이었다. 오래지 않아, 그들은 지구 측 상대방에 도전하기 위한 자신들만의 리그를 만들었다. 처음에 가니메데인 연장자들은 이런 상황 변화에 약간 당황했지만, 나중에는 경쟁이라는 개념 덕택에 인간이 짧은 시기에 멀리 갈 수 있었을 거라고 판단하고, 승리를 이룰 방법을 아는 가니메데인의 분석적 능력에 지구인의 승부 근성을 살짝 접붙이기하는 것도 그리 나쁘지 않을 것이라고 결론 내렸다.

*

6개월 동안 가니메데인은 지구의 모든 나라를 여행하며 풍습을 배우고, 문화를 이해하고, 사람들을 만났다. 높은 사람과 낮은 사람, 부자와 빈자, 평범한 사람과 유명한 사람 모두를. 그들은 더 이상 '외계'인이 아니었다. 이제 끊임없이 바뀌는 환경을 받아들이는 일에 적응된 지구인에게 그들은 그저 새로운 요소였을 뿐이다. 헌트는 가니메데인들이 명왕성으로 일주일간 떠났을 때 갱구기지에서 느꼈던 그 느낌을 이제 지구적 규모로 다시 느꼈다. 그들은 지구에 속하는 존재로 느껴졌다. 항상 주변에 있거나 뉴스의 1면에 등장하는 그들이 사라진다면, 지구는 아무래도 평소와 다르게 느껴질 것이다.

그러던 어느 날, 가루스 대장이 곧 어스넷에 등장해서 지구의 모든 인간에게 중요한 발표를 할 것이라는 소식이 전 세계로 빠르게 전달되었다. 이 발표에 어떤 내용이 담겨 있는지에 대한 단서는 전혀 없었지만, 앞으로 전개될 중요한 일에 대해 미리 알려주는 발표인 것처럼 느껴졌다. 가루스 대장이 발표하기로 한 밤이 되자 전 세계가 수십 억대의 모니터를 지켜보며 기다렸다.

가루스 대장은 가니메데인이 지구에 도착한 때부터 일어났던 일들에 대해 오랜 시간 이야기했다. 그는 자신과 동료들이 봤던 광경, 그들이 가봤던 장소들, 그들이 배운 일들을 거의 다 언급했다. 그는 자신이 "이 환상적이고 꿈에도 상상하지 못했던 여러분의 세계"라고 묘사했던 지구의 모든 곳에서 가니메데인들이 경험했던 지구인들의 삶에 대한 열정과 활기, 부지런함에 대해 다시 놀라움을 표현했다. 그리고 자신의 종족을 대신해서, 그들에게 한없는 우애와 환대, 관대함을 보여주고, 고향의 일부를 사용할 수 있게 해준 이 행성의 정부와 사람들에 대한 고마움을 다시 표했다.

그런데 그때, 약간 근엄했던 그의 분위기가 눈에 띄게 침울하게 바뀌었다. "친애하는 지구인 여러분이 대체로 아시듯이, 옛날 미네르바에서 우리의 우주선이 떠나고 나서 얼마 후 우리 종족이 그 행성을 영원히 단념하고 어딘가에 있는 새로운 고향을 찾아 떠났을 거라는 추측이 오래전부터 있었습니다. 그리고 우리 종족이 멀리 있는 항성계에서 새로운 고향을 찾았을 거라는 의견이 제시되었습니다… 그 항성은 '거인의 별'이라고 알려져 있습니다.

이 생각들은 아직 추론으로만 남아 있습니다. 저희와 지구인 전문가들이 몇 달 동안 함께 일하며 월인의 기록들을 연구하고, 이 생각에 더 깊은 확신을 줄 수 있을지도 모르는 모든 단서를 추적했습니다. 하지만 지금까지는 이런 노력이 아무런 성과도 낳지 못했다는 사실을 여러분에게 말씀드려야 할 것 같습니다. 거인의 별이 실제로 우리 종족의 새로운 고향인지는 확실하지 않습니다. 심지어 우리 종족이 실제로 새로운 고향으로 이주했는지조차 확실하지 않습니다.

그럼에도 불구하고, 그런 추측들이 진실일 가능성이 있습니다."

그는 침울한 얼굴로 말을 멈춘 채, 꼼짝도 하지 않고 카메라를 응시했다. 전 세계에서 모니터를 바라보고 있는 시청자들은 뭔가 곧

다가오리라는 느낌을 받았다.

"저와 가니메데인 선임 승무원들은 이 문제에 대해 오랫동안 토론하고 검토했습니다. 저희는 성공할 가능성이 작더라도, 이 문제에 대한 답을 찾기 위해 시도해봐야만 한다고 결정했습니다. 태양계는 한때 저희의 고향이었습니다. 하지만 이제는 더 이상 저희의 고향이 아닙니다. 저희는 저 허공 속으로 다시 나가 저희 종족을 찾아야 합니다."

가루스 대장은 다시 말을 멈추고, 사람들에게 그의 말을 받아들일 시간을 주었다.

"이 결정은 쉽지 않았습니다. 저희 승무원들은 주어진 생의 많은 시간을 심우주를 헤매며 보냈습니다. 저희 아이들은 고향을 전혀 모릅니다. 거인의 별까지 가는 여행이 여러 해가 걸릴 거라는 사실은 저희도 압니다. 당연히, 저희는 여러 가지 면에서 슬픕니다. 하지만 여러분과 마찬가지로, 저희도 결국 본능을 따를 수밖에 없습니다. 거인의 별에 대한 의문이 해결될 때까지, 저희는 마음 깊이 쉴 수 없을 것입니다.

그래서, 벗들이여, 저는 여러분에게 작별 인사를 하려 합니다. 저희는 햇살이 가득한 푸르른 지구에서 경험했던 시간에 대해 즐거운 추억을 가지고 가려 합니다. 저희는 이 세계 사람들의 따스함과 환대를 절대 잊지 않을 것이며, 여러분이 저희에게 해 준 일들을 잊지 못할 것입니다. 하지만 슬프게도, 이제 끝을 맺어야 합니다.

지금부터 일주일 후에 저희는 떠납니다. 저희의 원정이 실패하면, 저희나 저희 후손이 돌아올 겁니다. 이건 제가 드리는 약속입니다."

거인은 손을 들어 마지막 인사를 했다. 그리고 고개를 살짝 숙였다.

"고맙습니다. 여러분 모두. 안녕히 계십시오."

가루스 대장은 잠시 그 자세를 그대로 유지하고 있었다. 곧 방송이 끊어졌다.

✳

방송을 마치고 30분 후, 가루스 대장이 가니메데 마을 대회의장에서 중앙문으로 나왔다. 그는 한동안 발길을 멈추고, 산에서 밤공기를 타고 내려오는 겨울의 희미한 첫 기운을 음미했다. 창문에서 흘러넘친 따스한 주황색 불빛이 비치는, 오두막 나무 벽 사이의 골목으로 지나가는 사람들이 가끔 있을 뿐, 그의 주변은 조용했다. 밤은 수정처럼 맑았다. 그는 한참 동안 서서 별들을 응시했다. 그리고 그는 앞에 있는 길을 따라 천천히 걷기 시작했다. 곧 늘어선 오두막의 열 사이에 있는 넓은 길을 향해 방향을 틀어 화려한 조명을 받고 있는 높다란 샤피에론 호로 향했다.

그는 우주선의 지지대를 지나 거대한 네 개의 꼬리날개가 다리를 벌리고 서 있는 공간 속으로 들어갔다. 머리 위로 높이 치솟은 압도적인 금속의 윤곽선 때문에 갑자기 그가 작아 보였다. 그가 땅에 내려와 있는, 선미로 이어진 경사로의 발치로 다가가서 동그랗게 불빛이 비치는 원 안으로 발을 들여놓자, 경사로 근처의 그늘에 있던 2.5미터의 거인들 대여섯 명이 몸을 일으켰다. 가루스 대장은 그들이 샤피에론 호의 승무원이라는 사실을 즉시 알아봤다. 틀림없이 밤의 고요함을 즐기며 쉬고 있었을 것이다. 가루스 대장이 더 가까이 다가가자, 그들이 서 있는 자세와 그를 바라보는 눈빛에서 뭔가 바뀌었다는 느낌이 들었다. 평소 그들은 뭔가 즐거운 말을 던지거나 열정적으로 인사를 하곤 했는데, 지금은 그러지 않았다. 그들은 그 자리에 조용히 선 채로 시선을 딴 데로 돌렸다. 그가 경사로에 닿자 그들은 길을 내주려고 한쪽으로 비켜서며 손을 들어 경례했다. 가루스 대장도 경례를 받고 그들 사이를 지나쳤다. 그는 승무원들과 눈을 맞출 수 없었다. 아무도 말을 하지 않았다. 가루스 대장은 승무원들이 방송을 봤다는 사실을 알았다. 그리고 그들이 어떻게 느낄지도 알았다. 그는 해줄 수 있는 말이 없었다.

가루스 대장은 경사로의 윗부분에 도착한 뒤 열린 에어록을 지나 넓은 공간을 가로질러 조락이 기다리고 있는 엘리베이터로 들어갔다. 잠시 후 그는 샤피에론 호의 본체로 빠르게 실려 올라갔다.

가루스 대장은 지상 150미터 높이에서 엘리베이터 밖으로 나왔다. 그리고 짧은 복도를 지나 자신의 개인 숙소로 갔다. 쉴로힌과 몬카르, 로그다르가 방 안에서 다양한 자세로 앉아 그를 기다리고 있었다. 이들에게서도 조금 전 경사로에서 느꼈던 그 거슬림이 느껴졌다. 가루스 대장이 그대로 서서 이들을 내려다보는 동안, 그의 등 뒤로 문이 소리 없이 미끄러지며 닫혔다. 몬카르와 로그다르가 불편한 눈길을 주고받았다. 쉴로힌만이 가루스 대장의 눈을 똑바로 쳐다봤지만, 그녀는 아무 말도 하지 않았다. 가루스 대장은 긴 한숨을 뱉고, 반대편 벽을 장식하고 있는 금속 태피스트리를 응시하면서 그들 사이를 천천히 지나갔다. 그러다 고개를 돌려 다시 한 번 그들의 얼굴을 바라봤다. 쉴로힌은 여전히 그를 응시하고 있었다.

"자네들은 우리가 떠나야 한다는 사실을 아직도 확신하지 못하는 모양이군." 마침내 가루스 대장이 입을 열었다.

그 발언은 불필요한 것이었지만, 누군가는 뭐라도 말을 해야만 했다. 대답 역시 불필요했다.

쉴로힌이 눈길을 돌리고 말했다. 마치 그녀와 다른 둘 사이에 있는 낮은 탁자에 대고 말하는 것 같았다. "그건 우리가 하려는 일의 방식 때문입니다. 사람들은 지금껏 아무런 의심 없이 원정대장님을 신뢰했습니다. 이스카리스에서부터 내내⋯ 그 긴 세월 동안⋯ 대장님은⋯."

"잠깐만." 가루스 대장은 문 옆의 벽에 설치된 작은 제어판으로 걸어갔다. "내 생각에 이 대화는 기록하지 않는 게 좋겠어." 그는 스위치를 내려서 방에서 조락으로 통하는 모든 채널을 끊고, 우주선 자료실에 기록되지 않도록 했다.

"거인의 별이든 어디든, 우리를 기다리는 가니메데인의 문명이 없을 거라는 사실을 잘 아시잖아요." 쉴로힌이 계속 말했다. 그녀의 목소리에는 가니메데인으로서는 가장 심하게 비난하는 투가 담겨 있었다. "저희는 되풀이해서 월인의 기록을 살펴봤지만, 새로운 정보가 전혀 없었습니다. 대장님은 항성들 사이 어딘가에서 죽을 수밖에 없는 길로 사람들을 데려가려 하고 있어요. 돌아올 수 없을 거예요. 그런데도 대장님은⋯ 사람들에게 몽상을 믿게 해서 대장님이 이끄는 대로 따라가게 하고 있어요. 그런 건 지구인의 방식이지 결코 가니메데인의 방식이 아닙니다."

"저들은 우리에게 자신들의 세계를 새로운 고향으로 제공해줬어요." 로그다르가 고개를 저으며 낮은 목소리로 말했다. "20년 동안 사람들은 고향으로 돌아가는 꿈밖에 없었습니다. 그리고 이제야 새로운 고향을 찾았는데, 대장님은 그들을 다시 진공 속으로 데려가려 하고 있어요. 미네르바는 사라졌습니다. 우리가 무슨 짓을 해도 그 사실은 바뀌지 않습니다. 하지만 운명의 장난으로 우리는 새로운 고향을 찾았어요…. 바로 여기입니다. 이런 일은 두 번 다시 일어나지 않을 겁니다."

가루스 대장은 갑자기 몹시 피곤해졌다. 그는 문 옆에 있던 안락의자에 기대고 앉아, 그를 노려보고 있는 세 명의 엄숙한 얼굴을 바라봤다. 그에게는 이미 말한 사실 외에 더 덧붙일 말이 없었다. 그래, 그건 사실이다. 지구인은 그들을 마치 오래전에 잃어버렸던 형제처럼 맞아주었다. 그들은 자신이 가진 모든 걸 제공해줬다. 하지만 지난 6개월 동안, 가루스 대장은 그 표면 아래 깊은 곳을 지켜봤다. 그는 바라보고, 듣고, 관찰하고, 지켜봤다.

"지금 지구인들은 양팔을 벌려 우리를 환영하고 있어. 하지만 여러 면에서 그들은 아직 어린아이나 마찬가지야. 그들은 아이가 새로 생긴 놀이 친구에게 장난감 상자를 보여주듯이 자신들의 세계를 우리에게 보여줬어. 하지만 그건 어쩌다 한 번 방문한 놀이 친구일 때지. 집에 와서 머물겠다며 그 장난감 상자를 평등하게 소유하자고 주장하는 경우는 다른 문제야."

가루스 대장은 자신의 말을 듣고 있는 이 사람들이 확신을 원하고, 자신이 생각하는 방식처럼 생각하게 되어서 안도감을 느끼고 싶어 한다는 사실을 알 수 있었다. 하지만 그렇게 되지 않았다. 이미 십여 번 시도해봤던 일이다. 그 이상의 확신은 줄 수 없었다. 그럼에도 불구하고, 그는 다시 시도해보는 것 외에는 다른 대안이 없었다.

313

"인류는 여전히 스스로 살아가는 방법을 배우느라 허덕이고 있어. 지금 우리는 그저 한 줌의 외계인이야. 그래서 신기한 존재지. 하지만 언젠가 우리 인구도 늘어날 거야. 지구는 아직 그런 수준의 공존을 받아들일 수 있을 정도의 안정성과 성숙함이 없어. 인간은 자기네들끼리도 간신히 공존하는 수준이야. 그들의 역사를 봐. 난 언젠가 그들도 그런 공존이 가능해질 거라고 확신해. 하지만 아직은 때가 무르익지 못했어.

지구인의 자부심과 모든 분야에서 경쟁하려는 그들의 타고난 본능을 잊지 마. 그들은 한 번도 수동적으로 상황을 받아들인 적이 없었어. 그들은 본능에 굴복할 거야. 언젠가 그들 자신을 열등하게 느끼고, 우리를 우세한 경쟁자로 보는 날이 올 거야. 그때가 되면 어쨌든 우리는 쫓겨날 수밖에 없어. 우리는 절대로 적대적이거나 분노한 집주인들에게 우리 자신이나 우리의 방식을 강요하지 않을 테니까 말이야. 하지만 그때는 이미 수많은 문제와 지독하게 불쾌한 상황을 겪고 난 이후일 거야. 이 방법이 더 나아."

쉴로힌은 가루스 대장의 말을 듣고는 있었지만, 여전히 마음속에서는 그 설명에 따른 결정을 도저히 받아들일 수가 없었다.

"그래서, 대장님은 기어코 사람들을 속이겠다는 겁니까?" 그녀가 낮은 목소리로 말했다. "이 외계인 행성의 안정적인 진화를 보장해주기 위해 자신의 종족을 희생시키겠다는 건가요? 우리 문명에서 마지막 남은 이 비참한 사람들을요? 무슨 결정이 이런가요?"

"이건 내가 결정한 게 아니야. 시간과 운명이 결정했어." 가루스 대장이 대답했다. "태양계는 한때 의심할 여지 없이 우리 종족의 영역이었지. 하지만 그 시대는 오래전에 끝났어. 우리는 이제 침입자야. 시대착오적인 존재라고. 우린 시간의 바다에 던져진 표류화물일 뿐이야. 이제 태양계는 인간이 정당하게 물려받았어. 우리는 더 이상 여기 소속이 아니야. 결정을 할 존재는 우리가 아니야. 이미 상황이 우리에 관한 결정을 내렸어. 우리는 그저 받아들일 수밖에 없어."

"하지만 사람들은…." 쉴로힌이 항의했다. "그들은 이 사실을 몰라야 하나요? 그들에게도 권리가 있잖아요?" 그녀는 곤혹스러운 표정을 지으며 손을 내밀었다. 가루스 대장은 잠시 말없이 가만히 있다가 천천히 고개를 저었다.

"난 그들에게 거인의 별에 있다는 새로운 고향이 몽상에 불과하다는 사실을 밝히지 않을 거야." 가루스 대장이 단호하게 말했다. "그건 오직 지휘하고 이끄는 우리가 짊어져야 할 부담이야. 그들은 알 필요가 없어… 아직은. 이스카리스에서 태양계로 올 때, 그들을 돌봐준 건 그 목표에 대한 희망과 믿음이었어. 그러니 당분간은 다시 가능할 거야. 우리가 그들을 차가운 미지의 심우주 어딘가에서 송가도 없고 애도해주는 사람도 없이 죽을 수밖에 없는 운명으로 이끌고 가야 한다면, 마지막 진실이 알려지기 전까지 그들에겐 그런 정도의 희망을 가질 자격은 있어. 이건 물어볼 필요도 없는 문제야."

한참 동안 우울한 침묵이 그 방을 짓눌렀다. 쉴로힌은 가루스 대장이 이야기한 주장들을 다시 마음속으로 되짚어보느라 멍한 눈으로 앉아 있었다. 그녀의 표정이 점차 일그러지기 시작했다. 그리고 고개를 천천히 들더니 맑은 눈으로 가루스 대장의 눈을 바라봤다.

"대장님." 그녀의 목소리는 묘하게 차분하고 침착했다. 조금 전까지 그녀가 보였던 감정은 흔적도 없이 사라졌다. "지금까지 대장님한테 이런 이야기를 한 적이 한 번도 없지만…, 저는 대장님을 안 믿어요." 로그다르와 몬카르가 고개를 벌떡 쳐들었다. 가루스 대장은 이상하게도 놀라지 않은 모양이었다. 마치 그녀가 그렇게 말할 줄 알았다는 듯한 표정이었다. 가루스 대장이 의자에 등을 기대며 벽에 있는 태피스트리를 응시했다. 그리고 눈을 천천히 돌려 그녀를 향했다.

"뭘 못 믿겠다는 거지, 쉴로힌?"

"대장님이 말한 이유…, 지난 몇 주 동안 대장님이 말했던 모든 이야기요. 대장님을… 못 믿겠다는 건 아니에요. 그 이야기들은 다른 뭔가를 합리화하기 위한 그럴듯한 핑계였어요…. 더 깊은 뭔가가 있어요." 가루스 대장은 아무 말도 하지 않았지만, 그녀에게서 눈을 떼지 않았다. "지구는 빠르게 성숙하고 있어요." 쉴로힌이 계속 말했다. "우리가 그들과 뒤섞였을 때, 그들은 우리가 아무 근거도 없이 막연하게 희망했던 수준보다 우리를 훨씬 잘 받아줬습니다. 대장님이 예측하는 이야기들을 떠받혀주는 증거는 전혀 없어요. 설령 우리의 숫자가 더 늘어나더라도, 우리가 공존할 수 없을 거라는 증거는 없습니다. 대장님이 도저히 가능할 것 같지 않은 희망에 기대어 우리 사람들을 희생시킬 리가 없어요. 대장님이 이러는 건 처음이에요…. 적어도 지금까지는 그러지 않으셨죠. 분명히 다른 이유가 있어요. 그 이유가 뭔지 알기 전에는 대장님의 결정을 지지할 수가 없습니다. 저희한테 지휘하고 이끄는 사람들이 짊어져야 할 부담이라고 하셨잖아요. 우리가 그 부담을 짊어져야 한다면, 우리에게는 그 이유를 알 권리가 있습니다."

쉴로힌이 말을 마친 뒤에도 가루스 대장은 한참 동안 생각에 잠긴 표정으로 그녀를 응시했다. 그리고 여전히 생각이 잠긴 얼굴로 로그다르와 몬카르에게 눈길을 돌렸다. 그들의 눈에서도 쉴로힌의 말이 메아리치고 있었다. 그때 돌연 가루스 대장이 뭔가 마음을 정한 모양이었다. 그는 말없이 의자에서 몸을 일으키더니, 제어판으로 걸어가서 스위치를 켜고 통신 장비를 다시 연결했다.

"조락." 가루스 대장이 불렀다.

"네, 원정대장님."

"한 달 전쯤, 갱구기지에 있는 우주선에서 발견한 올리고세 종들의 유전자에서 인간 과학자들이 수집한 자료에 대해 우리가 나눴던 대화 기억하지?"

"네."

"그 자료에 대해 네가 분석한 결과를 우리한테 보여줘. 이 정보는 지금 이 방에 있는 세 명과 나 외에는 접근하지 못하도록 해줘."

22

샤피에론 호가 떠나는 모습을 보려고 가니메데 마을에 몰려든 군중의 규모는 도착했을 때 환영해주던 군중과 비슷했지만, 분위기는 매우 달랐다. 이번에는 환호성도 없었고, 열광적인 흥분도 없었다. 지구인들은 이제 잘 알게 된 다정한 거인들을 그리워할 것이다. 그리고 그 감정을 보여줬다.

지구의 정부들은 다시 대사들을 파견했다. 높이 솟은 우주선 아래의 콘크리트 광장에서 지구인과 외계인은 마지막으로 서로를 바라보고 서 있었다. 마지막 의례를 교환한 뒤, 마지막 송별 연설을 읊고 두 종족의 대표들이 이별의 선물을 주고받았다.

UN 의장은 지구의 국가들과 사람들을 대표해서 장식된 금속 상자 두 개를 건넸는데, 바깥 면에는 이름이 빼곡하게 새겨져 있고 값비싼 돌로 치장되어 있었다. 첫 번째 상자에는 여러 종의 나무와 관목, 화초 중에서 선발한 씨앗이 담겨 있었다. 조금 커 보이는 두 번째 상자에는 세계 각국의 깃발이 담겨 있었다. UN 의장은 거인들이 새로운 고향이 도착했을 때 특별한 장소에 그 씨앗을 심을 거라고 했다. 씨앗에서 자라난 식물들은 지구의 모든 생물을 상징하고, 두 세계가 언제나 인간과 가니메데인에게 동등한 고향이라는 사실을 앞으로도 쭉 기억하게 해줄 것이다. 깃발들은 미래에 지구에서 출발한 인간의 첫 비행선이 거인의 별에 도착했을 때 그곳에서 펄럭이게 될 것이다. 그리하여 마침내 자기 힘으로 항성 간의 진공 속으로 나아간 인간은, 다른 곳에서 그를 맞이하기 위해 기다리고 있는 지구의 작은 일부를 발견하게 될 것이다.

가루스 대장이 지구에 건넨 선물은 지식이었다. 그는 책과 표, 도표, 도형이 가득한 큰 궤를 선물하며, 여기에는 가니메데인의 유전과학에 대한 포괄적인 입문서가 들어있다고 말했다. 가니메데인은 이 지식을 지구에 선물함으로써, 오래전에 진행되었던 불쾌한 멸종 실험으로 사라진 올리고세의 동물 종들에 대해, 현재 그들에게 가능한 유일한 방법으로 속죄하려 했다. 이 문서들에 설명된 기술을 이용하면, 동물의 유기체에서 어느 부분이든 보존된 세포가 있다면 DNA 정보를 추출할 수 있으며, 그 정보를 이용해서 인위적으로 만들어낸 복제 생물의 성장을 제어할 수 있다고, 가루스 대장이 말했다. 즉, 뼛조각이나 미량의 조직, 혹은 잘린 뿔만 있으면, 새로운 배아를 합성해서 완벽한 동물을 길러낼 수 있다. 그러므로 잔해가 남아 있다면, 한때 지구의 지표면을 배회하다 멸종된 모든 종을 부활시킬 수 있다. 가니메데인은 이런 방식을 통해서, 그들의 행위로 인해 갑자기 이른 종말을 맞았던 종들이 살아나 다시 자유롭게 뛰어다니기를 바랐다.

가니메데인의 마지막 일행은 한참 동안 그 자리에서 서서, 주변 언덕 위에서 조용히 손을 흔드는 군중을 향해 손을 흔들어주고, 천천히 우주선으로 들어갔다. 목성의 위성 가니메데로 가는 소수의 지구인이 그들과 함께 우주선에 올라탔다. 샤피에론 호는 가니메데에 잠시 들러 거기에 있는 UN 우주군과 작별 인사를 할 예정이었다.

조락은 가니메데인들의 마지막 메시지를 지구의 통신망을 통해 전달한 후 연결을 끊었다. 샤피에론 호는 선미 부분을 원위치로 되돌리고 비행 자세를 취했다. 한동안 거대한 우주선이 홀로 서 있었고, 세계가 그 모습을 지켜봤다. 우주선이 서서히, 장엄하게 올라가기 시작했다. 그리고 본래 속했던 곳으로 다시 가기 위해 하늘로 솟구쳐 오르며 멀어져갔다. 콘크리트 광장 중앙의 텅 빈 공간 주변에는 하늘을 쳐다보는 얼굴의 바다와 줄지어 있는 작은 사람들의 행렬밖에 없었다. 그리고 버려진 대형 목재 오두막들이 남아서, 지금까지 그들이 거기에 있었다는 사실을 보여줬다.

샤피에론 호 내부의 분위기도 무거웠다. 가루스 대장은 선임 승무원에 둘러싸인 채 사령실의 단상 아래에 있는 넓은 공간에 서서 중앙 스크린에 뜬 파랗고 하얀 얼룩의 형태가 줄어들어 지구의 구로 변하는 모습을 말없이 지켜봤다. 그의 옆에 서 있는 쉴로힌도 조용히 생각 속으로 잠겨 들었다.

그때 조락이 말했다. 조락의 목소리는 주변의 벽에서 나오는 것 같았다. "발사 상황은 정상입니다. 모든 시스템을 점검했으며 정상입니다. 지시 사항을 확인해주시기 바랍니다."

"기존에 내렸던 지시를 승인한다." 가루스 대장이 조용히 대답했다. "목적지 가니메데."

"진로를 가니메로 설정합니다." 기계가 보고했다. "도착은 계획대로 진행될 예정입니다."

"주동력 시동은 잠시 미뤄." 가루스 대장이 갑자기 명령했다. "지구를 좀 더 보고 싶다."

"보조 동력 유지." 답변이 왔다. "주동력은 추가 지시가 있을 때까지 대기하겠습니다."

시간이 흘러가면서 스크린에 뜬 구의 크기가 서서히 줄어들었다. 가니메데인들은 계속 조용히 지켜봤다.

마침내 쉴로힌이 가루스 대장 쪽으로 고개를 돌렸다. "생각해보니, 우리는 저기를 악몽의 행성이라고 불렀었네요."

가루스 대장이 어렴풋이 미소를 지었다. 그의 생각은 여전히 딴 곳에 있었다.

"저들은 이제 악몽에서 깨어나고 있어. 정말 특별한 종족이지. 틀림없이 은하계 전체로 봐도 독특한 존재일 거야."

"저는 우리가 봤던 모든 것들이 그런 기원에서부터 진화했다는 사실을 아직도 믿을 수가 없어요." 쉴로힌이 대답했다. "제가 자랄 때 학교에서는 이런 일은 절대 일어나지 않을 거라고 가르쳤었잖아요. 우리의 모든 이론과 모형은 저런 생태계에서 지능이 발달하지 않을 것이고, 어떤 형태의 문명이든 절대적으로 불가능할 것이라고 예상했었죠. 그런데···." 그녀가 난감한 표정을 지었다. "저들을 보세요. 저들은 간신히 하늘을 나는 방법을 알게 되었는데, 벌써 별에 관해서 이야기하고 있어요. 2백 년 전에 저들은 전기에 대해 전혀 몰랐는데, 지금은 핵융합 에너지를 이용해서 전기를 만들고 있어요. 저들은 어디서 멈출까요?"

"인간들은 절대로 멈추지 않을 거야." 가루스 대장이 느리게 말했다. "그들은 그럴 수 없어. 저들의 조상들이 그랬듯이, 쉴 새 없이 싸울 거야. 조상은 자기네끼리 싸웠지만, 이들은 대신 우주가 자신들에게 던진 도전에 맞서서 싸울 거야. 저들에게서 도전 거리를 없애버리면, 쇠약해져서 죽어갈걸."

쉴로힌은 다시 이 놀라운 종족에 대해 생각했다. 그들은 상상할 수 있는 온갖 어려움과 장해를 헤치고 나아가려 투쟁해왔다. 그들의 비뚤어진 성미도 만만하지 않은 장벽이었다. 그런데 이제 이 종족은 한때 가니메데인이 지배했던 태양계를 확고하고 의기양양하게 군림했다.

"그들의 역사는 여전히 많은 면에서 혐오스러워요." 쉴로힌이 말했다. "하지만 동시에 묘하게 웅장하고 훌륭한 무언가가 있어요. 그들은 우리로서는 견딜 수 없는 위험을 감당하며 살아갈 수 있어요. 자신들이 위험을 극복할 수 있다는 사실을 알기 때문이죠. 그들은 스스로 그 사실을 증명해왔습니다. 우리로서는 절대로 경험해보지 못할 방식으로요. 만일 2천5백만 년 전 미네르바에 지구인들이 살았다면 상황은 다르게 전개되었을 겁니다. 저들은 이스카리스 사건 이후에 포기하지 않았을 거예요. 어떻게든 이겨낼 방법을 찾았겠죠."

"그래." 가루스 대장이 동의했다. "상황은 아주 다르게 전개됐겠지. 하지만 오래지 않아, 그 추측이 진실이라는 사실을 우리의 눈으로 보게 될 거야. 이제 곧 지구인은 은하계 사방으로 뻗어 나갈 거야. 일단 그런 일이 벌어지고 나면, 그 전과는 완전히 다른 세상이 펼쳐질 거야."

두 가니메데인은 대화를 멈추고, 그들의 모든 이론과 법칙, 원리, 예측을 거부했던 행성의 마지막 모습을 보기 위해 다시 눈길을 돌렸다. 앞으로 몇 년 동안 그들은 이 모습을 우주선의 자료실에서 꺼내 여러 번 반복해서 볼 게 틀림없었지만, 이 순간 느껴지는 강렬한 감정은 다시 느끼지 못할 것이다.

한참 후 가루스 대장이 큰 소리로 외쳤다. "조락."

"네, 원정대장님?"

"이제 길을 떠날 시간이야. 주동력을 가동해."

"대기 중이던 주동력을 가동했습니다. 이제 전속력으로 올립니다."

동그란 지구의 모습은 스크린을 가로지르는 색색의 물결 속으로 녹아들며 사라지기 시작했다. 몇 분 후 그 색들은 모두 혼합되어 단조롭고 획일적인 회색 안개로 변했다. 그들이 가니메데에 도착할 때까지 스크린에는 아무것도 나오지 않을 것이다.

"몬카르." 가루스 대장이 불렀다. "내가 처리할 일이 있어. 자네가 잠시 인계받지 않겠나?"

"네, 알겠습니다."

"좋아. 내 방에 있을 테니까 필요하면 언제든 연락해."

가루스 대장은 자리에서 벗어나 주변 승무원들의 경례를 받으며 사령실을 떠났다. 천천히 복도를 따라 걸으며 개인 숙소로 향하는 동안 머릿속이 온통 생각에 잠겨서 주변 상황이 거의 눈에 들어오지 않았다. 그는 숙소의 문을 닫고, 한참 동안 전용실의 벽거울에 비친 자신의 모습을 응시했다. 마치 자신이 했던 일 때문에 일어났을지도 모를 외모의 변화를 찾는 듯했다. 그는 안락의자에 잠겨 들며 시간이 더 이상 느껴지지 않을 때까지 멍한 눈으로 천장을 바라봤다.

곧 가루스 대장은 전용실의 벽 스크린을 활성화해, 황소자리가 포함된 하늘 부분을 보여주는 별자리 지도를 불러냈다. 그는 앉은 채로 희미한 점을 응시했다. 그 점은 앞으로 기나긴 여정 속에서 차츰 밝아질 것이다. 거인의 별에는 아무것도 없으리라는 그들의 추측이 완전히 틀렸기를 바랐다. 가능성은 언제나 남아 있다. 만일 가니메데인이 그곳으로 이주했다면, 샤피에론 호가 미네르바를 떠난 후 흘러간 수백만 년 동안 그들은 어떤 문명으로 발전했을까? 그들은 어떤 과학을 가지고 있을까? 그가 상상조차 해보지 못했던 불가사의한 일을 그들은 일상적인 일로 받아들이고 있을까? 그의 마음이 별자리 지도의 희미한 점을 향하면서, 갑자기 희망이 솟구치는 게 느껴졌다. 그리고 그들을 기다리고 있는 그 세계를 상상하기 시작했다. 그리고 인식하기도 전에 지나쳐야만 하는 수십 년이 떠올라 불안하고 초조해졌다.

그는 인간 과학자들의 낙관주의에 한계가 없다는 사실을 알고 있다. 달의 뒷면에 있는 전파천문대의 거대한 접시는 샤피에론 호가 가고 있다는 소식을 미리 알려주기 위해 가니메데인 통신 코드를 이용해 거인의 별을 향해 고출력으로 메시지를 전송했다. 그 메시지가 그 거리를 가는 데에는 여러 해가 걸릴 것이다. 그래도 우주선보다는 먼저 도착할 것이다.

가루스 대장은 절망하고 의기소침한 얼굴로 의자에 털썩 기대어 앉았다. 그가 신뢰하는 소수의 동료도 알듯이, 가루스 대장은 그 통신을 받을 사람이 아무도 없다는 사실을 알고 있다. 월인의 기록에서 증명된 사실은 아무것도 없었다. 그건 모두 지구인들의 희망사항이었을 뿐이다.

그의 생각이 다시 놀라운 지구인에게로 돌아갔다. 그런 끔찍한 어려움을 극복하기 위해 오랜 세월 투쟁하고 싸워온 종족. 마침내 그들은 자신들의 과거를 딛고 영원한 번영과 지혜를 찾고 있다…. 그 일들을 완성할 수 있도록 혼자 조금 더 놔둔다면, 그들은 아주 용감하게 싸워서 쟁취해낼 것이다. 이들은 미네르바 과학자들과 철학자들의 이론과 예측을 모두 물리치고 혼돈에서 벗어나 자신의 세계를 건설했다. 그들은 간섭 없이 자신들의 세계를 홀로 즐길 자격이 있다.

가루스 대장이 알았듯이, 그리고 이제는 쉴로힌과 로그다르, 몬카르도 알듯이, 가니메데인이 인류를 창조했다.

인간들에게 절망적으로 불리한 온갖 역경을 남겨줬던 그 모든 결함과 장애, 문제의 직접적인 원인은 가니메데인이었다. 하지만 인간은 그 모든 걸 물리치고 승리했다. 이제 정의는 가니메데인들의 간섭 없이, 인간이 자신만의 방식으로 자신의 세계를 완성할 수 있도록 혼자 내버려두기를 요구한다.

가니메데인들은 이미 충분히 간섭했다.

23

휴스턴 변두리에 위치한 웨스트우드 생물학연구소 중앙건물 고층의 단체커 교수 사무실에서, 교수와 헌트는 지구의 높은 고도에 있는 인공위성이 망원렌즈로 찍어서 내려보낸 샤피에론 호의 모습을 보고 있었다. 그 모습은 점차 작아지다가, 확대 배율이 높아지면 갑자기 다시 커졌다. 그리고 다시 작아지기 시작했다.

"그냥 관성 비행을 하고 있네." 방 한쪽의 안락의자에 앉아 있던 헌트가 말했다. "가니메데인들은 우리의 마지막 모습을 보고 싶은가 봐." 자신의 책상에 앉아 화면을 보고 있던 단체커가 말없이 고개를 끄덕였다. 방송 해설자가 헌트의 발언을 확인시켜 주었다.

"레이더 관측 결과 우주선은 예전에 우리가 봤던 성능에 비해 아주 느리게 비행하고 있습니다. 아마도 궤도로 돌입하지 않고… 그냥 지구로부터 서서히 멀어지고 있습니다. 여러분이 이 환상적인 우주선을 생중계로 볼 수 있는 마지막 기회입니다. 이 순간을 최대한 즐기시기 바랍니다. 우리는 지금까지 쓰인 인류의 역사에서 가장 놀라운 장의 마지막 페이지를 보고 있습니다. 어떻게 세상이 다시 예전과 같을 수 있겠습니까?" 잠시 말이 멎었다가 이어졌다. "이런, 제가 말씀드렸던 일이 일어났습니다…. 우주선이 이제 가속을 시작했습니다. 속도가 점점 빨라지며 정말로 순식간에 우리에게서 멀어지고 있습니다…." 화면의 영상에 비치는 모습이 미친 듯이 커졌다 작아졌다를 반복했다.

"주동력을 가동했네." 헌트가 말했다.

그때 해설자의 말이 이어졌다. "영상이 끊어지기 시작했습니다…. 이제 압력장이 확실하게 나타났습니다…. 점점 희미해집니다…. 그렇습니다. 제 짐작에는 바로…." 단체커가 책상 뒤편에 있는 스위치를 내리자 화면이 꺼지면서 목소리와 영상이 함께 사라졌다.

"자, 가니메데인은 그들을 기다리고 있는 운명과 만나러 갔군. 부디 잘 됐으면 좋겠어." 단체커가 말했다.

잠깐 조용해진 사이, 헌트는 주머니에서 라이터와 담배를 꺼낸 뒤, 다시 의자에 기대어 앉으며 말했다. "단체커, 생각해보면 지난 2년은 정말로 대단했어."

"최소한으로 생각해도 그렇지."

"찰리, 월인, 갱구기지의 우주선, 가니메데인, 그리고 여기까지." 헌트가 텅 빈 모니터를 손짓으로 가리켰다. "우리 평생에 이보다 더 좋은 때가 있을까? 이 사건이 다른 모든 역사를 조금 지루하게 만들어버렸어. 그렇지 않아?"

"확실히 그렇지…. 사실 아주 지루해." 단체커는 생각하지 않고

327

대답하는 것처럼 보였다. 그의 머릿속은 여전히 샤피에론 호와 함께 우주를 날아가고 있는 듯했다.

"하지만 몇 가지 면에서는 조금 애석해." 헌트가 한참 후에 다시 입을 열었다.

"뭐가?"

"가니메데인 말이야. 우리는 몇 가지 흥미로운 문제들의 원인을 끝내 밝혀내지 못했잖아, 그렇지? 저들이 좀 더 머무르지 못한 게 아쉬워. 우리가 해답을 조금 더 찾아낼 수 있을 때까지 머물렀으면 좋았을 텐데. 사실 난 저들이 그러지 않아서 조금 놀랐어. 한때는 가니메데인들이 그런 문제들에 대해 우리보다 더 궁금해하는 것 같았는데 말이야."

단체커는 한참 동안 그 이야기를 머릿속으로 생각해보는 듯했다. 그러더니 고개를 들어 헌트가 앉아 있는 방향을 향하더니, 그를 이상한 눈으로 바라봤다. 단체커가 입을 열었을 때 그의 목소리는 묘하게 도전적이었다.

"과연 그럴까? 해답이라니, 대체 어떤 문제에 대한 해답을 말하는 건지 내가 물어봐도 될까?"

헌트는 인상을 찡그리며 그를 쳐다보다가, 담배 연기를 내뿜으며 어깨를 으쓱했다.

"자네도 어떤 문제인지 알잖나. 샤피에론 호가 출발한 후 미네르바에는 무슨 일이 일어났을까? 그들은 왜 지구의 동물들을 미네르바로 데려갔을까? 미네르바의 토종 동물들은 왜 다 죽었을까? 그런 문제들이지…. 그 해답을 알 수 있다면 좋았을 거야. 그게 이제는 그저 학술적인 흥미에 불과하다고 할지라도, 설명되지 않는 부분들을 깨끗이 정리할 수만 있다면…."

"아, 그 문제들." 무관심한 척하는 단체커의 연기는 수준급이었다. "내 생각엔, 자네가 요구하는 그 질문들에 대한 해답을 내가 제공해줄 수 있을 것 같아." 단체커의 무미건조한 말투에 헌트는 할 말을 잃었다. 교수는 고개를 한쪽으로 갸우뚱하며 헌트를 짓궂게 바라봤지만, 내심 즐기고 있는 기색을 내비치지 않을 도리가 없었다.

"그렇군… 젠장, 그럼 해답이 뭐야?" 마침내 헌트가 입을 열었다. 헌트는 손에 들고 있던 담배를 흘리는 바람에 의자 옆에 떨어진 담배를 급하게 집어 들려고 낑낑대면서, 자신이 깜짝 놀란 상태라는 사실을 깨달았다.

단체커는 그 몸짓을 조용히 지켜보다가 대답했다. "자, 보자고. 자네가 방금 물었던 질문들에 직접 대답을 하는 건 사실 별로 의미가 없어. 그 해답은 모두 연관되어 있기 때문이야. 그 대부분은 내가 가니메데에서 돌아온 후 여기서 진행한 연구를 통해 알아냈는데, 꽤 많은 분야에 걸쳐있어. 내가 처음부터 이야기를 시작할 테니, 거기서부터 따라오는 게 아마 훨씬 간단할 거야." 단체커가 의자에 기대어 앉아 손의 깍지를 끼고 반대편 벽을 바라보며 생각을 정리하는 동안, 헌트는 조용히 기다렸다.

마침내 단체커가 이야기를 다시 시작했다. "우리가 돌아온 직후에 자네가 나한테 보여줬던 위트레흐트 대학의 연구 기억나지? 동물이 미량의 독소와 오염물질을 만들어서 자신의 방어체계를 단련시키는 방법을 다루고 있었잖아.

"자체면역 과정 말이지. 응, 기억나. 조락이 그 논문을 집어냈지. 동물들은 그 과정이 있지만, 인간은 없다. 그게 뭐?"

"난 그 주제가 조금 흥미로웠어. 그래서 우리가 토론한 후에 그 주제를 더 알아봤지. 케임브리지 대학에 있는 테이텀 교수와 길고 자세한 대화를 나누기도 했어. 그 분야를 전공하는 내 오랜 친구야. 나는 배아가 발달하는 과정에서 형성되는 이 자체면역 체계를 만드는 유전정보에 대해 더 알고 싶어졌어. 만일 우리가 짐승과 인간 사이의 이 근본적인 차이에 대한 원인을 정확하게 찾아내고 싶다면, 바로 그 부분을 살펴봐야 할 것 같았거든."

"그런데…."

"그런데 그 결과가 정말로 흥미로웠어…. 사실 엄청났어." 단체커의 목소리가 거의 속삭이는 수준까지 낮아졌는데, 마치 음절 하나하나를 강조하려는 것 같았다. "조락이 발견했듯이, 실제로 오늘날 지구의 모든 동물에서 자체면역 체계를 결정하는 유전정보는 다른 과정을 결정하는 정보와 밀접한 관련이 있어. 두 과정은 동일한 프로그램의 부분 집합들이라고 봐도 될 거야. 바로 그 다른 과정이 이산화탄소의 흡수와 배출을 조절해."

"그렇군…." 헌트가 천천히 고개를 끄덕였다. 그는 아직 단체커가 무슨 말을 하려고 하는 건지 정확히 알 수 없었지만, 뭔가 중요한 느낌이 들기 시작했다.

단체커가 계속 말했다. "자네는 항상 내게 우연을 좋아하지 않는다고 했지. 나도 안 좋아해. 그런데 여기엔 우연이 너무 많았어. 그래서 테이텀 교수와 나는 좀 더 깊이 파고들었지. 우리는 목성 5차 파견대와 갱구기지에서 진행했던 실험들을 조사하다가, 두 번째로 주목할 만한 사실을 발견했어. 그건 내가 방금 한 이야기와 관련된 거야. 가니메데의 우주선에서 발견된 올리고세 동물들에 관한 거지. 올리고세 동물들도 모두 동일한 유전정보 요소들을 가지고 있었지만, 다른 점이 있었어. 내가 방금 말했던 두 과정을 제어하는 서브프로그램이 웬일인지 분리되어 있던 거야. 그 유전자들은 동일한 DNA 사슬 위에서 나란히 별도의 집합을 이루고 있었어. 이제 아주 놀랍지, 그렇지 않나?"

헌트는 잠시 그 질문을 되짚었다.

"자네 말은 오늘날의 동물에게 두 과정이 있지만, 모두 함께 얽혀 있다. 그런데 올리고세 종들에서는 두 과정이 분리되어 있다는 거지."

"그렇지."

"올리고세 종들 모두?" 헌트가 잠시 후 다시 물었다. 단체커는 헌트가 제대로 따라오고 있다는 듯 만족한 표정으로 고개를 끄덕였다.

"바로 그거야, 헌트. 전부 다."

"그건 정말 말이 안 되잖아. 우선, 그게 되려면 일종의 돌연변이가 일어나서 한 형태가 다른 형태로 변화했다고 생각해야 해. 얽혀 있는 형태와 분리된 형태. 그건 어느 쪽으로든 일어날 수 있지. 뒤얽힌 형태가 '자연스러운' 지구 동물의 유형인 경우, 미네르바에서 돌연변이가 일어났겠지. 그러면 미네르바에서 온 동물들은 분리되어 있고, 지구에 남아 있던 동물들의 자손들은 왜 안 그런지 설명이 돼. 반대로, 2천5백만 년 전 분리된 형태가 표준이라고 추측할 경우, 당시의 동물들에서 왜 그렇게 나타났는지는 당연히 설명이 돼. 하지만 여기 지구에서는 그 뒤로 진화가 일어나서 뒤얽힌 형태로 바뀌었겠지." 헌트는 단체커를 보면서 양팔을 벌렸다. "그런데 이 두 가지 주장에는 한 가지 근본적인 오류가 있어. 수많은 다른 종들이 모두 동시에 돌연변이를 일으켰다는 가정이야."

"그렇지." 단체커가 고개를 끄덕였다. "우리가 받아들이고 있는 자연선택과 진화의 원리로 따져볼 때, 그런 돌연변이가 일어날 가능성은 전혀 없다고 봐야지. 물론 자연적인 돌연변이인 경우를 말하는 것이긴 하지만 말이야. 똑같이 우연적인 사건이 서로 혈통이 다른 별개의 여러 종에게서 자발적으로 동시에 일어나는 건 생각하기 힘들어…. 상상할 수도 없는 일이야."

"자연적인 돌연변이?" 헌트가 의아한 표정으로 쳐다봤다. "대체 무슨 말을 하려는 거야?"

"아주 간단해. 우리는 조금 전에 그 변화가 일상적인 자연적 돌연변이로는 일어나지 않을 거라는 사실에 동의했잖아. 하지만 그럼에도 불구하고 그런 일이 일어났지. 유일하게 가능한 다른 설명은 그 돌연변이가 자연적이지 않았다는 거야."

불가능한 생각들이 헌트의 머릿속을 빠르게 스치고 지나갔다. 단체커는 헌트의 얼굴에 나타난 표정을 읽고, 그를 대신해서 말했다. "다른 말로 해서, 돌연변이는 그냥 일어난 게 아니라, 강제된 거야. 유전정보들은 의도적으로 재배열되었어. 우리는 지금 인공적인 돌연변이에 관해 이야기하고 있는 거지."

잠시 헌트는 어리벙벙했다. 의도적이라는 말은 의식적인 결단을 뜻했고, 여기에는 지적 능력이라는 의미가 함축되어 있다.

단체커는 다시 고개를 끄덕이며 헌트의 생각을 확인시켜줬다. "자네가 몇 분 전에 했던 질문을 내가 바꿔서 다시 말해보자면, 우리가 진짜로 물어봐야 하는 질문은 이거야. '미네르바로 실려 간 동물들이 바뀌었는가, 혹은 다른 동물들이 실려 간 후에 지구에 남아 있던 동물들이 바뀌었는가?' 우리가 증명한 사실을 그 문제에 덧붙이면, 즉 누군가 의도적으로 변화를 일으켰다는 사실을 추가하면, 우리에게는 한 가지 가능성밖에 안 남아."

헌트가 단체커를 대신해서 그 주장을 마무리했다. "지난 2천5백만 년 동안 지구에는 그런 일을 할 수 있는 존재가 없었어. 그러므로 그 일은 미네르바에서 일어났지. 그렇다면 그건 오로지…." 모든 의미가 분명해지자 헌트의 목소리가 점점 작아졌다.

"가니메데인!" 단체커가 말했다. 그는 헌트가 이 사실을 받아들일 시간을 준 후 말을 이었다. "가니메데인이 자기네 행성으로 데려간 지구 동물들의 유전정보를 바꿨어. 나는 갱구기지의 우주선에서 발견되었던 표본들이 그런 식으로 돌연변이 된 종들의 후손으로서, 그 돌연변이를 물려받았을 거라고 확신해. 이게 우리가 살펴봤던 증거들에서 끌어낼 수 있는 유일한 논리적 결론이야. 또 다른 흥미로운 증거가 이 결론을 강력하게 지지해."

이쯤 되자 헌트는 무슨 소리든 받아들일 준비가 되어 있었다. "아, 뭔데?"

"모든 올리고세 종들에서 나타났던 그 이상한 효소 말이야." 단체커가 말했다. "우리는 이제 그 효소가 무슨 기능을 하는지 알아." 헌트의 얼굴에 나타난 표정은 그에게 온갖 질문을 던지고 있었다. 단체커가 말을 계속했다. "그 효소는 한 가지 특별한 임무를 위해 만들어졌어. 그 효소는 DNA 사슬에서 두 개의 유전정보가 이어지는 지점에 정확히 달라붙어 있었어. 물론 그 유전정보가 분리된 종들에서 말이야. 즉, 그 효소는 이산화탄소에 내성을 가진 특성을 규정하는 유전정보를 격리하는 거야."

"알았어." 헌트가 천천히 말했다. 하지만 아직은 그 주장을 완전히 이해할 수 없었다. "자네 말을 믿을게…. 그렇지만 어떻게 그 점이 방금 자네가 가니메데인에 대해 말했던 사실을 지지한다는 거야? 난 잘…."

"그 효소는 자연적인 과정으로 나타난 게 아니야! 이건 인공적으로 만들어서 주입한 거야. 그래서 방사성 붕괴 생성물이 나왔던 거지. 그 효소를 인공적으로 만든 뒤 방사성 추적자 요소를 포함시켜서, 몸 전체에서 진행 과정을 추적하고 측정할 수 있도록 했던 거야. 방사성 동위원소를 삽입해서 추적하고 측정하는 기술은 우리도 의학과 물리학 연구에서 널리 사용하고 있어."

헌트는 손을 들어서 단체커가 더 진행하는 걸 잠시 막았다. 그는 의자 앞쪽으로 몸을 당겨 앉아서 잠시 눈을 감고, 교수가 요약한 추론을 하나씩 머릿속으로 되짚어봤다.

"그래…, 알았어…. 자네는 지금까지 화학적 과정을 통해서는 방사성 동위원소를 일반적인 원소와 구별할 수 없다고 지적했었어. 그렇다면, 효소는 어떻게 방사성 동위원소를 골라내서 자신의 몸에 넣었을까? 해답: 할 수 없다. 누군가 방사성 동위원소를 골라낸 게 틀림없다. 그러므로 그 효소는 인공적으로 만들어진 게 틀림없다. 왜 방사성 동위원소를 이용했을까? 해답: 추적자로 사용하기 위해서." 헌트는 다시 고개를 들고 단체커를 바라봤다. 교수는 그의 말을 이해하고 격려하듯 고개를 끄덕였다. "그런데 그 효소는 수정된 DNA 사슬에서 특별한 일을 해. 그리고 자네는 그 DNA가 미네르바로 수송된 동물들에서 인공적으로 개조되었다고 증명했지…. 아, 이해됐어…. 이제 이 두 가지가 어떻게 연결되는지 알겠어. 자네가 말하려는 건, 가니메데인이 지구 동물의 DNA 유전정보를 바꾸고, 특별한 효소를 만들어서 개조된 DNA 위에서 작동하도록 했다는 거지."

"바로 그거야."

"그럼 그렇게 한 목적이 뭐야?" 헌트는 눈에 띄게 들뜬 상태였다. "혹시 생각나는 거 있어?"

"응." 단체커가 대답했다. "내 생각엔, 우리가 이미 알고 있어. 사실 우리가 방금 검토한 내용 안에 그들이 뭘 하려고 했는지 알아내는 데 필요한 모든 게 들어있어." 단체커가 의자에 기대며 다시 깍지를 꼈다. "내가 방금 설명했던 방식으로 작동하는 효소를 가지고 하려는 활동의 목적은 분명해. 적어도 내 생각엔 그래…. 이미 변경된 DNA를 가지고 있는 동물에 그 효소를 이식하면, 생식세포 안에 있는 염색체가 변경될 거야. 고립되고 간결한 형태로 이산화탄소 관련 유전정보를 가지고 있어서, 쉽게 조작할 수 있고 상대적으로 쉽게 이해할 수 있는 종이 자손을 번식하도록 만드는 게 가능했을 거야. 원할 때마다 이 특성을 분리할 수 있으니, 다음 세대에서는 그 부분에 초점을 맞춘 실험이 더 깊이 진행되었을 거라고 추측할 수 있겠지…." 단체커가 마지막 부분을 말할 때 그의 목소리가 묘한 느낌을 주었다. 그가 알아낸 중요한 의미를 이제 막 밝히려 한다는 기색이 느껴졌다.

"자네가 무슨 말을 하는지는 이해했어." 헌트가 교수에게 말했다. "하지만 이유를 확실히 잘 모르겠어. 그들이 하려던 게 뭐였던 거야?"

"다른 시도들이 실패한 후 환경 문제를 해결하기 위해 가니메데인들이 찾아낸 방법이었어. 미네르바에서 가니메데인의 역사에서 말기쯤에 떠올린 생각이었을 거야. 샤피에론 호가 이스카리스로 떠난 후였겠지. 그렇지 않았다면 쉴로힌과 다른 가니메데인들이 그에 대해 알았을 테니까."

"가니메데인들은 그 문제를 어떻게 해결하려고 했는데? 단체커, 미안하지만 난 아직도 자네가 무슨 말을 하는지 잘 모르겠어."

"가니메데인들이 처했던 상황을 잠깐 요약해보지." 단체커가 제안했다. "그들은 미네르바의 이산화탄소 농도가 올라가기 시작했다는 사실을 알고 있었어. 언젠가 그들이 견딜 수 없는 수준까지 올라갔겠지. 다른 미네르바의 토종 생물들은 영향을 받지 않지만, 가니메데인들은 사고를 예방하기 위해 자신들이 본래 가지고 있던 내성을 제거하는 방식으로 품종 개량을 하는 바람에 이산화탄소에 취약한 상태였어. 그들이 2차 순환계를 영원히 제거하기로 결정했을 때 내성을 잃어버린 거지. 그들은 기후 공학을 해결책으로 사용하지 않기로 했어. 그리고 지구로 이주를 시도하고, 이스카리스 실험을 했지만 다 실패했지. 나중에 그들은 다른 시도를 한 게 틀림없어."

헌트는 귀에 온 신경을 집중했다. 그는 완전히 항복했다는 몸짓을 하며 짧게 말했다. "계속 이야기해."

"그들이 지구에서 발견한 한 가지는 미네르바보다 따뜻한 환경에서 유래해 진화한 생물들이었어. 따뜻한 환경 덕분에 지구의 동물들은, 미네르바에서 표준이 된 이중 순환계 구조의 원인이 되었던 부하를 나눠야 하는 문제 때문에 씨름할 필요가 없었어. 특히 흥미로웠던 점은, 지구의 생물은 이산화탄소를 다루는 체계가 완전히 다르게 진화했다는 사실이었지. 지구 생물은 2차 순환계에 의지하지 않았으니까."

헌트가 의심쩍은 눈길로 쳐다봤다. 단체커가 반응을 기다리는 동안 헌트는 단체커를 노려봤다.

"설마 그렇게 말하려는 건 아니지…. 가니메데인이 그 특성을 훔치려고 시도했다는 거야?"

단체커가 고개를 끄덕였다. "내 생각이 맞는다면, 그게 바로 가니메데인들이 하려던 일이야. 지구의 동물을 미네르바로 데려간 목적은 대규모의 유전공학 실험이었어. 그 실험의 목적은, 내가 생각하기에 세 가지야. 첫째, 자네 말대로, DNA 정보를 개조해서 지구에서 자연적으로 진화한 이산화탄소 내성 부분의 정보를 뒤얽혀 있는 형태에서 분리해낸다. 둘째, 해당 유전정보의 덩어리를 분리하는 수단, 즉 그 효소를 완벽하게 만들어서 그 유전자를 손상되지 않고 실행 가능한 형태로 후세에게 물려줄 수 있게 만든다. 셋째, 이건 추측이야, 그 유전정보를 미네르바 동물에게 주입해서 2차 순환계에 의지하지 않고도 이산화탄소를 다룰 수 있는 체계를 발달시키도록 개량할 수 있는지 알아본다. 우리에겐 앞의 두 가지를 해냈다는 증거가 있어. 세 번째는 어쩔 수 없이 이론으로 남을 수밖에 없어, 적어도 당분간은."

"그들이 세 번째까지 성공했다면 다음 단계는…." 헌트의 목소리가 다시 잦아들었다. 가니메데인의 계획은 너무도 기발해서 그로서는 의문을 품지 않고 그냥 받아들이기 힘들었다.

"그게 성공했다면, 그리고 바람직하지 않은 부작용이 없다면, 당연히 동일한 유전정보를 자신들에게 주입하려 했겠지." 단체커가 헌트의 추측을 확인시켜줬다. "그렇게 됐다면, 그들은 세대를 거치며 영원히 지속될 수 있는 내장된 내성을 즐겼을 거야. 동시에 앞서 2차 순환계를 없애며 얻은 이점까지 모두 보존하면서 말이야. 자연 진화가 아쉬운 부분이 많은 해결책을 급조해냈을 때, 지성체가 그 자연을 개선할 수 있다는 사실을 보여주는 환상적인 사례야, 그렇게 생각하지 않아?"

헌트는 상상하는 것조차 도저히 엄두가 안 나는 그 대담한 계획에 경탄하며, 자리에서 일어나 사무실의 이쪽에서 저쪽까지 천천히 오갔다. 가니메데인은 인간이 자연에 기꺼이 맞서며 모든 어려움을 정면으로 대응한다고 놀라워했다. 하지만 이건 인간이라면 틀림없이 망설였을 일이다. 가니메데인의 본능은 육체적 위험이나 충돌 같은 것들을 피하게 했지만, 지적인 모험과 투쟁에 대한 갈망까지 억제하지는 못했다. 바로 그 충동이 그들을 별들로 나아가게 만들었을 것이다. 단체커는 헌트를 말없이 지켜보며, 다음에 나올 질문을 기다렸다. 드디어 헌트가 멈추더니 책상 쪽으로 고개를 돌렸다.

"그래, 정말 굉장한 계획이야. 맞아. 그렇지만 그렇게 되지 않았던 거지, 단체커?"

"애석하게도 안 됐지." 단체커가 인정했다. "하지만 이 문제 때문에 그들을 비난할 필요는 없을 것 같아. 우리가 그들에게 기술적으로는 뒤처졌는지 몰라도, 난 우리가 그들이 어디서 잘못했는지는 알 수 있는 지점에 있다고 생각해." 그는 이에 대한 질문을 기다리지 않고 계속 말했다. "우리에게는 그들이 지구의 생물에 대해 알았던 사실보다 훨씬 많이 안다는 이점이 있어. 우리는 수백 년 동안 그 주제를 연구해온 과학자 수천 명의 연구를 이용할 수 있어. 하지만 2천5백만 년 전에 지구에 왔던 가니메데인들은 그러지 못했지. 특히 그들은 테이텀 교수와 그의 팀이 케임브리지 대학에서 얼마 전

338

에 발견한 사실을 알지 못했어."

"자체면역과 이산화탄소 내성의 유전정보가 함께 얽혀 있다는 연구?"

"그렇지, 바로 그거야. 가니메데인 유전공학자들이 나중에 진행할 실험을 쉽게 처리하기 위해 이산화탄소 내성 유전자를 분리해내면 자체면역까지 잃게 된다는 사실을 알지 못했어. 그들이 채택한 방법 때문에, 그들이 길러낸 동물의 후손들은 이산화탄소 내성 연구를 더 깊이 할 수 있는 이상적인 대상이 되었지만, 그 동물들은 자체면역 능력까지 잃어버렸지. 다시 말해서, 가니메데인들은, 오염물질을 적당한 양만큼 몸속에 흘려보내서 방어 과정을 자극하는 오래된 체계의 흔적을 잃어버린 지구 동물 종들을 만들어내고 길렀던 거야. 지구에 남아서 꾸준히 자연적으로 진화한 동물들의 후손에게서 지금도 볼 수 있는 그 체계 말이야."

헌트는 서성이던 발걸음을 멈추고, 난감한 표정을 지으며 단체 커를 내려다봤다. 아마도 문득 다른 생각이 그의 머리에 떠오른 모양이었다.

"하지만 다른 게 더 있어, 그렇지 않아? 자체면역 과정은 고도의 두뇌 기능과 관련되어 있어…. 자네가 말하려는 게 내가 생각하는 이거 맞아?"

"아마 그럴 거야. 자네도 알듯이, 자체면역 과정에 의해 오늘날 동물들에 주입되는 독소는 두뇌 중추를 고도로 발달시키지 못하도록 방해하는 효과가 있어. 또 테이팀 교수의 최근 연구에서 밝혀진 것처럼, 지구의 생물들이 진화하는 방식 때문에, 두뇌 중추의 발전은 폭력과 공격 능력에 밀접하게 관련되어 있어. 그러므로 가니메데인은 두뇌 기능이 고도로 발전되는 걸 막는 기능을 없애지 않고서는, 추가로 공격성이 강화되는 경향을 만들지 않고는 자신들이 원하는 변형을 만들어낼 수 없다는 사실을 알게 되었을 거야. 만일 가니메데인이 그런 상황에 처했다면, 난 그들이 그 실험을 더 진행했으리라고 생각하지 않아. 아무리 상황이 급하더라도, 그들은 그런 걸 자신들에게 도입하는 위험을 감수하지 않았을 거야. 절대로."

"그래서 가니메데인들은 결국 가망이 없다고 판단하고 모든 걸 포기한 채 새로운 목초지를 찾아 떠난 거네." 헌트가 이야기를 마무리했다.

"그랬겠지. 안 그럴 수도 있고. 우리는 결코 확실히 알 수 없어. 나는 가루스 대장과 그의 동료들을 위해 부디 그랬으면 좋겠어." 단체커가 책상 앞으로 몸을 기울이더니, 곧 진지한 얼굴로 말했다. "그에 대한 해답이 무엇이든 상관없이, 적어도 우리는 자네가 처음에 물었던 다른 질문들에 대해선 확실한 답을 가지고 있어."

"어떤 질문?"

"음, 가니메데인들이 야심 찬 유전공학적 해결책이 곤란해졌다는 상황을 받아들였을 당시 미네르바에서 벌어졌을 상황을 생각해 봐. 그들은 다른 별을 찾아 떠났을 수도 있고, 자신들의 세계에 그대로 머물다 죽었을 수도 있어. 어느 쪽이든 가니메데인이 미네르바에 존재한 기간은 얼마 되지 않아. 이제 가니메데인을 그 상황에서 빼버리면, 뭐가 남지? 해답: 그 환경 조건을 감당할 수 있도록 잘 적응된 두 집단의 동물. 하나는 미네르바 토종 동물이고, 다른 하나는 지구에서 수입되어 인공적으로 돌연변이를 일으킨 동물의 후손들이지. 가니메데인들이 떠난 후 그 둘이 자유롭게 행성을 떠돌고 있었을 거야. 다시 그 상황으로 돌아가서, 내가 조락의 자료실을 오랜 기간 조사해서 얻어낸 요소를 하나 더 추가하지. 미네르바 토종 생물들이 가진 독소는 지구의 육식동물에게 유해하지 않아. 그러면 자네는 어떻게 결론 내릴 텐가?"

헌트는 깜짝 놀라서 단체커의 눈을 뚫어져라 쳐다봤다.

"맙소사!" 헌트가 나직이 내뱉었다. "유혈이 낭자한 대량 학살이 벌어졌겠네."

"그렇지. 바로 그거야. 갱구기지의 우주선 벽화에서 봤듯이 미네르바에는 그 우스꽝스러운 총천연색의 동물들만 살고 있었어. 방어나 숨기, 도망가기에 대한 어떤 특별한 능력도 없는 상태에서 진화한 동물들이야. '투쟁 혹은 도피 본능'도 전혀 필요가 없었지. 이제 그 동물들 사이로 지구에서 온 전형적인 육식동물들을 던져 넣은 거야. 모든 지구 동물들은 수백만 년 동안 잔인한 기술과 은폐, 교활함을 향상시켜왔던 자연선택의 결과물이었지…. 거기에 더해서 그 동물들은 기존에 억제되었던 지능이 고도로 향상되었고, 기존에 가지고 있던 무서운 공격성은 더욱 강화된 상태였지. 자, 이제 어떤 광경이 펼쳐졌을 것 같아?"

헌트는 바로 눈앞에 그 광경이 펼쳐지는 것 같아 겁에 질린 침묵 속에서 그저 앞만 뚫어져라 응시했다.

"그래서 모조리 사라졌던 거야." 마침내 헌트가 입을 열었다. "피비린내 나는 그 불쌍한 미네르바 동물원은 전혀 가망이 없었을 거야. 가니메데인들이 사라지고 난 후 채 몇 세대도 버티지 못했다고 해도 놀랍지 않아."

"또 다른 결과도 있어." 단체커가 끼어들었다. "지구의 육식동물들은 대체로 쉽게 사로잡을 수 있는 먹이에 집중했겠지. 미네르바 토종 생물들. 그 덕분에 지구의 초식동물들이 한숨 돌릴 틈이 생겼을 테니 숫자가 늘어나서 확고히 자리를 잡았을 거야. 미네르바 토종 생물들이 싹쓸이된 후, 육식동물들은 그들의 옛날 습성으로 되돌아갈 수밖에 없었겠지만, 그때쯤엔 상황이 안정화되었겠지. 뒤섞이고 균형 잡힌 지구 동물의 생태계가 미네르바 전체에 걸쳐 정착할 수 있는 시간을 번 거지⋯." 교수의 목소리가 낮고 이상한 말투로 바뀌었다. "그리고 그런 상황은⋯ 월인의 시대까지 쭉 이어지며 살아남았을 거야."

"찰리⋯." 헌트는 마침내 단체커가 지금껏 쌓아 올렸던 뭔가를 슬쩍 내비쳤다는 사실을 알아차렸다. "찰리." 헌트가 다시 말했다. "자넨 찰리에게서도 같은 효소를 발견했지, 그렇지 않나?"

"그랬지. 하지만 약간 퇴화한 형태였어⋯. 마치 완전히 사라지기 직전인 상태 같았어. 물론 그 뒤로 사라졌겠지. 인간이 그 효소를 더 이상 가지고 있지 않은 걸 보면 말이야⋯. 그런데 흥미로운 지점은, 자네 말대로 찰리가 그 효소를 가지고 있었다는 사실이야. 그러니 다른 월인들에게도 그 효소가 있었겠지."

"그리고 그게 만들어진 장소는 딱 한 군데뿐이지⋯."

"그렇지."

헌트는 이 충격적인 사실이 의미하는 게 무엇인지 떠올라서 손을 들어 이마를 짚었다. 그는 천천히 고개를 돌려 단체커의 진지한 눈길을 마주했다. 그 추론의 결과를 거부하려 애쓰는 불신의 가면에 묶여 있던 그의 얼굴이 이제 완전히 벗겨지며, 가까운 의자의 손잡이에 힘없이 털썩 주저앉았다. 단체커는 말없이 헌트가 스스로 흘어진 조각들을 하나로 맞추기를 기다렸다.

"미네르바의 동물 무리 중에는 올리고세 영장류의 표본도 포함되어 있었던 거야." 한참 후에 헌트가 말했다. "그 영장류들은 당시 지구에서 태어난 어떤 종보다 발전해있었고, 더 발전할 수 있는 엄청난 잠재력을 가지고 있었어. 그런데 가니메데인이 무심코 두뇌의 발전을 가로막고 있던 걸 제거해버린 거지…." 헌트는 고개를 들어 단체커의 냉정한 눈길을 다시 바라보며 계속 말했다. "그들은 거기서부터 전속력으로 달려나갔어. 그들을 막을 건 아무것도 없었지. 그리고 그들의 공격적인 경향도 속박이 풀려버렸어…. 완전히 고삐가 풀려버린 종족… 심리적인 프랑켄슈타인 괴물들…."

"당연히 월인은 거기에서 태어났어." 단체커가 말했다. 그의 목소리는 침착했다. "원칙적으로, 월인은 살아남을 수 없었어. 가니메데인 과학자들의 모든 이론과 모형은 그들이 필연적으로 자신을 파괴할 거라고 예측했어. 거의 성공할 뻔했지. 그들은 행성 전체를 거대한 요새로 바꿔놓았고, 발전된 기술을 갖게 되자 그들의 삶은 끝없는 전쟁을 중심으로 돌아갔어. 그리고 무자비하고 비타협적으로, 다른 경쟁국들을 모조리 없애버리겠다고 결심했지. 월인은 자신들의 문제를 풀 수 있는 다른 공식을 생각할 수 없었어. 결국 그들은 실제로 자신들을 파괴하고, 미네르바까지 함께 파괴했지…. 어쨌든, 월인은 자신들의 문명을 파괴했어. 그걸 문명이라고 부르는 게 맞는지는 모르겠지만 말이야. 그들은 스스로를 완전하게 파괴할 수밖에 없었어. 하지만 백만 분의 1의 확률로 그렇게 되지 않았지…." 단체커가 고개를 들고, 헌트가 나머지를 채우도록 했다.

그러나 헌트는 넋을 놓고 그대로 앉아서 멍하게 앞만 쳐다봤다.

미네르바의 달의 얼굴을 영원히 바꿔놓았던, 마지막 남은 월인들의 두 초대형 국가 사이에 일어난 핵폭탄 대참사 이후, 달은 태양 쪽으로 떨어지다가 지구에 잡혔다. 달에 실려 온 극히 소수의 생존자는 자원을 가지고 당시 그들의 머리 위의 하늘에 걸려 있던 새로운 세계의 지표면을 향해 마지막으로 필사적인 여행을 떠났다. 4만 년 동안 이 생존자들의 후손들은 지구의 생존 투쟁 속으로 녹아들어 갔다. 점차 그들은 행성 전체를 뒤덮으며, 그들의 조상이 미네르바에서 그랬던 것처럼 위협적인 적으로 등장했다.

결국 단체커가 조용히 말을 이었다. "우리는 얼마 전부터 월인들은, 따라서 인류는 미네르바에서 고립되어 있던 영장류의 계통을 따라 어딘가에서 일어난 이례적인 돌연변이의 결과로 생겨났다고 추측했어. 또한 우리는 그 조상의 계통을 따라, 다른 동물들이 공통적으로 가지고 있는 자체면역 과정을 인간이 언젠가 버렸을 거라 추측했지. 이제 우리는 이런 추측이 진실이라는 증거뿐만 아니라, 어떻게 그렇게 되었는지까지 알게 되었어. 사실 많은 종이 같은 길을 따랐지만, 미네르바가 파괴될 때 한 종을 제외하고는 모두 파괴되었지. 오직 한 종, 월인의 모습을 한 인류만이 다시 돌아왔어." 단체커는 말을 멈추고 긴 한숨을 쉬었다. "미네르바에서 이례적인 돌연변이가 실제로 일어났어. 하지만 자연적인 돌연변이는 아니었지. 현대 인간에서도 월인을 파멸로 몰아넣었던 극단적인 모습이 종종 나타나. 그렇지만 우리 조상들의 업적은 역사의 페이지를 통해 기록되어 있어. 호모 사피엔스는 가니메데인이 실패한 유전공학 실험의 결과물이었던 거야!

가니메데인들은 월인을 파괴했던 불안정한 성질과 강박적 폭력

344

에서 인류가 서서히, 하지만 확실히 회복되고 있다고 믿었어. 그들이 맞기를 바라세."

두 사람은 한참 동안 말없이 앉아 있었다. 헌트는 이 상황이 역설적이라는 생각이 들었다. 가니메데인들이 뭐라고 했건, 바로 그들의 종족이 지난 2천5백만 년 동안 지나간 모든 일의 주요한 원인이었다는 사실이 드러났다. 그리고 그 시간 내내, 미네르바에서 영장류가 지능을 가진 존재로 진화하고, 월인의 문명이 나타났다가 사라지고, 지구에서 인간의 역사가 5만 년 동안 진행되고, 샤피에론 호가 시공간을 왜곡한 법칙의 불가사의한 작용에 의해 보존된 채로 진공 속에 머물렀었다.

"가니메데인이 실패한 유전공학 실험이라." 헌트가 단체커를 따라 했다. "그들이 모든 일을 시작했어. 그들은 돌아와서 우리가 비행선을 날리고, 핵융합 발전소를 짓는 모습을 봤어. 그리고 그들은 우리의 발전 속도가 기적에 가깝다고 생각했어. 2천5백만 년 전 그들이 연구실에서 모든 일을 시작하고는… 가망이 없다며 포기했었잖아! 단체커, 그 생각을 하니까 좀 웃겨. 염병하게 재밌네. 그리고 이제 그들은 영영 떠나버렸어. 우리가 지금 알고 있는 사실을 그들이 알았더라면, 그들이 뭐라고 했을지 궁금해."

단체커는 바로 대답하지 않았다. 그리고 생각에 잠긴 눈길로 한동안 책상 위를 응시했다. 마치 자신의 머릿속에 떠오른 생각을 말하는 게 좋을지 어쩔지 따져보는 것 같았다. 그는 손을 앞으로 뻗어서 펜을 만지작거렸다. 마침내 단체커가 입을 열었을 때, 그는 헌트의 눈을 직접 바라보지 않고, 손가락 사이로 이리저리 오가는 펜을 계속 쳐다보고 있었다.

"있잖아, 헌트, 가니메데인들은 떠나기 직전 몇 달 동안 지구 생물학의 모든 면에 아주 관심이 높았어. 찰리와 인간, 갱구기지에서 찾은 올리고세 동물들에 관해 가능한 모든 자료를 포함해서 말이야. 오랫동안 그들은 호기심으로 들떠서 난리였고, 조락은 그런 문제에 대해 끝도 없이 질문을 던져댔어. 그러다 한 달 전쯤 갑자기 그 문제에 관해 아주 조용해졌어. 그 뒤로는 이에 대해서 아예 언급조차 안 했어."

단체커가 고개를 들고 헌트의 눈을 똑바로 응시했다.

"난 그들이 왜 그랬는지 알 것 같아." 단체커가 아주 조용히 말했다. "있잖아, 헌트. 그들은 틀림없이 알았어. 가니메데인들은 알았던 거야. 그들은 바로 자신들이 불쌍하리만치 망가진 피조물을 적대적인 우주에 만들어내고, 절망적인 어려움에 맞서서 스스로 꾸려나가도록 내버려뒀다는 사실을 알았어. 그리고 그들이 돌아와서 그 피조물이, 우주가 던지는 도전을 비웃으며 당당하고 의기양양한 정복자가 되어 있는 모습을 본 거야. 그래서 가니메데인이 떠난 거야. 가니메데인은 자신들이 인간에게 빚을 지고 있으므로, 인간이 어떤 방식을 선택하든 그 자신에 맞는 우주를 건설할 수 있도록 자유롭게 놔둬야 한다고 믿었어. 그들은 우리가 어떤 존재인지 알았고, 그 이후로 우리가 스스로를 어떻게 만들어왔는지도 봤어. 그들은 우리가 과거에 충분히 간섭을 받았으며, 우리 스스로가 자신의 운명을 훨씬 잘 관리할 수 있는 존재임을 보여줬다고 느꼈어." 단체커는 펜을 한쪽으로 치우고, 헌트를 똑바로 쳐다보며 결론지었다. 그리고 어쨌든, 헌트, 난 우리가 그들을 실망시킬 거라는 생각은 안 들어. 이제 최악의 상황은 넘겼으니까."

346

에필로그

　달의 뒷면에 있는 천문대의 거대한 전파안테나를 이용해 전송한 신호는 전속력으로 날아가 태양계 가장자리 너머 텅 빈 거대한 우주 속으로 들어갔다. 이 신호는 아주 오랜 시간 동안 한 번도 쉬지 않고 경계를 서고 있던 경비로봇의 감지기를 스치고 지나갔다. 로봇 안에 있는 회로가 신호에 사용된 가니메데인 통신 코드를 이해하고 반응했다.

　로봇 안의 다른 장비가 그 신호를, 인간은 알지 못하는 물리학 법칙에 따라 힘과 장(場)의 진동수로 변화시켜, 공간과 시간의 우주가 그저 어둠의 돌출에 불과한 존재의 영역으로 보냈다. 어두운 우주의 다른 지역, 원기 왕성한 별의 궤도를 도는 따스하고 밝은 행성에서 다른 기계들이 그 메시지를 받아 해석했다.

　그 기계를 만든 이들이 보고를 받았다. 그들은 보고된 자료를 보고 곧 놀라움으로 가득 찼다.

보초로봇은 우주의 상부구조로부터 그들의 답변을 뽑아내서, 전자기파로 변화시키고 태양계 세 번째 행성의 위성 뒷면으로 발사했다.

달의 뒷면 천문대에 있던 천문학자들은 수신기에 연결된 장비에서 나온 정보를 어떻게 설명해야 할지 몰라 쩔쩔맸다. 몇 광년 반경 내로 그 답변을 보낼 만한 곳은 전혀 없었다. 그런데 답변은 그들이 메시지를 전송한 지 불과 몇 시간 만에 돌아왔다. UN 우주군 임원들도 똑같이 어리벙벙한 상태였다. 과학자들이 조락의 자료실에서 복제했던 정보를 이용해서 가니메데인 통신 코드를 가니메데인 언어로 옮기는 동안 시간이 지나갔다. 하지만 그 결과는 여전히 아무에게도 아무 의미도 없었다.

그때 누군가 항해통신본부의 빅터 헌트 박사를 참여시킬 생각을 해냈다. 헌트는 즉시 가니메데인 언어를 공부했던 돈 매드슨을 떠올렸다. 그래서 그 문서를 언어학팀으로 내려보내 내용을 이해할 수 있는지 확인해달라고 했다. 매드슨과 그의 조수가 일하는 동안 48시간이 흘러갔다. 그들은 이런 일에 대한 경험이 전혀 없었다. 게다가 그들을 이끌어주는 조락의 도움을 받을 수도 없었기 때문에, 결코 쉽게 해낼 수 있는 일이 아니었다. 그렇지만 메시지는 간단했다. 마침내 눈은 충혈됐지만, 의기양양한 매드슨이 헌트에게 내민 종이 한 장에는 이렇게 적혀 있었다.

이스카리스로 오래전에 떠났던 이들에 관한 이야기는 미네르바에서 왔던 우리의 조상들로부터 수 세대를 거치며 전해졌습니다. 여러분이 어떻게 거기에 갔고, 어떻게 우리를 발견했건, 고향으로 오세요. 여기 새로운 미네르바가 있습니다. 우리, 여러분의 아들과 딸들이 여러분을 환영하기 위해 기다리고 있습니다.

메시지에는 항해통신본부에 있는 다른 사람들이 해독한 숫자와 수학적 기호들도 있었는데, 별의 스펙트럼형과 인접한 은하계 영역에서 쉽게 위치를 확인할 수 있는 펄서와 관련된 지리적 위치를 확인시켜 줌으로써 거인의 별이 그 메시지의 출처라는 사실을 알려줬다.

어떤 물리학적 과정의 도움을 받았는지 헌트로서는 짐작조차 하기 힘들었지만, 그런 문제에 대해 학술적인 사색을 하고 있을 시간이 없었다. 가니메데인들에게 무슨 일이 있었는지 이야기해줘야 한다. 샤피에론 호가 주동력으로 비행하고 있는 동안에는 일반적인 통신수단으로 접촉할 수 없기 때문이다. 유일한 기회는 가니메데에서 샤피에론 호를 붙잡는 것이었다.

거인의 별에서 온 메시지는 급하게 갤버스턴에 있는 UN 우주군 작전 사령부로 전송되어서, 궤도를 돌고 있는 통신소로 발사되고, 목성 5차 파견대로 레이저 연결을 통해 전달되었다.

시간이 지나는 동안 헌트와 단체커, 매드슨, 콜드웰, 그리고 휴스턴의 다른 모두가 애를 태우며 갤버스턴의 통신 채널로 뭔가 오기만 기다렸다. 마침내 모니터가 켜졌다. 그리고 들어온 메시지는 이랬다.

샤피에론 호는 여러분이 보낸 메시지가 도착하기 17분 전에 떠났습니다. 심우주를 향해 전속력으로 가속하는 모습을 마지막으로 확인했습니다. 지금은 모든 연결이 끊어졌습니다. 죄송합니다.

아무도 더 이상 할 수 있는 일이 없었다.

"적어도," 헌트가 모니터에서 피곤한 눈을 돌려 콜드웰 사무실에 동그랗게 앉아 있는 낙담한 사람들의 얼굴을 쳐다보며 말했다. "그들이 거기에 도착했을 때 헛수고가 되지 않을 거라는 사실을 알게 되었으니 다행입니다. 적어도 여행의 끝에서 그들을 기다리고 있는 상황을 보며 난처한 얼굴로 경악하지는 않겠네요." 헌트는 다시 고개를 돌려 슬픈 눈으로 모니터를 쳐다봤다. 그리고 덧붙였다. "그래도 그들이 이 사실을 알 수 있었더라면 훨씬 더 좋았겠죠."

〈3권 계속〉

작품 해설

인류의 기원으로 상상하는 인류의 미래

과학자의 마음으로, 인류학자의 눈으로

SF 작가는 필연적으로 작가이자 과학자, 탐험가여야 한다. 그리고 인류학자여야 한다. 직업적인 학자여야 한다는 뜻이 아니다. 새로운 인구 집단과의 최초의 만남이라는, 인류학이 한창 성립되던 시기에 비일비재하게 일어나는 일의 우주 버전을 선취해 쓰는 작가로서, SF 작가는 (확장된 의미의) 인류학자일 수밖에 없다. 이 선언에 따른다면 이 책의 저자 제임스 P. 호건은 탁월한 지적 탐험가이자 인류학자로서 재능을 유감없이 보여주고 있다고 할 수 있다.

자신의 데뷔작이자, 시리즈의 시작을 알린《별의 계승자》에서 호건은 이미 과학자로서의 능력을 끝까지 보여준 바 있다. 달 탐사 중에 발견된 의문의 시체 하나, 그것을 단서로 삼아 과학자들이 가설을 세우고 토론해 가며 인류 이전의 우주 생명 역사를 새롭게 구성해 가는 과정은 과학자 커뮤니티에서 벌어지는 전형적인 논쟁 과정과 닮았다. 새로운 발견이 한창 이뤄지는 분야의 학회에 가보면, 크고 작은 연구 성과가 공격적으로 발표되고 거기에 다른 과학자들이 논평을 덧붙이고 질문하는 방식으로 지식이 형성되는 모습을 볼 수 있다. 그 과정은 호의적일 때도 있지만, 때론 무척 적대적이고 공격적이며 심지어 제3자의 눈에는 무례해 보이기도 한다.

은발 무성한 노과학자의 발표에 티셔츠를 걸친 대학원생이 "제 생각은 다른데요."라며 덤비는 일쯤은 흔하다. 논리와 증거의 이름으로 엄밀한 과학을 만들고자 모인 이 사람들의 '계급장 뗀' 대화 덕분에 사소한 지식 한 자락이 만들어지는데, 이 지식은 현재 지구 상에서 누구도 가지 못한 미개척의 영역을 한 뼘 밝히는 지식이 된다. 우리가 알고 있는 많은 과학적 '정설'들은, 대중들은 미처 살펴보지 못하는 이런 전문적인 학회에서 이뤄진 숱한 논쟁과 그 결론의 일부가 논문으로 다듬어져서 만들어진다.

호건은 과학자 커뮤니티에서나 관전할 수 있던 이 장면을 과감히 장편 SF에 도입했다. 그냥 흉내만 낸 수준이 아니라 꽤 근사하다. 그가 뛰어난 과학자의 마음을 가졌다고 믿는 이유다. 그뿐만 아니라 인류학자의 눈을 가졌다. 자신이 속하지 않은 집단의 생리를 방문자인 연구자의 시선으로 상당히 촘촘히 재구성해 내는데, 이것은 인류학의 연구 방법이기도 하다. 논의에 이용되는 과학 지식과 전개 논리가 상당히 정확한 데다 적절한 맥락에 쓰여 소설은 심지어 수준 높은 과학기사를 읽는 것 같기도 하다. 논쟁으로 구성된 부분의 분량이 상당함에도 한결같이 속도감이 있고 재미있다. 한창 형성되고 있는 지식이나 기술을 그 분야의 대가나 이름난 과학 기자가 한 차례 정리하며 책을 내는 경우가 있는데, 이런 책들 중 잘 쓰인 책을 읽을 때 받는 것과 비슷한 느낌도 언뜻 든다. 학계에서 논쟁과 토론 과정을 거치며 맞는 반전들이 주는 재미랄까. 그런 걸 저자는 참으로 오롯이 잘 살려냈다.

지구의 정복자, 호모 사피엔스

시리즈의 두 번째 책에서 호건은 또 한 가지 흥미로운 전복을 시도했다. 외계 지적 생명체라는 낯선 인구집단과의 만남이 폭력적일 것이라는 고정관념에서 벗어난 점이다. 인류의 역사는 전쟁과 약탈로 점철됐다. 경제적, 기술적으로 앞선 문화를 지닌 인구집단이 상대적으로 그렇지 않은 인구집단이 사는 곳을 역사시대 처음으로 방문했을 때, 안타깝게도 상당수는 파괴적이고 폭력적인 방식으로 지역 원주민에게 첫인사를 건넸다. 이것이 제국주의 시대의 철학에 기반했기 때문에 일어난 한시적이고 예외적인 일이라고 믿는다면, 우리가 오래전부터 자연에 행한 파괴적 행적들을 들어 반박할 수 있다. 인류가 어떻게 자연을 파괴하며 자신들에게 이로운 형태로 가공했는지 생각하면, 낯선 존재를 대하는 인류의 첫 번째 자세가 공격적이고 폭력적이지 않다고 믿는다는 건 불가능하다.

현재까지 인류가 만난 가장 가까웠던 지적 존재였던 네안데르탈인과의 첫 만남 역시 상상을 불러일으킨다. 네안데르탈인과 현생인류 사이의 짧은 공존은 '별의 계승자' 시리즈에도 큰 영감을 줬을 것이다. 유럽과 시베리아에서 반복적으로 발견되는 화석 기록을 통해 우리와 비슷하면서 다른 친척 인류가 존재했다는 사실은 이미 잘 알려졌다. 문제는 이들이 약 3만 년 전을 끝으로 지구 상에서 완전히 사라졌다는 것. 이 시기는 현생인류(호모 사피엔스)가 아프리카에서 중동을 거쳐 유라시아 동서로 퍼진 직후다. '현생인류는 과연 네안데르탈인과 만나 어떤 모습을 보였을까' 하는 질문은, 인류학자는 물론 대중의 궁금증을 사로잡았다.

현재 지구 상에는 인간족에 속하는 유인원이 현생인류밖에 없다. 즉 호모 사피엔스라는 단 하나의 대형 포유류가 70억 개체 이상 전 지구에 퍼져 있다. 지구가 맞은 이 초유의 사태 덕분에, 우리는 우리 이외의 다른 지적 존재와 만난 경험을 하지 못하고 있다. 그렇다 보니 3만~4만 년 전에 일어났을 이 만남에 대해 궁금증을 숨길 수가 없다. 학자들은 역사적 추론을 통해, 초기에 두 인류가 치열하게 싸웠을 가능성에 주목했다. 두 인류 모두 빼어난 사냥 기술이 있었고 도구 사용에 능했다. 네안데르탈인은 빙하기의 추위와 맞설 수 있는 튼튼한 체격이 있었고 두뇌는 현생인류보다 컸다. 짧은 창을 이용한 육탄전에 재능을 발휘했다. 현생인류는 인지능력이 잘 발달해 던지거나 쏘는 무기를 다룰 줄 알았고 부족한 신체 적응력을 문화를 이용해 극복하는 환경 적응력이 뛰어났다. 이 둘 사이의 다툼이 일어났다면 과연 어떤 결과가 벌어질지에 대해, 모두 답을 알고 있다고 생각했다. 지금 살아남아 있는 것은 현생인류뿐이니까. 어쨌든 우리가 생존자이자 승리자, 정복자니까.

오늘날 인공지능에 대한 부정적 논의 역시 상당 부분은 이런 역사적 경험에 의한 것이다. 인공지능의 빼어난 성장을 목격한 대중은 인공지능에 대한 두려움을 고백하는 경우가 많다. 인공지능이 직업을 앗아갈 거라는 걱정은 오히려 사소하다. 빼어난 지능을 획득한 인공지능이 인류를 향해 공격을 선언하고 실행에 옮길 거라는 두려움에 비하면 말이다. 우리는 우리보다 지적으로 우월한 존재를 만난 경험이 없고, 이 때문에 많은 작가는 네안데르탈인과 현생인류 사이의 일 또는 원주민과 공격적 제국주의자 사이의 일을 바탕으로 이 미지의 존재와의 만남을 상상해 왔다. 그리고 마치 우리가 다른 존재에게 했듯이, 이들은 공격적일 거라고 믿어왔다.

친절한 거인, 그리고 인류의 선택

하지만 반전이 있다. 호건이 이미 40여 년 전에 이 소설을 통해 상상했던 인류와 외계종족의 만남처럼, 또한 인간의 지능 이상으로 발전한 인공지능과 인류의 만남처럼, 네안데르탈인과의 현생인류의 만남 역시 결코, 적어도 완전한 의미에서 폭력적이지는 않았을 것이라는 게 최근의 결론이다. 이제 고고학자와 고인류학자들은 두 인간의 만남이 대단히 예외적으로 일어났고, 만남은 무척 탐색적이었을 것이라고 주장하고 있다. 서로의 능력을 자세히 모르는 두 인구 집단 사이의 만남은 그렇게 싱겁게 지나갔을지 모른다. 어쩌면 때로 서로가 다른 존재인지도 모른 채 함께 살았을 수도 있다. 실제로 고게놈학 연구 결과 우리 현생인류의 피 안에도 네안데르탈인의 유전자가 있다는 사실이 밝혀지면서, 이 주장은 점점 힘을 얻고 있다.

요컨대, 인류의 피에는 공격과 파괴, 낯선 존재를 무차별적으로 차별하고 학살하는 경향이 없지 않았다. 하지만 그에 못지않게, 공존을 추구하는 유전자를 지니고 있었다. 우리 피에 남은 네안데르탈인의 유전자가 그 증거다. 이 책에서 거인족 '가니메데인'들은 파괴적이고 호전적인 지구 동물의 일종인 인류에게서 다른 방식으로 그 흔적을 발견한다. '친절한' 그들에게 지구인의 친절함은 태생도 아니고 일시적인 변덕일 뿐이었겠지만, 그들은 점점 더 화합으로 나아가는 갱생하는 지적 존재의 그림자를 우리의 자취에서 찾았다. 결국 그들은 떠났고, 우리는 남았다. 이 작품은 물론 픽션이다. 하지만 가없는 친절로 인류를 대한 외계종족 가니메데인과의 우정이나, 인류 자신끼리보다 더 완벽한 소통을 이루어내고 학문적 벗이 되기도 한 인공지능 '조락'과의 만남은, 독자들에게 조금은 따뜻한 미래를 상상하게도 한다. 소설을 덮으며, 가니메데인들이 발견해낸 평화에의 의지를 우리 안에서 키워나가는 일은 결국 독자, 아니 인류 모두의 선택임을 다시 확인한다. 그리고 저자 호건의 말대로 "SF가 그 사실을 상기시키는 중요한 역할"을 할 것 역시 분명하다.

— 윤신영, 동아사이언스 전문기자, 《인류의 기원》 공저자

옮긴이 **최세진**

SF 전문번역가. 옮긴 책으로 《리틀 브라더》, 《홈랜드》, 《크로스토크》, 《우주복 있음, 출장 가능》, 《화재감시원》(공역), 《여왕마저도》(공역), 《계단의 집》, 《마일즈 보르코시건: 바라야 내전》, 《마일즈 보르코시건: 남자의 나라 아토스》, 《SF 명예의 전당 2: 화성의 오디세이》(공역), 《SF 명예의 전당 3: 유니버스》(공역), 《제대로 된 시체답게 행동해!》(공역) 등이 있다.

별의 계승자

② 가니메데의 친절한 거인

초판 1쇄 발행	2017년 8월 25일
초판 5쇄 발행	2024년 9월 15일

지은이	제임스 P. 호건
옮긴이	최세진
펴낸이	박은주
디자인	김선예, 이수정
마케팅	박동준

발행처	(주)아작
등록	2015년 9월 9일(제2023-000057호)
주소	07236 서울특별시 영등포구 의사당대로 38 102동 1309호
전화	02.324.3945-6 **팩스** 02.324.3947
이메일	arzaklivres@gmail.com
홈페이지	www.arzak.co.kr

ISBN	979-11-87206-67-5 04840
	979-11-87206-66-8 04840 (세트)